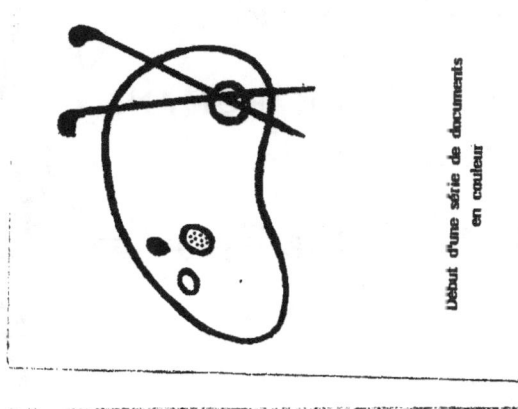

Début d'une série de documents
en couleur

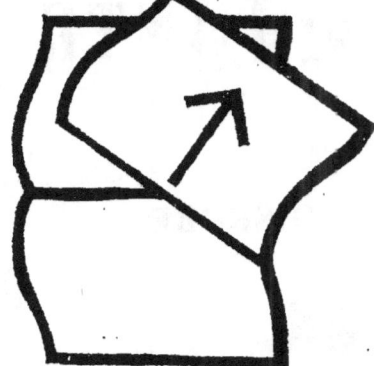

Couverture inférieure manquante

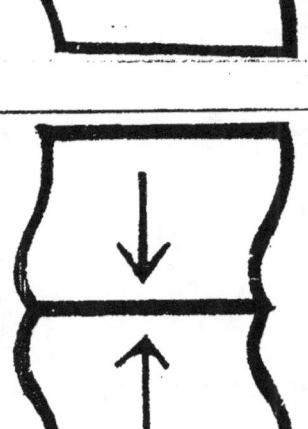

RELIURE SERREE
Absence de marges
intérieures

VALABLE POUR TOUT OU PARTIE
DU DOCUMENT REPRODUIT.

BIBLIOTHÈQUE DE ROMANS
à **1** franc le volume.

LA

LOGE SANGLANTE

PAR

FORTUNÉ DU BOISGOBEY

PARIS

LIBRAIRIE PLON

E. PLON, NOURRIT ET Cie, IMPRIMEURS-ÉDITEURS

RUE GARANCIÈRE, 10

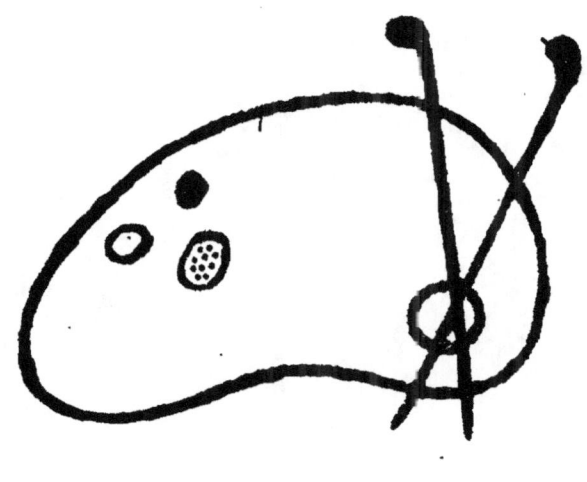

Fin d'une série de documents
en couleur

LA
LOGE SANGLANTE

PARIS. TYPOGRAPHIE DE E. PLON, NOURRIT ET Cie, RUE GARANCIÈRE, 8.

FORTUNÉ DU BOISGOBEY

LA

LOGE SANGLANTE

PARIS

LIBRAIRIE PLON

E. PLON, NOURRIT et Cie, IMPRIMEURS-ÉDITEURS

RUE GARANCIÈRE, 10

LE CRIME DE L'OPÉRA

LA
LOGE SANGLANTE

CHAPITRE PREMIER

C'est une histoire d'hier.

Le boudoir était tendu de soie bouton d'or, parce qu'elle était brune, cette merveilleuse Julia d'Orcival qui tenait si bien son rang à la tête du grand état-major de la galanterie parisienne. Un feu clair brûlait dans la cheminée, garnie de chenets Louis XVI, des chenets authentiques où s'étaient posés les petits pieds des belles du Versailles d'autrefois. La lueur adoucie d'une lampe en porcelaine du Japon éclairait le réduit capitonné où n'étaient admis que les intimes. On n'entendait pas d'autre bruit que le roulement lointain des voitures qui descendaient le boulevard Malesherbes, et le murmure de l'eau bouillante qui chantait sa chanson dans le samovar de cuivre rouge.

Pourtant, Julia n'était pas seule. Près d'elle, à demi couchée sur une chaise longue, un jeune homme, plongé dans un vaste fauteuil, tortillait sa moustache blonde, et regardait d'un œil distrait une terre cuite de Clodion, représentant des Bacchantes lutinées par des Faunes.

L'élégant cavalier ne songeait guère à cette œuvre d'art, pas plus que la dame ne songeait au splendide tableau de Fortuny qui rayonnait en face d'elle, et qu'elle avait payé une somme folle.

L. 1

Et s'ils se taisaient, ce n'était pas qu'ils n'eussent rien à se dire, car ils s'observaient à la dérobée, comme deux adversaires d'égale force s'observent avant d'engager les épées.

Un viveur expérimenté aurait jugé à première vue qu'entre ces amoureux il allait être question de choses sérieuses. Un auteur dramatique aurait flairé une situation.

— Ce fut Julia qui attaqua la première.

— Gaston, dit-elle en feignant d'étouffer un bâillement, vous êtes lugubre ce soir.

— Il y a des jours où j'ai des idées noires, répondit Gaston.

— Pourquoi pas des vapeurs, comme une jolie femme!

— Je puis bien avoir des nerfs.

— Oui; mais quand vos nerfs sont agacés, il serait charitable de ne pas contraindre votre amie de cœur à s'enfermer avec vous.

— Oh! s'enfermer!

— Parfaitement, mon cher. Vous savez très-bien que le lundi est mon jour d'Opéra, et vous me faites dire ce matin par votre valet de chambre que vous avez résolu de me consacrer votre soirée. J'obéis sans murmurer à mon seigneur et maître. J'envoie ma loge à Claudine Risler qui y amènera, je le crains, des gens de mauvaise compagnie; je pousse le dévouement jusqu'à préparer de mes blanches mains ce thé vert que vous aimez tant; je me fais coiffer à votre goût, quoique les cheveux relevés m'enlaidissent, et j'attends mon Gaston en rêvant de papillons bleus. Patatras! Gaston arrive avec une figure d'enterrement.

Voyons, mon cher, qu'avez-vous? Si vous jouiez à la Bourse, je croirais que vous venez d'y perdre toute votre fortune, entre midi et trois heures.

Ce discours, commencé sur un ton assez aigre, finissait presque affectueusement, et Gaston ne pouvait guère le prendre de travers; mais le sourire que les doux reproches de Julia amenèrent sur ses lèvres n'était pas de bon aloi.

On aurait juré que le jeune amoureux regrettait d'avoir manqué l'occasion d'une querelle.

— Vous avez raison, dit-il, je suis insupportable, et je mériterais que vous me missiez à la porte. Que voulez-vous! Ce n'est pas ma faute si la vie que je mène m'ennuie.

— Bon! voilà maintenant que vous me dites une impertinence.

— Pas du tout. Je parle de ma vie de désœuvré, de cette existence qui se dépense au Cercle, aux *premières,* aux courses.

— Et chez Julia d'Orcival.

— De la vie que mon ami Nointel appelle la vie au gardenia, reprit Gaston sans relever la pierre que la dame venait de jeter dans son jardin.

— A propos de gardenia, vous savez que c'est ma fleur de prédilection. Est-ce votre ami Nointel qui vous a conseillé de ne pas m'envoyer de bouquet ce soir?

— Nointel ne me donne pas de conseils, et, s'il m'en donnait, je ne les suivrais pas.

— Pourquoi? Ce joli capitaine est un sage qui vit heureux avec sa petite fortune. Vous qui avez quarante mille francs de rente et qui en aurez cent mille quand vous aurez hérité de votre oncle, vous feriez fort bien de prendre modèle sur votre ami. Il ne joue pas, et on ne lui a jamais connu de maîtresse sérieuse. Imitez-le, mon cher, puisque vous enviez son bonheur.

Julia parlait maintenant d'un ton sec, et les mots partaient de ses lèvres comme des flèches. Elle cherchait évidemment à piquer son amant pour l'obliger à démasquer son jeu, et elle y réussit.

— Ma chère, dit Gaston, je ne songe à imiter personne, mais j'ai vingt-neuf ans, et...

— Et vous êtes d'avis qu'il est temps de vous marier.

Le jeune homme ne répondit pas.

Un éclair passa dans les grands yeux de Julia, mais sa figure ne changea pas d'expression, et ce fut avec un calme parfait qu'elle reprit :

— Alors, vous allez vous marier?

— Moi! jamais!

La réponse fut faite avec tant de conviction qu'elle devait être sincère, et Julia changea aussitôt ses batteries.

— Pourquoi ne vous marierez-vous pas? dit-elle doucement. Vous êtes riche, bien né, bien apparenté. Votre père occupait une haute situation dans la magistrature; votre oncle est juge à Paris; votre famille tient à la grande bourgeoisie, qui vaut la noblesse. Vous trouverez facilement une héritière aussi bien dotée par la nature que par ses parents.

— Je vous répète qu'il ne s'agit pas de cela.

— C'est singulier, continua Julia. Le proverbe prétend qu'un malheur n'arrive jamais seul. Croiriez-vous que, moi aussi, je suis en péril de mariage?

— Oh! fit Gaston d'un air assez incrédule.

— Votre étonnement n'est pas poli, mais il ne me blesse pas. Je sais fort bien que je n'ai pas pris le chemin qui mène à la mairie et à l'église. J'aurais pu le suivre, car j'ai été fort bien élevée. J'ai mon brevet d'institutrice, mon cher. Mais j'ai préféré les sentiers fleuris au bout desquels on trouve un hôtel et des titres de rente. C'est pourquoi je ne puis plus épouser un homme comme vous, mais rien n'empêche que j'épouse un étranger. Les préjugés s'arrêtent à la frontière.

— Un étranger! vous quitteriez la France?

— Sans doute. Une couronne de comtesse vaut bien qu'on s'expatrie, et en ce moment il ne tient qu'à moi de devenir comtesse.

— Dans quel pays? demanda Gaston avec une pointe d'ironie.

— En Pologne. Vous connaissez le comte Golymine?

— Celui qu'on a blackboulé à mon cercle. Oui, certes, je le connais.

— De vue, je le sais, mais...

— De réputation aussi.

— Et cette réputation est détestable, n'est-ce pas?

— C'est vous qui l'avez dit.

— Vous savez que le comte m'a follement aimée, il y a trois ans...

— Vous auriez pu m'épargner le désagrément de m'en ressouvenir.

— Et que j'ai rompu avec lui, quoiqu'il dépensât royalement une très-grosse fortune.

— Dont tout le monde suspectait l'origine.

— Tout le monde et moi-même. C'est parce que je la suspectais que j'ai quitté Golymine. Mais je puis vous affirmer qu'il a été jugé trop sévèrement. L'or qu'il a semé à pleines mains avait été loyalement gagné par lui en Amérique.

— Au jeu?

— Non, dans les mines de Californie.

— C'est la grâce que je lui souhaite.

— Et moi seule sais ce que vaut au juste ce Slave que tout Paris acceptait quand il était riche. C'est un aventurier; ce n'est pas un escroc. Il a commis des actes blâmables, et il a fait des actions héroïques. Je ne sais comment définir cette étrange nature... Vous avez lu les romans de Cherbuliez. Eh bien! le comte Golymine tient tout à la fois de Ladislas Bolski et de Samuel Brohl.

— De Samuel Brohl surtout.

— Comme Samuel, il a été aimé par une grande dame... par plus d'une. Mais, lui aussi, il a aimé... il aime avec passion...

— Vous, sans doute?

— Oui, moi. Et il est homme à me tuer et à se tuer, si je refuse de l'épouser. Il me l'a écrit.

— Vous ne me dites pas cela, je suppose, pour que je vous donne mon avis sur la question de savoir ce que vous avez à faire.

— Non, car je suis décidée.

— A quoi?

— A ne jamais revoir Wenceslas.

— Il s'appelle Wenceslas! Il est complet. Je vous félicite de cette résolution, ma chère Julia.

— Et vous trouvez que j'ai peu de mérite à refuser un mari taré et ruiné. Vous avez raison, car je ne l'aime plus.

— Vous l'avez donc aimé?

— Pourquoi ne l'avouerais-je pas? Il est beau, il est brave, il a cette audace, ce dédain de l'opinion des sots, ce mépris du danger qui plaisent tant aux femmes. S'il me faisait comtesse, il saurait m'imposer au monde. Que suis-je, d'ailleurs, moi? Une irrégulière. Je ne dérogerais pas en épousant un irrégulier.

Mais, je vous l'ai dit, Gaston, je ne l'aime plus, et je me laisserais tuer par lui plutôt que de lier ma vie à la sienne.

— Vous êtes tragique, ma chère, murmura le jeune homme d'un air plus ennuyé que fâché.

Évidemment, la tournure que l'entretien avait prise lui déplaisait. Il n'était pas venu chez Julia pour parler d'amour, et il donnait à tous les diables ce Polonais qu'elle lui jetait à la tête, comme si elle eût pris à tâche d'empêcher la conversation d'aboutir. Il ne tortillait plus sa moustache soyeuse, mais il donnait d'autres signes, encore moins équivoques, d'embarras et d'impatience.

Pendant qu'il s'agitait sur son fauteuil, la porte du boudoir s'entr'ouvrit, et une figure de femme se montra discrètement, une vraie figure de camériste du demi-monde, nez pointu, teint blême, bouche railleuse.

— Qu'y a-t-il? demanda sèchement Julia. Je n'ai pas sonné.

— Madame n'a pas sonné, mais j'aurais un mot à dire à madame, répondit la soubrette d'un air confidentiel.

— Dis-le. Pourquoi tant de mystères? Je n'ai pas de secrets pour M. Darcy.

— Pardon, madame... c'est que... il y a quelqu'un qui demande à parler à madame.

— Quelqu'un! Qui cela? Je t'avais défendu de recevoir.

La femme de chambre garda un silence prudent, mais Gaston, qui lui tournait le dos, vit très-bien dans la glace que ses yeux parlaient.

— Que signifient ces mines? demanda madame d'Orcival. C'est le comte qui est là?

Évidemment la soubrette n'avait pas prévu cette interpellation. Elle savait son métier, et elle n'était pas accoutumée à annoncer devant le roi régnant un roi détrôné. Mais elle ne se déconcerta point et elle répondit, si bas que Roger l'entendit à peine :

— Oui, madame, c'est le comte... mais madame peut croire qu'il est entré malgré moi... le valet de pied et le cocher sont sortis... je n'ai pas pu, moi toute seule, l'empêcher de forcer la consigne et de me suivre jusque dans le salon.

— Ah! il est dans le salon, s'écria madame d'Orcival. Fort bien. J'y vais. Retourne dans ma chambre à coucher et n'en bouge pas que je ne te sonne.

La camériste disparut, comme elle était entrée, sans bruit, et elle referma la porte avec des précautions qui dénotaient une grande expérience des situations scabreuses.

Aux premiers mots significatifs de ce court colloque, Gaston s'était levé.

— C'est le comte Golymine? demanda-t-il.

— Mon Dieu! oui, répondit Julia. Il m'a écrit ce matin qu'il voulait me voir avant de quitter la France... il part demain. Je lui ai fait dire que je ne le recevrais pas, mais je m'attendais à une incartade de ce genre. Ce sera la dernière; je veux en finir ce soir avec lui.

— Et moi, je m'en vais, dit Gaston, avec un empressement que madame d'Orcival remarqua sans doute, car elle reprit froidement :

— Si vous cherchez un prétexte pour me quitter, vous n'aurez pas de peine à en trouver un meilleur. Il n'y a plus rien entre le comte et moi, et je vous prie de rester ici.

L'entrevue sera courte, je vous le promets, et à mon retour, j'aurai une explication avec vous.

Ayant dit, Julia sortit sans laisser à son amant le temps d'ajouter un seul mot.

Gaston, en cette occurrence, manqua de présence d'esprit, mais il faut avouer qu'il se trouvait dans un cas des plus épineux. Retenir madame d'Orcival malgré elle, c'eût été ridicule. On ne violente pas une femme. Partir, c'était impossible. Le boudoir n'avait qu'une issue, et, pour en sortir, il fallait traverser le salon où le comte attendait. Passer sous les yeux d'un rival et lui céder la place, ou bien chercher querelle à ce rival et le mettre à la porte, Gaston avait à choisir entre ces deux partis, et il aurait volontiers pris le dernier s'il avait eu affaire à un homme de son monde.

Mais la perspective d'un duel avec ce Slave déclassé ne lui souriait guère, et c'eût été jouer de malheur que d'être forcé de rompre avec éclat une liaison qu'il voulait dénouer à l'amiable.

Car Julia ne s'était pas trompée. Gaston Darcy était décidé à se séparer d'elle. Avec sa clairvoyance de femme, elle avait lu son dessein dans ses yeux, et comme elle tenait à ne pas être quittée, elle s'était mise aussitôt à jouer une partie qu'elle comptait bien gagner. La visite inattendue de ce Golymine arrivait comme un coup décisif à la fin de cette partie, et la joueuse espérait que le coup tournerait en sa faveur. Elle savait que, pour raviver un amour qui s'éteint, rien ne vaut une rivalité rappelée à propos, et elle avait résolu de sacrifier la Pologne pour assurer l'avenir de sa liaison parisienne.

Gaston, de son côté, se disait que ce désagréable incident lui assurerait l'avantage à la reprise des hostilités. Il était arrivé chez Julia un peu hésitant et assez embarrassé. Il venait liquider une association qu'il avait contractée un an auparavant avec entrain, presque avec passion. Un an, c'est-à-dire un siècle dans le monde du plaisir, dans ce monde où les amours ne datent pas souvent par millésimes.

Encore faut-il un motif pour leur couper les ailes, et si Gaston en avait un assez sérieux, ce n'était pas madame d'Orcival qui le lui avait fourni. Il prévoyait qu'elle ne goûterait pas du tout les raisons qu'il allait mettre en avant pour s'excuser de rompre, et il craignait de manquer d'énergie au moment décisif.

Une fausse manœuvre de la sirène brune l'avait remis d'aplomb. En cherchant à exciter sa jalousie, elle s'était livrée par un de ses côtés faibles. Gaston lui pardonnait tous ses anciens amants, excepté Golymine. Les amoureux des irrégulières ont de ces bizarreries. En évoquant le souvenir du comte, Julia avait donc commis une maladresse, et l'arrivée de ce personnage suspect n'était pas faite pour la réparer. Maintenant, Gaston se sentait sûr de lui.

En attendant que madame d'Orcival rentrât de sa malencontreuse excursion en Pologne, il se promenait fiévreusement à travers le boudoir, s'arrêtant lorsque des éclats de voix arrivaient jusqu'à lui à travers les portes et les tentures, puis reprenant sa marche agitée, de peur de se laisser aller à la tentation d'écouter.

Le salon où la soubrette avait introduit le comte était contigu à celui où était resté Gaston, qui ne tarda guère à se demander pourquoi Julia n'avait pas emmené son Slave dans une autre pièce.

L'hôtel était vaste, et elle n'avait qu'à choisir. Il y avait justement une galerie-bibliothèque, — en anglais un *hall* — située si loin du boudoir, qu'on aurait pu s'y battre en duel ou s'y brûler la cervelle, sans que le bruit fût perçu dans le réduit coquet où madame d'Orcival se tenait de préférence.

Gaston en vint bientôt à penser que Julia n'était pas fâchée de le forcer à assister presque à son entretien avec Golymine. Il se dit qu'elle allait faire en sorte que des mots significatifs parvinssent à ses oreilles, et il finit par croire que tout cela était peut-être convenu d'avance entre elle et le Polonais — en quoi il se trompait absolument.

Le fait est que le diapason de la conversation ne tarda

1.

pas à s'élever beaucoup, et qu'il aurait fallu être sourd
pour ne pas entendre des fragments du dialogue.

Gaston distinguait parfaitement les deux voix, qui parfois
alternaient et parfois aussi se confondaient dans un morceau d'ensemble : la voix de Julia, une voix chaude, bien
féminine pourtant, et la voix du comte, grave, mordante,
saccadée, une voix à la Mélingue.

Et, en vérité, c'était bien un drame qui se ouait chez
madame d'Orcival. Elle essayait d'en faire une opérette,
mais l'enragé Polonais le poussait au noir.

— C'est infàme ! criait le Buridan.

— Pas de gros mots, vocalisait la diva.

— Vous voulez donc que je me tue !

— Est-ce qu'on se tue pour une femme ?

— Oui, quand on l'adore... quand on ne peut pas vivre
sans elle.

Et après ces explosions, le couplet suivant baissait d'un
ton. Évidemment, le comte, reprenant le mode mineur,
essayait d'attendrir l'inexorable demi-mondaine, qui lui
répondait par des refus en sourdine.

D'où il résultait que Gaston passait par des supplices
variés. Quand le duo montait aux notes aiguës, il se tenait
à quatre pour s'empêcher d'entrer en scène et de jeter
dehors cet étranger qui sommait Julia de le suivre aux
pays perdus où finissent les décavés. Un galant homme ne
laisse pas malmener une frégate qui a navigué sous son
pavillon. Et quand le récitatif revenait aux notes douces,
Gaston enrageait de tenir dans la saynète un emploi ridicule. On a beau ne plus aimer une femme, on trouve dur
d'écouter malgré soi les explications orageuses qu'elle a
avec un prédécesseur, et il vous prend de furieuses envies
d'intervenir.

— Maintenant, grommelait-il pour se consoler, me voilà
radicalement guéri.

D'ailleurs, la situation se corsait de telle sorte que le
dénoûment ne pouvait pas se faire beaucoup attendre, et

en effet, il ne tarda guère. Julia n'aimait pas les longueurs. Elle fit des coupures dans ses répliques.

— Ainsi, reprit la voix de basse, vous êtes résolue à ne pas partir avec moi ?

— Parfaitement résolue, mon cher, chanta le soprano, en scandant ses notes.

Et, après un point d'orgue :

— Vous me remercierez plus tard.

— Non, car vous ne me reverrez jamais vivant.

— Encore ! Vous parlez vraiment trop de mourir. Je n'étais pas seule quand vous avez fait chez moi cette entrée à la Tartare. Souffrez donc que je vous quitte et que, en dépit de vos discours sinistres, je vous dise : Au revoir... dans trois ou quatre ans... quand vous aurez trouvé une autre mine d'or en Californie... ou ailleurs... je ne tiens pas à la provenance.

— Allez rejoindre votre amant, tonna la basse profonde. Je vous méprise trop pour vous tuer, mais je vous maudis... et vous verrez ce que vaut la malédiction d'un mort.

Après cette phrase de cinquième acte, il y eut le bruit d'une porte fermée avec violence. La toile venait de tomber. La pièce était finie.

Gaston s'intéressait fort peu à ce Polonais qui abusait vraiment des mots à effet, mais les froides railleries de madame d'Orcival l'avaient écœuré, et il l'attendit de pied ferme.

Elle rentra calme, presque souriante. De la scène du salon, il ne lui restait qu'un peu de flamme dans les yeux et un peu de rougeur aux joues.

— Enfin, dit-elle, je suis délivrée de cet énergumène. Mariette a bien fait de le laisser entrer. Maintenant, il ne reviendra plus.

— Je le crois, dit froidement Gaston.

— Est-ce que vous avez écouté ?

— Écouté, non. Entendu... oui... quelques mots...

— Et pensez-vous que le comte Golymine m'aime comme

nous voulons être aimées, nous autres femmes... avec fureur... avec rage... jusqu'au suicide... inclusivement?

— Quand on veut se tuer, on ne le crie pas si haut.

— Je vous ai déjà dit, mon cher, que vous ne connaissiez pas Golymine. C'est un fou qui ferait sauter Paris et lui avec, pour satisfaire une de ses fantaisies.

— Peu m'importe ce qu'il est et ce qu'il n'est pas. J'espère bien ne jamais le retrouver sur mon chemin.

— Vous avez raison, mon ami, je vous parle beaucoup trop de cet insurgé, et je vous prie de me pardonner les désagréables instants que vous venez de passer. Vous auriez pu vous offenser d'une situation que je n'avais pas créée, et vous avez bien voulu me permettre de renvoyer mon persécuteur. Je vous dois vraiment de la reconnaissance, et vous savez que je paye toujours mes dettes, dit Julia avec un sourire à fondre la glace d'un cœur octogénaire.

En attendant que je paye celle-là, venez que je vous verse une tasse de ce thé qui m'est arrivé hier de Moscou... sans passer par Varsovie.

— Mille grâces, répondit Gaston. Je vais être obligé de vous quitter à minuit. Il est onze heures et demie, et j'ai à vous parler.

Julia avait déjà repris sur sa chaise longue la pose savamment étudiée qu'elle choisissait quand elle voulait charmer. A ce discours, elle se redressa comme une couleuvre froissée, et demanda d'un ton bref :

— Qu'avez-vous donc à me dire?

— Que je me décide à entrer dans la magistrature.

— Je comprends que, pour m'annoncer cette grave nouvelle, vous m'ayez fait manquer l'Opéra. Alors vous allez être obligé de mettre une robe noire et de couper vos moustaches.

— Non, pas encore. Je vais débuter comme attaché au parquet. Mais je vais être forcé de réformer ma façon de vivre.

D'un regard clair et froid comme une lame d'épée, madame d'Orcival interrogea le visage de son amant.

— C'est une rupture que vous me notifiez en ces termes gracieux, demanda-t-elle après un court silence.

— Une séparation, dit le jeune homme en s'inclinant.

— Le mot est plus honnête. Ce que vous faites ne l'est pas.

Gaston tressaillit sous l'injure, mais il se contint assez pour répondre avec calme :

— Vous n'avez jamais cru, je pense, que nos relations dussent être éternelles. J'ai toujours agi avec vous en galant homme; je vous quitte parce que la carrière que je veux suivre m'y force, et je sais à quoi m'oblige cette pénible nécessité.

— Vous voulez dire que, demain, dans le dernier bouquet de gardenias que je recevrai, vous mettrez un *chèque* à mon ordre. Je vous le renverrai, mon cher. Je ne veux pas de votre argent sans vous. Qu'en ferais-je? Je suis riche, et s'il me plaît de vous donner un successeur, je n'aurai pas besoin de le prendre pour sa fortune... pas plus que je ne vous avais pris pour la vôtre.

Gaston s'inclina sans répondre. La scène du Polonais l'avait cuirassé contre les reproches et contre les flatteries.

— C'est sans doute votre oncle, le juge, qui vous a mis en tête la vertueuse idée de lui succéder un jour, reprit Julia. Et vous osez prétendre qu'il n'a pas décidé aussi de vous marier! L'un ne va pas sans l'autre. Un garçon n'est jamais magistrat qu'à moitié.

— Vous oubliez que mon oncle est célibataire.

— A telles enseignes que vous comptez bien hériter de lui un jour. Raison de plus pour qu'il tienne à vous confier le soin de perpétuer son nom dans la robe. A la seconde génération, les Darcy dont vous serez le père mettront une apostrophe après le *d*.

Gaston sentit que la patience allait lui manquer, et il fit un mouvement pour sortir.

Julia s'était levée en pied. Ses yeux lançaient des éclairs.

— Mon cher, dit-elle d'une voix qui sifflait entre ses

dents blanches, je sais maintenant ce que vous valez... et
je plains la femme que vous épouserez, à moins qu'elle ne
vous traite comme j'aurais dû vous traiter. Et c'est ce
qu'elle fera certainement. Vous n'êtes pas de la race de
ceux qu'on aime, monsieur Gaston Darcy.

Puis, changeant de ton tout à coup :

— Serait-ce la belle Havanaise, la veuve aux six cent
mille livres de rente, qui met des pompons rouges à ses
chevaux, et qui mène à quatre mieux qu'un cocher anglais,
la marquesa de Barancos? On m'a dit que vous lui faisiez
une cour assidue. Vous n'êtes pas le seul, et...

Darcy n'y tint plus. Il ouvrit brusquement la porte du
boudoir, traversa le salon en courant et ne s'arrêta qu'au
bas de l'escalier pour prendre son chapeau et son par-
dessus. Mariette avait été consignée dans la chambre à
coucher par madame d'Orcival. Les autres domestiques
faisaient la fête à la cuisine. Il sortit de l'hôtel sans rencontrer personne.

Pendant qu'il descendait à grands pas le boulevard Malesherbes, Julia, debout, accoudée sur la console qui portait
le groupe de Clodion, disait tout bas :

— Quittée! il m'a quittée! Sotte que j'étais! je le prenais
pour un niais et je m'imaginais que je l'amènerais un jour
à m'épouser. Pourquoi pas? Eva est bien devenue princesse
Gloukof, et elle avait commencé plus mal que moi. Sa
mère était marchande de pommes. Oui, mais Darcy n'est
pas Russe. Darcy est un bourgeois de Paris, inaccessible à
l'entraînement. Il me glisse entre les doigts au moment
où je croyais le tenir. C'est bien fait. Cela m'apprendra à
viser plus haut. Mais quelqu'un l'a poussé à rompre. Je
saurai qui, et je me vengerai... Oui, je me vengerai de lui,
de son oncle, de son ami Nointel...

Et, comme illuminée par une inspiration subite :

— Golymine m'y aidera. Il m'aime, celui-là, et il ne recule
devant rien. J'ai bien choisi mon heure en vérité pour le
congédier !... Mais il ne tient qu'à moi de renouer avec

lui... il est encore à Paris, car il ne savait pas que je refuserais de le suivre, et il était ici il y a vingt minutes. Si je lui écrivais? Oui, mais j'ai oublié son adresse... il en a changé si souvent depuis six mois. Elle doit être sur la carte qu'il a laissée hier, quand j'ai refusé de le recevoir. Où est-elle, cette carte?... Ah! je me rappelle que Mariette l'a posée sur la table de Boule qui est au milieu de la galerie.

Quand madame d'Orcival voulait une chose, l'action suivait vite l'idée. Elle prit aussitôt le chemin du *hall* qui se trouvait à l'autre bout de l'appartement du premier étage. Le salon était éclairé; le *hall* ne l'était pas. Elle s'était donc armée d'un flambeau.

En y entrant, elle fut assez surprise d'y trouver une bougie qui brûlait, placée sur un dressoir. La lueur incertaine de cette bougie pénétrait à peine dans les hautes et profondes embrasures des fenêtres à vitraux gothiques, et lorsque Julia arriva devant la dernière, elle crut entrevoir un homme collé contre les carreaux armoriés.

Elle n'était pas peureuse. Elle avança et, en reconnaissant à sa pelisse de fourrures cet homme qui avait l'air d'écouter à la fenêtre, elle s'écria :

— Golymine! que faites-vous ici? que signifie...

Et presque aussitôt :

— Pendu! murmura-t-elle. Il s'est pendu!

Sa main laissa tomber le flambeau qu'elle portait, et son sang se glaça dans ses veines.

La salle était immense. Le plafond se perdait dans l'ombre, et la bougie qui achevait de se consumer sur le dressoir éclairait l'embrasure de ses lueurs mourantes. L'obscurité complète eût été moins effrayante que ces reflets intermittents qui, par moments, illuminaient les traits convulsés de Golymine, et, par moments, laissaient à peine entrevoir la hideuse silhouette d'un pendu.

Julia avait reculé d'horreur, et elle restait appuyée contre la boiserie de la bibliothèque, pâle, tremblante, les mains crispées, les yeux fixes.

Elle voulait crier, et la voix lui manquait. Elle voulait fuir, et la terreur la clouait sur place. Elle voulait détourner sa vue de ce cadavre accroché, et elle le regardait malgré elle. Il la fascinait.

C'était bien Golymine. L'enragé Slave avait tenu sa promesse, et ses dernières paroles vibraient encore aux oreilles de madame d'Orcival : « Vous saurez ce que vaut la malédiction d'un mort. »

Elle les comprenait maintenant, ces paroles menaçantes, et par un phénomène de lucidité dû à la surexcitation de ses nerfs, elle voyait la scène du suicide telle qu'elle avait dû se passer : Golymine, furieux, traversant l'appartement vide, et se jetant dans cette galerie où il savait bien que personne ne viendrait. Il la connaissait à merveille ; car, au temps où Julia l'aimait, il ne sortait guère de l'hôtel. Il avait eu le sang-froid de chercher à tâtons un flambeau et de l'allumer. Il avait arraché une embrasse des lourds rideaux de tapisserie, traîné contre la fenêtre un tabouret sur lequel il était monté, et qu'il avait repoussé du pied, après s'être passé autour du cou un nœud coulant, fait avec l'embrasse préalablement attachée à l'espagnolette.

Il n'en faut pas plus pour mourir.

— Voilà donc sa vengeance, pensait Julia. Il s'est tué chez moi pour me perdre par le bruit que fera son suicide. Demain, tout Paris saura que Golymine, ruiné, déshonoré, s'est pendu dans l'hôtel de sa maîtresse... on dira bientôt de sa complice, car les histoires oubliées reviendront à la mémoire des femmes qui me jalousent et des hommes qui me détestent. Qui sait si on ne dira pas que j'ai assassiné Golymine?... Et Darcy qui a entendu ma querelle avec ce malheureux ne démentira peut-être pas ceux qui diront cela.

Puis, avec cette mobilité d'esprit qui était un de ses moindres défauts, elle se prit à regretter le mort.

— Fou! se disait-elle, plus fou cent fois que je ne pouvais le croire. Je savais bien qu'il avait plus de cœur que

tous les sots qui le méprisaient... mais se tuer à trente
ans !... quand il lui restait assez de jeunesse, de courage et
d'intelligence pour refaire sa fortune ! Ah ! celui-là m'a
aimée !... et si je pouvais le ressusciter, comme je lui
dirais : Je suis prête à te suivre !

Et, frappée tout à coup d'une idée :

— S'il n'était pas mort, murmura-t-elle, si, en coupant
ce cordon... non non... il y a trop longtemps... ce serait
inutile... mais je ne puis pas rester ici... il faut agir... sans
quoi on m'accuserait... je vais appeler Mariette, envoyer
prévenir la police...

Elle se rappela alors qu'il n'y avait pas de sonnette mettant en communication la galerie avec la chambre à coucher où elle avait consigné la soubrette, et elle marcha
vers le dressoir pour y prendre la bougie qui avait éclairé
les préparatifs du suicide et qui brûlait encore.

Le flambeau qu'elle portait lorsqu'elle était entrée s'était
éteint en tombant, et elle n'osait pas traverser sans lumière
cette longue galerie où elle laissait derrière elle un cadavre.

Elle passa, en détournant la tête, devant la sinistre
fenêtre, et elle allait mettre la main sur le bougeoir quand
elle vit que, près de ce bougeoir, il y avait un papier,
une feuille arrachée d'un carnet.

— Il a écrit, dit-elle tout bas... à moi, sans doute... un
adieu.

Et elle lut ces mots tracés au crayon :

« C'est Julia d'Orcival qui m'a tué. Je désire que la
somme contenue dans mon portefeuille soit distribuée aux
pauvres de Paris, et je prie les autorités françaises de faire
remettre aux personnes qui les ont écrites les lettres qu'on
y trouvera. »

— Des lettres ! murmura Julia. Les miennes peut-être...
Oui, il les a conservées... il me l'a dit, il a essayé de
m'effrayer en me rappelant qu'il avait entre les mains la
preuve qu'il m'avait intéressée autrefois à... à ses affaires..
et sa dernière pensée a été de livrer le secret de notre

association. Ah! c'est maintenant que je sais ce que vaut la malédiction d'un mort.

Elle resta quelques instants affaissée sous ce nouveau coup, puis se redressant :

— C'est infâme ce qu'il a fait là. Il comptait qu'un de mes domestiques découvrirait son corps, et que ce papier serait remis au commissaire de police, sans que je pusse m'y opposer... il ne prévoyait pas que ce serait moi qui le trouverais... mais je l'ai, et personne ne le verra, car je vais le brûler... et personne non plus ne verra mes lettres.

Elle exposa le feuillet à la flamme de la bougie, et, en un clin d'œil, il ne resta plus de cet étrange testament que des cendres.

Mais les lettres étaient dans la poche du mort.

— Je n'oserai jamais les prendre, dit-elle tout bas.

L'embrasure que Golymine avait choisie pour mourir était à six pas du dressoir, et le cadavre se détachait comme un fantôme noir sur les vitraux clairs. La galerie s'emplissait de ténèbres. Partout, le silence, un silence de tombe. Julia, terrifiée, frissonnait de la tête aux pieds.

— Il le faut, dit-elle tout bas. Cette bougie va s'éteindre... et Mariette peut venir... je ne veux pas qu'elle me trouve ici.

Elle saisit le bougeoir d'une main tremblante et elle avança vers la fenêtre. Sa gorge se serrait, ses lèvres étaient sèches, et elle éprouvait à la racine des cheveux la sensation que cause le contact passager d'un fer rouge. Chaque pas qu'elle faisait retentissait douloureusement dans son cerveau. Parfois, il lui semblait qu'elle entendait une voix, la voix de Golymine qui l'appelait.

En arrivant à l'embrasure, elle ferma les yeux, et peu s'en fallut qu'elle ne laissât encore une fois tomber son flambeau.

Les pieds du pendu touchaient presque le parquet, car le cordon s'était allongé sous le poids de ce grand corps;

sa tête s'inclinait sur sa poitrine, et son visage disparaissait dans le collet de fourrures de sa pelisse.

Mais pour trouver le portefeuille, il fallait toucher le cadavre, fouiller les habits.

— Non, je ne peux pas, murmura Julia sans oser lever les yeux.

Et si elle eût été obligée de porter la main sur ce mort, de palper cette poitrine où un cœur ardent avait battu pour elle, l'horreur eût été plus forte que l'intérêt.

Mais il était écrit qu'elle irait jusqu'au bout. Ses yeux qu'elle tenait baissés, de peur de revoir les traits de l'homme qui l'avait adorée, ses yeux aperçurent, dépassant une des poches de côté de la pelisse, le bout d'un portefeuille.

Certes, Golymine l'avait placé là avec intention. Il tenait à ce qu'on le trouvât, et ce n'était pas pour être agréable à son ancienne maîtresse qu'il avait pris cette précaution.

Madame d'Orcival comprit cela, et ses scrupules s'envolèrent. Elle posa le bougeoir sur la table de Boule où devait se trouver encore la carte de visite du comte, prit du bout des doigts le portefeuille et l'ouvrit.

Elle en tira d'abord des billets de banque, trois liasses de dix mille, les dernières cartouches du vaincu de la vie parisienne, le viatique mis en réserve pour passer à l'étranger.

Julia regarda à peine ces papiers soyeux que, d'ordinaire, elle ne méprisait pas tant, et ouvrit d'une main fiévreuse les autres compartiments du portefeuille. Elle y trouva ce qu'elle cherchait, des lettres attachées ensemble par un fil de soie, des lettres d'où s'exhalait un parfum doux comme l'odeur du thé, des reliques d'amour qui n'étaient pas toutes de la même sainte, car Golymine avait eu beaucoup de dévotions particulières.

Madame d'Orcival les prit, remit les billets de banque dans le portefeuille, le portefeuille dans la poche du mort, et sortit de la galerie sans oser se retourner.

Quand elle se retrouva dans son salon, joyeusement éclairé, le sang-froid lui revint. Elle le traversa, rentra sans bruit dans le boudoir, et s'y enferma au verrou.

Mariette aurait pu entrer sans qu'elle l'appelât, et elle ne voulait pas que Mariette vît les lettres.

Son plan était déjà arrêté. Elle avait résolu de sonner la femme de chambre, de l'envoyer, sous un prétexte quelconque, dans la bibliothèque, et d'attendre que cette fille revînt lui annoncer qu'elle y avait trouvé un pendu. Pour que personne ne lui demandât d'explication, il fallait que personne ne crût qu'elle avait trouvé le cadavre avant tout le monde, et ne l'accusât d'avoir touché au portefeuille.

Mais d'abord Julia voulait brûler ses lettres. C'était pour pouvoir anéantir les preuves de son ancienne liaison avec Golymine qu'elle avait eu le terrible courage de les prendre.

Elle allait jeter le paquet au feu, mais elle se ravisa. Il lui semblait qu'il était plus gros qu'il n'aurait dû l'être, s'il n'avait contenu que sa correspondance à elle.

Elle défit précipitamment le cordonnet de soie, et elle vit que les billets doux avaient été divisés par le comte en quatre paquets. Ce fougueux amant mettait de l'ordre dans ses papiers de cœur, comme s'il se fût agi de papiers d'affaires.

Julia avait sa liasse. Elle reconnut tout de suite son écriture, et elle fut assez surprise de trouver, épinglée sur cette liasse, une étiquette portant cette mention très-explicite :

« Madame d'Orcival, boulevard Malesherbes, 199. »

— On aurait su à quoi s'en tenir, dit-elle avec amertume.

Elle fut encore plus étonnée quand elle s'aperçut que chacun des trois autres paquets portait aussi un nom et une adresse.

— Pourquoi a-t-il fait cela? se demanda-t-elle. Voulait-il se servir de ces lettres pour exploiter celles qui les ont écrites? On l'a accusé autrefois d'avoir abusé par ce procédé des faiblesses qu'une grande dame avait eues pour lui. Non, je crois plutôt qu'il se réservait de prendre un parti après m'avoir vue. Si j'avais consenti à le suivre à l'étranger, peut-être aurait-il cherché à profiter des secrets qu'il possédait. Il lui restait fort peu d'argent... et ce n'est pas à moi qu'il en aurait demandé. Quand il a pris la résolution de mourir, parce que je refusais de partir avec lui, il n'a plus songé qu'à se venger de moi.

Il savait bien que le commissaire de police n'hésiterait pas à ouvrir une enquête sur la d'Orcival, et que, pour éviter un scandale, il s'empresserait de détruire ou de restituer les autres correspondances. Je ne suis qu'une femme galante, moi, tandis que mes rivales sont des femmes mariées, j'en suis sûre.

Et après avoir réflechi quelques secondes :

— Si je voulais pourtant !... les noms y sont... il ne tiendrait qu'à moi de faire ce que Golymine aurait peut-être fait, s'il ne s'était pas tué. Pourquoi aurais-je pitié de celles qui me méprisent? La baronne du Briage a changé son jour d'opéra parce que sa loge est à côté de la mienne, et qu'elle ne veut pas être ma voisine. Oui, mais il ne s'git pas d'elle. De qui sont ces lettres?

Madame d'Orcival lut le nom qui désignait la destinataire du premier paquet.

— Je ne la connais pas, murmura-t-elle. Une bourgeoise sans doute. Si c'était une des grandes mondaines qui vont aux bois et aux *premiéres*, j'aurais entendu parler d'elle. Pauvre femme! dans quelles transes va la jeter la nouvelle du suicide de Golymine! Et comme elle me bénira quand je lui rendrai ses lettres! Car je veux les lui rendre. Pourquoi chercherais-je à lui nuire?

Voyons les autres.

A peine eut-elle jeté les yeux sur la seconde liasse qu'elle s'écria :

— Elle! ces lettres sont d'elle! Ah! je savais bien qu'il

avait été son amant, quoiqu'il l'ait toujours nié. La marquise s'est donnée à un aventurier. Et tous ces imbéciles qui ont lapidé Golymine avec des boules noires se disputeraient l'honneur d'épouser cette créature, si elle ne dédaignait leurs hommages! Ah! je les lui rendrai peut-être, ses lettres, mais je ferai mes conditions... et ce n'est pas de l'argent que j'exigerai.

A ce moment, on frappa doucement à la porte du boudoir, et, avant de tirer le verrou, madame d'Orcival cacha la correspondance dans la poche de son peignoir.

Il y avait un troisième paquet dont elle n'avait pas encore regardé la suscription.

— C'est toi; que veux-tu? demanda-t-elle à la soubrette qui répondit avec assurance :

— Madame m'avait commandé de rester dans la chambre à coucher. Je m'y suis endormie devant le feu, et en me réveillant j'ai vu qu'il était plus de minuit. J'ai pensé que M. Darcy devait être parti...

— Depuis une heure au moins, mais je n'ai pas eu besoin de toi. Va me chercher le *Figaro* qui est sur la table de Boule dans la bibliothèque, et occupe-toi ensuite de ma toilette de nuit.

La camériste disparut avec la prestesse d'une souris. Julia, restée seule, alla droit à un *bonheur du jour* dont le bois de rose cachait un tiroir secret. Elle y serra les lettres, et elle attendit la lugubre nouvelle qu'elle était parfaitement préparée à recevoir.

Trois minutes après, Mariette, effarée, se précipita dans le boudoir en balbutiant :

— Madame!... Ah! mon Dieu!... si vous saviez ce que je viens de voir! Le comte.....

— Eh bien? Est-ce qu'il s'est caché dans l'hôtel pour m'espionner?

— Il est mort, madame! il s'est pendu!

— Pendu!

— Oui, madame... à une des fenêtres de la bibliothèque.

Je ne sais pas comment je ne me suis pas évanouie de peur.

— C'est épouvantable ! s'écria madame d'Orcival, qui n'eut pas trop de peine à pâlir. Appelle le valet de pied... le cocher... dis-leur qu'ils courent chercher un médecin... prévenir le commissaire de police... le médecin d'abord... Il est peut-être encore temps de rappeler à la vie ce malheureux.

CHAPITRE II

A peine sorti de l'hôtel de madame d'Orcival, Gaston Darcy s'était mis à descendre le boulevard Malesherbes en courant comme un homme qui vient de s'écha per d'une prison et qui craint qu'on ne l'y ramène. Il était venu soucieux; il s'en allait le cœur léger, et il bénissait le hasard qui avait amené le Polonais chez Julia.

— Ces bohèmes étrangers ont du bon, se disait-il joyeusement. Sans la scène que celui-ci est venu faire à Julia, je crois que je n'aurais pas eu le courage de dénoncer mon traité. Et pourtant, elle n'a pas à se plaindre de moi. Il a duré un an, cet aimable traité, et il m'a coûté dans les cent mille... en y comprenant le *chèque* que j'enverrai demain matin. Elle m'a dit qu'elle ne l'accepterait pas, mais je parierais bien qu'elle ne s'en servira pas pour allumer sa bougie. Les Cléopâtres d'à présent ne font pas fondre leurs perles dans du vinaigre... et elles ont raison. Mais moi je n'ai pas eu tort de quitter Julia. Elle m'aurait mené trop loin. Mon oncle me sautera au cou, quand je lui dirai demain : Tout est rompu... comme dans le *Chapeau de paille d'Italie.*

Madame d'Orcival aurait, en effet, mené fort loin Gaston Darcy, mais ce n'était pas précisément la crainte de laisser chez elle son dernier louis qui l'avait arrêté tout à coup sur le chemin glissant de la ruine élégante. Ce n'était même pas pour suivre les conseils d'un oncle à succession qu'il venait de faire acte de sagesse.

Gaston Darcy avait bien l'intention d'entrer dans la magistrature et de dételer l'équipage du diable en renonçant au jeu, aux soupers et aux demoiselles à la mode.

Mais ces belles résolutions n'auraient probablement pas été suivies d'effet, si le goût très-vif qu'il avait eu pour Julia n'eût pas été étouffé par un sentiment plus sérieux dont elle n'était pas l'objet.

Elle ne s'était trompée qu'à demi en jugeant qu'il la quittait pour se marier. Gaston n'était pas décidé à franchir ce pas redoutable, mais il aimait une autre femme, ou plutôt il était en passe de l'aimer, car il ne voyait pas encore très-clair dans son propre cœur.

Il n'en était pas moins ravi d'avoir conquis si lestement sa liberté, et il éprouvait le besoin de ne pas garder sa joie pour lui tout seul. Aussi ne songeait-il point à aller se coucher. S'il avait su où trouver son oncle, il n'aurait pas remis au lendemain la visite qu'il comptait lui faire pour lui apprendre une si bonne nouvelle. Mais son oncle allait tous les soirs dans le monde, et il ne se souciait pas de se mettre à sa recherche à travers les salons du faubourg Saint-Honoré. Il appela le premier fiacre qui vint à passer, et il se fit conduire à son cercle.

C'était justement l'heure où il savait qu'il y rencontrerait ses amis, et entre autres, ce capitaine Nointel que madame d'Orcival détestait, sans le connaître. Les femmes ont un merveilleux instinct pour deviner qu'un homme leur est hostile.

Ce cercle n'était pas le plus aristocratique de Paris, mais c'était peut-être le plus animé, celui où on jouait le plus gros jeu, celui que fréquentaient de préférence les jeunes viveurs et les grands seigneurs de l'argent. Darcy y était fort apprécié, car il possédait tout ce qu'il faut pour plaire aux gens dont le plaisir est la grande affaire. Il avait de l'esprit, il parlait bien, et pourtant il ne racontait jamais de longues histoires. Il était toujours prêt à toutes les parties, et, qualité qui prime toutes les autres, dans une réunion de joueurs, il ne gagnait pas trop souvent.

Quand il entra dans le grand salon rouge, sept ou huit causeurs étaient assemblés autour de la cheminée, et les

1   2

bavardages allaient leur train. C'était un centre d'informations que ce foyer du salon rouge, et chacun y apportait, entre minuit et une heure, les nouvelles de la soirée. Bien entendu, les anecdotes scandaleuses y étaient fort goûtées, et on ne se faisait pas faute d'y commenter les plus fraîches.

La première phrase que Darcy saisit au vol fut celle-ci :

— Saviez-vous que Golymine a été son amant et qu'il a / fait des folies pour elle? Il faut vraiment qu'elle soit de première force pour avoir tiré beaucoup d'argent d'un Polonais qui n'en donnait pas aux femmes... au contraire.

Celui qui tenait ce propos était un grand garçon assez bien tourné, un don Juan brun, qui passait pour avoir eu de nombreuses bonnes fortunes dans la colonie étrangère. Il avait la spécialité de plaire aux Russes et aux Américaines.

Il s'arrêta court en apercevant Darcy, qui jugea l'occasion bonne pour faire une déclaration de principes.

Tout le monde connaissait sa liaison avec Julia, et il n'était pas fâché d'annoncer publiquement sa rupture. C'était une façon de brûler ses vaisseaux et de s'enlever toute possibilité de retour. Il se défiait des séductions du souvenir, et il ne se croyait pas encore à l'abri d'une faiblesse.

— C'est de madame d'Orcival qu'il s'agit? demanda-t-il.

— Non, répondit un causeur charitable. Prébord parlait du beau Polonais qu'on a refusé ici dans le temps.

— Et qui a été jadis avec Julia d'Orcival, chacun sait ça; mais ce que vous ne savez pas, c'est que je ne suis plus dans les bonnes grâces de cette charmante personne.

— Comment, c'est fini ! s'écrièrent en chœur les *clubmen*.

— Complétement. Les plus courtes folies sont les meilleures.

— Pas si courte, celle-là. Il me semble, cher ami, qu'elle a duré plusieurs saisons.

— Et la séparation s'est faite à l'amiable?

— Mais oui. Nous ne nous étions pas juré une fidélité éternelle.

— Ma foi! mon cher, vous avez eu raison de déclarer forfait. Julia est très-jolie, et elle a de l'esprit comme quatre; mais il n'y a encore que les femmes du monde. Demandez plutôt à Prébord.

— Ou au comte Golymine. Il les connaît, celui-là.

— A propos de ce comte, ou soi-disant tel, sait-on ce qu'il est devenu? demanda un jeune financier qui était un des gros joueurs du cercle.

— Peuh! je crois bien qu'il est à la côte. On ne le voit plus nulle part. C'est mauvais signe.

— J'en serai pour cinq mille, que j'ai eu la sottise de lui prêter.

— Vous étiez donc gris ce jour-là?

— Non, mais c'était à un baccarat chez la marquise de Barancos. Voyant qu'il était reçu dans cette maison-là, j'ai cru que je ne risquais rien.

— La marquise le recevait. Elle ne le reçoit plus. Quand il est arrivé à Paris, on le prenait partout pour un seigneur. Il faut dire qu'il était superbe... et avec cela l'air d'un vrai prince.

— Et il avait beaucoup d'argent. Je l'ai vu perdre trois mille louis sur parole, après un dîner au café Anglais. Il les a payés le lendemain avant midi.

— Oui, c'était le temps où toutes les femmes raffolaient de lui. Il vous avait une façon de s'habiller et de mener en *tandem*... et puis, il ne boudait pas devant un coup d'épée. Il en a même donné un assez joli à ce brutal de Mauvers, qui l'avait coudoyé avec intention dans le foyer de l'Opéra.

— Ah çà! messieurs, dit le grand Prébord, à vous entendre, on dirait que ce boyard d'occasion était le type du parfait gentilhomme. Vous oubliez un peu trop qu'il a toujours couru de mauvais bruits sur son compte.

— Ça, c'est vrai, reprit un officier de cavalerie fort répandu dans le monde où l'on s'amuse, et je me suis tou-

jours demandé comment il avait pu trouver des parrains
pour le présenter à notre Cercle.

— Et des parrains très-respectables. Le général Simancas
et le docteur Saint-Galmier. Tiens! quand on parle du
loup... voilà le docteur qui manœuvre pour se rapprocher
de la cheminée... gare les récits de voyage !... et j'aperçois
là-bas ce cher Simancas qui cherche un quatrième pour
son whist.

— Ils ne me plaisent ni l'un ni l'autre, votre docteur et
votre général. Général d'où? Docteur de quelle faculté ?

— Général au service du Pérou, le Simancas. Quant à
cet excellent Saint-Galmier, il a pris ses grades à la Faculté
de Québec. Il est d'une vieille famille normande émigrée
au Canada. S'ils ont consenti à patronner Golymine, c'est
qu'à l'époque où ils l'ont présenté, personne ne doutait de
son honorabilité. Mais il y a longtemps qu'ils ont cessé de
le voir.

— Qu'en savez-vous? Moi, j'exècre tous ces étrangers.
On se demande toujours de quoi ils vivent.

— Bon! voilà que vous donnez dans la même toquade
que notre ami Lolif qui voit des mystères partout. N'a-t-il
pas imaginé l'autre jour que Golymine était le chef d'une
bande de brigands, et qu'il dirigeait les attaques nocturnes
dont les journaux s'occupent tant! Il a la douce manie
d'inventer des romans judiciaires, ce bon Lolif.

— Il n'a pas inventé les étrangleurs. Avant-hier, on a
volé et étranglé à moitié le petit Charnas qui sortait du
Cercle Impérial et qui avait sur lui dix-sept mille francs
gagnés à l'écarté.

— Diable! si ces coquins-là se mettent à dépouiller les
gagnants, ce ne sera plus la peine de *faire la chouette*, s'écria
le jeune financier qui la faisait souvent, et avec succès.

Darcy avait dit ce qu'il voulait dire, et ce qu'il venait
d'entendre sur le comte Golymine ne lui apprenait rien de
nouveau. La conversation ne l'intéressait plus. Il se mit à
la recherche de son ami Nointel; mais en traversant le

salon rouge, il fut saisi au passage par le général péruvien.

— Cher monsieur, lui dit ce guerrier transatlantique, il n'y a que vous qui puissiez nous tirer d'embarras. Nous sommes trois qui mourons d'envie de faire un whist à un louis la fiche. Vous plairait-il de compléter notre table ?... Oh ! seulement jusqu'à ce qu'il nous arrive un rentrant.

Darcy venait de s'assurer, en interrogeant un valet de chambre du cercle, que le capitaine Nointel n'était pas encore arrivé. Il ne voulait pas partir avant de l'avoir vu, et il savait qu'il viendrait certainement. Les bavardages de la cheminée commençaient à l'ennuyer, et il ne haïssait pas le whist. Il accepta la proposition du général, quoique ce personnage lui fût peu sympathique.

M. Simancas était pourtant un homme de bonne mine et de bonnes façons, et Darcy entretenait avec lui ces relations familières qui sont comme la monnaie courante de la vie de cercle, et qui n'engagent, d'ailleurs, absolument à rien.

Ce soir-là le futur attaché au parquet était si content d'avoir rompu sa chaîne qu'il oubliait volontiers ses antipathies.

La table où il s'assit à la gauche du général, que le hasard des cartes venait de lui donner pour adversaire, était placée pas très-loin des causeurs, mais la causerie languissait, et les amateurs du silencieux jeu de whist purent se livrer en paix à leur divertissement favori.

Le docteur Saint-Galmier, de la Faculté de Québec, n'était pas de la partie. Il était allé se mêler au groupe qui faisait cercle devant le foyer.

La seconde manche du premier *rubber* venait de commencer, lorsqu'un jeune homme très-replet et très-joufflu entra dans le salon, à peu près comme les obus prussiens entraient dans les mansardes au temps du bombardement de Paris.

Ce nouveau venu avait la face rouge et les cheveux en désordre ; il soufflait comme un phoque, et on voyait bien qu'il venait de monter l'escalier en courant.

2.

Dix exclamations partirent à la fois :

— Lolif! voilà Lolif! — Messieurs, il y a un crime de commis, c'est sûr, et Lolif est chargé de l'instruction. — Allons, Lolif, contez-nous l'affaire. Où est le cadavre?

— Oui, blaguez-moi, dit Lolif en s'essuyant le front. Vous ne me blaguerez plus tout à l'heure... quand je vous aurai dit ce que je viens de voir.

— Dites-le donc tout de suite.

— Apprêtez-vous à entendre la nouvelle la plus étonnante, la plus renversante, la plus...

— Assez d'adjectifs! au fait!

— Je ne peux pas parler, si vous ne m'écoutez pas.

— Parlez, Lolif, parlez! Nous sommes tout ouïes.

— Eh bien! figurez-vous que, ce soir, j'avais dîné chez une cousine à moi, qui a le tort de demeurer au bout de l'avenue de Wagram...

— Est-ce qu'il va nous donner le menu du dîner de sa cousine?

— N'interrompez pas l'orateur.

— Je suis sorti avant minuit, et je revenais à pied, en fumant un cigare, quand, arrivé à l'entrée du boulevard Malesherbes, j'ai aperçu un rassemblement à la porte d'une maison... d'un hôtel. Et devinez lequel. Devant l'hôtel de Julia d'Orcival.

— Bah! est-ce que le feu était chez elle?

— Non, pas le feu. La police.

— Allons donc! Julia conspirerait contre le gouvernement. Au fait, on la voit à Saint-Augustin... aux anniversaires...

— Vous n'y êtes pas, mes petits. Je vous disais donc qu'il y avait une demi-douzaine de sergents de ville sur le trottoir, deux agents de la sûreté dans le vestibule, et au premier étage, le commissaire occupé à verbaliser.

Lolif parlait si haut que les whisteurs ne perdaient pas un mot de son récit, et ce récit commençait à intéresser Gaston Darcy, au point de lui faire oublier que son tour était venu de donner les cartes.

— C'est à vous, lui dit poliment le général.

— Oui, messieurs, reprit Lolif, le commissaire. Et savez-vous ce qu'il venait faire chez Julia?

— Du diable si je m'en doute.

— Il venait faire la levée du corps d'un monsieur qui s'est suicidé dans l'hôtel de la d'Orcival.

— Par désespoir d'amour? Ça, c'est un comble... le comble de la déveine, car Julia n'a jamais désespéré personne.

— Attendez! dit Lolif, en prenant la pose d'un acteur qui va lancer une réplique à effet. Ce monsieur, vous le connaissez tous. C'est le comte Golymine.

— Pas possible! Les gens de la trempe de Golymine ne se tuent pas pour une femme.

— Que ce soit pour une femme, ou pour un autre motif, je vous affirme que Golymine s'est pendu dans la galerie de l'hôtel, à l'espagnolette d'une fenêtre.

— Comment! vous coupez mon *neuf* qui est roi, s'écria le *partner* de Darcy.

— Et vous, général, vous venez de mettre votre dame d'atout sur mon valet, quand vous avez encore le sept et le huit en main, dit d'un air fâché le *partner* de M. Simancas.

La nouvelle proclamée comme à son de trompe par la voix perçante de Lolif jeta le désarroi dans la partie de whist, et les deux joueurs qu'elle n'intéressait pas pâtirent cruellement des fautes de leurs *partners*.

Darcy, qui jouait très-correctement, fit deux renonces avant la fin du coup, et le général, qui jouait de première force, en fit trois.

— Je ne sais ce que j'ai ce soir, dit le futur magistrat. Je ne suis pas au jeu. Je vous prie de m'excuser, messieurs, et, pour que vous ne soyez pas victimes de mes distractions, je liquide. Justement, j'aperçois deux rentrants. Je dois neuf fiches. Voici neuf louis.

Le général empocha l'or et se leva en même temps que Darcy.

— Il fait ici une chaleur atroce, et je ne me sens pas bien, murmura-t-il en quittant la table.

Gaston ne s'étonna point de l'indisposition subite du Péruvien. Il ne pensait qu'à se rapprocher de la cheminée pour entendre la suite d'un récit dont le début l'avait fort troublé.

Golymine trouvé mort chez Julia, Golymine qui avait dû sortir de l'hôtel bien avant lui, c'était à n'y pas croire.

Très-ému et même assez inquiet, Darcy vint se mêler au groupe, et il eut bientôt la triste satisfaction d'apprendre des détails qui ne le rassurèrent pas beaucoup.

— Qu'auriez-vous fait à ma place, messieurs? disait Lolif. Vous auriez passé votre chemin. Moi, j'ai voulu être renseigné, et je le suis, je vous en réponds.

— Vous étiez né pour être *reporter*.

— Non, pour être juge d'instruction. Tout Paris parlera demain de cette affaire. Moi seul suis en mesure de dire comment elle s'est passée. Je tiens mes informations du commissaire lui-même.

— Il vous aura pris pour un agent de la sûreté.

— Non, je le connais. Je connais tous les commissaires et même leurs secrétaires. Eh bien, messieurs, l'enquête est terminée, et elle a complétement innocenté Julia.

— On la soupçonnait donc d'avoir tué Golymine?

— Mon cher, dans ces cas-là, on soupçonne toujours quelqu'un. Et puis, il y a le fameux axiome : Cherchez la femme. Mais madame d'Orcival a été très-nette dans ses explications. Elle a raconté que ce Polonais est entré chez elle en forçant la consigne, et qu'il lui a fait une scène. Croiriez-vous qu'il voulait la décider à le suivre en Amérique, sous prétexte qu'elle l'a aimé autrefois?

En apercevant tout à coup Gaston qui était derrière lui, Lolif balbutia :

— Pardon, mon cher, je ne vous avais pas vu.

— Oh! ne vous gênez pas à cause de moi, dit Darcy en s'efforçant de sourire. Cela ne me regarde plus. J'ai rompu... hier.

— Vraiment! Eh bien, j'en suis charmé pour vous, car enfin vous auriez pu être interrogé, et c'est toujours désagréable.

Où en étais-je? Ah! je vous disais que Golymine, ruiné à fond et résolu à passer les mers, rêvait de ne pas partir seul. Il avait jeté son dévolu sur Julia qui a des titres de rente, un hôtel superbe et des tableaux à remplir un musée. Ma parole d'honneur, ces Slaves ne doutent de rien. Ah! on aurait vu une belle vente, si elle avait voulu liquider pour être agréable à la Pologne. Mais pas si sotte! Elle a refusé net, et elle a mis le comte à la porte. Sur quoi, mon Golymine, au lieu de sortir de l'hôtel, est allé se pendre dans la galerie... entre un Corot et un Diaz.

— C'est invraisemblable. La d'Orcival a des domestiques, et on ne circule pas dans sa maison comme dans un bazar.

— Il n'y avait chez elle que la femme de chambre, et c'est elle qui en passant dans la bibliothèque a découvert Golymine accroché par le cou. Et Julia, informée aussitôt de l'événement, n'a pas perdu la tête. Elle a envoyé chercher un médecin et avertir la police.

— Entre nous, elle aurait mieux fait de couper la corde.

— Messieurs, reprit gravement Lolif, une femme est bien excusable de ne pas oser toucher au cadavre de son ancien amant. D'ailleurs, c'eût été tout à fait inutile. Golymine était mort depuis une heure, quand la femme de chambre l'a trouvé. C'est le commissaire qui me l'a dit.

— Une heure! pensait Darcy. J'étais encore chez Julia lorsqu'il s'est tué. Elle a dû parler de moi aux agents, car maintenant elle n'a plus de raisons pour me ménager. Demain, mon nom figurera sur un rapport de police. Joli début dans la magistrature!

— Mais, demanda le général péruvien qui suivait le récit avec un intérêt marqué, est-ce que le comte n'a pas laissé un écrit... pour expliquer le motif de...?

— Non, répondit Lolif. Il ne pensait pas à se tuer quand il est venu chez Julia. Elle a refusé de le suivre, et il s'est pendu de rage. C'est un suicide improvisé.

— Le fait est, dit Simancas, que ce pauvre Golymine était fort exalté. Je l'ai connu autrefois... au Pérou... et j'ai même eu le tort de le présenter ici. Je m'étais trompé sur son compte, et j'ai appris, depuis, des choses qui m'ont décidé à cesser de le voir. Mais sa fin ne me surprend pas. Je savais qu'il était capable des plus grandes extravagances... et celle-là est réellement la plus grande de toutes celles qu'un homme peut commettre.

— Se pendre pour madame d'Orcival, en effet, c'est raide, s'écria Prébord. Mais c'est une vilaine action qu'elle a là sur la conscience, cette bonne Julia.

— Il me semble, dit sèchement Gaston, que, si le récit de Lolif est exact, elle n'a rien à se reprocher.

Darcy n'aimait pas ce bellâtre qui se vantait sans cesse de ses succès dans le monde et qui affichait un dédain superbe pour les demoiselles à la mode.

— Darcy a raison, appuya l'officier. Une femme n'est jamais responsable des sottises qu'un homme fait pour elle.

— Alors, demanda Simancas avec une certaine hésitation, on n'a rien trouvé sur Golymine... aucun papier...

— Pardon, dit Lolif, on a trouvé trente billets de mille francs dans son portefeuille. Et c'est bien la preuve qu'en cette affaire la conduite de madame d'Orcival a été correcte.

— Parce qu'elle n'a pas dévalisé ce pauvre diable après sa mort. Beau mérite, vraiment! s'écria Prébord. Elle est fort riche.

— Tiens! tiens! dit le financier, si je réclamais les cinq mille francs que j'ai prêtés à ce Polonais chez la marquise?

— Réclamer à qui? Au commissaire de police? Et puis, vous n'avez pas de billet, et Golymine doit laisser une flotte de créanciers. S'il ne possédait plus que l'argent qu'il avait sur lui, ils auront peut-être un louis chacun.

— Mais, objecta Lolif, rien ne prouve que le comte n'eût

que cette somme. Il avait toujours la tenue d'un homme opulent. Il est mort vêtu d'une magnifique pelisse en fourrures.

— Vous l'avez vu! s'écria Simancas, vous êtes sûr qu'il portait sa   elisse?

— Très-sûr; je ne l'ai pas vu, mais les agents m'ont renseigné. Le portefeuille aux trente mille francs était dans la poche d'une pelisse à collet de martre zibeline.

.Le général péruvien n'insista point. Il savait probablement tout ce qu'il voulait savoir. Il se détacha du groupe et s'en alla rejoindre son ami Saint-Galmier   ui sortait du salon.

Darcy, lui aussi, en savait assez, et il s'éloigna de la cheminée. Le récit de ce drame l'avait jeté dans de grandes perplexités. Il en était presque venu à se reprocher d'avoir causé involontairement la mort d'un homme auquel cependant il ne s'intéressait guère.

L'apparition du capitaine Nointel lui fit grand plaisir, car il éprouvait le besoin d'ouvrir son cœur à un ami. Nointel était le sien dans toute la force du terme. Ils s'étaient connus pendant le siége de Paris, Darcy étant attaché volontaire à l'état-major d'un général dont Nointel était officier d'ordonnance. Et, quand on s'est lié au feu, on en a pour la vie. D'ailleurs, l'amitié vit souvent de contrastes, comme l'amour. Or, cet Oreste et ce Pylade n'avaient ni le même caractère, ni les mêmes goûts, ni la même façon d'entendre la vie.

Nointel, démissionnaire après la guerre, avait su se créer une existence agréable avec quinze mille francs de revenu. Darcy n'avait su que s'ennuyer en écornant une belle fortune. Nointel n'aimait qu'à bon escient et ne voulait plus rien être après avoir été soldat. Darcy, tout en aimant à tort et à travers, avait des velléités d'ambition. L'un était un sage, l'autre était un fou. D'où il résultait qu'ils ne pouvaient se passer l'un de l'autre.

— Mon cher, j'en ai long à t'apprendre, dit Darcy, en

conduisant Nointel dans un coin propice aux confidences.

— Est-ce que par hasard tu te serais décidé à en finir avec madame d'Orcival?

— C'est fait.

— Bah! depuis quand?

— Depuis ce soir. Mais ce n'est pas tout. Le Polonais qui avait été son amant autrefois s'est pendu chez elle.

— Je sais cela. Simancas et Saint-Galmier viennent de me l'apprendre. Je les ai rencontrés dans l'escalier. Est-ce que tu regrettes le Polonais?

— Non, mais vois jusqu'où va ma déveine. Je me rends chez Julia à dix heures, bien résolu à rompre, et j'ai rompu en effet. Pendant que j'étais là, ce Golymine arrive...

— Tu le mets à la porte.

— Eh! non, je ne l'avais pas vu. Julia m'a laissé dans le boudoir pendant qu'elle le recevait dans le salon. C'est elle qui l'a mis à la porte... malheureusement, car il lui a joué le tour d'aller se pendre dans la bibliothèque. Je suis parti sans me douter de rien, et c'est ici seulement que je viens d'apprendre ce qui s'est passé. Cet imbécile de Lolif a su l'histoire par hasard, et il l'a racontée à tout le cercle... il la raconte encore.

— Sait-il que tu étais chez madame d'Orcival?

— Non, car il n'aurait pas manqué de le dire. Mais on le saura. En admettant même que Julia se taise, sa femme de chambre parlera.

— Diable! c'est fâcheux. Si tu ne t'étais pas mis en tête d'être magistrat, il n'y aurait que demi-mal. Mais ton oncle, le juge, sera furieux. Ça t'apprendra à mieux choisir tes maîtresses.

— Il est bien temps de me faire de la morale. C'est un conseil que je te demande, et non pas un sermon.

— Eh bien, mon cher, je te conseille de faire à ton oncle des aveux complets. Il sera charmé d'apprendre que tu n'es plus avec Julia, et il se chargera d'empêcher qu'il soit question de toi dans les procès-verbaux.

— Tu as raison. J'irai le voir demain.

— Et je te conseille aussi de te marier le plus tôt possible. Te voilà guéri pour un temps des *belles petites*. Mais gare aux rechutes! Si tu tiens à les éviter, épouse.

— Qui?

— Madame Cambry, parbleu! Il ne tient qu'à toi, à ce qu'on prétend, et tu ne serais pas à plaindre. Elle est veuve, c'est vrai, veuve à vingt-quatre ans; mais elle est charmante, et elle jouit d'ores et déjà de soixante mille livres de rente. Tu seras parfaitement heureux et tu auras beaucoup d'enfants, comme dans les contes de fées. Je leur apprendrai à monter à cheval... *tu donneras d'excellents dîners...* auxquels tu m'inviteras... et si tu persistes à vouloir être magistrat, tu deviendras à tout le moins premier président ou procureur général.

— Ce serait parfait. Mais il y a un petit inconvénient : c'est que je ne me sens pas la moindre inclination pour la dame.

— Alors, Gaston, mon ami, tu aimes ailleurs.

— Tu oublies que je viens de quitter Julia.

— C'est précisément parce que tu l'as quittée, et quittée sans motif, que je suis sûr de ne pas me tromper sur ton cas. Je te connais, mon garçon. La nature t'a gratifié d'un cœur qui ne s'accommode pas des interrègnes. La place n'est jamais vacante. Voyons! de qui es-tu amoureux? Serait-ce de la triomphante marquise de Barancos? Elle en vaut bien la peine. C'est une veuve aussi, celle-là, mais une veuve dix fois millionnaire.

— Je la trouve superbe, mais je ne suis pas plus épris d'elle que je ne le suis de la Vénus de Milo.

— C'est donc d'une autre. Je suis sûr de mon diagnostic.

— Tu es plus habile que moi, car, en conscience, je ne pourrais pas te jurer que je suis amoureux, ni que je ne le suis pas. Je n'en sais rien moi-même. Il y a, quelque part, une personne qui me plaît beaucoup. Je l'aimerai peut-être, mais je crois que je ne l'aime pas encore. En atten-

dant que le mal se déclare, j'annoncerai demain à mon
oncle que je suis décidé à devenir un homme sérieux,
et je le prierai de presser ma nomination d'attaché au parquet.

Le capitaine n'insista plus. Il poussait l'amitié jusqu'à la
discrétion, et il avait compris que Gaston voulait se taire
sur ses nouvelles amours.

A ce moment, du reste, le tête-à-tête des deux intimes
fut interrompu par le grand Prébord et quelques autres
qui en avaient assez des bavardages de Lolif, et qui vinrent
proposer à Darcy une partie de baccarat.

Darcy avait eu le temps de se remettre des émotions
que lui avait causées le récit du suicide de Golymine, et il
envisageait avec plus de sang-froid les suites que pouvait
avoir pour lui cette bizarre aventure. Il se disait qu'après
tout, il n'avait rien à se reprocher, et que Julia n'avait pas
grand intérêt à le compromettre. Il se proposait, d'ailleurs,
de récompenser le silence de la dame en augmentant le
chiffre du cadeau d'adieu qu'il lui destinait, et il comptait
bien ne pas oublier la femme de chambre. Il était donc à
peu près rassuré, et fort des louables résolutions qu'il
venait de prendre, l'aspirant magistrat se trouvait assez
disposé à tenter encore une fois la fortune avant de renoncer
définitivement au jeu.

Peut-être aussi n'était-il pas fâché de quitter Nointel pour
échapper à une prolongation d'interrogatoire sur ses affaires
de cœur.

Le capitaine, qui était un Mentor fort indulgent, ne
chercha point à retenir son ami, et Gaston suivit les joueurs
dans le salon écarté où on célébrait chaque nuit le culte
du baccarat.

La partie fut chaude, et Darcy eut un bonheur insolent.
A trois heures, il gagnait dix mille francs, juste la somme
qu'il destinait à madame d'Orcival, et il prit le sage parti
de se retirer en emportant cet honnête bénéfice.

Quelques combattants avaient déjà déserté le champ de

bataille, faute de munitions, entre autres le beau Prébord, qui était parti de très-mauvaise humeur.

Darcy reçut sans se fâcher les brocards que lui lancèrent les vaincus, et sortit en même temps que M. Simancas qui était revenu assister au combat, après avoir fait un tour sur le boulevard avec son ami Saint-Galmier.

Le docteur était allé se coucher, mais le général, affligé de cruelles insomnies, aimait à veiller très-tard, et le baccarat était sa distraction favorite. Il n'y jouait pas, mais il prenait un plaisir extrême à suivre le jeu.

Nointel rentrait régulièrement chez lui à une heure du matin, et il avait quitté le cercle depuis longtemps, lorsque Gaston descendit l'escalier en compagnie du Péruvien qui le complimentait sur son triomphe.

Ce général d'outre-mer ne s'en tint pas là. Par une transition adroite, il en vint à parler de madame d'Orcival, à la plaindre de se trouver mêlée à une affaire désagréable, à plaindre Darcy d'avoir rompu avec une si belle personne, et à blâmer la conduite du Polonais qui avait eu l'indélicatesse de se pendre chez elle.

Il en dit tant que Gaston finit par s'apercevoir qu'il cherchait à tirer de lui des renseignements sur le caractère et les habitudes de Julia. Cette prétention lui parut indiscrète, et comme d'ailleurs le personnage lui déplaisait, il coupa court à l'entretien, en prenant congé de M. Simancas dès qu'ils eurent passé la porte de la maison du cercle.

Mais l'étranger ne se découragea point.

— Vous n'avez pas votre coupé, dit-il après avoir examiné rapidement les voitures qui stationnaient le long du trottoir. Nous demeurons tous les deux dans le quartier des Champs-Élysées, et votre domicile est sur mon chemin. Vous plaît-il que je vous ramène chez vous?

— Je vous remercie, répondit Gaston. Il fait beau, et j'ai envie de marcher. Je vais rentrer à pied.

— Hum! c'est imprudent. On parle beaucoup d'attaques

sur la voie publique... Vous portez une somme assez ronde, et vous n'avez pas d'armes, je le parierais.

— Pas d'autre que ma canne, mais je ne crois pas aux voleurs de nuit. Bonsoir, monsieur.

Et, plantant là le général, Darcy traversa rapidement la chaussée du boulevard pour s'acheminer d'un pas allègre vers la Madeleine.

Il habitait rue Montaigne, et il n'était vraiment pas fâché de faire un peu d'exercice avant de se mettre au lit Le temps était sec et pas trop froid, le trajet n'était pas trop long, juste ce qu'il fallait pour dissiper un léger mal de tête produit par les émotions de la soirée.

Quoiqu'il fût très-tard, il y avait encore des passants dans les parages du nouvel Opéra, mais plus loin le boulevard était désert.

Gaston marchait, sa canne sous son bras, ses deux mains dans les poches de son pardessus', et pensait à toute autre chose qu'aux assommeurs dont les exploits remplissaient les journaux.

Il arriva à la Madeleine, sans avoir rencontré âme qui vive; mais, en traversant la rue Royale, il aperçut un homme et une femme cheminant côte à côte à l'entrée du boulevard Malesherbes.

La rencontre n'avait rien d'extraordinaire, mais l'hôtel de madame d'Orcival était au bout de ce boulevard, et un rapprochement bizarre vint à l'esprit de Darcy.

L'homme était grand et mince comme Golymine, la femme était à peu près de la même taille que Julia, et elle avait quelque chose de sa tournure.

Gaston savait bien que ce n'était qu'une apparence, que Golymine était mort et que Julia ne courait pas les rues à pareille heure. Mais l'idée qui venait de lui passer par la tête fit qu'il accorda une seconde d'attention à ce couple.

Il vit alors que la femme cherchait à éviter l'homme qui marchait à côté d'elle, et il comprit qu'il assistait à une de ces petites scènes qui se jouent si souvent dans les rues de Paris : un chercheur de bonnes fortunes abordant une passante qui refuse de l'écouter. Il savait que ces sortes d'aventures ne tirent pas à conséquence et que, neuf fois sur dix, la persécutée finit par s'entendre avec le persécuteur. Il ne se souciait donc pas de venir au secours d'une personne qui ne tenait peut-être pas à être secourue.

Cependant, la femme faisait, tantôt à droite, tantôt à gauche, des pointes si brusques et si décidées qu'on ne pouvait guère la soupçonner de jouer la comédie de la résistance. Elle cherchait sérieusement à se délivrer d'une poursuite qu'elle n'avait pas encouragée, mais elle n'y réussissait guère. L'homme était tenace. Il serrait de près la pauvre *créature*, et chaque fois qu'il la rattrapait, après une échappée, il se penchait pour la regarder sous le nez et probablement pour lui dire de grosses galanteries.

Darcy était trop Parisien pour se mêler inconsidérément des affaires d'autrui, mais il avait une certaine tendance au don quichottisme, et son tempérament le portait à prendre le parti des faibles. Sceptique à l'endroit des femmes qui circulent seules par la ville à trois heures du matin, il n'était cependant pas homme à souffrir qu'on les violentât sous ses yeux.

Au lieu de s'éloigner, il resta sur le trottoir de la rue Royale pour voir comment l'histoire allait finir, et bien décidé à intervenir, s'il en était prié.

Il n'attendit pas longtemps. La femme l'aperçut et vint droit à lui, toujours suivie par l'acharné chasseur.

Ne doutant plus qu'elle n'eût le dessein de se mettre sous sa protection, Gaston s'avança, et au moment où l'homme passait à portée d'un bec de gaz, il le reconnut. C'était Prébord, le beau Prébord qui se vantait de chercher ses conquêtes exclusivement dans le grand monde, et Darcy eut aussitôt l'idée que l'inconnue n'était pas une simple aventurière, que ce Lovelace brun la connaissait, et qu'il abusait pour la compromettre du hasard d'une rencontre.

Cette idée ne fit que l'affermir dans sa résolution de protéger une femme contre les entreprises d'un fat, et il manœuvra de façon à laisser passer la colombe et à barrer le chemin à l'épervier.

Il se trouva ainsi nez à nez avec Prébord, qui s'écria :

— Comment! c'est vous, Darcy!

A ce nom, la colombe, qui fuyait à tire-d'aile, s'arrêta court et revint à Gaston.

— Monsieur, lui dit-elle, ne me quittez pas, je vous en supplie. Quand vous saurez qui je suis, vous ne regretterez pas de m'avoir défendue.

La voix était altérée par l'émotion, et pourtant Gaston crut la reconnaître. La figure, cachée sous une épaisse voilette, restait invisible. Mais le moment eût été mal choisi pour chercher à pénétrer le mystère dont s'enveloppait la dame; Darcy devait avant tout se débarrasser de Prébord.

— Oui, c'est moi, monsieur, lui dit-il sèchement, et je prends madame sous ma protection. Qu'y trouvez-vous à redire?

— Absolument rien, mon cher, répondit Prébord sans se fâcher. Madame est de vos amies, à ce qu'il paraît. Je ne pouvais pas deviner cela. Maintenant que je le sais, je n'ai nulle envie d'aller sur vos brisées. Je regrette seulement d'avoir perdu mes peines. Vous serez plus heureux que moi, je n'en doute pas, car vous avez toutes les veines.

Sur ce, je prie votre charmante compagne d'accepter mes excuses, et je vous souhaite une bonne nuit, ajouta l'impertinent personnage en tournant les talons.

L'allusion à la veine acheva d'irriter Darcy. Il allait relever vertement ces propos ironiques, et même courir après le railleur pour lui dire son fait de plus près; mais l'inconnue passa son bras sous le sien, et murmura ces mots, qui le calmèrent :

— Au nom du ciel, monsieur, n'engagez pas une querelle à cause de moi : ce serait me perdre.

La voix avait des inflexions douces qui allèrent droit au cœur de Darcy, et il répondit aussitôt :

— Vous avez raison, madame. Ce n'est pas ici qu'il convient de dire à ce joli monsieur ce que je pense de lui... et je sais où le retrouver. Je vous ai délivrée de ses obsessions. Que puis-je faire pour vous maintenant?

— Si j'osais, je vous demanderais de m'accompagner jusqu'à la porte de la maison que j'habite... rue de Ponthieu, 97.

— Rue de Ponthieu, 97! Je ne me trompais donc pas. C'est à mademoiselle Berthe Lestérel que j'ai eu le bonheur de rendre un service.

— Quoi! vous m'aviez reconnue?

— A votre voix. Il est impossible de l'oublier, quand on l'a déjà entendue... pas plus qu'on ne peut oublier votre beauté... votre grâce...

— Oh! monsieur, je vous en prie, ne me faites pas de compliments. Si vous saviez tous ceux que je viens de subir. Il me semblerait que mon persécuteur est encore là.

— Oui, ce sot a dû vous accabler de ses fades galanteries. Et pourtant, il n'a pu voir votre visage, voilée comme vous l'étiez... comme vous l'êtes encore.

— Je tremble qu'il ne m'ait reconnue.

— Il vous connaît donc?

— Il m'a rencontrée dans des salons où je chantais... moi, je ne l'ai pas reconnu, par la raison que je n'avais jamais fait attention à lui... mais, quand vous l'avez appelé par son nom, je me suis souvenue qu'on me l'a montré... à un concert chez madame la marquise de Barancos.

— C'est à ce concert que j'ai eu le bonheur de vous voir pour la première fois.

— Et que vous avez eu la bonté de vous occuper de moi. J'ai été d'autant plus touchée de vos attentions, que ma situation dans le monde est assez fausse. Je n'y vais qu'en qualité d'artiste. On me paye pour chanter.

— Qu'importe, puisque, par l'éducation, par l'esprit, par le cœur, vous valez mieux que les femmes les plus haut placées? D'ailleurs, avec votre talent, il n'aurait tenu qu'à vous d'être une étoile au théâtre.

— Oh ! je ne regrette pas d'avoir refusé d'y entrer. Je n'avais aucun goût pour la vie qu'on y mène. Ma modeste existence me suffit.

— Et, demanda Gaston, la solitude à laquelle vous vous êtes condamnée ne vous pèse pas?

— Mon Dieu ! répondit gaiement la jeune fille, je ne prétends pas qu'elle représente pour moi l'idéal du bonheur, mais je m'en accommode. Il y a certes des femmes plus heureuses que moi. Il y en a aussi de plus malheureuses. Tenez ! j'ai été élevée dans un pensionnat avec une jeune fille charmante. Je l'aimais beaucoup et nous étions très-liées, quoiqu'elle fût plus âgée que moi. Eh bien! aujourd'hui, elle a un hôtel, des chevaux, des voitures.

— Pardon, mais il me semble que ce n'est pas là un grand malheur.

— Hélas! je n'en sais pas de pire. Mon amie a pris le mauvais chemin. Elle s'était fait recevoir institutrice, et elle a d'abord essayé de vivre en donnant des leçons. Mais elle s'est vite lassée de souffrir. Elle était orpheline comme moi... pauvre comme moi... le courage lui a manqué, et Julie Berthier s'appelle maintenant Julia d'Orcival.

Gaston eut un soubresaut que mademoiselle Lestérel sentit fort bien, car elle lui donnait le bras, et ils remontaient le faubourg Saint-Honoré, serrés l'un contre l'autre, comme deux amoureux.

— Vous la connaissez? demanda-t-elle. Oui, vous devez la connaître, puisque vous vivez dans un monde où...

— Tout Paris la connaît, interrompit Darcy; mais vous, mademoiselle, vous ne la voyez plus, je suppose ?

— Oh! non. Cependant, elle m'a écrit une fois, il y a deux ans, pour me demander un service. Je pouvais le lui rendre. Je suis allée chez elle. Elle m'a montré ses tableaux... ses objets d'art... Pauvre Julie! Elle paye tout ce luxe bien cher.

Darcy se garda d'insister. Il était trop heureux de savoir que mademoiselle Lestérel ignorait qu'il eût été intimement lié avec madame d'Orcival, et il ne tenait nullement à la renseigner sur ce point délicat.

De son côté, mademoiselle Lestérel regrettait peut-être d'avoir confessé qu'elle n'avait pas craint de mettre les pieds chez une irrégulière, car elle ne dit plus rien, et la conversation tomba tout à coup.

Ce silence fit que Darcy entendit plus distinctement le bruit d'un pas qui, depuis quelque temps déjà, résonnait sur le trottoir.

La première idée qui lui vint, quand il entendit qu'on marchait derrière lui, ce fut que Prébord s'était ravisé et se permettait de le suivre.

Il se retourna vivement, et il aperçut, à une assez grande distance, un homme dont les allures n'avaient rien de commun avec celles du Lovelace brun, un homme qui s'avançait d'un pas lourd et qui exécutait en marchant des zigzags caractéristiques. Il devait être chaussé de bottes fortes, et les clous de ses semelles sonnaient sur le trottoir du faubourg Saint-Honoré comme des coups de marteau sur une cloche. Aussi l'entendait-on de fort loin, mais évidemment ce n'était qu'un ivrogne regagnant son domicile et ne s'occupant en aucune façon du couple qui le précédait.

Rassuré par ce qu'il venait de voir, Darcy se mit à réfléchir aux singuliers hasards de la vie parisienne.

Au commencement de l'hiver, à une soirée musicale chez la marquise de Barancos, il avait remarqué la beauté et le talent d'une jeune artiste qui chantait à ravir. Il s'était renseigné sur elle. Il avait appris qu'elle était d'une famille honorable, qu'elle vivait de son art, et qu'elle était parfaitement vertueuse. Ce phénomène l'intéressa, et il s'arrangea de façon à l'admirer souvent.

Il ne manqua pas un seul des concerts où mademoiselle Berthe Lestérel faisait entendre son admirable voix de mezzo-soprano, et dans quelques réunions intimes où l'on traitait l'artiste en invitée, il put causer avec elle, apprécier son esprit, sa grâce, sa distinction.

3.

De là à lui faire la cour, il n'y avait pas loin, et Darcy n'était pas homme à s'arrêter en si beau chemin. Il rendit à la jeune fille des soins discrets qu'elle reçut sans pruderie, mais avec une extrême réserve. Elle l'arrêta net, dès qu'il essaya de faire un pas de plus en se présentant chez elle. Il ne fut pas reçu, et quand il la revit dans un salon, elle se chargea de lui expliquer pourquoi elle trouvait bon de fermer sa porte à un jeune homme riche qui ne se piquait pas de rechercher les demoiselles pour le bon motif. Elle le fit franchement, honnêtement, gaiement; elle mit tant de loyauté à lui déclarer qu'elle ne voulait pas d'amoureux de fantaisie, que Darcy s'éprit d'elle tout à fait.

De cette seconde phase datait le refroidissement de sa liaison avec madame d'Orcival, qui s'apercevait bien d'un changement dans ses manières, mais qui se méprenait sur la cause de ce changement.

Au reste, Gaston n'était pas décidé à s'abandonner au courant de cette nouvelle passion. La vie qu'il menait ne lui plaisait plus, mais il ne songeait guère à épouser Berthe Lestérel. Il n'en était pas encore à envisager sans inquiétude la perspective d'un mariage d'inclination avec une chanteuse.

Provisoirement, il venait de prendre un moyen terme en rompant avec Julia. Il se trouvait donc libre de tout engagement.

Et voilà qu'une rencontre imprévue lui fournissait tout à coup l'occasion d'un long tête-à-tête avec mademoiselle Lestérel. Était-ce un présage? Gaston, superstitieux comme un joueur, le crut, et pensa qu'il serait bien sot de ne pas tirer parti de cette heureuse fortune. Si sévère qu'elle soit, une femme ne peut guère refuser de revoir l'homme dont elle a accepté la protection dans un cas difficile, et ce voyage à deux devait fort avancer Darcy dans l'intimité de la prudente artiste.

Pas si prudente, puisqu'elle s'aventurait seule dans Paris, à une heure des plus indues.

Cette pensée à laquelle Gaston ne s'était pas arrêté d'abord, quoiqu'elle lui fût déjà venue, cette pensée qui ressemblait assez à un soupçon, se représenta à son esprit, et lui causa une impression singulière.

En sa qualité de viveur, — son oncle aurait dit de mauvais sujet, — Gaston n'était pas trop fâché de supposer que l'inattaquable Berthe avait une faiblesse à se reprocher. Le service qu'il venait de lui rendre lui aurait alors donné barre sur elle, et sans vouloir abuser de cet avantage, il pouvait bien en profiter.

Et d'un autre côté, il lui déplaisait de croire que l'honnêteté de cette charmante jeune fille n'était que de l'hypocrisie, et que mademoiselle Lestérel cachait, sous des apparences vertueuses, quelque vulgaire amourette. Il lui en aurait voulu de lui arracher ses illusions, et, quoiqu'il n'eût aucun droit sur elle, il aurait été presque tenté de lui reprocher de l'avoir trompé.

C'était là un symptôme grave, et si l'indépendant Darcy eût pris la peine d'analyser ses sensations, il aurait reconnu que son cœur était pris plus sérieusement qu'il ne se l'avouait à lui-même.

Il ne songea qu'à éclaircir ses doutes, et, pour les éclaircir, il s'y prit en homme bien élevé.

— C'est une fatalité que vous ayez rencontré ce Prébord, commença-t-il. Il est sorti, une demi-heure avant moi, d'un cercle dont nous faisons partie tous les deux, et il demeure rue d'Anjou, au coin du boulevard Haussmann.

— C'est précisément lorsque je traversais le boulevard Haussmann qu'il m'a abordée, répondit Berthe sans aucun embarras. Je l'ai évité, il m'a suivie; il m'a parlé, je ne lui ai pas répondu; mais je n'ai pu parvenir à le décourager. Les rues étaient désertes. Je ne suis pas poltronne, et je n'étais pas trop effrayée d'abord. Mais quand je me suis trouvée seule avec lui sur l'esplanade, à côté de l'église de la Madeleine, j'avoue que j'ai un peu perdu la tête. J'ai couru pour gagner la rue Royale qui est plus fréquentée.

Je me serais mise sous la protection du premier passant
venu... Mon persécuteur a couru après moi, il m'a rattra-
pée à l'entrée du boulevard Malesherbes, il a cherché à me
prendre le bras. Si je ne vous avais pas aperçu, je crois
que je serais morte de frayeur.

— Prébord s'est conduit comme un goujat; demain, je
lui enverrai deux de mes amis.

— Vous ne ferez pas cela, dit vivement la jeune fille.
Songez donc au scandale qui en résulterait... si on savait
que j'étais seule dans la rue... à cette heure. Et puis...
exposer votre vie pour moi!... Non, non... promettez-moi
que vous ne vous battrez pas.

Sa voix tremblait, et son bras serrait le bras de Gaston,
comme si elle eût cherché à le retenir, pour l'empêcher de
courir au danger.

— Soit! répondit Darcy assez ému, je me tairai, de peur
de vous compromettre. Si cet homme venait à savoir que
c'est vous qu'il a rencontrée, il est assez lâche pour raconter cette histoire dans le monde.

— Alors, vous me le jurez, il n'y aura pas de duel, s'écria
mademoiselle Lestérel. Vous me rendez bien heureuse, et,
pour vous remercier, je vais vous dire comment il s'est
fait que je me suis trouvée dans la rue à une heure où les
honnêtes femmes dorment. Il est temps en vérité que je
vous l'explique, et j'aurais dû commencer par là, car Dieu
sait ce que vous devez penser de moi.

— Je pense que vous êtes allée chanter dans quelque
concert, dit Darcy d'un air innocent qui cachait une arrière-
pensée.

Le futur magistrat parlait comme un juge d'instruction
qui tend un piége à un prévenu.

— Si j'étais allée à un concert, répliqua aussitôt la jeune
fille, je serais en toilette de soirée, et je ne reviendrais pas
à pied.

Je vais vous confier tous mes secrets, ajouta-t-elle gaiement. Sachez donc que j'ai une sœur... une sœur mariée

à un marin qui revient d'une longue campagne de mer... il est absent depuis dix-huit mois, et il sera à Paris dans deux jours. En ce moment ma sœur est seule et très-souffrante. Elle m'a écrit tantôt pour me prier de venir passer la soirée près d'elle. J'y suis allée, et vers dix heures, alors que j'allais partir, elle a été prise d'une crise nerveuse... elle y est sujette. Je ne pouvais pas la quitter dans l'état où elle était, et quand je suis sortie de chez elle, il était deux heures du matin. Je n'avais pas voulu envoyer chercher un fiacre... ma sœur n'a qu'une domestique... et je pensais en trouver un sur le boulevard. Ma chère malade demeure rue Caumartin... c'est à cent pas de sa maison que j'ai rencontré cet homme.

Darcy écoutait avec beaucoup d'attention ce récit haché, et il trouvait que mademoiselle Lestérel se justifiait un peu comme une femme prise en faute. Au cours de ses nombreuses excursions dans le demi-monde, il avait entendu dix fois des histoires de ce genre débitées avec un aplomb supérieur par des demoiselles qu'il accusait de sorties illégitimes et qu'il n'avait pas tort d'accuser. La sœur malade et la cousine en couches ont toujours été d'un grand secours aux infidèles.

Darcy s'abstint pourtant de toute réflexion, mais son silence en disait assez, et la jeune fille ne s'y méprit pas. Elle se tut aussi pendant quelques instants, puis, d'une voix émue :

— Je vois bien que vous ne me croyez pas. Avec tout autre, je dédaignerais de me justifier. A vous, je tiens à prouver que j'ai dit la vérité. Ma sœur s'appelle madame Crozon. Elle demeure rue Caumartin, 112, au quatrième. J'irai la voir demain à trois heures. Son mari n'arrivera qu'après-demain. S'il était ici, je ne vous proposerais pas de vous présenter à elle, car il est horriblement jaloux. Mais ma pauvre Mathilde a encore un jour de liberté, et s'il vous plaît de m'attendre à la porte de sa maison, nous monterons chez elle ensemble. Je lui raconterai devant vous mon aventure nocturne, et de cette façon, je pense, vous serez sûr que je n'ai rien inventé.

Darcy ne paraissait pas encore convaincu. Il avait beaucoup vécu avec des personnes dont la fréquentation rend défiant.

Mademoiselle Lestérel le regarda et lut sur sa figure qu'il lui restait un doute. Elle devint très-pâle, et elle reprit froidement :

— Vous avez raison, monsieur. Cela ne prouverait pas que ma sœur n'est pas d'accord avec moi pour mentir. Je pourrais en effet lui écrire demain matin, la prévenir qu'elle aura à jouer un rôle que je lui tracerais d'avance. Je ne pouvais pas croire que vous me jugeriez capable d'une si vilaine action. Veuillez donc oublier ce que je viens de vous dire, et penser de moi ce qu'il vous plaira.

Il y a des accents que la plus habile comédienne ne saurait feindre, des indignations qu'on n'imite pas, des réponses où la vérité éclate à chaque mot.

Darcy fut touché au cœur et comprit enfin qu'il n'y avait rien de commun entre cette fière jeune fille et les *belles petites* qui forgent des romans pour se justifier.

— Pardonnez-moi, mademoiselle, dit-il chaleureusement, pardonnez-moi d'avoir un instant douté de vous. Je vous crois, je vous le jure, et pour vous prouver que je vous crois, j'irais jusqu'à renoncer à faire avec vous cette visite à madame votre sœur. Mais j'espère que vous ne retirerez pas votre promesse. Je serais si heureux de vous revoir... et c'est un bonheur que j'ai si rarement.

— Vous me verrez samedi prochain, si vous venez ce soir-là chez madame Cambry, dit mademoiselle Lestérel, avec quelque malice. J'y chanterai les airs que vous aimez. Et maintenant, sachez que je ne vous en veux plus du tout, mais que je trouve plus sage de ne pas vous mener chez ma sœur. Votre visite la troublerait beaucoup. Elle a bien assez de chagrins. Il est inutile de lui donner des émotions,

— Je ferai ce que vous voudrez, mademoiselle, quoi qu'il m'en coûte.

— Vous tenez donc bien à me rencontrer? Il me semble que les occasions ne vous manquent pas Vous allez dans toutes les maisons où l'on me fait venir.

— N'avez-vous pas deviné que j'y vais pour vous? Et n'avez-vous pas compris ce que je souffre de ne pas pouvoir vous parler... vous dire...

— Mais il me semble que vous me parlez assez souvent, répondit en riant mademoiselle Lestérel. Je ne suis pas toujours au piano, et on ne me traite pas partout comme une gagiste. Quand on me permet de prendre ma part d'une sauterie improvisée, vous savez for bien m'inviter. Et, un certain soir, vous m'avez fait deux fois l'honneur de valser avec moi. C'était l'avant-veille du jour de l'an.

— Vous vous en souvenez!

— Parfaitement. Et il me paraît que vous l'avez un peu oublié... comme vous avez oublié que, depuis cinq minutes, nous sommes dans la rue de Ponthieu. Voici la porte de ma maison.

— Déjà!

— Mon Dieu! oui; il ne me reste qu'à vous remercier encore et à vous dire : Au revoir!

Elle avait doucement dégagé son bras, et une de ses mains s'était posée sur le bouton de cuivre. Elle tendit l'autre à Darcy, qui, au lieu de la serrer à l'anglaise, essaya de la porter à ses lèvres. Malheureusement pour lui, la porte s'était ouverte au premier tintement de la sonnette, et mademoiselle Berthe était leste comme une gazelle. Elle dégagea sa main et elle se glissa dans la maison en disant de sa voix d'or à l'amoureux décontenancé :

— Merci encore une fois!

Darcy resta tout abasourdi devant la porte que la jeune fille venait de refermer. L'aventure finissait comme dans les féeries où la princesse Topaze disparaît dans une trappe, juste au moment où le prince Saphir allait l'atteindre. Et

Darcy n'était pas préparé à cette éclipse, car il n'avait pas pris garde au chemin qu'il faisait en causant si doucement, et il croyait être encore très-loin du domicile de mademoiselle Lestérel.

Cependant, il ne pouvait guère passer la nuit à contempler les fenêtres de sa belle. Les folies amoureuses ne sont de saison qu'en Espagne, et l'hiver de Paris n'est pas propice aux sérénades.

Mademoiselle Lestérel demeurait au coin de la rue de Berry, et pour regagner son appartement de la rue Montaigne, Darcy n'avait qu'à remonter jusqu'au bout la rue de Ponthieu. Il s'y décida, fort à contre-cœur, et il s'en alla l'oreille basse, en rasant les maisons.

Il aurait mieux fait de marcher au milieu de la chaussée; car, au moment où il dépassait l'angle de la rue du Colysée, un homme surgit tout à coup, et le saisit à la gorge.

Darcy fut pris hors de garde. Il avait complétement oublié les histoires d'attaques nocturnes qu'on racontait au cercle, et l'homme qu'il avait aperçu de loin dans le faubourg Saint-Honoré. Il ne pensait qu'à Berthe, et il cheminait les deux mains dans les poches, la canne sous le bras et les yeux fichés en terre.

L'assaut fut si brusque qu'il n'eut pas le temps de se mettre en défense. Il sentit qu'on serrait violemment sa cravate, et ce fut tout. La respiration lui manqua, ses bras s'agitèrent dans le vide, ses jambes fléchirent, et il s'affaissa sur lui-même.

Il ne perdit pas tout à fait connaissance, mais il n'eut plus que des sensations confuses. Il lui sembla qu'on pesait sur sa poitrine, qu'on déboutonnait ses vêtements et qu'on le fouillait; mais tout cela se fit si vite qu'il en eut à peine conscience.

Combien de minutes se passèrent avant qu'il revînt à lui? Il n'en sut jamais rien; mais quand il reprit ses sens, il vit qu'il était étendu sur le trottoir de la rue du Colysée et que son agresseur avait disparu.

Il se releva péniblement, il se tâta, et en constatant avec une vive satisfaction qu'il n'était pas blessé, il constata aussi qu'on lui avait enlevé son portefeuille, un portefeuille bien garni, car il contenait les dix billets de mille francs gagnés au baccarat, et deux autres qu'il y avait mis avant d'aller chez Julia.

Au moment de l'attaque, il avait pensé vaguement à Prébord dont le souvenir le poursuivait, mais maintenant il ne pouvait plus se dissimuler qu'il s'était bêtement laissé dévaliser par un voleur, peut-être par l'homme qui l'avait suivi, en contrefaisant l'ivrogne, jusqu'à l'entrée de la rue de Ponthieu, et qui, en le voyant revenir seul, s'était embusqué pour l'attendre.

L'aventure était humiliante, et Darcy résolut de ne pas s'en vanter au Cercle où il s'était si souvent moqué des poltrons qui ne savaient pas se défendre dans la rue.

Il ne se souciait pas non plus de porter plainte, car, pour raconter exactement l'affaire, il aurait fallu parler de sa promenade nocturne avec mademoiselle Lestérel.

Et, après mûre réflexion, il conclut qu'il ferait sagement de se taire, et de se résigner à une perte d'argent, qui lui était d'autant moins sensible que la majeure partie de la somme volée avait été conquise par lui sur le tapis vert.

Il était vexé, et il se disait que, s'il avait accepté l'offre du général Simancas qui lui proposait de le reconduire en voiture, il aurait évité cette sotte mésaventure. Et pourtant, il ne regrettait pas d'être parti à pied, puisqu'il avait rencontré, protégé et escorté une personne qui lui était beaucoup plus chère que son portefeuille.

Bientôt même le souvenir de ce charmant voyage en la douce compagnie de Berthe Lestérel chassa les fâcheuses impressions, et l'amoureux rentra chez lui consolé, quoique fort meurtri.

Il occupait au rez-de-chaussée d'une belle maison de la rue Montaigne un grand appartement avec écurie et remise, et même avec jardin, car sa vie de garçon était montée sur un

pied des plus respectables Le futur attaché au parquet avait
un valet de chambre, un cocher, une cuisinière, quatre chevaux et trois voitures, le train d'un homme qui a cent mille
francs de revenu, ou qui mange le fonds de quarante mille.

Et ce dernier cas était celui de Gaston Darcy.

Ses domestiques ne l'attendaient jamais passé minuit, et
il put, sans avoir à subir leurs soins et leurs questions res-
pectueuses, bassiner son cou endolori. Deux mains robustes
y avaient imprimé en noir la marque de leurs doigts, et
sa cravate y avait laissé un sillon rouge qui lui remit en
mémoire la fin tragique du comte Golymine.

Il se coucha, mais il eut beaucoup de peine à s'en-
dormir. Les bizarres événements de cette soirée, si bien et
si mal remplie, lui revenaient à l'esprit, et il était aussi
très-préoccupé de ce qu'il ferait le lendemain. Il avait
décidé d'aller voir son oncle pour lui annoncer sa conversion, et il avait bien envie de ne pas tenir compte des
scrupules de mademoiselle Lestérel qui jugeait plus convenable de ne pas le présenter à sa sœur. Il méditait
même de se transporter vers trois heures rue Caumartin,
et de se trouver là, comme par hasard, au moment où la
jeune fille viendrait faire visite à cette sœur qui l'avait
retenue si tard.

Les amoureux s'ingénient à combiner des plans pour
rencontrer l'objet aimé, et Gaston décidément était amoureux, mais il était aussi très-fatigué, et la fatigue finit par
amener le sommeil.

Il dormit neuf heures sans débrider, et, quand il ouvrit
les yeux, vers midi, la première chose qu'il aperçut sur le
guéridon placé près de son lit, ce fut une lettre que son
valet de chambre y avait posée sans le réveiller, une lettre
dont il reconnut le format, l'écriture, et même le parfum,
une lettre qui sentait Julia.

— Bon ! dit-il en s'étirant, je sais ce que c'est... des
reproches, des propositions de paix, et probablement la
carte à payer. J'ai bien envie de ne pas lire ce mémoire.

Puis se ravisant :

— Ah, diable! et le suicide de ce malheureux! Il faut cependant que je sache ce qu'elle en dit.

Il fit sauter le cachet, et il lut :

« Mon cher Gaston, vous ne supposez pas, je l'espère, que je vais me plaindre de vous à vous-même. Vous m'avez quittée au moment où je commençais à vous aimer. Je ne suis ni trop surprise, ni trop désolée de ce dénoûment. Nous vivons tous les deux dans un monde où les choses finissent presque toujours ainsi. Quand l'un arrive au diapason, l'autre n'y est plus, et la guitare casse. Vous auriez du y mettre plus de formes, mais je ne vous en veux pas. Ce n'est pas votre faute, si l'air qui vous charmait depuis un an a tout à coup cessé de vous plaire. Oubliez-le, cet air que nous chantions si bien; devenez magistrat, mariez-vous; c'est tout le mal que je vous souhaite, et je ne vous écrirais pas ce matin, si je ne pensais vous rendre service en vous apprenant ce qui s'est passé chez moi cette nuit.

« Le comte Golymine s'est pendu dans ma bibliothèque, pendu de désespoir, parce que je refusais de le suivre à l'étranger. C'était un fou, n'est-ce pas? On ne se pend pas pour une femme. On la *lâche...* c'est votre mot, je crois. Que voulez-vous! il y a encore des niais qui s'exaltent jusqu'au suicide inclusivement. Si je vous parle de ce lugubre événement, ce n'est pas pour vous donner des remords ou pour me rendre intéressante. Je veux seulement vous dire que vous ne serez pas mêlé à une si déplorable histoire. Si on savait que vous étiez chez moi pendant que le comte mourait de cette affreuse mort, ce ne serait pas une recommandation auprès du ministre qui va vous attacher au parquet. Rassurez-vous. On ne le saura pas. Je n'ai rien dit de vous aux gens de police qui sont venus faire l'enquête. Seule de tous mes domestiques, Mariette vous a vu, et elle n'en dira rien non plus. Elle se taira comme je me tairai.

« Je ne m'oppose pas à ce que vous récompensiez sa discrétion, mais je vous prie de ne pas me faire l'injure de rémunérer la mienne. C'est assez de m'avoir abandonnée. Je compte que vous ne chercherez pas à m'humilier en me traitant comme une femme de chambre qu'on renvoie sans motifs.

« Je vous dispense même de me répondre, et j'espère que nous ne nous reverrons'jamais. Il y a un mort entre nous.

« Adieu. Soyez heureux. »

Cette lettre, signée d'une simple initiale, était d'une écriture fine et singulièrement nette; l'écriture d'une femme qui se possède et qui dédaigne de feindre l'émotion; mais elle troubla quelque peu Gaston.

Il sentait bien que Julia jouait avec lui son va-tout et que, sous ces fiers adieux, se cachait une intention de renouer. Il devinait la suprême tentative d'une femme qui connaît le faible de son amant, et qui essaye de le reconquérir par le dédain, par le désintéressement, par une savante mise en scène de tous les sentiments élevés. Il ne s'y laissait pas prendre, et il était fermement résolu à en rester là; mais il ne pouvait s'empêcher de reconnaître que Julia lui rendait un service signalé en gardant le silence.

— Me voilà maintenant son obligé, murmura-t-il, et du diable si je sais comment je m'y prendrai pour cesser de l'être. Je vais envoyer un royal pourboire à Mariette, c'est très-bien; mais le *chèque* à Julia me serait retourné, c'est clair. Par quoi le remplacer? Ma foi! par de bons procédés. Je dirai partout que madame d'Orcival est la plus charmante femme de Paris, et la meilleure; qu'elle a de l'esprit jusqu'au bout de ses ongles roses, et du cœur à revendre. Je le crierai sur les toits. Et puis, elle a cent raisons pour se consoler. Elle est riche, et la mort de ce Polonais va la mettre à la mode. Pour poser une femme, un suicide vaut mieux que trois duels. Pauvre Golymine! Je ne l'estimais

guère, mais je le plains... et je plains Julia aussi, après
out. Seulement, je n'y puis rien.

Sur cette conclusion, Darcy sonna son valet de chambre,
se leva et procéda à sa toilette.

Il avait presque oublié la tentative d'étranglement et la
perte de son portefeuille. L'impression que venait de lui
causer la lettre de madame d'Orcival s'effaça aussi peu à
peu, et au moment où il se mit à table pour déjeuner, il
ne restait dans son esprit que le doux souvenir de Berthe
Lestérel.

Il avait la certitude de la rencontrer bientôt dans un
salon qu'il fréquentait volontiers, mais il trouvait que
c'était trop long d'attendre jusqu'au samedi suivant, alors
qu'il pouvait la voir le jour même.

Après son déjeuner qui le mena jusqu'à deux heures, il
sortit à pied et il s'achemina vers les boulevards. Son
oncle demeurait rue Rougemont, et il voulait aller chez
son oncle. Mais il arriva qu'après avoir passé la Madeleine,
il aperçut l'entrée de la rue Caumartin. La tentation était
trop forte. Il remonta lentement cette bienheureuse rue,
et à trois heures moins un quart, il s'arrêta devant le
numéro 112.

— Je ne lui demanderai pas de me présenter à sa sœur,
pensait-il. J'aurais l'air de me défier encore d'elle, et
d'ailleurs je ferais assez sotte figure chez cette sœur, qui
doit être une bourgeoise ennuyeuse. Mais je puis bien
aborder Berthe, et lui dire... lui dire quoi?... peu importe,
pourvu qu'elle comprenne que je l'aime.

Il n'était pas en faction depuis cinq minutes, quand
mademoiselle Lestérel déboucha de la rue Saint-Lazare.

Il ne l'avait jamais vue qu'en toilette de soirée, car la
rencontre de la veille ne pouvait pas compter. A la lumière
des becs de gaz, on ne juge ni de la beauté ni de la tournure d'une femme. Éclairée par le soleil d'une belle journée
d'hiver, Berthe lui parut encore plus charmante que dans
le monde. Elle était habillée avec un goût parfait, élégam-

ment chaussée, sans recherche trop provocante; elle marchait à merveille, et, pour tout dire, elle avait ce je ne sais quoi qui fait qu'on se retourne pour regarder une inconnue et quelquefois pour la suivre.

Gaston vint à la rencontre de la jeune fille, et la salua d'un air assez embarrassé, car il s'était aperçu que son doux visage se rembrunissait un peu.

— Comment, monsieur, c'est vous! s'écria-t-elle, malgré votre promesse, malgré ma défense.

— Je vous jure, mademoiselle, que le hasard seul est coupable. Je passais par ici et...

— Fi! que c'est laid de mentir! interrompit Berthe avec une moue enfantine. Vous feriez bien mieux de convenir que vous me soupçonnez toujours et que vous êtes venu pour me confronter avec ma sœur, comme si vous étiez juge d'instruction.

— Non, sur l'honneur! et la preuve, c'est que je m'en vais.

— Alors, vous vous contentez de constater que je me rends bien au n° 112 de la rue Caumartin?

— Comptez-vous pour rien le bonheur de vous avoir vue?

Berthe réfléchit un instant et dit d'un ton décidé :

— Eh bien, non, je ne veux pas que vous restiez avec vos mauvaises pensées. Je ne prévoyais pas que je vous trouverais ici, vous le savez bien, puisqu'il était convenu que vous ne viendriez pas. Vous ne pouvez donc pas me soupçonner d'avoir averti ma sœur. Venez chez elle, monsieur, venez, je l'exige. Vous allez monter quatre étages. Ce sera votre punition.

— Ma récompense, dit gaiement Gaston.

Mademoiselle Lestérel était déjà dans le vestibule de la maison, qui avait assez bonne apparence. Darcy ne se fit par prier pour l'y suivre, et ils montèrent l'escalier côte à côte.

— C'est extravagant, ce que je fais là, disait Berthe. Si

madame Cambry le savait, je ne chanterais plus jamais chez elle.

— Pourquoi donc? demanda Darcy, en cherchant à prendre un air naïf.

— Mais parce que d'abord il n'est pas très-convenable qu'une jeune fille grimpe les escaliers en compagnie d'un jeune homme... il est vrai que ladite jeune fille s'est déjà fait escorter à travers les rues par ledit jeune homme. Et puis, aussi, parce que madame Cambry est une veuve à marier que vous pourriez parfaitement épouser. On assure même que vous ne lui êtes pas indifférent.

— Je n'ai jamais pensé à elle, et j'y pense moins que jamais, depuis que...

— Chut! nous voici arrivés. Je vais vous présenter, et, en cinq minutes de conversation, vous serez édifié sur ma conduite, monsieur le magistrat. Mais vous me ferez le plaisir de ne pas prolonger votre visite, car ma sœur est souffrante.

Berthe avait sonné. Une jeune femme très-pâle se montra, une jeune femme qui ressemblait beaucoup à sa cadette. Elle avait dû être aussi jolie qu'elle, mais elle n'avait plus la fraîcheur de la jeunesse, ni cet air gai qui donnait tant de charme à la physionomie de mademoiselle Lestérel.

— Comment! s'écria Berthe, tu viens ouvrir toi-même, dans l'état où tu es!

— Je suis seule, répondit madame Crozon. J'ai envoyé Sophie à la gare pour voir si mon mari est dans le train du Havre qui arrive à trois heures, ajouta-t-elle en regardant alternativement sa sœur et Gaston Darcy.

— Ton mari! dit Berthe. Je croyais que tu ne l'attendais que demain soir.

— C'est vrai, répondit la jeune femme; mais son navire est entré au Havre ce matin... J'ai reçu une dépêche de notre amie... et peut-être M. Crozon a-t-il pris le premier train pour Paris.

— Oui... c'est possible, en effet, et, s'il arrive, je serai

bien aise de me trouver là. Passons dans le salon, je vais
t'expliquer en deux mots pourquoi je viens chez toi avec
M. Darcy... M. Gaston Darcy que je rencontre souvent chez
madame Cambry... et qui m'a rendu hier un service dont
je lui suis infiniment reconnaissante.

Madame Crozon, étonnée, se contenta de s'incliner pour
répondre au salut respectueux de ce visiteur inattendu.

Le salon où Darcy fut introduit était meublé sans luxe,
mais le parquet reluisait comme une glace, et on n'aurait
pas trouvé un grain de poussière sur le velours des fauteuils.

Cela ressemblait à un intérieur flamand.

Il y avait, accroché au mur, entre deux gravures de
Jazet, un médiocre portrait d'homme, une figure sévère et
quelque peu déplaisante, le portrait du mari, sans doute.

Près de la fenêtre, qui donnait sur la rue, une chaise
longue où la jeune femme alla s'étendre, après avoir indiqué du geste un siége à Darcy qui eut la discrétion de ne
pas s'asseoir.

— Tu souffres? demanda Berthe en prenant la main de
sa sœur.

— Oui. J'ai pu dormir une heure cette nuit, après ton
départ; mais la crise est revenue ce matin, et je me sens
très-faible.

— Pourquoi n'es-tu pas restée au lit?

La malade ne répondit pas, mais ses yeux se tournèrent
vers la fenêtre.

— Je comprends, murmura mademoiselle Lestérel, et je
te demande pardon de te fatiguer en te questionnant.
A quelle heure suis-je arrivée chez toi, hier soir?

— Mais... vers neuf heures, je crois.

— Et à quelle heure suis-je partie?

— Il me semble qu'il était au moins deux heures du
matin.

— Voilà tout ce que je voulais te faire dire, ma chère
Mathilde. Un mot encore, et ce sera fini. En sortant de chez
toi, je n'ai pas trouvé de voiture. Un homme m'a suivie,

persécutée, et je ne sais ce qui serait arrivé si je n'avais
eu le bonheur de rencontrer M. Darcy, qui m'a prise sous
sa protection et qui a bien voulu m'accompagner jusqu'à
ma porte. M. Darcy ne m'a adressé aucune question, mais
il a pu et dû s'étonner de me rencontrer seule, à pied, la
nuit, dans Paris. Je tiens beaucoup à son estime, et je l'ai
prié de se trouver aujourd'hui à trois heures devant ta
maison. Je voulais qu'il entendît de ta bouche l'explication toute naturelle de ma promenade nocturne. C'est fait.
Je n'ai plus qu'à le remercier de l'appui qu'il m'a donné
hier et de la peine qu'il vient de prendre en montant tes
quatre étages.

Cette péroraison fut appuyée d'un coup d'œil à Darcy,
qui en comprit parfaitement le sens et qui se disposa à
battre en retraite. Il ne voulut cependant pas partir sans
ajouter un commentaire au discours de la jeune fille.

— Madame, commença-t-il, je vous supplie de croire
qu'il ne m'est jamais venu à la pensée de supposer.....

Il n'en dit pas plus long, car il vit que madame Crozon
ne l'écoutait plus. Elle s'était levée à demi, et elle prêtait
l'oreille aux bruits de la rue.

— Une voiture vient de s'arrêter à la porte, murmura-
t-elle.

Berthe courut à la fenêtre, l'entr'ouvrit et s'écria :

— C'est lui ! il descend d'un fiacre.

Puis, refermant vivement la croisée et s'adressant à
Darcy :

— Monsieur, dit-elle d'un ton bref, vous êtes assez mon
ami pour que je ne vous cache pas la vérité. M. Crozon
est absent depuis longtemps; il a le tort d'être horriblement jaloux, et nous savons qu'il a reçu des lettres
anonymes où l'on accuse ma sœur de l'avoir trompé
depuis son départ. Voilà pourquoi vous nous voyez si
troublées.

Darcy crut que cette confidence tendait à le presser de
partir.

— En effet, répondit-il, en saluant affectueusement la
femme du marin, s'il me rencontrait ici, cela confirmerait
ses injustes soupçons, et...

— Non, interrompit mademoiselle Lestérel, ne partez
pas, M. Crozon est très-violent. S'il se portait à quelque
extrémité, seule, je ne pourrais pas défendre ma sœur,
tandis qu'avec vous...

— Disposez de moi, dit vivement Darcy.

— Non... non, murmura la jeune femme, ne restez pas
ici... il vous tuerait...

— Ne craignez pas cela, madame, je ne me laisserai pas
tuer, pas plus que je ne permettrai qu'on vous maltraite.

Darcy, en répondant ainsi, avait la tête haute et le
regard résolu. Le capitaine au long cours allait trouver à
qui parler.

— Vous n'avez pas compris, reprit Berthe. Je ne veux
pas que mon beau-frère vous rencontre. Votre présence
l'exaspérerait. Ce que je veux, c'est que vous restiez à portée de nous secourir, si je vous appelle.

Venez, ajouta-t-elle en ouvrant une porte. Voici un cabinet d'où vous entendrez tout. Il y a un verrou en dedans
et une sortie qui donne directement sur l'escalier. Enfer-
mez-vous. Et entrez, si je crie : A moi! Si, au contraire,
je dis à M. Crozon : « Maintenant, vous n'accuserez plus
Mathilde », partez sans bruit.

Venez, il le faut.

Darcy entra de bonne grâce dans la cachette que mademoiselle Lestérel lui indiquait. Il sentait fort bien le danger,
et même le ridicule de la situation, mais il se serait soumis à de plus pénibles épreuves pour plaire à Berthe, et il
se disait avec joie qu'en l'initiant ainsi à ses secrets de
famille, Berthe lui donnait un gage d'intimité dont il pourrait tirer parti plus tard.

Il se logea donc dans ce cabinet noir, il poussa le verrou
pour se mettre à l'abri d'une invasion de l'ennemi, et il
s'assura que la retraite lui était ouverte, par un couloir

qui permettait de sortir de l'appartement sans traverser le salon.

Ces précautions prises, il se prépara à assister à une scène de ménage qui lui paraissait devoir être plus déplaisante que terrible, mais qu'il était très-déterminé à faire cesser si le marin poussait les choses au tragique.

Et il ne put s'empêcher de faire cette réflexion, qu'il était dans sa destinée d'assister en témoin invisible à des explications orageuses. Le soir, chez Julia, le jour, chez madame Crozon, la situation était presque la même. Seulement, la veille, elle s'était dénouée par un suicide, et, cette fois, à en juger par le trouble où le retour du mari avait jeté les deux sœurs, elle pouvait se dénouer par un meurtre.

Du reste, Darcy n'eut pas le temps de beaucoup réfléchir. A peine s'était-il établi à son poste d'observation qu'il entendit le bruit d'une porte fermée avec violence et une voix rude qui disait :

— Oui, c'est moi, madame. Vous ne m'attendiez pas si tôt ?

— Mathilde est bien heureuse de vous revoir, mon cher Jacques, dit la douce voix de Berthe; mais vous n'auriez pas dû la surprendre ainsi. Elle est très-malade, et l'émotion...

— Je n'ai que faire de vos avis... ni de votre présence, interrompit grossièrement le mari. Je veux avoir une explication avec ma femme, et je ne veux pas que vous y assistiez.

— Une explication, Jacques ! Après dix-huit mois d'absence, vous feriez mieux de commencer par embrasser Mathilde.

— Demandez-lui donc si elle oserait venir m'embrasser, elle, tonna le capitaine. Demandez-lui ce qu'elle a fait, pendant que je courais les mers pour lui gagner une fortune. C'est inutile, n'est-ce pas ? Vous le savez fort bien, ce qu'elle a fait.

— Je ne comprends pas ce que vous voulez dire. Vous semblez accuser ma pauvre sœur d'une infamie. Il ne vous manque plus que de m'accuser d'être sa complice.

— Je ne vous accuse pas. Mais je ne reviens pas pour discuter avec vous. Je reviens pour punir. Et j'entends que vous me laissiez seul avec ma femme. Allez-vous-en !

— Diable ! pensait Darcy, l'affaire s'engage mal. Je crois qu'il me faudra en découdre avec ce loup marin.

— Je ne m'en irai pas, dit avec une fermeté tranquille mademoiselle Lestérel. Vous êtes irrité, Jacques. Mathilde se justifiera sans peine, si vous voulez bien l'interroger doucement. Mais en ce moment vous n'êtes pas maître de vous, et la colère pourrait vous pousser à commettre un acte de violence. Je ne dois pas quitter ma sœur. Et ne prétendez pas que je n'ai pas le droit de m'interposer entre elle et vous. Je n'ai qu'elle au monde, et elle n'a que moi, puisque nous sommes orphelines. Qui l'offense m'offense, qui la menace me menace, et je vous le jure, Jacques, si vous voulez porter la main sur elle, il faudra commencer par me tuer.

Ce discours, dont il ne perdit pas une syllabe, fit tressaillir Darcy, qui se tint prêt à entrer en scène, aussitôt qu'il entendrait les mots convenus : A moi !

Mais l'éloquence partie du cœur agit même sur les furieux, et le capitaine changea de ton.

— Soit ! dit-il, restez. Vous êtes une brave fille après tout, et plût à Dieu que votre sœur vous ressemblât. Mais je vous jure que votre présence ne m'empêchera pas de faire justice.

A nous deux, maintenant, madame.

Darcy entendit un gémissement étouffé. Ce fut la seule réponse de la malheureuse Mathilde. Il ne la voyait pas, mais il se la figurait affaissée sur sa chaise longue, accablée, anéantie.

— Parlez ! mais parlez donc ! cria le mari. Essayez au moins de me prouver que vous êtes innocente. Vous savez

bien de quoi vous êtes accusée. Je vous l'ai écrit, et je me
repens de vous avoir avertie. Si j'étais revenu à l'improviste, si j'avais eu la patience de vous surveiller, je suis
sûr que j'aurais pu vous convaincre, tandis que vous allez
me débiter les mensonges que vous avez eu le temps de
préparer. Mais je n'ai pas appris à dissimuler, moi ! Quand
j'aime et quand je hais, je ne cache ni mon amour ni ma
haine... et je vous aimais... Ah! j'étais stupide.

Darcy remarqua fort bien que la voix du marin était
émue, et il commença à espérer que l'orage allait se terminer par une pluie de larmes. Mais, presque aussitôt, elle
reprit, cette terrible voix :

— Répondez ! Est-il vrai qu'il y a un an, on vous a vue
dans une loge de théâtre avec un homme ?

— Non, ce n'est pas vrai, murmura l'accusée. On vous
a trompé... ou on s'est trompé.

— Vous n'allez pas soutenir, je pense, qu'on a pris votre
sœur pour vous, dit ironiquement M. Crozon. Berthe vous
défend, et je ne l'en blâme pas; mais Berthe vit comme une
sainte, Berthe a su résister à toutes les tentations... et
pourtant elle n'a de devoirs à remplir qu'envers elle-
même... elle est libre... mais elle est trop fière pour s'abaisser jusqu'à prendre un amant.

Darcy, qui écoutait avec plus d'attention que jamais, se
mit à bénir ce furieux qui donnait à mademoiselle Lestérel
une si éclatante attestation de vertu. En vérité, il l'aurait
volontiers embrassé.

— Ce que vous pensez de moi, Jacques, dit la jeune fille,
moi, je le pense de Mathilde.

Cette fois, il sembla à Darcy que la voix de Berthe était
un peu moins assurée.

— Votre sœur répond pour vous, mais vous ne répondez
pas, reprit le capitaine. Le cœur vous manque pour vous
défendre. Il ne vous a jamais manqué pour me trahir. Ah !
vous aviez bien choisi le moment ! Pendant que vous affi-
chiez publiquement votre honte, mon navire était pris

dans les glaces du détroit de Behring, et je risquais ma vie
tous les jours. Tenez ! on envoie au bagne des femmes qui
valent mieux que vous.

— Vous insultez la vôtre, Jacques. Ce que vous faites
est lâche, dit Berthe d'un ton ferme.

— Je ne l'insulterai plus. On n'insulte pas les condam-
nées. Mais je n'ai pas fini. Il faut qu'elle m'écoute jusqu'au
bout. L'ami inconnu qui m'a averti m'a donné des détails
précis. Je sais où elle a rencontré cet homme. On ne me
l'a pas nommé, mais on me l'a désigné assez clairement
pour que je puisse le retrouver, et je le retrouverai, je
vous le jure. Je sais à quelle époque a cessé cette liaison, et
pourquoi elle a cessé. Son amant quittait Paris. Nierez-vous
encore, maintenant ?

— Jacques ! vous ne voyez donc pas que Mathilde est
mourante !

— Qu'elle meure ! Ce n'est pas moi qui la tue. Voulez-
vous que je vous dise de quoi elle meurt ? Je devrais vous
épargner l'humiliation d'entendre parler de cette infamie,
je devrais respecter votre pudeur de jeune fille. Mais vous
avez voulu rester. Tant pis pour vous ! C'est Dieu qui l'a
frappée, cette misérable créature que vous soutenez.
L'adultère a eu des suites. Elle a eu un enfant de cet
homme, un enfant qu'elle a mis au monde dans je ne sais
quelle maison suspecte, un enfant qu'elle cache. Elle est
accouchée il n'y a pas un mois.

J'arrive pour les relevailles de ma femme ! Vous voyez
bien qu'il faut que je tue la vipère et le vipéreau.

— Il ne tuera pas la mère avant d'avoir trouvé l'enfant,
se dit Darcy qui ne perdait pas la tête.

A tout événement pourtant il se tint prêt, l'oreille au
guet et la main sur le verrou qui fermait le cabinet en
dedans.

— Vous êtes fou, Jacques, s'écria Berthe, je vous jure
que vous êtes fou.

— Vous feriez mieux de jurer que votre sœur est inno-

cente, dit froidement M. Crozon. Osez-le donc ! Jurez ! Je
vous croirai, car je sais que vous n'avez jamais menti.
Vous vous taisez? Vous croyez en Dieu, vous, et vous ne
prêteriez pas un faux serment. Tenez, Berthe, s'il me restait un doute, votre silence me l'enlèverait. Mais je n'en
suis plus à douter. Et si je n'ai pas encore fait justice de
cette femme, c'est que je veux qu'elle me dise où est ce
bâtard. Quand je les aurai exterminés tous les deux, quand
j'aurai cassé la tête ou crevé la poitrine de l'amant, je me
ferai sauter la cervelle.

— Bon ! pensait Darcy, j'avais deviné. Il va chercher
l'enfant. Et comme il est arrivé au paroxysme de la colère,
il ne restera pas longtemps à ce diapason.

L'accusée pleurait, mais elle n'essayait pas de se défendre.

— Et sur la foi d'une lettre anonyme, dit mademoiselle
Lestérel, sur la foi d'une dénonciation que son auteur n'a
pas osé signer, vous condamnez votre femme sans l'entendre.

— L'ami qui m'a écrit n'a pas signé, mais il m'annonce
qu'il se fera connaître, à mon arrivée à Paris, et qu'il
m'apprendra tout ce que je ne sais pas encore. Par lui, je
trouverai le misérable qui m'a déshonoré, je trouverai
l'enfant...

— Vous ne retrouverez pas la paix de l'âme, Jacques.
Alors même que vos indignes soupçons seraient fondés,
votre conscience vous reprocherait encore d'avoir été sans
pitié pour Mathilde. Et quand vous aurez reconnu qu'on
l'a calomniée, il sera trop tard pour réparer le mal que
vous aurez fait. Elle sera morte de douleur. Que Dieu vous
pardonne !

— Dieu ! mais il sait que je l'adorais, cette infâme, que
j'aurais donné ma vie pour lui épargner un chagrin; il sait
que je souffre depuis trois mois toutes les tortures de
l'enfer. Il me jugera et il la jugera. Et, puisque vous invo-
quez son nom, prenez-le donc à témoin de l'innocence de
votre sœur. Jurez !

Il y eut un silence si profond que Darcy entendait battre son cœur.

— Oui, reprit le capitaine, jurez qu'elle n'est pas coupable, et je vous jure, moi, que je tomberai à ses pieds pour lui demander pardon.

Et comme Berthe ne répondait pas, il ajouta :

— Eh bien, j'attends.

Gaston aussi attendait et se demandait : Que va-t-elle faire?

Courbée sous la parole vengeresse de son mari, Mathilde étouffait ses sanglots et dévorait ses larmes.

La voix de Berthe s'éleva comme un chant de délivrance.

— Je jure, dit-elle lentement, je jure que ma sœur est innocente des crimes que vous lui reprochez.

— Innocente! Elle serait innocente! s'écria le marin. Oui... vous ne risqueriez pas votre salut éternel pour la sauver... et vous savez tout ce qu'elle a fait, puisque vous n'avez jamais passé un jour sans la voir.

— Pas un seul, dit Berthe, avec effort.

Et, sur un ton plus haut et plus clair, elle ajouta :

— J'espère que, maintenant, vous ne l'accuserez plus.

Darcy n'avait pas oublié la phrase convenue, et il n'eut pas besoin de voir ce qui se passa dans le salon pour comprendre que le serment prêté par mademoiselle Lestérel venait de sauver madame Crozon.

Darcy avait promis de partir dès qu'il entendrait le signal, et il ne tenait pas du tout à prolonger sa station dans le cabinet noir. Il s'en alla tout doucement ouvrir la porte qui donnait sur l'escalier, il la referma avec précaution et il descendit sans se presser les quatre étages.

A la porte de la maison, il vit un fiacre chargé de colis et gardé par une bonne que le soupçonneux mari avait sans doute consignée là pour mieux surprendre sa femme.

Et il se dit :

— La fréquentation de l'océan Pacifique n'a point adouci les mœurs de ce baleinier... car il doit être baleinier.

Roland le Furieux n'était pas plus furieux que ne l'est le capitaine Crozon. La dame l'a échappé belle, et sans l'adorable Berthe, Lolif aurait peut-être eu à raconter demain un fait divers assez corsé. Est-elle innocente, cette Mathilde? Je le pense, puisque sa sœur l'a juré. Cet homme est un jaloux qui aura cru bêtement à une calomnie bête. Mais qui diable a pu jouer un si méchant tour à cette pauvre femme? Quelque galant évincé robablement. C'est toujours ainsi. A moins pourtant qu'elle n'ait trompé en effet son désagréable époux, pendant qu'il harponnait des cachalots. Auquel cas, mademoiselle Lestérel aurait fait un faux serment. Hum! pour une honnête jeune fille, ce serait un peu...

Et, après quelques secondes d'examen de conscience, Darcy conclut :

—Ma foi! si elle l'avait fait, je ne lui en voudrais pas, et je suis sûr que Dieu lui pardonnerait, en faveur de l'intention. Quand il s'agit de sauver la vie d'une sœur, le mensonge devient presque une action louable.

Seulement, c'est la suite qui m'inquiète. Si le dénonciateur anonyme poursuit son joli travail, et s'il fournit des preuves au loup de mer, qu'adviendra-t-il des deux femmes? Le Crozon est capable de les tuer. Ce serait le cas ou jamais de me mettre en travers. Et pour me préparer à intervenir, il faut que je voie mademoiselle Lestérel, que j'aie avec elle un entretien sérieux. Oui, mais où? Aller chez elle sans sa permission, ce serait m'exposer à lui déplaire. Je la rencontrerai certainement samedi à la soirée de madame Cambry... Samedi, c'est bien loin.

En réfléchissant ainsi, Gaston se dirigeait vers la rue Rougemont. Il savait que son oncle rentrait à quatre heures, et il tenait beaucoup à le voir ce jour-là. On sent le besoin de s'épancher avec un ami, quand on a le cœur plein. Or, M. Roger Darcy, juge d'instruction au Tribunal de la Seine, traitait son neveu en ami, et le cœur de Gaston débordait. Le souvenir de Berthe Lestérel remplissait tout entier ce

cœur où il ne restait plus de place pour les fantaisies pas-
sagères, et Gaston s'apercevait que le sentiment qu'il avait
d'abord pris pour une fantaisie était bel et bien un grand
amour.

L'oncle Roger habitait un hôtel, à lui appartenant, et
y menait une vie de garçon qui ne ressemblait à celle de
son neveu que par les bons côtés. Comme son neveu, et
même plus que son neveu, il avait un état de maison; il
aimait, autant que son neveu, la société des femmes; seulement, il ne fréquentait que la bonne compagnie, et, s'il
dépensait largement son revenu, du moins il n'entamait
pas son capital.

Il était entré dans la magistrature autant par vocation
que pour suivre les traditions de sa famille, et il était certainement un des magistrats les plus intelligents du ressort de Paris. Pas un ne l'égalait pour éclaircir une affaire
embrouillée. Il avait une lucidité d'esprit extraordinaire,
une mémoire imperturbable, une sagacité merveilleuse,
des intuitions soudaines qui étaient de véritables traits de
génie. Il semblait qu'il eût été créé et mis au monde pour
être juge d'instruction, et depuis sept ans qu'il l'était,
l'expérience était venue compléter ses aptitudes naturelles.

Il aimait avec passion les difficiles fonctions qu'il remplissait si bien, et il passait la moitié de sa vie dans son
cabinet, mais il n'était magistrat qu'à ses heures. Chez
lui, il redevenait homme du monde, gai compagnon,
joyeux convive, connaissant à fond son Paris et ayant vu
d'assez près les écueils de la vie pour être resté indulgent
à l'endroit des naufragés.

Et, à tous ces mérites, il joignait un grain d'originalité
qui donnait à sa personne et à son langage une saveur
toute particulière.

Gaston le trouva en veston court et en pantalon de fantaisie, plongé jusqu'aux oreilles dans un vaste fauteuil et
fumant un gros cigare.

Il avait quarante-cinq ans, et il n'en paraissait pas trente-

cinq. Les dents au complet, pas un cheveu gris, les yeux
vifs et le nez magistral. Grand, mince et sec, avec un air
de commandement tempéré par un bon sourire. Rasé du
reste, comme il convient à un homme de robe. Ceux qui ne
le connaissaient pas le prenaient pour un officier de marine.

— Te voilà, garnement, dit-il, en apercevant Gaston.
Veux-tu un *cabanas?* Prends dans la boîte. Il se trouve par
hasard qu'ils sont excellents.

— Merci, mon oncle ; j'en ai de meilleurs, dit le neveu,
en tirant de sa poche un étui en cuir de Russie.

— Tu n'es qu'un présomptueux, mon cher. Tu te figures
que tu as le premier choix, parce que tu fais venir directement de la Havane, tandis que... bon! voilà que je me
perds dans les digressions. Je n'entends pourtant plus
plaider MM. les avocats, puisque je ne siége plus que
dans mon cabinet. A la question, maître Darcy! car il y a
une question. Campe-toi devant le feu et prépare-toi à
recevoir une semonce que tu n'as pas volée. Ah! tu as de
jolies connaissances! Je t'en fais mon compliment!

— Si c'est de madame d'Orcival que vous voulez parler,
je vous dirai que...

— Oui, parlons-en, de ta d'Orcival. Il s'en passe de belles
chez cette *belle petite,* comme vous dites dans la haute
gomme. La *gomme!* Encore un bête de mot. On s'y pend,
chez la d'Orcival.

— Je sais cela, mon oncle, mais...

— Et qui est-ce qui s'y pend? Un comte qui n'est que
chevalier... d'industrie, une espèce de Casanova polonais,
ton rival sans doute.

— Non, je lui ai succédé.

— Comme Louis XV avait succédé à Pharamond. Peu
importe que vous ayez régné conjointement ou successivement. C'est déjà beaucoup trop que ton nom, le mien,
puisque j'ai le malheur d'être ton oncle du côté paternel,
soit prononcé dans une affaire où figurent une drôlesse et
un intrigant.

— Soyez tranquille, il ne sera pas question de moi, car...

— En vérité, c'est trop fort! Aller s'accointer d'une farceuse, parce qu'elle est à la mode, tandis qu'on pourrait trouver dans le vrai monde... Tiens! tu ressembles à ces provinciaux qui préfèrent un hôtel élégant où on vous empoisonne, à une honnête auberge où la cuisine est excellente. Décidément, monsieur mon neveu, vous n'êtes qu'un sot.

— Pas si sot, puisque j'ai rompu avec Julia.

— Bah! vraiment?

— Complétement, radicalement, définitivement. Si ces trois adverbes ne vous suffisent pas...

— Mais si, mais si. Je ne te crois pas assez dépourvu de sens pour chercher à me berner. Tu ne me prends pas pour un oncle de comédie. Alors, c'est une conversion...

— Sincère, je vous l'affirme.

— Et méritoire, j'en conviens, car la donzelle est jolie... très-jolie même. Pourrait-on savoir à quelle heureuse influence est due cette conversion? On ne prend pas le chemin de Damas comme on prend l'avenue des Champs-Élysées... par hasard.

— Mon Dieu! je n'ai rien de commun avec saint Paul. Ce n'est pas une illumination d'en haut qui m'a converti. Mais j'ai beaucoup réfléchi depuis un mois. Je me suis dit qu'à vingt-neuf ans, il est bien temps de faire une fin. Julia, ou Cora, ou Olympe, ou Claudine, c'est toujours le même tour du lac. Le cercle m'assomme. Le jeu ne m'amuse plus que quand je perds, et alors cela devient un divertissement trop coûteux. Pour me distraire, je ne vois plus que la magistrature, et je viens vous prier...

— Tu appelles la magistrature une distraction! Avec quelle irrévérence parle des dieux ce maraud! Si tu entres au parquet avec ces idées-là, tu feras un joli substitut!

— Mais il me semble, mon cher oncle, qu'il y a quinze ans, quand vous fûtes nommé substitut à Nogent-le-Rotrou, si je ne m'abuse, vous ne meniez pas à Paris une vie d'ermite.

— Moi, c'est différent. J'avais déjà le feu sacré. Tu ne feras peut-être pas un mauvais juge. Ton grand-père l'était, ton bisaïeul l'était. Juger, c'est dans le sang des Darcy. Mais, si tu ne vois dans la magistrature qu'une carrière comme une autre, si tu y entres pour y chercher de l'avancement, je te conseille de rester ce que tu es... un être inutile, mais inoffensif.

— Merci, mon oncle, dit Gaston en riant.

— Et encore, reprit M. Darcy, quand je dis : inoffensif, je m'avance trop. Je te crois très-capable de mal faire, pas par méchanceté, mais par entraînement.

Maintenant, je reviens à mes moutons, c'est-à-dire au parquet. Il ne tient qu'à moi, parbleu! de t'y faire attacher. Le procureur général m'a encore dit hier qu'il te prendrait volontiers. Et, dans un an, tu pourras être envoyé comme juge suppléant dans un tribunal du ressort.

Bon! mais après? Te figures-tu que ta cervelle deviendra raisonnable parce que ta tête sera coiffée d'une toque noire? Te fais-tu seulement une idée de ce qu'il faut avoir de sagesse et d'impartialité pour être un magistrat passable? Il y a quinze ans que je travaille à acquérir ces qualités-là, et je ne me flatte pas de les posséder. Et je n'entame jamais une instruction sans être pris d'un accès de défiance de moi-même. Toi, tu ne doutes de rien. Je parie que, si tu étais juge, tu n'hésiterais pas à instruire une affaire à laquelle se trouverait mêlée la d'Orcival qui a été ta maîtresse.

— Pardon! j'hésiterais et même je refuserais. Mais ce sont des hasards qui n'arrivent pas.

— Tu crois? Tu crois peut-être aussi que cette d'Orcival n'a que des galanteries à se reprocher? Eh bien, mon cher, peu s'en est fallu qu'elle ne fût arrêtée à propos de cette pendaison. Tiens! si tu veux être édifié sur le compte de la dame, lis ces notes de police que j'ai reçues, il y a une heure.

En arrivant chez son oncle, Gaston se demandait s'il ne

ferait pas bien de lui raconter, sans rien omettre, l'histoire de sa dernière visite à madame d'Orcival. Julia, dans sa lettre d'adieu, lui promettait de se taire et l'engageait à en faire autant ; mais il savait que l'oncle Roger était incapable d'abuser d'une confidence, et il n'aurait pas été fâché d'avoir son avis sur le cas.

Quand le juge l'invita à lire un rapport de police où il était question de madame d'Orcival, Gaston pensa qu'avant de parler, il ferait mieux de prendre connaissance de ce document qui l'intéressait à plus d'un titre.

Il prit donc le papier administratif que lui tendait M. Roger Darcy, et il lut ceci :

« Julie-Jeanne-Joséphine Berthier, dite Julia d'Orcival, trente ans. Née à Paris en 1848. Fille naturelle reconnue par un officier retraité qui jouissait d'une certaine aisance, et qui l'a fait élever dans un pensionnat de Saint-Mandé. N'a jamais connu sa mère. A perdu son père un an après qu'elle était sortie de pension, et a hérité de lui une vingtaine de mille francs. Reçue institutrice à l'Hôtel de ville et placée en cette qualité chez de riches étrangers qui voyageaient beaucoup. Séduite et enlevée à Aix en Savoie, par un Espagnol qui l'a emmenée à Madrid où il est mort peu de temps après, en lui léguant par testament une somme importante.

« Revenue aussitôt à Paris, Julie Berthier a profité de l'indépendance que lui assurait ce legs pour se lancer dans le monde des femmes galantes et pour s'y créer une situation exceptionnelle. Sa beauté, son éducation, son esprit l'ont promptement conduite à la fortune. A eu, avant, pendant et depuis cette liaison, de nombreuses intrigues. Est, en ce moment, la maîtresse attitrée d'un jeune homme appartenant à une excellente famille. »

Gaston lisait tout haut. A ce passage, son oncle se mit à rire.

— C'est de toi qu'il s'agit, mon cher, dit-il, et si le policier qui a rédigé ce rapport ne t'a pas nommé, c'est qu'il

sait que tu es mon neveu. Mais il te connaît. Tu es noté
à la Préfecture. Bonne recommandation pour te faire attacher au parquet !

— Mais, s'écria Gaston, il est mal informé, votre policier.
Il aurait dû mettre : *était* en dernier lieu la maîtresse de...

— Tu me la bailles belle, avec ton dernier lieu. La police
ne tient pas registre jour par jour des variations du cœur
de ces dames. Elle n'y suffirait pas. Et, après tout, il n'y a
pas si longtemps que tu t'es tiré des griffes de la d'Orcival.
Je t'ai aperçu l'autre jour avec elle, dans une baignoire
des Variétés, à la *première* du *Grand Casimir*... où, entre
parenthèses, je me suis bien amusé. Quand donc as-tu
rompu ?

— Hier.

— Diable ! il était temps. Continue cette lecture intéressante.

Gaston, assez décontenancé, reprit :

« Entre autres connaissances, Julie Berthier a fait, il y a
trois ans, celle du soi-disant comte Golymine. Ce personnage, qui s'appelait, à ce qu'on croit, de son véritable nom,
Lemberg, était né en Gallicie, et avait beaucoup voyagé
en Europe et en Amérique. Menait grand train à Paris, sans
que personne connût l'origine de sa fortune. A été accusé
en Russie de fabriquer de faux billets de banque, et soupçonné en France de pratiquer le *chantage*. Ces soupçons
étaient d'autant plus vraisemblables qu'il a été l'amant de
plusieurs femmes très-haut placées. N'a cependant jamais
été l'objet d'aucune plainte administrative. Soumis pendant un an à une surveillance qui n'a révélé à sa charge
d'autres faits que sa liaison intime avec certains personnages aussi suspects que lui, quoique fréquentant les salons
et les cercles. Cette surveillance a cessé depuis six mois,
parce que le comte se montrait beaucoup moins et paraissait être tombé dans la gêne. Il a été question de la
reprendre au moment où les attaques nocturnes sont devenues fréquentes dans les rues de Paris. Une lettre anonyme,

adressée à M. le préfet, signalait Golymine comme étant le chef occulte d'une bande composée de gens bien placés en apparence et renseignant des malfaiteurs subalternes sur les personnes riches qui circulent la nuit avec des valeurs en poche. Rien ne prouvait, du reste, que cette dénonciation fût fondée, et il n'y a pas été donné suite. »

— Chef de brigands ! dit M. Darcy. Je ne m'étonne plus que les femmes raffolassent de lui. Mais je ne crois pas beaucoup à l'organisation des voleurs de nuit. Les agents ont de l'imagination maintenant. La lecture des romans judiciaires les a gâtés.

Gaston aurait pu fournir à son oncle un renseignement tout frais sur les procédés de ces messieurs, mais il était décidé à ne parler de sa mésaventure à personne, et, de plus, le rapport l'intéressait assez pour qu'il lui tardât de le connaître tout entier.

Il se remit donc à lire :

« De toutes les informations recueillies sur Golymine et sur Julie Berthier ressortait une présomption de connivence entre eux, présomption qui devait nécessairement éveiller l'attention de la Préfecture, aussitôt que le suicide a été connu. Le commissaire a dû examiner avant tout si la mort du comte n'était pas le résultat d'un crime. Les témoignages et les constatations médicales n'ont laissé aucun doute à cet égard. Golymine s'est suicidé à la suite d'une violente altercation avec son ancienne maîtresse. La disposition de l'appartement et l'absence des domestiques expliquent comment il a pu se pendre, sans que Julie Berthier en ait eu connaissance. Elle a, du reste, envoyé au commissariat du quartier, aussitôt qu'elle a appris l'événement par sa femme de chambre qui, la première, a découvert le cadavre.

« On a trouvé sur Golymine une somme de trente mille francs en billets de banque, quatre cent soixante-dix francs en or, une montre de prix et des bijoux d'une assez grande valeur. Il est donc certain qu'aucun vol n'a été commis.

« Golymine n'avait d'ailleurs, dans son portefeuille ou dans ses poches, ni lettres, ni papiers. Des recherches effectuées ce matin dans l'appartement meublé qu'il occupait rue Neuve-des-Mathurins n'ont fait découvrir aucun document écrit. On a cependant des raisons de croire que Golymine était détenteur de correspondances compromettantes pour l'honneur de certaines personnes. Et il n'est pas impossible que sa dernière visite à Julie Berthier ait eu pour objet ces correspondances. Les rapports qui ont existé entre eux autrefois autorisent cette supposition. Mais, pour la vérifier, une perquisition dans le domicile de Julie Berthier serait indispensable, et le commissaire n'a pu prendre sur lui de l'ordonner. Julie Berthier, dite Julia d'Orcival, est liée avec des hommes du meilleur monde, et l'application de cette mesure pourrait présenter quelques inconvénients. »

— On trouverait tes billets doux, mon garçon, dit en riant M. Darcy.

— Oh! on en trouverait fort peu, et ceux qu'on trouverait ne sont pas d'un style bien tendre : « Ce soir, à sept heures et demie, au café Anglais », ou : « Je n'ai pu avoir d'avant-scène pour ce soir. »

— Oui, je sais que la belle jeunesse dont tu fais partie affecte l'indifférence à l'endroit des femmes... ce qui ne l'empêche pas, d'ailleurs, de se ruiner avec elles. Mais je crois qu'il te serait fort désagréable d'être mêlé, d'une façon quelconque, à cette vilaine histoire... surtout maintenant que tu as brisé le doux lien qui t'enchaînait, dirait M. Prud'homme. Rassure-toi. On ne perquisitionnera point chez ton ex-belle. Dans le premier moment, les gens de la police avaient vu dans ce suicide une affaire mystérieuse. On parlait déjà de me charger de l'instruction. En y regardant de plus près, on a vu qu'il n'y avait rien, et tout se bornera à un procès-verbal. J'en suis bien aise pour toi... et même pour moi. Le souvenir de tes amours avec la d'Orcival m'aurait gêné.

Maintenant, parlons d'autre chose.

— Bien volontiers, dit Gaston.

— Je te tiens, je ne te lâche plus. Tu vas dîner avec moi.
Il y a un cuissot de chevreuil dont tu me diras des nouvelles.

Et, comme le neveu faisait mine de vouloir s'excuser,
l'oncle s'écria :

— Ne t'avise pas de me conter que tu as promis à des
godelureaux de ta connaissance de les rejoindre au restaurant. Tu ne dînes pas avec ta princesse, puisque vous êtes
brouillés sans retour. Donc, tu dînes avec moi. Et, en
attendant, prépare-toi à écouter un discours sérieux.

— Je suis en excellentes dispositions pour le goûter.

— Alors, je vais au fait, sans préambules. Tu veux être
magistrat; c'est fort bien, mais ce n'est pas assez. Il faut
que tu te maries.

— Je n'y répugne pas.

— Bon! voilà qui est admirable. Et je te félicite d'être
devenu si accommodant sur ce chapitre. Il n'y a pas huit
jours, quand je te parlais mariage, tu te cabrais comme
un cheval rétif. Il est vrai que tu étais en tutelle. Ta Julia
n'entendait pas de cette oreille-là, et elle te menait par le
bout du nez. Je patientais parce que je suis un oncle gâteau.
Mais, à présent, je ne plaisante plus. Tu vas doubler le cap
de la trentaine, mon cher. C'est le moment. Plus tard, tu
aurais une foule de raisons à mettre en avant pour rester
garçon, et c'est ce que je ne permettrai pas. Je veux des
héritiers. J'ai toi, mais ça ne me suffit pas. Il me faut des
petits Darcy qui puissent présider les tribunaux du ving-
tième siècle. Ton bisaïeul présidait avant la Révolution.
Moi, je présiderai, dès que je serai trop vieux pour faire
un bon juge d'instruction. Je prétends que la série soit con-
tinuée indéfiniment.

Et c'est toi que ce soin regarde.

— Pourquoi pas vous, mon oncle?

— Hé! hé! il ne faudrait pas m'en défier. Si tu t'avisais
de faire le récalcitrant, je me marierais très-bien, j'aurais
une demi-douzaine de garçons... et alors, mon bel ami,
adieu ma succession!

— Oh ! dit Gaston, avec un geste de neveu désintéressé.

— N'en fais pas fi. Elle sera ronde, ma succession, et tu dois avoir déjà de jolis trous à boucher. Voyons, là, franchement, combien as-tu mangé de ton capital, depuis que tu es majeur ?

— Deux cent mille... peut-être un peu plus.

— Ou beaucoup plus. Les d'Orcival sont chères. Mais j'admets ton chiffre de deux cent mille. Il te reste donc à peine trente mille livres de rente. Au train dont tu vas, c'est l'hôpital dans cinq ou six ans... ou l'Australie, la Californie, et autres expatriations forcées. Suis mon raisonnement, je te prie. Il est d'une logique rigoureuse. A l'heure qu'il est, tu as encore une valeur matrimoniale. Tu es jeune, tu n'es ni sot ni mal tourné, on te croit riche, et on sait que tu hériteras de moi... le plus tard possible, je t'en préviens. Tu ne vaudras plus rien du tout dans cinq ans, car tu n'auras plus un sou, et moi, lassé de t'attendre, je me serai bel et bien marié. Tu en seras réduit à chercher des demoiselles riches et bossues. Riante perspective !

— Mais, mon oncle, puisque je vous dis que je suis décidé... en principe.

— Très-bien ! Alors, j'ai ton affaire. Madame Cambry a soixante bonnes mille livres de rente, et je connais peu de femmes aussi séduisantes et aussi méritantes qu'elle. Tu vas m'objecter qu'elle a vingt-quatre ans et qu'elle est veuve. Je te répondrai que cinq ans de différence d'âge suffisent pour faire un ménage assorti ; que madame Cambry a été mariée six mois à un homme médiocrement aimable que tu n'auras pas de peine à lui faire oublier, car je suis à peu près sûr qu'elle te trouve à son goût.

Voyons ! qu'as-tu à dire contre madame Cambry ? Tu ne vas pas, je suppose, contester sa beauté, ni son esprit ni sa vertu. Tu ne prétendras pas non plus qu'elle te déplaît, car tu ne manques pas un seul de ses samedis.

— J'apprécie toutes ses qualités, mon oncle ; seulement...

ce n'est pas à elle que je songe... et je trouve qu'elle vous conviendrait parfaitement.

— Mais, malheureux, j'ai vingt ans de plus qu'elle. Et puis, il ne s'agit pas de moi. Si j'ai bien compris ta réponse entortillée, tu ne te soucies pas d'épouser madame Cambry, mais tu as des vues sur une autre personne. Eh bien, il n'y a que demi-mal. Je ne tiens pas absolument à ce que l'aimable veuve devienne ma nièce, et pourvu que la fiancée de ton choix ne soit ni d'une honnêteté douteuse, ni d'une famille tarée, je n'en demande pas plus. Maintenant, dis-moi le nom de ta préférée, renseigne-moi sommairement sur son compte et présente-moi à cette merveille le plus tôt possible. Je signerai des deux mains au contrat, et je suis capable de mettre un titre de rente dans la corbeille.

— Mais, mon oncle, je n'en suis pas là. J'ai rencontré en effet une jeune fille qui me plaît beaucoup, et peut-être me déciderai-je à l'épouser... si elle veut de moi. Seulement, avant de prendre une résolution définitive, je désire la connaître davantage, étudier son caractère...

— Oh ! je te vois venir. Tu cherches à t'en tirer par un moyen dilatoire, comme on dit au Palais. Et tu te figures qu'en me répondant toujours : J'étudie son caractère, quand je te presserai d'en finir, je me contenterai d'une si pauvre défaite ? Tu te figures que j'attendrai qu'il te convienne de me donner des petits-neveux ? Tu te trompes, mon cher, et pour t'enlever cette illusion, je vais te poser un ultimatum.

— C'est inutile. Je vous promets de vous dire d'ici à très-peu de jours...

— Écoute-moi donc, bavard, au lieu de m'interrompre. Je t'accorde un répit de trois mois. Tu entends, Gaston, trois mois. Passé ce terme, je te déclare que ce sera moi qui me marierai, et tôt.

J'ai dit. Maintenant, viens dans la cour voir un cheval qu'on me propose pour mon coupé. Tu t'y connais mieux que moi. Tu me donneras ton avis.

CHAPITRE III

Pendant que Gaston Darcy employait si bien son temps, madame d'Orcival ne perdait pas le sien.

Elle avait, on peut le croire, passé une nuit fort agitée. Les constatations et l'interrogatoire déguisé sous la forme d'une ample demande de renseignements l'avaient retenue fort tard. Le commissaire et les agents n'avaient quitté l'hôtel qu'à quatre heures; le corps du malheureux Golymine n'avait été enlevé qu'à cinq heures.

Et, quoique le supplice de revoir son ancien amant eût été épargné à Julia, elle n'était pas encore remise des émotions de la veille quand elle se leva, vers midi, juste au moment où Gaston recevait la lettre qu'elle lui avait écrite avant de se mettre au lit.

Elle déjeuna au thé, se fit raconter par Mariette les bruits qui couraient dans le quartier, lui recommanda encore de ne parler à personne de la visite de M. Darcy, et lui donna ses instructions, qui étaient de ne pas sortir et d'introduire Gaston, s'il se présentait.

Julia était persuadée qu'il viendrait la remercier de sa discrétion, et elle ne désespérait pas encore de l'amener à un raccommodement. Elle croyait le connaître à fond, et elle savait bien ce qu'elle faisait en lui écrivant qu'elle avait pris son parti de la rupture. L'expérience lui avait appris que le plus sûr moyen de ramener un amant qui se dérobe, c'est de lui montrer qu'on ne tient pas à lui. Elle s'était donc décidée tout de suite à traiter le cas de Gaston par l'indifférence, et elle comptait que l'emploi de cette méthode produirait un prompt et excellent effet.

Elle attendit donc, après avoir fait une toilette appro-

5.

priée à la circonstance; elle attendit dans ce boudoir où s'était jouée la veille la scène de la séparation.

Madame d'Orcival avait encore d'autres projets, mais l'exécution de ceux-là était subordonnée au résultat de l'entrevue qu'elle espérait avoir, le jour même, avec Darcy.

Les lettres de trois femmes qui avaient commis l'imprudence d'aimer Golymine étaient serrées dans un tiroir secret du petit meuble en bois de rose, et elle ne comptait pas les y laisser.

Seulement, rien ne pressait. Ces armes-là ne se rouillent pas.

Vers trois heures, Mariette parut avec la mine réservée qu'elle prenait toujours, quand il s'agissait de demander à madame si elle voulait recevoir un visiteur, et Julia put espérer, pendant une seconde, que ce visiteur était Darcy, lequel Darcy montait, à ce moment-là, l'escalier de madame Crozon, en compagnie de Berthe Lestérel.

— Je n'y suis pour personne, s'écria madame d'Orcival, en voyant que sa femme de chambre lui présentait une carte.

— Ce monsieur a tellement insisté pour être reçu que j'ai promis de vous faire passer son nom, répondit la soubrette. Il prétend qu'il a des choses très-importantes à dire à madame.

Julia jeta un coup d'œil sur la carte et lut :

« Don José Simancas, général au service de la République du Pérou. »

— Je ne le connais pas, dit-elle, et n'ai que faire de le voir.

Puis, se ravisant :

— Quel homme est-ce?

— Oh! un homme très comme il faut. Cinquante à soixante ans; l'air riche et distingué. Un peu trop de bijoux. Mais ça se comprend, il est étranger. Il m'a donné un louis pour remettre sa carte à madame.

— C'est singulier, il me semble maintenant que j'ai déjà

entendu prononcer ce nom-là. Que peut avoir à me dire
ce général péruvien? Est-ce un prétexte qu'il prend pour
s'éviter l'embarras de se faire présenter à moi?

Et, comme madame d'Orcival, en disant cela, regardait
Mariette d'une certaine façon, la fine camériste répondit
aussitôt :

— Je ne crois pas. Il gesticule et il ne tient pas en
place. Et puis, s'il venait dans l'intention de faire la cour
à madame, il aurait agi autrement. Madame connaît comme
moi les étrangers. Ce n'est pas leur système. Ils sont plus
positifs. Je supposerais plutôt que ce monsieur a une communication à faire à madame, au sujet de... l'événement.

— Oui, ce doit être cela. Et je pourrais peut-être regretter de ne l'avoir pas reçu. Fais-le entrer au salon. Je vais
y aller. Si M. Darcy vient, tu le prieras de m'attendre
dans la galerie...

Non, non, pas là, reprit vivement Julia, tu le conduiras
dans ma chambre à coucher.

Elle s'était rappelé tout à coup que le malheureux Golymine avait rendu l'âme dans cette galerie, et que le lieu
serait mal choisi pour jouer avec son successeur la comédie de la réconciliation.

Mariette disparut. Après avoir imposé cinq minutes d'attente au visiteur, madame d'Orcival passa au salon et
répondit par une inclination assez légère au salut du
général.

— A quoi dois-je, monsieur, l'honneur de vous voir?
dit-elle froidement.

La physionomie de M. Simancas lui avait déplu tout
d'abord, et elle se demandait si ce guerrier de l'Amérique
du Sud n'était pas un agent de police déguisé.

Le général avait très-bonne mine, mais il avait des yeux
inquiétants.

— Madame, commença-t-il d'un air dégagé, je ne suis
ni un créancier, ni un mendiant, ni un voleur, et, pour
que je puisse vous expliquer le but de ma visite, vous

voudrez bien, je l'espère, vous asseoir et me permettre d'en faire autant.

M. Simancas, en le prenant sur ce ton, pensait intimider Julia, et il avait ses raisons pour en user ainsi. Mais il s'aperçut qu'il faisait fausse route.

— Monsieur, riposta la dame, je n'ai pas de créanciers, je fais faire aux mendiants l'aumône par mon valet de pied, et je ne crains pas les voleurs. Vous auriez pu vous dispenser de ce préambule déplacé, et je vous invite à me dire très-vite ce qui vous amène, car j'ai fort peu de temps à vous donner.

Le Péruvien, voyant qu'il avait affaire à forte partie, changea de note et d'attitude.

— Je n'ai pas eu l'intention de vous offenser, madame, reprit-il, sans plus faire mine de s'établir dans un fauteuil. Vous le croirez certainement quand vous saurez que j'ai été le compagnon d'armes et l'ami de ce pauvre Wenceslas.

— Je ne comprends pas, dit madame d'Orcival, qui comprenait fort bien.

— De ce pauvre Wenceslas Golymine qui est mort d'une manière si tragique.

— Que m'importe que vous ayez été ou non son ami?

— Il vous importe beaucoup. Je connaissais tous les secrets de Golymine.

— Ses secrets n'étaient pas les miens.

— Pas tous, mais il y en a bien quelques-uns qu'il ne vous a pas cachés.

— Pardon, monsieur, vous n'êtes pas venu, je suppose, pour m'entretenir de vos relations avec le comte Golymine qui a vécu autrefois dans mon intimité, mais que j'ai cessé depuis longtemps de recevoir. Où voulez-vous en venir?

— A vous demander si Wenceslas ne vous aurait pas confié des lettres à lui écrites par des personnes que ces lettres compromettent gravement.

— Et ce sont ces personnes qui vous ont chargé de la mission dont vous vous acquittez si bien ?

— Peut-être. Mais, quoi qu'il en soit, je vous serais très-reconnaissant de me remettre ces correspondances, et cela dans l'intérêt de la mémoire du comte.

— Est-ce tout ce que vous avez à me dire ?

— Non. Golymine portait toujours sur lui, je le sais, certaines pièces écrites qu'il conviendrait de détruire. Je voudrais savoir si vous les avez trouvées après sa mort, et dans le cas où elles seraient en votre possession, je serais disposé à payer pour les avoir le prix que vous en demanderiez.

Je puis bien vous apprendre de quoi il s'agit. J'ai quitté mon pays parce qu'une conspiration dont j'étais le chef n'a pas réussi. Golymine, qui a séjourné au Pérou, conspirait avec moi. Nous songions tous les deux à retourner à Lima pour y tenter une révolution. Ces papiers contiennent le plan de notre entreprise, la liste des conjurés... et s'ils tombaient entre les mains de la police française...

— Cette fois, c'est bien tout, je pense ?

— Il me reste à ajouter que je suis riche et que rien ne me coûtera pour...

— Assez, monsieur, dit Julia. Je vous ai laissé parler parce que je voulais savoir jusqu'où vous pousseriez l'audace. Comment avez-vous pu supposer que le comte Golymine déposait chez moi les lettres de ses maîtresses ? Et comment osez-vous me demander si j'ai pris les papiers qu'il portait sur lui ? Vous croyez donc que j'ai fouillé son cadavre ? Et, pour me donner le change, vous inventez je ne sais quelle ridicule histoire de conspiration péruvienne ! Il faut, en vérité, qu'on vous ait bien mal renseigné sur moi. Je ne sais pas qui vous êtes, quoique je me souvienne vaguement d'avoir entendu le comte parler de vous. Mais je vais vous parler un langage très-net.

Il se peut que M. Golymine ait gardé les lettres des femmes qui l'ont aimé ; il se peut même qu'il les ait gardées pour en faire un mauvais usage. Mais il ne m'a pas choisie pour confidente.

Et, quant aux prétendues listes de conjurés qui vous préoccupent tant, s'il les portait sur lui, c'est à la Préfecture de police qu'il vous faut aller pour les réclamer.

— Alors, madame, les vêtements que portait Golymine quand il est mort...

— Ne sont pas restés chez moi; non, monsieur. Et, à mon tour, il me reste à ajouter que je vous prie de vous retirer.

Ce fut dit d'un tel air qu'un visiteur ordinaire aurait pris incontinent le chemin de la porte; mais M. Simancas ne se déconcertait pas pour si peu.

Il resta planté devant madame d'Orcival, et il se mit à la regarder comme on regarde un chef-d'œuvre dans un musée.

— Excusez-moi, madame, dit-il avec une politesse humble. Je m'étais trompé sur vous, ou plutôt on m'avait trompé. Nous autres étrangers, nous sommes sujets à commettre de ces bévues, faute de bien connaître le monde parisien. Les Français ont le tort impardonnable de mal parler des femmes, et nous avons le tort, plus impardonnable encore, de nous en rapporter à leurs appréciations. De sorte qu'en me présentant chez vous, je croyais...

— Prenez garde, monsieur, vous allez me dire une impertinence.

— A Dieu ne plaise, madame. Je veux, au contraire, vous supplier de me pardonner. Et vous me pardonnerez, si vous voulez bien réfléchir à la situation que nous fait, à moi et à quelques-uns de mes compatriotes, la mort de ce pauvre comte.

— Vous tenez donc à cette histoire de conspiration? demanda ironiquement madame d'Orcival.

— Hélas! madame, elle n'est que trop vraie.

Et je puis bien vous avouer maintenant que le véritable but de ma visite était de savoir si notre malheureux ami n'avait pas déposé chez vous des papiers politiques. Quant aux lettres de femmes que Golymine peut avoir conservées, je m'en soucie fort peu, et si je me suis servi de ce prétexte, c'est que je n'osais pas tout d'abord me fier à vous. Le secret du complot que nous avons formé pour rendre l'indépendance à notre patrie n'est pas à moi seul.

Je vois que je m'alarmais à tort et que j'aurais mieux fait de vous dire tout de suite la vérité.

— Oui, car vous auriez su plus tôt à quoi vous en tenir. Je vous répète que le comte ne m'a jamais dit un mot des affaires auxquelles il a pu se trouver mêlé. Et je vous prie encore une fois, monsieur, de mettre fin à une entrevue qui n'a plus aucun but.

— C'est ce que je vais faire, madame, en vous priant de nouveau d'agréer mes excuses. Permettez-moi seulement, avant de prendre congé de vous, de vous adresser une question, qui vous paraîtra peut-être étrange. Oserai-je vous demander... comment le comte était habillé, quand il est venu chez vous hier soir?

— Quelle est cette plaisanterie?

— Je ne plaisante pas, je vous le jure, chère madame. Mes amis et moi nous avons le plus grand intérêt à savoir si Golymine portait une pelisse en fourrures?

— Oui, monsieur, il la portait, et vous pouvez croire qu'il ne l'a pas laissée ici.

— Je vous remercie d'avoir bien voulu me répondre, et je vous serai encore plus reconnaissant de me garder le secret sur la démarche que je viens de faire auprès de vous. Une indiscrétion de votre part compromettrait bien des gens qui sont mes amis et que vous trouverez toujours disposés à vous servir en toutes choses.

Et, sans laisser à madame d'Orcival le temps d'ajouter un mot, le général salua courtoisement et sortit.

Julia rentra dans son boudoir, assez troublée par les singuliers discours de ce Péruvien plus ou moins authentique

— Si c'était un agent de police, pensait-elle, il s'y serait pris autrement pour me questionner. Cet homme doit avoir connu Golymine, et Dieu sait ce qu'ils ont fait ensemble. Je ne crois pas un mot de cette invention de complot. Golymine ne s'est jamais occupé de politique. Ce qui me paraît clair, c'est que ce général, vrai ou faux, n'ignore pas que le comte avait sur lui les lettres de ses anciennes maîtresses.

Et je conclus que ces lettres, je risquerais gros en les gardant chez moi. Heureusement, elles n'y resteront pas longtemps.

Le moment est venu de préparer ce que j'ai résolu de faire samedi, pour en finir d'un seul coup avec ces trois femmes.

Julia sonna sa femme de chambre, et lui demanda si M. Darcy était venu; à quoi Mariette répondit que non.

— Tiens-toi prête à porter une lettre, lui dit sa maîtresse.

— Mais, madame, il n'est que quatre heures, objecta la soubrette. M. Darcy ne vient jamais sitôt.

— Qui t'a dit que cette lettre est pour lui? Et de quoi te mêles-tu? Va t'habiller pour sortir.

Madame d'Orcival jouait l'indifférence à l'endroit de Gaston, mais elle se demandait avec inquiétude s'il allait se montrer chez elle avant la fin de la journée, car elle sentait bien que, si vingt-quatre heures se passaient sans qu'elle le vît, elle ne devait plus espérer le revoir jamais.

Pour qu'on puisse raccommoder une liaison rompue, il faut que la cassure soit fraîche.

Et madame d'Orcival tenait beaucoup à Gaston. D'abord, il lui plaisait plus qu'elle ne se l'avouait à elle-même, et peu s'en était fallu qu'elle ne l'aimât. Elle l'eût certainement aimé, s'il eût été pauvre. Mais elle avait pour principe de ne jamais confondre les affaires de cœur avec les affaires sérieuses.

Et Gaston était on ne peut plus sérieux, dans le sens que donnent à ce mot les femmes galantes. Il dépensait sans compter, et il ne se prévalait pas de sa générosité pour imposer plus que de raison sa compagnie. Julia savait bien qu'elle trouverait difficilement un adorateur aussi prodigue et aussi commode. Elle avait donc d'excellentes raisons pour regretter ce phénix des amants.

Et son orgueil souffrait encore plus que ses intérêts. Être brusquement abandonnée par un garçon que toutes les femmes lui enviaient, c'était un affront qu'elle ne pouvait pas se résigner à subir, sans essayer de ressaisir le cœur qui lui échappait.

— Pour qui veut-il me quitter? se demandait-elle, en regardant le meuble où elle avait serré la veille les lettres trouvées dans la poche de Golymine. Il n'a pas rompu, comme il le prétend, pour se faire magistrat. Je le connais. Il est trop paresseux pour avoir de l'ambition. Je suis sûre qu'il va se marier. Avec qui? Je n'en sais rien, mais je le saurai, et alors je me vengerai.

Comment?... Je trouverai un moyen.

Ah! s'il s'agissait de cette marquise dont j'ai là les lettres, ma vengeance serait toute prête... une vengeance raffinée. Je les laisserais se marier, et après je montrerais à Darcy, par preuves écrites, qu'il a épousé l'ancienne maîtresse d'un homme qu'il méprisait.

Malheureusement, il n'est pas probable qu'il l'épouse. Elle est trop titrée pour consentir à s'appeler madame Darcy tout court. Mais elle pourrait prendre Gaston pour amant. Il va beaucoup chez elle, et le petit Carneiro, qui sait ce monde-là par cœur, prétend qu'elle le trouve à son goût.

D'où il suit que j'ai raison de m'aboucher avec la marquise, et que j'aurais tort de lui rendre toutes ses lettres. Je veux qu'elle soit mon obligée, mais je veux aussi garder une arme contre elle.

Le timbre argentin d'une pendule de vieux saxe interrompit ce monologue.

— Quatre heures et demie, murmura madame d'Orcival. Viendra-t-il?

Et, pour tromper les impatiences de l'attente, elle ouvrit un élégant pupitre qui se trouvait à portée de sa main.

— Il est temps, dit-elle tout bas. La question est de savoir si j'ai ici du papier et des enveloppes sans chiffres. Je ne veux pas que ces dames se doutent que c'est moi qui leur écris.

Ah! voilà ce qu'il me faut. Il ne s'agit plus que de rédiger l'invitation. Je vais commencer par la marquise.

Et elle écrivit :

« Madame, un hasard a mis entre mes mains les lettres que vous avez adressées autrefois au comte Wenceslas Golymine. Je veux vous les rendre à vous-même, mais je crois plus prudent et plus convenable de ne pas me présenter chez vous et de ne pas vous recevoir chez moi.

« Je serai samedi prochain au bal de l'Opéra, dans la loge 27, aux premières de côté. J'y serai seule, absolument seule, et j'aurai un domino noir et blanc. Je vous y attendrai... »

— Voyons, se dit Julia, faut-il lui donner rendez-vous avant ou après cette bourgeoise que je ne connais pas?... Après, ce sera mieux. Avec l'autre, la conversation durera cinq minutes, tout au plus, puisque je veux lui remettre sa correspondance sans conditions, tandis qu'avec la marquise l'entrevue sera peut-être longue et orageuse.

Et elle écrivit :

« Je vous y attendrai à une heure et demie. »

Puis, s'arrêtant pour réfléchir :

— Si elle allait s'imaginer qu'on lui tend un piége et ne pas venir ! Il faut que je la rassure par un post-scriptum bien senti.

Voici, murmura-t-elle en reprenant la plume :

« C'est une femme qui vous écrit, une femme qui vous dira son nom, si vous tenez à le savoir, et qui n'aspire qu'à vous sauver d'un grand danger.

« L'ouvreuse sera prévenue. Il vous suffira de lui dire que la personne qui est dans la loge vous attend. »

Et elle signa : « Une amie. »

Puis elle relut sa prose et elle se dit :

— Elle viendra. Il est impossible qu'elle ne vienne pas. J'ai lu les lettres. Ces Havanaises ont le diable au corps. Je n'ai jamais rien écrit de pareil à l'homme que j'ai le plus aimé. Il y a de quoi la perdre sans rémission. Et pour ravoir sa correspondance, elle donnerait, j'en suis sûre, la moitié de sa fortune. On calomniait Golymine. Il aurait pu lui demander un million en échange de ces épîtres de haut goût. Et je crois que si ce général péruvien les tenait, il en tirerait bon parti.

Cinq heures moins un quart, murmura-t-elle, en regardant la pendule, et Gaston n'est pas encore ici. Allons ! c'est la guerre. Eh bien, je la ferai.

A l'autre, maintenant. Que vais-je dire à cette inconnue qui a commis aussi la sottise d'aimer Golymine? Elle n'écrit pas du même style que la marquise, celle-là. Ses lettres sont des chefs-d'œuvre de prudence. On jurerait qu'elle a prévu qu'on pourrait être tenté de s'en servir contre elle. Et si Golymine n'avait pas pris la peine de mettre sur le paquet le nom et l'adresse de la dame, nul n'aurait jamais su que cette tendre correspondance était de madame... un nom que je ne connais pas du tout, pas plus que je ne sais si celle qui le porte est mariée ou veuve. Je suis sûre, du moins, que c'est une femme bien élevée et une femme intelligente.

Viendra-t-elle au bal de l'Opéra? C'est douteux. Sa vie n'est peut-être pas arrangée de façon à lui permettre une excursion nocturne. Mais que m'importe? je n'ai rien à lui demander. Ce que j'en fais, c'est par pure charité. Il faut bien se soutenir un peu entre femmes... et on dit qu'une bonne action porte bonheur. Si elle ne vient pas, je garderai les lettres, ou je les brûlerai, mais je ne risque rien de lui donner rendez-vous dans la loge 27, et je ne vois pas pourquoi je changerais ma formule. Je n'ai qu'à copier mon billet à la marquise, sauf un mot.

Julia se remit à l'œuvre.

— La marquise à une heure et demie, murmura-t-elle.
La bourgeoise à une heure. Je ne veux pas l'obliger à se
coucher tard.

Quand elle eut fini, elle relut avec attention les lettres,
les plia, et mit les adresses sur les enveloppes.

— Je les jetterai moi-même à la poste, dit-elle. Il est au
moins inutile que Mariette voie les noms.

Précisément, Mariette parut, quoique sa maîtresse ne
l'eût pas sonnée.

— M. Darcy est là? demanda Julia en cachant les lettres
dans le pupitre sur lequel elle venait de les écrire.

— Non, madame, répondit la soubrette. C'est le docteur
que madame a fait appeler.

— Quel docteur?

— Le docteur Saint-Galmier.

— Je ne le connais pas, et je n'ai pas fait appeler de
médecin. Renvoie-le.

— Bien, madame. Seulement, je dois dire à madame
que ce monsieur assure qu'il est l'ami de M. Darcy. Alors,
j'ai pensé...

— Qu'il venait de la part de Gaston. Ce serait bien étonnant. N'importe. Fais-le entrer.

Un instant après, Saint-Galmier montrait à madame
d'Orcival sa figure placide et souriante. Il avait fort bonne
mine, ce gradué de la Faculté de Québec, et sa physionomie inspirait la confiance à première vue.

— Excusez-moi, madame, de me présenter ainsi, dit-il
avec une rondeur engageante. Je n'ai pas l'habitude d'aller
chercher les clientes chez elles, mais j'ai appris que vous
étiez souffrante... je l'ai appris par M. Darcy.

— Vous le connaissez?

— Beaucoup. Et cette nuit, au cercle dont nous faisons
partie tous les deux, quelqu'un a raconté devant nous le
fatal événement qui venait de se passer chez vous...

— Comment! cette nuit, on sa... ait déjà...

— Oui, madame. Les nouvelles se répandent vite à Paris. Celle-là nous a été apportée par un original qui est à l'affût de tous les faits de ce genre, et qui s'est trouvé par hasard passer devant votre hôtel au moment où les gens de la police y entraient.

— Ah! fit Julia, surprise et attentive. Et alors, M. Darcy...

— A été fort ému, madame, vous devez le penser. S'il n'est pas venu aujourd'hui, car je suppose qu'il n'est pas venu...

— Non, monsieur, pas encore.

— C'est qu'il a cru que, dans cette triste circonstance, il convenait de remettre sa visite. Il s'est abstenu par un sentiment de délicatesse que vous comprendrez. Mais il a pensé que vous deviez avoir été fort éprouvée par une si violente secousse, et comme il sait que je possède une méthode infaillible pour traiter les affections nerveuses, il m'a prié de vous voir.

— Je lui suis fort obligée et je vous remercie de la peine que vous avez prise. Mais M. Darcy vous a sans doute chargé de me dire autre chose?

— Il m'a chargé uniquement de m'informer de votre santé et de vous offrir mes soins.

— Fort bien. Vous le verrez aujourd'hui, je pense?

— Ce soir, très-certainement.

— Eh bien, veuillez le rassurer sur l'état de mes nerfs. Ils sont très-calmes. Veuillez aussi, puisqu'il a jugé à propos de vous prendre pour ambassadeur, veuillez lui demander quel jour il se propose de passer chez moi.

— Si vous le permettez, madame, je reviendrai demain vous apporter sa réponse.

— Soit! dit Julia, après avoir un peu hésité. Je serai chez moi à deux heures.

— Vous pouvez compter, madame, sur mon exactitude et sur mon dévouement, s'empressa de répondre le docteur, qui salua et s'en alla satisfait.

Il n'ignorait pas que Darcy avait définitivement rompu

avec madame d'Orcival, et il avait maintenant ce qu'il
voulait, un prétexte pour revenir chez la dame, un moyen
de s'insinuer peu à peu dans son intimité et l'espoir de
gagner sa confiance.

Il avait été plus adroit que Simancas.

Julia ne savait trop que penser de sa visite. Elle inclinait
pourtant à se persuader que Gaston, en lui détachant ce
messager, avait pris un moyen détourné pour rentrer en
grâce auprès d'elle.

Les femmes croient volontiers ce qu'elles désirent.

— Oui, se disait-elle, c'est bien cela. Il a trop d'orgueil
pour faire lui-même le premier pas. Il le fait f aire par un
autre. Et puis, il voulait savoir comment j'ai pris la rupture. Quand ce docteur lui aura dit que je n'ai pas du tout
l'air d'une Ariane éplorée, il reviendra. Les hommes sont
tous les mêmes. Donc, je verrai Gaston demain ou après-
demain, mais je ne le verrai pas aujourd'hui , et je puis
me remettre à mes correspondances.

Il faut encore que j'écrive à mademoiselle Lestérel... car
elles sont de sa sœur, les lettres du troisième paquet, et,
en vérité, je suis trop bonne de les lui rendre. Berthe
mériterait que je lui tinsse la dragée haute pour lui
apprendre à se donner de grands airs avec moi. Quand
elle est venue ici l'année dernière, pour m'apporter le renseignement que je lui avais demandé, on aurait juré qu'elle
avait peur d'attraper la peste. Mes tableaux la faisaient
loucher, et mes tapis lui brûlaient les pieds. Et si elle est
venue, c'est, je le parierais, parce qu'elle croyait qu'une
visite la compromettrait moins qu'une réponse écrite.

Maintenant, si je voulais, elle ne ferait pas tant de façons,
car il s'agit de la vie de sa sœur. Cette bécasse de Mathilde
est mariée à un brutal qui la tuerait, s'il savait qu'elle a
eu un amant. Où Golymine a-t-il pu la rencontrer? Je n'en
sais rien; mais ce qu'il y a de sûr, c'est qu'elle a été folle
de lui, et j'en ai la preuve. Golymine l'avait quittée depuis
six mois, mais le mari n'admettrait pas cette circonstance

atténuante. Donc, ma bégueule d'amie de pension serait
à mes genoux, si je l'exigeais, car elle adore sa sœur.

La pauvre Berthe ne se doutait guère qu'à l'heure même
où elle venait de sauver madame Crozon par un pieux
mensonge, elle qui n'avait jamais menti, Julia d'Orcival se
demandait à quel prix elle allait lui faire acheter les lettres
de la coupable.

Mais Julia, heureusement, ne prenait pas plaisir à faire
le mal pour le mal, et d'ailleurs l'espoir de renouer avec
Gaston la portait à la clémence.

— Après tout, murmura-t-elle, pourquoi en voudrais-je
à ces deux femmes? Berthe a raison de ne pas me voir,
puisqu'elle tient à jouer les ingénues, et sa sœur ne m'a
pas pris Golymine, puisqu'il n'était plus avec moi quand
elle l'a connu. J'ai bien envie de renvoyer tout simplement la correspondance... Bon! mais pas chez Mathilde.
Son jaloux doit tout décacheter. Chez Berthe? Ma foi! non.
Elle prendra la peine de se déranger. Je vais lui écrire de
venir chercher les lettres de sa sœur, samedi, au bal de
l'Opéra, loge 27... comme ces dames. Oui, mais à quelle
heure? Bah! je la ferai passer la dernière. Rendez-vous à
deux heures et demie à mademoiselle Lestérel. Elle viendra,
j'en suis sûre, et elle en sera quitte pour se promener dans
le foyer en attendant le moment où je la recevrai. S'il
lui arrivait des aventures sous le masque, ce serait drôle.

Julia se mit à écrire, et quand ce fut fait :
— Je vais faire porter cette lettre par Mariette. De cette
façon, Berthe ne pourra pas nier qu'elle l'ait reçue, puisque
Mariette la lui remettra elle-même.

Il est toujours bon de prendre ses précautions avec les
prudes.

CHAPITRE IV

Madame Cambry recevait tous les samedis, et elle avait ce qu'on appelle à Paris un salon, c'est-à-dire un monde à elle, et un monde trié sur le volet : des financiers aimables, des artistes bien élevés, des gentilshommes sans morgue, des savants sans pédanterie et même des hommes d'État pas trop ennuyeux.

Et c'est un talent assez rare que celui d'attirer et de retenir des gens d'élite, sans les enrégimenter dans une coterie.

Elle voyait peu de femmes, quelques-unes pourtant, choisies parmi celles qui pouvaient apporter à ces réunions un contingent d'esprit ou de beauté. Elle avait su éviter le grand écueil : sa maison était un terrain neutre où ne prédominait aucune influence exclusive. Il y a des soirées de jeu, des soirées littéraires, des soirées musicales, des soirées politiques. Chez madame Cambry, rien de pareil. On y causait de tout, mais on n'y lisait jamais de vers, et si on y chantait parfois, c'était au piano, et pas longtemps.

A moins cependant qu'elle n'offrît à ses amis un grand concert ou un bal. Cela lui arrivait trois ou quatre fois par an, et dans ces occasions exceptionnelles, elle étendait le cercle de ses invitations, sans pour cela les prodiguer.

Il faut dire que madame Cambry était tout à fait en situation de rassembler chez elle des hommes distingués dans tous les genres. Veuve d'un mari beaucoup plus âgé qu'elle qui lui avait laissé sa fortune, et déjà riche par elle-même, elle était de cette vieille bourgeoisie parisienne qui, sous l'ancien régime, côtoyait de très-près la noblesse. Elle s'appelait de son nom Barbe Cornuel de Cachan. Et les Cornuel étaient déjà dans l'échevinage sous Henri IV. On leur reprochait même alors d'avoir été de furieux ligueurs. Mais, depuis plus de deux siècles, ils s'étaient ralliés à la monarchie. Il n'eût tenu qu'à eux de devenir conseillers de roi et de marier leurs filles à des gens titrés.

Fidèle aux traditions de sa famille, la dernière de ces filles avait choisi pour époux un homme dont les ancêtres n'étaient point aux croisades. M. Cambry, ingénieur, fils de ses œuvres, avait acquis un gros capital dans l'industrie. Il était fort considéré, et sa femme avait hérité, non-seulement de son bien, mais de ses relations, comme elle avait déjà hérité du bien et des relations de son père.

On croira sans peine que les adorateurs ne manquaient pas à cette veuve de vingt-quatre ans, qui n'affichait pas l'intention de rester inconsolable et qui était charmante, dans toute l'acception du mot, car elle charmait positivement ceux qu'elle voulait bien admettre chez elle.

Blonde sans fadeur, blanche sans pâleur maladive, madame Cambry avait des yeux bruns d'une douceur incomparable, des traits fins et réguliers, une physionomie avenante et expressive, un sourire frais et gai comme un sourire d'enfant, une taille élégante et souple.

Elle avait aussi une intelligence hors ligne et un esprit de conduite remarquable. Depuis trois ans qu'elle était absolument maîtresse de se gouverner à sa guise, elle avait su se faire de nombreux amis, sans donner la moindre prise à la médisance. Et on s'étonnait que, parmi tant d'aspirants à sa main, elle n'eût encore distingué personne. Les malveillants prétendaient que cette insensibilité n'était pas naturelle, et accusaient madame Cambry de calculs ambitieux; mais en général on admirait sa sagesse et on ne la blâmait pas de réserver son choix.

Elle habitait, vers le milieu de l'avenue d'Eylau, un hôtel entre cour et jardin, un hôtel provenant de la succession de son mari, et un peu trop grand pour son état de maison, qui était raisonnable comme sa vie. Pas de luxe criard,

pas de livrées voyantes. Le mauvais goût était proscrit
chez elle autant que la pédanterie. Tout y était simple,
ses meubles, ses toilettes, ses habitudes. Les journaux ne
la citaient jamais dans les comptes rendus des *premières*
à la mode, et les dames du lac ne savaient pas son nom.

M. Darcy et son neveu Gaston étaient au nombre de ses
fidèles. L'oncle avait pour elle une estime toute particulière, et le neveu ne s'était pas privé de lui faire une
cour assez vive au début de son veuvage. Il avait même
songé pendant une saison à se poser en prétendant.
Madame Cambry ne l'avait ni rebuté, ni encouragé. Ce
n'était pas assez pour un garçon dont le cœur s'enflam-
mait aussi vite qu'il s'éteignait quand on n'alimentait pas
son feu, et Gaston était retourné sans trop de regret aux
amours faciles.

Il avait même déserté complétement le sérieux hôtel de
l'avenue d'Eylau pour la petite maison du boulevard
Malesherbes, et s'il se montrait maintenant beaucoup plus
assidu chez l'aimable veuve, c'est qu'il y rencontrait souvent mademoiselle Lestérel.

Berthe était devenue presque l'amie de madame Cambry,
après avoir commencé par chanter dans ce salon en qualité d'artiste payée. La distinction de ses manières et de
sa personne, et surtout sa réputation bien établie de parfaite honnêteté, lui avaient valu cet honneur très-mérité.
Elle était de tous les samedis, et elle y tenait sa place à
merveille. Elle savait se conduire comme une jeune fille
du meilleur monde, et elle avait le bon goût de ne pas se
faire prier quand on lui demandait de dire un air. Madame
Cambry lui témoignait une estime affectueuse qui la tou-
chait profondément; madame Cambry la choyait, la patron-
nait, et bien des gens pensaient qu'elle lui cherchait un
mari.

Mais Berthe secondait médiocrement sa protectrice dans
cette entreprise. Berthe accueillait avec une modestie
exemplaire et une réserve extrême les hommages qu'on

ui adressait. Elle ne les recherchait jamais, et elle parais-
ait plus soucieuse de se dérober que de se produire. Per-
onne n'aurait pu dire qu'elle avait distingué quelqu'un
ntre ceux qui s'occupaient d'elle. Certains sceptiques
ncorrigibles en concluaient que son cœur était pris, et que
e préféré de la gracieuse artiste n'était pas du monde de
madame Cambry. Mais la majorité aimait et estimait
mademoiselle Lestérel.

Le samedi qui suivit la mort de Wenceslas Golymine,
M. Roger Darcy arriva d'assez bonne heure chez madame
Cambry. Il avait gardé son neveu à dîner, et il l'amenait
pour l'entretenir dans les salutaires idées matrimoniales
qu'il s'était efforcé de lui infuser dans la cervelle.

La rue Montaigne était sur le chemin de l'avenue d'Eylau,
et Gaston avait pu s'habiller en passant, pendant que son
oncle continuait à le prêcher.

Ce soir-là, par exception, la réunion était peu nombreuse. Les jeunes surtout manquaient. Il y avait bal à
l'Opéra, et madame Cambry habitait fort loin du boulevard
des Capucines. Mais Gaston ne venait pas chez elle pour le
plaisir d'y rencontrer des camarades, et le juge se souciait
peu des beaux fils qui d'ordinaire se montraient volontiers
dans un des salons les mieux posés de Paris.

Gaston venait uniquement pour Berthe. M. Roger Darcy
venait surtout pour la veuve. Il appréciait infiniment ses
mérites, et elle lui inspirait une sympathie qui serait allée
jusqu'à la tendresse, s'il eût été tant soit peu disposé à s'y
abandonner.

Mais ce magistrat s'était fait un système duquel il n'entendait pas se départir. Il avait décidé qu'un Darcy se
marierait, un seul, pour ne pas diviser la fortune de la
famille, et il trouvait juste que le plus jeune du nom se
chargeât de perpétuer la race.

Madame Cambry les reçut avec sa grâce accoutumée,
quoiqu'elle fût un peu souffrante. Elle s'excusa d'être moins
gaie que d'habitude. Assurément, elle n'était pas moins

jolie, et M. Roger Darcy sut le lui dire dans la langue de la
bonne compagnie.

Gaston, en entrant, avait avisé mademoiselle Lestérel,
assise près du piano, et fort entourée. Les amoureux ont
des yeux de lynx, et ils reconnaissent de très-loin l'objet
aimé. Ils savent aussi manœuvrer de façon à le rejoindre,
en dépit de tous les obstacles. Le futur attaché au parquet
n'était pas depuis cinq minutes dans le salon, qu'il avait
trouvé le moyen de se rapprocher de Berthe et d'engager
avec elle une conversation intéressante.

Seulement, la prudence n'est pas la qualité distinctive
des gens épris, et on devine facilement leurs intentions. Il
arriva bientôt ce qui arrive toujours en pareil cas. Les personnes assises à côté de la jeune fille comprirent qu'elles
la gênaient, et s'éloignèrent avec une discrétion qui
n'était pas exempte de malice. Les femmes mirent même
une certaine affectation à changer de place. Berthe se trouva
donc en tête-à-tête avec Gaston, un tête-à-tête relatif, car
il y avait là bien des gens qui les regardaient du coin de
l'œil.

— Me permettez-vous de vous demander des nouvelles
de madame votre sœur? dit à demi-voix Darcy.

Ceux qui l'observaient à la dérobée auraient pu entendre
cette question banale sans y attacher d'importance, et
pourtant elle était grosse de sous-entendus.

Darcy avait eu assez d'empire sur lui-même pour s'abstenir, depuis sa rencontre avec Berthe, de toute démarche
auprès d'elle. Il venait de passer quatre jours à rêver, presque sans sortir de chez lui. Mais si son corps était resté
inactif, son esprit avait considérablement travaillé. Son
amour s'était cristallisé. Le mot est de Stendahl, et il est
impossible d'en trouver un plus juste pour exprimer la
transformation qui s'était faite dans ses idées.

— Ma pauvre sœur n'est pas encore remise de la terrible
secousse qu'elle a éprouvée, répondit mademoiselle Leste-
rel. Je redoute une nouvelle crise.

— Mais, reprit Gaston en baissant la voix, le danger est passé, n'est-ce pas?

— Je l'espère, quoiqu'on puisse tout craindre d'un homme aussi violent que l'est mon beau-frère. Nous sommes à la merci du misérable qui a dénoncé Mathilde. Il peut la dénoncer encore... et je ne sais si je réussirais une seconde fois à la sauver.

— Vous ne connaissez pas l'auteur de ces infâmes lettres anonymes?

— Non. Ma sœur a soupçonné quelqu'un, mais elle n'a pas eu de preuves... et puis, à quoi bon chercher ce misérable? Mieux vaut essayer de réparer le mal.

— Je voudrais vous y aider.

— Vous l'avez déjà fait. Si je n'avais su que vous étiez là, prêt à défendre ma sœur, je n'aurais peut-être pas eu le courage de tenir tête à M. Crozon. Et je vous supplie de croire que, si je ne vous ai pas remercié plus tôt, ce n'est pas faute d'avoir pensé à vous. Mathilde vous bénit, et moi, je prie Dieu pour vous chaque jour.

Gaston pâlit de joie et chercha une phrase pour exprimer ce qu'il ressentait, mais Berthe reprit d'une voix un peu altérée :

— Je me reprocherais de recourir encore à vous. Et en ne quittant presque pas ma sœur, je réussirai sans doute à empêcher une catastrophe. Son mari, fort heureusement, a confiance en moi. Il s'est radouci et il me témoigne même de l'amitié. Si je n'étais plus là, peut-être que la jalousie l'égarerait encore. Aussi, je passe maintenant ma vie chez Mathilde, et je ne serais pas venue ici ce soir, si je n'avais su que...

Mademoiselle Lestérel rougit et ne prononça pas les mots qui étaient certainement dans sa pensée. Au lieu de dire : si je n'avais su que je vous y rencontrerais, elle reprit après un temps d'arrêt :

— Si je n'avais craint de contrarier madame Cambry, qui a tant de bontés pour moi.

6.

Darcy remarqua très-bien ce court instant d'hésitation, et il devina pourquoi Berthe s'était interrompue au milieu d'une phrase commencée, pourquoi elle terminait cette phrase par une explication toute différente de celle qu'il attendait. Il devina qu'elle était venue pour lui, que dans un premier élan du cœur, elle avait failli dire la vérité, et qu'elle s'était retenue en s'apercevant qu'une si franche confession équivalait presque à un aveu.

Il tressaillit de joie, et mademoiselle Lestérel resta tout interdite, car elle sentait bien qu'elle venait de se trahir, et que Darcy n'allait pas manquer de profiter d'une imprudence, tardivement et assez maladroitement réparée.

— Ainsi, soupira-t-il, c'est à madame Cambry que je dois le bonheur de vous rencontrer ce soir; c'est uniquement pour lui être agréable que vous avez consenti à vous montrer chez elle. J'espérais que vous n'aviez pas oublié cette heure bénie où, appuyée sur mon bras, vous me répondiez en riant, quand je me plaignais de vous voir si rarement : Ne me verrez-vous pas samedi dans un salon, rue d'Eylau? Je n'ai rien oublié, moi, et je suis venu pour vous... pour vous seule.

Darcy dit cela avec l'accent que les amoureux savent mettre dans tous leurs discours. La passion donne à de simples paroles de politesse la valeur d'une déclaration brûlante. La passion trouve, sans le chercher, le ton juste, celui qui va droit à l'âme de la femme aimée; elle trouve aussi ce diapason spécial sur lequel on peut échanger des serments d'amour éternel, sans éveiller les soupçons des indifférents qui écoutent.

C'est ainsi que les oiseaux entendent seuls les douces choses qu'ils se disent au printemps quand ils gazouillent sous la feuillée.

Gaston et Berthe causaient au milieu de ce salon aussi sûrement qu'au fond d'un bois, quoiqu'il y eût là quelques intéressées à les observer, madame Cambry, entre autres, qui ne les perdait pas de vue, sans cesser pour cela de

...aire avec une aisance remarquable les honneurs de chez elle.

Et pourtant, le moment approchait, ce moment suprême qui décide de deux destinées, ce moment fugitif où un mot, un regard, un geste, engagent pour toute la vie.

— Pour moi seule! répéta Berthe. Je n'ose vous croire.

Ce fut l'étincelle qui mit le feu aux poudres; mais l'explosion se fit sans fracas, et personne ne tourna la tête lorsque Gaston dit à demi-voix :

— Ne comprenez-vous donc pas que je vous aime?

— Vous m'aimez! vous! murmura mademoiselle Lestérel. Permettez-moi de ne pas prendre au sérieux une déclaration qui me blesserait si j'y pouvais voir autre chose qu'une formule de politesse. Dans le monde facile où vous avez beaucoup vécu, je crois, un homme dit à une femme : Je vous aime, comme il lui dirait : Vous avez aujourd'hui une toilette ravissante. Le compliment est un peu vif, mais il ne tire pas à conséquence, et j'aurais tort de m'en fâcher. Cependant, je ne suis point accoutumée à ces obligeantes façons de parler, et elles me choquent un peu. Vous allez vous moquer de moi, mais il me semble qu'il ne faut pas plus jouer avec certains mots qu'avec le feu.

En répondant ainsi, Berthe s'efforçait de paraître gaie, et son air démentait son sourire. Il n'était pas difficile de deviner qu'elle cherchait à cacher une profonde émotion, et que, si elle essayait de se dérober par une feinte à l'attaque de Darcy, c'est qu'elle n'était pas certaine d'avoir la force de repousser cette attaque.

Malheureusement, la scène ne se passait plus dans la rue de Ponthieu, au terme d'une promenade nocturne amenée par une rencontre fortuite, et Berthe n'avait plus la ressource de couper court aux transports de l'amoureux Gaston en lui fermant la porte au nez. Elle en était réduite à se défendre en affectant une assurance qui lui manquait absolument.

Darcy, peu disposé à se laisser éconduire encore une fois,

usa des avantages que lui donnait ce tête-à-tête au milieu
d'un salon où mademoiselle Lestérel ne pouvait pas lui
échapper, sous peine de se faire remarquer en changeant
de place trop brusquement.

— Si vous me connaissiez mieux, commença-t-il, vous
ne m'accuseriez pas de plaisanter avec les choses du cœur.
Oui, j'ai couru longtemps ce monde où on ne cherche que
le plaisir; mais jusqu'au jour où je vous ai vue, je n'ai pas
vécu, car vivre, c'est aimer. J'aime maintenant, et c'est
vous que j'aime, vous ne pouvez pas l'ignorer. Je n'ai jamais
aimé, je n'aimerai jamais que vous. Que faut-il donc que
je fasse pour vous prouver que je ne mens pas?

Berthe se taisait, mais sa pâleur disait assez que ce langage ardent la troublait jusqu'au fond de l'âme.

— Je sais pourquoi vous doutez de moi, reprit vivement Gaston. Vous doutez de moi parce que j'ai agi avec
vous comme j'aurais agi avec une femme de théâtre, parce
que j'ai cru pouvoir me présenter chez vous sans que vous
m'y eussiez autorisé, parce que je vous ai fait la cour à la
légère, à l'aventure. Ah! c'est qu'alors je ne vous aimais
pas encore. Et vous me rendrez cette justice de reconnaître
que je vous estimais déjà, car je me suis arrêté devant une
défense qu'il m'en coûtait beaucoup de respecter. Je me
suis abstenu, j'ai cessé une recherche qui vous offensait;
mais j'ai senti qu'il m'était impossible de vivre sans vous,
que je vous appartenais et qu'il dépendait de vous de faire
de moi le plus heureux des hommes ou le plus malheureux.
A dater de cet instant, je vous jure qu'il ne m'est jamais
venu à la pensée que mademoiselle Lestérel pourrait être
à moi si je ne l'épousais pas.

A ces derniers mots, Berthe tressaillit, et peu s'en fallut
qu'elle ne perdît contenance au point d'attirer l'attention
des invités de madame Cambry.

Elle se remit cependant assez vite, et elle répondit d'un
ton ferme :

— Je vous crois et je vous remercie de votre franchise.

Vous n'avez rien à vous reprocher dans le passé. Comment auriez-vous deviné que j'étais résolue à rester ce que je suis, une honnête fille? Vous ne saviez rien de moi, sinon que je n'étais pas laide et que je vivais en donnant des leçons et en chantant dans les concerts. Maintenant que vous me connaissez mieux, vous me jugez digne de porter votre nom. Je suis profondément touchée de l'honneur que vous me faites, mais M. Darcy ne peut pas épouser Berthe Lestérel. Tout s'y oppose, tout nous sépare, et vous auriez le droit de mal penser de moi si je profitais d'un entraînement passager que vous regretteriez plus tard.

— Si vous m'aimiez, vous ne parleriez pas ainsi, dit Gaston, très-ému par le fier langage de la jeune fille.

Berthe se garda bien de répondre à cette question indirecte. Elle redoutait trop de se trahir. Au lieu de s'expliquer sur la nature du sentiment que Gaston lui inspirait, elle se jeta dans un récit qu'il n'osa point interrompre.

— Je suis la fille d'un soldat, dit-elle, d'un enfant de troupe qui avait gagné l'épaulette à force de bravoure et qui a été retraité comme chef de bataillon. Ma mère, que j'ai perdue en venant au monde, était une paysanne. C'est au prix des plus dures privations que le commandant Lestérel, n'ayant pour vivre que sa solde, a pu nous faire élever, ma sœur et moi, dans un pensionnat, et quand il est mort, il ne nous a laissé aucune fortune. Mathilde, heureusement, venait de se marier, et c'est à elle que je dois d'avoir pu terminer mon éducation, acquérir ce talent de musicienne qui assure mon indépendance. Elle a été tout pour moi, et j'ai reporté sur elle toute la tendresse, toute la reconnaissance que j'avais pour mon père. Je ne la quitterai jamais, et je donnerais ma vie avec joie pour lui épargner un chagrin.

— Je le sais, murmura Gaston, qui songeait à la scène conjugale à laquelle il avait assisté.

— Puisque le hasard, un hasard que je bénis, vous a initié à nos douleurs ; vous devez comprendre que je ne

suis pas libre, que Mathilde a besoin de mon appui, que je
dois me tenir toujours prête à la défendre et, s'il le faut, à
me sacrifier pour elle. Voulez-vous savoir jusqu'où irait
mon dévouement? Vous avez entendu cette infàme accusation que répétait M. Crozon, aveuglé par la jalousie. Eh
bien, je vous jure que, si c'eût été nécessaire pour sauver
ma sœur, j'aurais dit qu'on l'avait prise pour moi, que
c'était moi qui étais coupable. Nous nous ressemblons assez
pour que l'auteur des lettres anonymes ait pu se tromper.
Et je me serais résignée à me perdre de réputation, plutôt
que d'abandonner Mathilde à la vengeance de son mari.

En parlant ainsi, mademoiselle Lestérel s'animait, ses
joues se coloraient, ses yeux brillaient; jamais elle n'avait
été plus belle.

— Vous vous demandez sans doute pourquoi je vous dis
tout cela, reprit-elle doucement. Ne le devinez-vous pas?
Ne comprenez-vous pas que je ne puis, ni ne dois me
marier, alors que ma pauvre sœur n'a que moi pour la
protéger? L'orage est passé. Le danger ne l'est pas. Nous
avons un ennemi acharné, un ennemi d'autant plus redoutable qu'il agit dans l'ombre et que nous ne le connaissons
pas. Demain, peut-être, il dénoncera encore une fois
Mathilde, et alors.....

— Croyez-vous donc que je ne la défendrais pas? dit avec
feu Gaston. Faites-vous donc si peu de cas de mon amour
que vous dédaigniez de le mettre à l'épreuve en m'associant
à vos efforts pour protéger une femme contre les violences
d'un furieux et les calomnies d'un lâche?

— Vous êtes le plus généreux des hommes, répondit
Berthe, sans chercher à cacher son émotion. Mais vous
appartenez à une famille où l'honneur est sans tache,
et il y a des entreprises qu'il vous est interdit de tenter,
car vous y compromettriez votre nom. Je ne puis pas le
porter, ce nom, tant que je serai menacée du malheur que
je redoute. Si, dans un accès de colère, M. Crozon tuait
ma sœur, je veux être seule à souffrir.

Ce refus n'était pas formulé de façon à décourager Darcy, qui sentait grandir son amour à chaque mot que prononçait mademoiselle Lestérel. Il lisait maintenant dans ce cœur tout plein de nobles sentiments; il admirait le caractère élevé, la simplicité fière de cette jeune fille qui aimait mieux rester pauvre et isolée que d'exposer son mari à porter avec elle le poids d'une catastrophe. Et, plus que jamais, il était résolu à l'épouser, dût-il, pour y parvenir, se mêler des affaires de ménage du capitaine au long cours.

Il allait jurer à Berthe que rien ne le ferait renoncer à son dessein, protester encore qu'il l'aimait éperdument, et, en dépit de son expérience mondaine, il allait sans doute trahir, par des discours et par des gestes plus expressifs qu'il ne convenait, le secret de cette longue causerie qui n'était guère de mise dans le salon de madame Cambry.

Mademoiselle Lestérel sentit le péril de la situation, et ne lui permit pas de passionner encore un dialogue trop passionné déjà.

— On nous regarde beaucoup, dit-elle, en changeant de ton; je vous supplie de parler d'autre chose.

— Est-il vrai qu'on va reprendre *Don Juan,* à l'Opéra?

— *Don Juan?* répéta Gaston, abasourdi. Je... je ne sais.

— Je vous demande cela, parce que j'adore la musique de Mozart, continua Berthe sur un diapason plus élevé. Croiriez-vous que je n'ai jamais entendu son chef-d'œuvre à la scène? Je le sais par cœur, mais je vais si rarement au théâtre, et il y a si longtemps qu'on ne l'a joué...

Et comme Darcy, tout désarçonné, cherchait une phrase pour entretenir cette conversation destinée à dérouter les indiscrets, Berthe, redevenue tout à fait maîtresse d'elle-même, reprit gaiement :

— J'aime Mozart depuis que j'existe. Étant toute petite, quand je prenais mes premières leçons de piano, il m'arriva une fois d'entendre exécuter par mon professeur un morceau de la *Flûte enchantée*. J'en fus si ravie que le lendemain, dès l'aurore, je me glissai dans la salle de musique,

Je bouleversai toutes les partitions jusqu'à ce que j'eusse trouvé l'air qui m'avait charmée, et je me mis bravement à exécuter cet air avec un seul doigt. Je fis tant de tapage que la maîtresse du pensionnat accourut au bruit et voulut me mettre en pénitence pour m'apprendre à écorcher les maîtres au lieu d'étudier mes leçons. Sur quoi, je me révoltai, et je crois, Dieu me pardonne, que je lui donnai un soufflet. Ce fut une grosse affaire. Je faillis être renvoyée. Ma sœur vint demander ma grâce en pleurant, et je me promis bien de ne plus jamais lui causer de chagrin.

— En vérité, dit en souriant Gaston qui sentait la nécessité de tromper les yeux attentifs des voisins et surtout ceux des voisines; en vérité, mademoiselle, j'ai bien de la peine à croire que vous ayez jamais battu quelqu'un.

— C'est que l'occasion ne s'est pas présentée. Si vous pensez que le ciel m'a douée d'une patience angélique, vous vous abusez complétement. Je suis très-calme en apparence, mais j'ai parfois des colères terribles.

— Vous ne comptez pas, je suppose, me persuader que vous iriez jusqu'à commettre un meurtre dans un accès de fureur?

— Vous riez, mais je parle sérieusement. Certes, j'espère bien que je ne tuerai jamais personne, et pourtant, un jour... M. Crozon avait levé la main sur ma sœur... j'ai saisi un couteau qui se trouvait à ma portée... nous étions à table... et si Malthilde ne m'eût arrêté le bras, je ne sais ce qui serait arrivé. Laissons ce vilain souvenir. Je tenais à vous dire qu'il n'est pire eau que l'eau qui dort, et que j'ai un gros défaut. Je suis excessivement nerveuse et sujette à des emportements subits. Aussi je me défie de moi-même et j'évite les occasions où je pourrais me laisser aller à un mouvement de vivacité.

Mais voici madame Cambry qui vient de ce côté, et je crois bien qu'elle va me prier de chanter. Je n'oserai pas le lui refuser, et cependant je voudrais bien me retirer de bonne heure, car ma sœur est encore très-souffrante, et il faut absolument que je la voie ce soir avant de rentrer chez moi.

— J'espère, dit vivement Gaston, que vous ne vous exposerez pas, comme vous l'avez fait l'autre nuit. Promettez-moi que vous vous ferez accompagner, ou permettez-moi de...

— Oh! ne craignez rien, interrompit mademoiselle Lestérel; j'ai gardé le fiacre qui m'a amenée. Il me conduira rue Caumartin et, de là, rue de Ponthieu.

Et comme elle voyait bien que Darcy allait revenir à un sujet brûlant, elle se hâta d'ajouter :

— D'ailleurs, j'ai maintenant de quoi me défendre. Je suis armée en guerre. Voyez le joli poignard-éventail que mon beau-frère m'a donné.

J'ai raconté mon aventure à M. Crozon. Je la lui ai racontée... à moitié, car, bien entendu, je ne lui ai pas parlé de vous. Et quand il a su que j'avais été persécutée par un impertinent... je ne lui ai pas dit non plus le nom de mon persécuteur : il serait allé lui demander raison de sa conduite... quand il a su le danger que j'avais couru, il m'a fait cadeau de ce singulier objet qu'il a acheté en relâchant à Yeddo. Je le porte pour lui faire plaisir, et, ce soir, il sera enchanté de constater que je ne m'en sépare pas, même pour aller dans le monde. C'est un peu ridicule à moi de faire ainsi l'Andalouse de romance. Heureusement tous ceux qui me voient jouer avec cet instrument meurtrier le prennent pour un simple éventail.

Darcy avait le goût des curiosités, et il examina avec intérêt l'arme rapportée du Japon par l'irascible baleinier. C'était une lame d'acier très-solide et très-aiguë, cachée dans un étui qui avait la forme d'un éventail fermé, le manche, orné d'un cordonnet de soie, figurant parfaitement la base de l'éventail.

Berthe le prit des mains de Darcy. Madame Cambry venait à elle, et l'amoureux Gaston se décida, fort à regret, à se lever. La douce causerie avait pris fin. Il aurait voulu qu'elle durât toujours; mais, quoiqu'il n'eût obtenu aucun aveu, il espérait bien que mademoiselle Lestérel se laisserait toucher tôt ou tard, et il ne se repentait pas de s'être avancé jusqu'à lui demander de l'épouser.

La gracieuse veuve ne fit aucune attention à l'éventail que tenaient les doigts effilés de sa protégée, et dit avec un charmant sourire :

— Ne nous chanterez-vous rien ce soir, ma chère Berthe! J'ai prié mes amis de ne pas me faire veiller tard, mais je ne veux pas les priver du plaisir de vous entendre. Oh! je ne vous demande pas un grand morceau. Je sais que vous êtes fatiguée et que, vous aussi, vous désirez vous retirer avant minuit. Un air, rien qu'un air; la *Sérénade aragonaise* de Pagans, par exemple. Vous la chantez si bien, et M. Gaston Darcy est un si excellent accompagnateur!

Berthe ne se fit pas prier; Gaston, encore moins, et ils prirent place au piano qui était tout près d'eux.

Quelques-uns des familiers du salon de madame Cambry étaient déjà partis à l'anglaise, c'est-à-dire sans prendre congé.

Dans cette aimable maison, la liberté absolue était la règle, et chacun en usait à sa guise. Quand on y faisait de la musique, on n'était même pas obligé d'écouter.

Il ne restait qu'un petit nombre d'intimes quand mademoiselle Lestérel vint se placer debout devant le piano, tout près de Gaston, qui n'aurait pas consenti à échanger contre un fauteuil de président l'étroite sellette sur laquelle sa fonction d'accompagnateur l'obligeait à s'asseoir.

La jeune veuve était allée se cantonner dans un coin, à côté de M. Roger Darcy qui se montrait fort empressé et qu'elle appréciait à toute sa valeur. Elle aimait son esprit original et prime-sautier, son langage coloré; elle aimait jusqu'aux bizarreries de son caractère, et jamais l'aimable juge n'était plus en verve que lorsqu'il causait en tête-à-tête avec madame Cambry.

Il semblait qu'ils eussent été faits l'un pour l'autre, et si le magistrat eût été plus jeune, leur sympathie réciproque aurait bien pu aboutir à un mariage. Certaines gens prétendaient même que la dame avait un faible pour les hommes mûrs, quand ils étaient riches, intelligents et bien posés dans le monde. Quoi qu'il en fût de ses sentiments intimes, elle et lui restaient dans les termes charmants de cette camaraderie qui ne peut exister entre un homme et une femme qu'à la condition que ni l'un ni l'autre n'ait d'arrière-pensée amoureuse.

— Elle est ravissante, votre petite artiste, dit tout bas M. Darcy. Une figure et une taille adorables, une distinction parfaite, et avec cela pas la moindre apparence de coquetterie. Où a-t-on fabriqué cette merveille? Est-ce au Conservatoire?

— Non, répondit en souriant madame Cambry, c'est une trouvaille que j'ai faite. Et je vous assure que votre neveu me bénit de l'avoir découverte.

— Mon neveu! Est-ce que, par hasard, il lui ferait la cour? C'est invraisemblable. Il est décidé à se marier.

— Je croyais qu'il l'était déjà un peu...

— Plus du tout... depuis dimanche dernier.

— Mieux vaut tard que jamais. Eh bien, pourquoi n'épouserait-il pas Berthe?

— Parlez-vous sérieusement?

— Mais sans doute. Berthe a toutes les qualités, tous les talents et toutes les vertus. Elle est pauvre, c'est vrai. Qu'importe, puisque votre neveu est riche?

— Pas assez pour deux.

— Si tel est votre avis, vous m'ôtez une illusion. Je m'imaginais que vous n'étiez pas opposé aux mariages d'inclination. Mais, chut! écoutez l'artiste, puisque vous ne voulez pas de la jeune fille pour nièce.

Gaston venait de préluder par quelques accords, et mademoiselle Lestérel commençait le doux air dont les paroles eussent été mieux placées dans la bouche de son amoureux que dans la sienne. Elle chantait :

La belle qui m'aimera
Assez mal s'en trouvera
Si son cœur a le dessein
De faire un peu le mutin.

— Oh! oh! souffla M. Darcy, le morceau est de circonstance. Est-ce vous qui l'avez choisi?

— Oui, murmura la veuve. Il me plaît beaucoup, et Berthe le dit à ravir.

La voix d'or de la jeune fille reprit :

Quand j'irai devant sa fenêtre
À minuit chanter ma chanson,
Je prétends la voir paraître
Tout de suite à son balcon,
Bien vite, ou sinon...

— On jurerait qu'on a écrit cela tout exprès pour eux, soupira madame Cambry.

— Décidément, lui dit à l'oreille M. Roger Darcy, vous tenez à faire le bonheur de votre protégée.

— Et le bonheur de votre neveu. Jamais il ne rencontrera une femme si accomplie.

— Pardon, j'en connais une.

— Oh! alors, présentez-la-moi.

— Impossible.

— Pourquoi?

— Parce que cette femme, c'est vous.

— Voilà ce qui s'appelle un compliment à bout portant.

— Ce n'est pas un compliment, c'est... une ouverture.

— Ainsi, vous êtes d'avis que je ferais bien d'épouser M. Gaston Darcy?

— En mon âme et conscience, oui.

— Je ne m'attendais guère à cette proposition... surtout de votre part.

— Est-ce qu'elle vous offense?

— Non, certes. Votre nom est de ceux que la femme la plus difficile serait heureuse et fière de porter. Mais M. Gaston n'a jamais songé à moi.

— Qu'en savez-vous?

— En tous cas, il n'y songe plus, car il aime Berthe.
Cela saute aux yeux. Et je m'étonne que vous ne soyez
pas plus clairvoyant... vous! un juge d'instruction! Vous
ne savez donc lire que dans le cœur des prévenus? Et
quand vous êtes hors de votre cabinet, il faut donc, pour
que vous compreniez... il faut donc qu'on vous fasse des
aveux?

En parlant ainsi, madame Cambry regardait fixement
M. Royer Darcy, et le magistrat tressaillit comme un
homme qui voit tout à coup s'ouvrir devant lui un horizon inattendu.

— De plus, reprit la jeune veuve, je vous déclare très-
franchement que votre neveu, fût-il libre, ne me conviendrait pas du tout. Je rends justice à ses mérites, mais je
me défie beaucoup de ses défauts. Il a trop vécu dans le
demi-monde. Ce serait une conversion à obtenir, et je ne
me chargerais pas de la tenter. Il n'y a que l'amour qui
puisse métamorphoser un viveur en mari sérieux. Berthe
y réussira. Moi, j'y perdrais mes peines.

— Ma foi! vous avez peut-être raison, dit gaiement
l'oncle. Je veux marier Gaston, mais je ne veux faire le
malheur de personne.

— Pourquoi tenez-vous tant à le marier?

— Parce que... vous allez vous moquer de moi... parce
que j'entends que la France possède des Darcy à perpétuité. Pour le moment, il ne lui en reste que deux, et si
l'un de ces deux ne fait pas souche, bientôt il ne lui en
restera plus du tout. Gaston est le plus jeune. C'est à lui
de se dévouer.

— Se dévouer? Alors, vous considérez le mariage comme
un sacrifice. Vous êtes vraiment gracieux pour nous autres
femmes!

— Oh! je parle pour moi qui suis vieux.

— Quel âge avez-vous donc?

— Quarante-cinq ans, hélas!

— Je ne m'en suis jamais aperçue.

— Vous êtes bien bonne. Moi, je m'en aperçois tous les jours.

— Et moi, je vous trouve plus jeune que votre neveu. Ce ne sont pas les années qui vieillissent un homme, c'est l'usage qu'il fait de son cœur.

— Le mien n'a pas autant voyagé que celui de Gaston, et surtout il n'a pas voyagé dans les mêmes pays. Il n'en est pas moins à la retraite, et je doute qu'on l'en relève. Je n'ai malheureusement aucun goût pour mes contemporaines, et une jeune femme ne voudrait pas de moi. Une fille sans dot se résignerait peut-être, mais ces résignations-là coûtent cher au mari qui les accepte.

— Pas si haut ! vous troublez la chanteuse, interrompit malicieusement madame Cambry. Écoutez cette jolie finale.

Berthe chantait :

La belle se penchera
Et bien doucement dira :
Cher seigneur, quels sont tes vœux ?
Je veux tout ce que tu veux.
Il me faut deux baisers, dirai-je,
Deux baisers, ô mon cher trésor,
L'un sur votre front de neige,
L'autre sur vos cheveux d'or.

L'air était fini, et les applaudissements empêchèrent M. Roger Darcy de continuer à prêcher contre les quadragénaires qui affrontent les chances périlleuses du mariage.

— Cherchez, et vous trouverez, lui dit madame Cambry, en se levant pour aller féliciter mademoiselle Lestérel.

Et elle ajouta :

— Regardez donc votre neveu. Il est radieux.

Elle n'exagérait pas. Gaston rayonnait. Il avait cru deviner que Berthe pensait à lui, quand elle disait tendrement au bien-aimé de la romance : Je veux tout ce que tu veux. Et il aurait pu répondre sans mentir qu'il mourait d'envie de baiser un front de neige et des cheveux d'or, car Berthe était blanche comme un lis et blonde comme les blés. La joie le troublait à ce point qu'il avait commis quelques fausses notes en accompagnant la sérénade.

— Cette musique est délicieuse, et vous lui donnez une expression qui la rend encore plus touchante, dit la jeune femme en serrant les mains de mademoiselle Lestérel. Vous y mettez toute votre âme, j'en suis sûre... et je suis sûre aussi que M. Gaston Darcy la préfère à tous les grands morceaux de nos divas.

Gaston se tut. Ses yeux parlaient pour lui. Berthe baissait les siens et paraissait toute décontenancée. On eût dit qu'elle regrettait d'avoir chanté avec tant de feu.

— Si vous n'êtes pas trop fatiguée, chère petite, reprit madame Cambry, dites-nous donc encore un air... celui que vous voudrez.

La jeune fille hésita un peu; mais un des morceaux qu'elle avisa sur le piano convenait sans doute à sa voix et à sa situation, car elle le plaça devant Gaston qui le connaissait, cet air mélancolique écrit par Martini, un maître du siècle dernier. Quand Berthe commença à chanter lentement les paroles auxquelles il va si bien, il lui sembla qu'elle s'adressait à lui et qu'elle le suppliait de ne pas l'aimer.

> Plaisirs d'amour ne durent qu'un moment;
> Chagrins d'amour durent toute la vie,

soupirait la jeune fille, et dans son accent il y avait une prière.

Était-ce avec intention qu'elle avait choisi ce chant si cruellement vrai? Gaston le crut, et son visage se rembrunit un peu. Il se prit à songer qu'une passion, même partagée, ne met pas ceux qui l'éprouvent à l'abri du malheur, et que mademoiselle Lestérel avait peut-être raison de prédire ainsi un sombre avenir à leurs amours.

L'air expira comme une plainte, et plus d'une femme essuya furtivement une larme. Madame Cambry elle-même était émue, quoiqu'elle ne dût connaître que par ouï-dire les plaisirs et les chagrins dont il s'agissait. Elle l'était si vivement qu'elle embrassa Berthe sur les deux joues.

Comme elle la reconduisait à sa place, après l'avoir remerciée et complimentée, un valet de pied qui venait d'entrer dans le salon s'avança respectueusement et lui dit quelques mots à voix basse.

Gaston vit madame Cambry parler à l'oreille de la jeune fille et sortir avec elle du salon. Très-surpris e même un peu inquiet, il se rapprocha de son oncle qui lui tint ce discours fort sage :

— Mon cher, je ne devine pas plus que toi pourquoi mademoiselle Lestérel s'en va si brusquement, mais je crois que nous ferons bien de partir aussi. Madame Cambry ne m'a pas caché qu'elle avait besoin de repos, et que ses meilleurs amis lui seraient agréables en ne s'attardant pas ici ce soir. D'ailleurs, j'ai à causer avec toi, et comme tu vas, je suppose, au bal de l'Opéra...

— Oh! je ne suis pas du tout décidé à y aller, interrompit Gaston. Mais voici madame Cambry qui rentre. Je voudrais savoir.»

La jeune veuve vint à lui et dit tristement :

— Ma pauvre Berthe est obligée de nous quitter. Sa sœur a été prise tout à coup d'une crise nerveuse. Il faut que ce soit très-grave, car Berthe a failli s'évanouir aux premiers mots que lui a dits tout bas la personne qui est venue la chercher. Elle est d'une sensibilité excessive, cette chère enfant, et elle a un courage!... Je lui ai offert de la faire accompagner... d'envoyer mon médecin chez sa sœur... elle n'a rien voulu entendre, et elle est partie seule... avec une femme de chambre... en fiacre... alors qu'elle pouvait prendre mon coupé que je lui proposais. Quel dévouement! Et qui croirait que cette frêle jeune fille a tant d'énergie! Je l'aimais déjà de tout mon cœur; maintenant, je l'aime et je l'admire.

— Si vous vous trouviez en pareil cas, vous feriez comme elle, chère madame, dit M. Roger Darcy. Ne nous prouvez-vous pas ce soir que vous êtes courageuse? Moi, je trouve que vous êtes héroïque de veiller en dépit de votre migraine, et je ne veux pas abuser de votre héroïsme. Je prends donc congé de vous, et j'emmène Gaston pour lui faire de la morale en route.

Madame Cambry n'essaya point de retenir l'oncle ni le neveu. Elle tendit à chacun d'eux une de ses belles mains, et elle dit à l'oncle avec un sourire expressif :

— Chercherez-vous ?

— Oui, puisque vous prétendez que je trouverai, répliqua le juge d'instruction.

Gaston ne comprit pas et ne chercha pas à comprendre. Il ne pensait qu'à Berthe, et, quand il fut assis dans la voiture de M. Roger Darcy, il fallut, pour l'arracher à sa rêverie, que son oncle l'attaquât en ces termes fort nets :

— Mon garçon, je vois clair dans ton jeu maintenant. C'est madame Cambry qui m'a ouvert les yeux. Tu es fou de cette petite qui chante si bien la sérénade plus ou moins aragonaise où il y a tant de baisers. Je conviens qu'elle est adorable. Mais l'épouser ! diable ! comme tu y vas !

— Mon cher oncle, répondit Gaston, vous m'avez dit tantôt : Pourvu que ta fiancée ne soit ni d'une honnêteté douteuse, ni d'une famille tarée...

— Et je ne m'en dédis pas, mais il s'agit de me démontrer que mademoiselle Berthe est dans les conditions exigées. D'abord, qu'est-ce que c'est que ces Lestérel? Je connais entre Toulon et Nice une forêt de ce nom-là. Le renseignement ne me semble pas suffisant.

— Sa sœur a épousé un capitaine au long cours. Son père était chef de bataillon.

— Julia d'Orcival aussi est la fille d'un officier. Et puis, mon cher, je ne crois pas beaucoup à la vertu des demoiselles qui vivent seules.

— Ce n'est pas sa faute si elle est orpheline.

— D'accord, mais sa beauté l'expose à des séductions contre lesquelles un chaperon ne serait pas inutile. Pourquoi n'habite-t-elle pas avec sa sœur, puisque sa sœur est mariée?

Gaston ne répondit pas, et pour cause, à cette question.

— Si tu te tais, reprit son oncle, c'est que tu n'as rien de bon à me dire. Mais je ne veux pas abuser de mes avantages pour corser mon sermon. Un coupé de chez Binder n'est pas une chaire. Viens demain chez moi, à midi, si tu es capable de te lever si matin. Nous causerons sérieusement... de toi... et peut-être de moi.

Maintenant, veux-tu que je te jette rue Montaigne ou sur le boulevard?

— Sur le boulevard, mon oncle.

— Très-bien. Tu vas au bal de l'Opéra. Ton cas n'est pas encore désespéré.

CHAPITRE V

Quoi qu'en dît son oncle, Gaston n'était pas du tout décidé à aller au bal de l'Opéra, et s'il accepta de se faire conduire au boulevard, c'est qu'il voulait monter au cercle pour consulter son oracle habituel, le sage capitaine qui lui donnait de si bons avis. Il avait beaucoup de choses nouvelles à lui apprendre et une foule de conseils à lui demander.

Mais il était écrit que tous ses projets seraient dérangés.

Au cercle, il ne trouva personne à qui parler. Le bal y avait fait le vide. Il n'y était guère resté que des joueurs de whist, et l'un d'eux dit à Darcy que Nointel, dérogeant à ses habitudes, avait suivi les jeunes à l'Opéra. Sur quoi, Darcy, qui tenait à parler à son ami, se décida à l'y rejoindre.

Le théâtre était à deux pas. Par hasard, il ne tombait ni pluie ni neige, et le pavé était sec. Darcy fit à pied la courte traversée et pénétra dans la salle.

Il n'était que minuit et demi. On dansait déjà, mais les loges se garnissaient lentement, et on ne rencontrait guère que des femmes costumées qui venaient là pour danser des quadrilles orageux. Les dominos étaient rares.

Darcy pensa qu'il trouverait le capitaine dans la loge retenue par le cercle, et il se dirigea vers les premières du côté gauche, sans entrer dans le foyer et sans flâner dans les corridors.

Il soupçonnait que Julia viendrait au bal, et il ne se souciait pas de la rencontrer. Non qu'il craignît de se laisser engluer par cette preneuse de cœurs — le sien était

maintenant à l'épreuve des séductions — mais il voulait
éviter une explication désagréable.

Dans la loge, il y avait deux ou trois *clubmen* de sa connaissance, mais Nointel venait justement d'en sortir. Lolif
et Prébord y étaient, et Prébord s'en alla, dès qu'il vit
entrer Darcy.

Ils s'étaient déjà rencontrés au cercle, depuis leur altercation, et ils se faisaient froide mine; mais, par une sorte
d'accord tacite, ils n'avaient entamé aucune explication à
propos de leur rencontre dans la rue Royale. Chacun comprenait que le dialogue tournerait vite à l'aigreur, et ni l'un
ni l'autre ne tenait à s'embarquer dans une querelle. Prébord n'était pas belliqueux, et Darcy, qui se battait volontiers, craignait de compromettre mademoiselle Lestérel.

— Mon cher, lui cria Lolif, venez donc que je vous
montre une chose curieuse.

Et comme Darcy objectait qu'il cherchait le capitaine,
le *reporter* par vocation lui dit :

— Vous ne le trouverez pas. Nointel est un original qui
ne fait rien comme les autres. Je parierais qu'il est des-
cendu dans la salle, et qu'il s'amuse à voir danser les Clo-
doches. Attendez-le ici. C'est plus sûr, et je vous promets
que vous ne vous ennuierez pas. Venez à côté de moi, sur
le devant de la loge, pendant qu'il y a encore une place.
D'ici à une demi-heure, nous serons envahis par les femmes
que ces messieurs vont amener, et je ne pourrai plus étudier avec vous ce mystère que j'aperçois là-bas.

— Il y a un mystère? demanda en riant Gaston. Va pour
le mystère. J'ai du temps à perdre, car je me décide
à attendre ici le capitaine.

— Regardez là-bas, dans la loge qui est juste en face
de la nôtre, de l'autre côté de la salle.

— Bon ! j'y suis. Et je vois... une femme toute seule.

— Une femme en domino noir et blanc.

— Oui. Noir d'un côté et blanc de l'autre. Tiens! le
masque de dentelles est pareil. Une face noire, une face

blanche. Les gants vont avec le reste. Un noir et un blanc.
Ce costume mi-parti est assez drôle; mais si c'est là votre
mystère, il sera bien vite éclairci: La dame n'est pas
venue pour rester en faction dans sa loge, comme un soldat
dans sa guérite. Elle ira au foyer ou dans les couloirs, et
on saura qui c'est. Nous avons ici des gens qui sont fort
au courant du répertoire. Les anciennes sont très-connues,
les nouvelles sont rares, et quand il s'en montre une, elle
est vite signalée.

— Je parie que celle-ci n'est ni une nouvelle ni une
ancienne. Je parie que c'est une femme du monde.

— Peste! quel flair! A quoi voyez-vous cela, je vous prie?

— Elle est seule. Donc elle attend quelqu'un.

— Voilà une belle raison! Il me semble, au contraire,
que si c'était une femme du monde, elle aurait tout intérêt
à ne pas se faire remarquer. Elle se tiendrait dans le fond
de sa loge, et elle n'aurait pas choisi un domino qui attire
l'attention.

— C'est justement là qu'est le mystère.

— Ah! pour le coup, c'est trop fort. Lolif, mon ami,
votre imagination vous égare. Et tenez! voici le général
Simancas et le docteur Saint-Galmier qui prennent place
dans une loge à côté de celle où est votre inconnue. Allez
les trouver. Vous verrez de près le domino bigarré. Vous
pourrez même écouter à travers la cloison, dans le cas où
cette solitaire recevrait des visites.

— Non pas. Simancas et Saint-Galmier me sont trop
suspects.

— Bah! ceux-là aussi! Est-ce que vous auriez découvert qu'ils ont commis des crimes?

— Pas encore, mais je les crois très-capables d'en commettre. Ces gens-là ont des allures étranges. Ainsi, ce soir,
au lieu de venir dans la loge du cercle, ils en ont loué une
pour eux tout seuls.

— Cela prouve tout au plus qu'ils n'aiment pas les longues
histoires.

— Bon! bon! moquez-vous de moi. Un jour viendra où
vous reconnaltrez que j'avais raison. Ah! voici une visite
qui arrive à la femme bicolore.

— Oui, un domino; tout noir celui-là. Qu'y a-t-il à cela
d'extraordinaire?

— Vous n'avez donc pas remarqué que le domino noir
et blanc s'est levé vivement dès qu'il a vu entrer l'autre.
Si c'était une amie attendue, elle la ferait asseoir à côté
d'elle. Et voyez, elles disparaissent toutes les deux dans le
petit salon qui est derrière la loge.

— Et il paraît que cette éclipse intrigue Simancas, car
il se lève pour regarder par-dessus la séparation. Il en sera
pour son dérangement. Les deux femmes sont devenues
complétement invisibles.

— Bon! mais pourriez-vous me dire à quelle catégorie
sociale appartient la visiteuse?

— Non, ma foi! Et vous?

— Moi, je le sais. C'est une bourgeoise qui ne fréquente
pas habituellement le bal de l'Opéra... peut-être même
est-ce une provinciale. Ça se voit à sa tenue, qui manque
absolument d'élégance. Au lieu du voile de dentelles à la
mode du jour, elle a sur la figure un simple loup de velours.
Il faut arriver de Montmorillon ou de Ménilmontant pour
porter un loup. Et au lieu d'avoir mis un capuchon sur
une toilette de bal, elle s'est affublée du classique domino
d'autrefois, une espèce de peignoir qu'elle a dû louer à
une marchande à la toilette.

— Décidément, mon cher, vous êtes de première force.
Vous en remontreriez à Zadig.

— Zadig! Je ne connais pas d'agent, ni de commissaire
de ce nom-là, dit Lolif qui avait beaucoup moins lu les
contes de Voltaire que la *Gazette des Tribunaux*.

— C'est un célèbre *detective* anglais, riposta Darcy avec
un flegme superbe.

— Ah! vraiment? Eh bien, si vous le connaissez, vous me
ferez plaisir en me présentant à lui quand il viendra à Paris.

— Je n'y manquerai pas, et je suis certain que vous l'étonnerez.

— Ne riez pas. Je lui apprendrai peut-être des tours qu'il ignore.

Ah! voilà le domino mi-parti qui reparaît... tout seul. La conférence dans le petit salon n'a pas été longue, et je commence à croire que l'autre est tout bonnement sa femme de chambre qui lui apportait un objet oublié... son éventail peut-être. Il me semble qu'elle n'en avait pas quand elle est entrée dans la loge, et elle en a un maintenant... sur ses genoux.

— Quels yeux vous avez! vous finirez par me dire de quelle couleur sont les siens.

— Il ne faudrait pas m'en défier. Tiens, une nouvelle visite! Encore une femme en domino.

— La même, parbleu! Voilà qui dérange un peu vos suppositions. Si c'était une soubrette, sa maîtresse ne se lèverait pas deux fois en moins de cinq minutes pour la recevoir. Et vous voyez qu'elle s'enfonce encore avec elle dans les profondeurs du petit salon.

— Il n'est pas prouvé que ce soit la même, grommela Lolif, vexé.

Et il braqua sur la loge vide une énorme jumelle; mais l'usage prolongé de ce télescope ne lui fit rien découvrir. Les deux dominos ne reparurent point.

— A votre place, lui dit ironiquement Darcy, moi, je sortirais et j'irais monter la garde à la porte du réduit mystérieux. Nul ne pourrait y entrer, ni en sortir, sans passer sous votre inspection.

— C'est ce que je ferai un peu plus tard, répondit Lolif d'un air fin. Pour le moment, j'aime mieux observer Simancas et Saint-Galmier, qui m'ont out l'air d'espionner leur voisine.

— Je vous laisse à cette intéressante occupation.

— Vous partez! mais il n'est qu'une heure. Le bal commence à peine.

— Je vais me mettre en quête de Nointel.

— Et vous le ramènerez ici?

— Peut-être. Piochez le mystère, en attendant que je revienne... si je reviens.

Au fond, Darcy n'avait pas la moindre envie de reprendre une conversation qui l'ennuyait. Il n'était venu que pour le capitaine, et il se proposait d'aller se coucher, s'il ne réussissait pas à le découvrir.

Il descendit d'abord dans la salle, où il ne vit que des travestis des deux sexes; puis il parcourut le foyer, où foisonnaient les chercheuses d'aventure et les commis en bonne fortune. Nointel n'y était pas, et, après trois quarts d'heure de recherches, Darcy allait partir, lorsqu'à l'entrée du corridor des premières, il se trouva tout à coup nez à nez avec son introuvable ami.

— Parbleu! c'est heureux, s'écria-t-il, en passant son bras sous le sien, voilà je ne sais combien de temps que je cours après toi. Où diable étais-tu donc?

— Je vais te conter ça. Dis-moi d'abord ce que tu as à me dire. Est-ce que tu viens m'annoncer que tu t'es remis avec Julia?

— Tu sais bien que non.

— Je ne sais rien du tout. Il y a quatre jours que je ne t'ai vu... et quatre nuits... quatre fois plus de temps qu'il n'en faut pour faire une sottise.

— Sois tranquille. Je me soucie maintenant de Julia comme du premier cigare que j'ai fumé au collége.

— Je dois te prévenir qu'elle est ici. Je ne serais même pas surpris qu'elle y fût venue pour toi, car elle est arrivée seule, dès minuit, ce qui est très-contraire à ses habitudes. Je montais le grand escalier derrière elle, et j'ai vu sa figure au moment où elle écartait ses dentelles pour se regarder dans une glace. Elle m'a vu aussi, et elle s'est sauvée. Je crois qu'elle n'était pas contente que je l'eusse reconnue.

— Elle n'a pas porté longtemps le deuil de ce malheureux Golymine Mais ça ne me regarde pas, et je vais filer, attendu que je ne tiens pas du tout à la rencontrer.

— Tu ne la rencontreras pas. Elle est cantonnée dans une loge des premières de côté, en face de la loge du cercle, où tu es entré sans doute.

— J'en sors.

— Alors, tu as dû apercevoir madame d'Orcival. Elle a pour voisins le général péruvien et le praticien du Canada.

— Et elle est en domino noir et blanc?

— Précisément.

— Comment! c'est Julia qui s'est habillée en drapeau prussien! Et cet imbécile de Lolif qui la prend pour une grande dame et qui invente des romans à propos d'elle! Si tu veux rire, tu n'as qu'à aller le retrouver et à écouter les niaiseries qu'il te débitera. Moi, j'en ai assez et je décampe. Julia n'aurait qu'à venir rôder par ici. J'irai demain te demander un avis.

— Sur ton prochain mariage?

— Oui. Je suis presque décidé à doubler le cap; mais un bon pilote n'est jamais de trop.

— *A la disposicion de usted!* Je te parle espagnol, parce que je viens d'escorter une marquise havanaise.

Et, comme Darcy dressait l'oreille, le capitaine reprit en riant :

— Oui, mon cher, tel que tu me vois, j'ai couvert de ma protection une noble personne qui la réclamait. Tout à l'heure, en débouchant dans le couloir, j'ai avisé une femme que de jolis gommeux serraient de trop près et qui s'est aussitôt accrochée à mon bras. J'ai pu croire un instant que j'avais fait une conquête. Je n'ai eu qu'un beau remercîment, et la dame m'a quitté à vingt pas de l'endroit où j'avais pris sa défense. Mais à sa voix, à son accent et à ses cheveux aile de corbeau, j'ai très-bien reconnu madame de Barancos.

— L'incomparable marquise au bal de l'Opéra! C'est roide. Pourquoi pas, après tout? Elle est un peu bien excentrique, cette créole archimillionnaire. Ce qui m'étonne le plus, c'est qu'elle soit venue sans cavalier.

Peut-être cherche-t-elle ce fat de Prébord. Les femmes ont des goûts si étranges.

— A la façon dont tu parles d'elle, je vois que ce n'est pas elle que tu comptes épouser.

— Ni elle, ni madame Cambry. Je te conterai mon cas demain. Mais je me sauve de peur de Julia. Adieu! que Lolif te soit léger!

Le capitaine laissa partir son ami, sans chercher à le retenir. Il savait que madame d'Orcival n'était pas loin, et il redoutait une rencontre qui aurait pu amener une rechute.

Peu s'en fallut, du reste, qu'il ne partît aussi, car le bal ne l'amusait guère; mais, quoiqu'il ne fût pas curieux de scandale, la présence de madame de Barancos à cette fête, un peu trop publique pour une marquise, ne laissait pas de l'intriguer très-fort.

N'aimant pas le monde, il n'allait pas chez elle, mais il la connaissait parfaitement de vue et de réputation; il s'occupait d'elle de loin, et elle l'intéressait comme un problème.

A vrai dire, tout Paris la connaissait, cette splendide créole qui se montrait partout, et qui partout où elle se montrait régnait sans partage, par la grâce de sa beauté, de sa fortune et de sa naissance.

Fille d'un grand d'Espagne et veuve d'un capitaine général, gouverneur de l'île de Cuba, la marquise de Barancos habitait la France depuis trois ans, et y menait une existence presque royale.

Elle semblait même vouloir s'y fixer, car elle avait acquis un superbe hôtel contigu au parc Monceau, un magnifique château et une grande terre en Normandie.

Écuyère intrépide, chasseresse infatigable, elle se passionnait aussi bien pour les arts que pour les exercices violents. On la voyait le jour conduire à quatre au bois de

Boulogne, et le soir s'enivrer de musique au théâtre.

Elle recevait beaucoup, et elle donnait souvent des fêtes dont la description défrayait pendant huit jours les chroniqueurs du *high life*. Mais elle avait aussi ses intimes, choisis dans toutes les aristocraties, de grands noms et des célébrités artistiques et littéraires. La jeunesse, l'élégance et l'esprit avaient leurs entrées chez elle comme chez madame Cambry.

Et ces deux veuves se ressemblaient encore en un point : elles voyaient peu de femmes.

Mais, sans parler de la différence de fortune et d'origine, elles ne se ressemblaient ni par le caractère ni par les habitudes. Autant madame de Barancos était ardente, altière et capricieuse, autant madame Cambry était calme, modeste et sage. Nointel, qui s'amusait souvent à les comparer, les avait surnommées le torrent et la rivière.

Bien entendu, la marquise était le torrent. Mais ce torrent n'avait pas encore causé de ravages.

Quoique dégagée de tout lien par sa situation exceptionnelle et par son veuvage, madame de Barancos se conduisait très-correctement, et ses excentricités n'allaient jamais jusqu'aux imprudences compromettantes.

Elle vivait d'ailleurs, pour ainsi dire, au grand jour, et il lui eût été plus difficile qu'à toute autre de cacher un écart. Trop d'yeux l'observaient, les yeux de tous ses adorateurs.

Le capitaine n'en revenait pas de l'avoir rencontrée seule, en plein bal de l'Opéra, comme une simple irrégulière.

Cependant, il n'avait pu se tromper. Il lui était arrivé souvent d'échanger quelques mots avec elle dans une de ces ventes de charité où elle aimait à tenir un comptoir, et elle avait un léger accent qu'on ne pouvait pas oublier.

Nointel n'était certes pas homme à abuser du petit secret que le hasard venait de lui livrer; mais il se plaisait à étudier en philosophe le caractère et les actions des femmes.

Il se mit donc à pérégriner par les corridors, dans l'espérance de rencontrer encore la marquise, et cette fois au bras d'un cavalier.

Il se flattait, quoique le domino qu'elle portait fût dépourvu de tout signe particulier, de la reconnaître à sa taille, à sa tournure, à sa voix, en la suivant d'un peu près pendant quelques instants. Mais il ne se flattait pas de la reconnaître à distance, d'un côté de la salle à l'autre, si elle s'était réfugiée dans une loge, et pour cette raison il jugeait inutile d'aller reprendre sa place parmi ses amis du cercle.

Il en fut pour une longue promenade. Il eut beau parcourir le foyer et les couloirs à tous les étages, il ne retrouva point madame de Barancos, et, au bout d'une heure, voyant qu'il faisait là une sotte campagne, il songea à battre en retraite.

Il se dirigeait vers le grand escalier pour gagner la sortie, lorsqu'il fut violemment heurté par un monsieur qu'il repoussa d'un coup d'épaule et qu'il s'apprêtait à interpeller en termes assez vifs.

Il s'aperçut à temps que ce monsieur était Lolif, et sa mauvaise humeur se tourna en raillerie.

— Où diable courez-vous si fort? lui demanda-t-il. Est-ce qu'on vient d'assassiner quelqu'un?

— Pas que je sache, répondit le policier amateur, mais je suis sur la piste d'une affaire curieuse.

— Golymine serait-il ressuscité? L'auriez-vous reconnu sous le casque à plumet d'un Clodoche?

— Ne plaisantez pas, mon cher. Sans sortir de la loge du cercle, j'ai découvert...

— Une nouvelle planète?

— Un certain domino blanc et noir...

— C'est très-curieux, en effet, dit Nointel, de l'air le plus sérieux du monde.

Il connaissait la femme cachée sous ce costume, et il se réjouissait de voir ce nigaud de Lolif se lancer à la poursuite d'un mystère qui n'était qu'une mystification.

— Ce n'est pas cela qui est curieux, reprit le chasseur de drames. C'est la conduite incompréhensible de ce domino. Il est seul, sur le devant d'une loge des premières de côté, en face de la nôtre. De temps en temps, il en vient un autre, un noir. Le noir et blanc se lève et va causer avec lui derrière le rideau du fond. La conférence dure tantôt cinq minutes, tantôt un quart d'heure, tantôt une demi-heure, après quoi le domino mi-parti reprend sa place sur le devant. Bref, dans cette loge-là, on ne fait qu'entrer et sortir comme les ombres chinoises au théâtre de Séraphin.

— C'est grave, en effet, c'est très-grave, dit le capitaine, plus sérieux que jamais. Et vous allez, je suppose, entrer aussi pour trouver le mot de cette énigme?

— C'est-à-dire que je vais tâcher d'entrer. Il n'est pas certain que j'y réussisse. La dame se garde bien. Mais j'ai un autre moyen. Simancas et Saint-Galmier occupaient tout à l'heure une loge à côté d'elle. Ils viennent de décamper. Je les ai vus de loin remettre leurs pardessus. Je n'aurais pas voulu leur demander une place, parce que je ne peux pas les souffrir. Maintenant qu'ils sont partis, je dirai à l'ouvreuse que je suis un de leurs amis. Je m'établirai au poste qu'ils ont déserté, et, une fois que j'y serai, je me charge de savoir à quoi m'en tenir sur les manéges de la voisine.

Et demain, j'en aurai long à vous raconter. Si je voulais envoyer un article au *Figaro* et le signer, je vous réponds qu'on parlerait de moi.

— Mon compliment, cher ami, mon compliment bien sincère. Vous êtes né limier. La perdrix ne peut pas vous échapper. Bonne chance donc et à demain, dit Nointel.

Et il s'en alla, en ajoutant tout bas :

— Quel imbécile !

La qualification était sévère, mais juste, et Lolif pouvait passer pour le type achevé du Parisien gobe-mouches, désœuvré, diseur de riens, affolé de niaiseries, chercheur de problèmes ridicules et, de plus, vaniteux comme quatre.

Il s'adonnait au reportage volontaire, comme il aurait p
collectionner des coquilles ou élever des serins hollanda
pour avoir une spécialité. Et il avait fini par se passionn
pour le métier qu'il avait choisi, quoiqu'il n'y réussît guèr
Sa bibliothèque se composait de romans judiciaires, d
mémoires de Canler et des mémoires de Vidocq. Il sav
par cœur les procédés de ces policiers illustres, mais
n'avait pas encore eu la chance de découvrir le moind
meurtrier, pas seulement un simple voleur, et cette inju
tice du sort le remplissait de mélancolie.

Pourtant, il ne se décourageait pas, et cette nuit-là,
chassait au mystère avec plus d'ardeur que jamais.

Aussitôt qu'il fut débarrassé de Nointel, il se remit
quête et il arriva bientôt à la remise du gibier.

Avant de partir en chasse, il avait compté de sa loge l
loges de droite, et, après avoir répété cette opération dan
le corridor, il parvint sans peine à constater que cell
où se tenait l'inconnue en domino bigarré portait l
numéro 27.

Il voulut tenter un coup de maître, et, désignant d
doigt ce numéro, il dit à la femme préposée à la gard
des loges :

— Ouvrez-moi, je vous prie.

— Impossible, monsieur, répondit l'ouvreuse: Ça m'es
défendu.

— Par qui?

— Par la personne qui a loué le 27 et qui l'occupe. J'ai
ordre de ne laisser entrer que des dames.

— Et il en est venu plusieurs, je le sais, dit Lolif, e
faisant mine de chercher son porte-monnaie. Mais la personne est seule en ce moment.

— Je ne dis pas non, mais j'ai ma consigne... une consigne bien payée... si j'y manquais, j'y perdrais trop.

— Bah ! si je vous donnais deux louis?

— Vous m'en donneriez cinq que vous n'entreriez pas.

— J'en étais sûr, pensa Lolif, c'est une grande dame. Il

'y a qu'une princesse qui ait pu payer assez cher pour
endre incorruptible ce Cerbère en jupons.

Et il reprit :

— Alors, ouvrez-moi le 29. Nous l'avons loué à trois, et
es deux amis qui l'avaient loué avec moi viennent de par-
ir. Je les ai rencontrés dans le couloir... le général Siman-
as et le docteur Saint-Galmier.

— Oh ! je connais ces messieurs. Ils sont abonnés. Et du
moment que monsieur a loué avec eux, monsieur peut
ntrer, dit l'ouvreuse enchantée de la perspective de
gagner une bonne gratification, sans enfreindre les ordres
le la dame du 27.

Lolif, aussi enchanté que l'ouvreuse, se glissa dans la
loge et vit, du premier coup d'œil, qu'il n'y avait plus
personne sur le devant, dans la loge voisine.

Il savait bien que l'oiseau noir et blanc ne s'était pas
encore envolé, l'ouvreuse venait de le lui dire. Sans doute,
ce bel oiseau s'était réfugié dans le fond de sa cage. Lolif,
pour s'en assurer, jeta un regard furtif par-dessus la séparation et aperçut, dépassant le rideau du petit salon, un
bout de robe blanche.

Pour le moment, il n'en demandait pas davantage, et il
s'installa de façon à ne pas perdre de vue cette traîne de
soie, immaculée comme une aile de colombe. Il se tint
debout contre la cloison, affectant de lorgner la salle où
les quadrilles faisaient rage, et les premières qui se dégar-
nissaient déjà, car il était trois heures.

Rien ne vaut une jumelle pour cacher la véritable direc-
tion du regard. On peut la braquer sur l'horizon le plus
lointain, et observer à l'aise ce qui se passe à deux pas
de soi.

L'ingénieux Lolif usa de ce stratagème pendant dix
longues minutes. Rien ne bougea dans la loge voisine. La
colombe ne roucoulait point, et sa blanche vêture pendait
inerte sur le tapis.

— C'est singulier, se disait le chasseur. Est-ce qu'elle se

serait endormie? Non, je suis stupide. Une femme ne dort
pas au bal de l'Opéra, et d'ailleurs les cuivres de l'orchestre font un vacarme à réveiller une morte. Et pourtant
elle ne remue pas. Je crois que ce serait le moment de
manifester ma présence.

Il se pencha un peu, pour mieux voir, et il toussa légèrement.

— Rien, murmura-t-il; pas le plus petit mouvement.
Étrange! étrange! C'est à croire, ma parole d'honneur,
qu'elle a déguerpi en laissant là son domino. Si je l'appelais?... Pourquoi pas? Il faudra bien qu'elle donne signe
de vie. Si elle sort, je la suivrai dans le corridor. Si elle
revient sur le devant, je trouverai une explication à lui
donner. Ma foi! tant pis! je me risque. Madame!... Pas
de réponse. Serait-elle sourde? C'est invraisemblable.
Madame!...

Justement, le quadrille finissait. L'orchestre venait de
se taire. Et Lolif avait appelé assez haut pour être entendu
de la salle.

— Rien encore, dit-il; ça devient inquiétant. Elle est
peut-être tombée en syncope. Eh! ce serait le cas de faire
connaissance avec elle en venant à son secours. Oui, mais
cette ouvreuse refusera de m'ouvrir. En avant les grands
moyens. J'en serai quitte pour une amende, si on dresse
procès-verbal de l'escalade.

Poussé par la curiosité enragée qui lui travaillait la cervelle, Lolif monta sur le rebord de la loge, enjamba la
cloison et sauta chez sa voisine.

On lui lança d'en bas quelques-uns de ces mots que
Rabelais appelle des mots de gueule, et ses amis du Cercle
qui le voyaient de loin exécuter ce tour de force, rirent à
s'en tenir les côtes; mais il s'inquiétait peu de ceux qui le
regardaient.

Il remonta vivement jusqu'au fond de la loge, souleva
le rideau, et vit l'inconnue couchée sur l'étroit divan qui
occupait un des coins du petit salon, les bras pendants

le long de son corps affaissé, la tête penchée sur l'épaule.

— J'avais deviné ; elle est évanouie, s'écria Lolif en lui prenant les mains.

Elles étaient glacées, et il sentit tomber sur les siennes des gouttes d'un liquide tiède. Alors il s'aperçut que la robe blanche était marbrée de larges tâches noirâtres.

— Du sang ! murmura-t-il.

Il courut à la porte, et il l'ouvrit en appelant au secours.

Un flot de lumière inonda la loge, et, du corridor où il s'était jeté tout éperdu, Lolif vit un affreux spectacle.

La femme en domino blanc et noir était morte, égorgée. Le poignard qui lui avait troué le cou était resté dans la blessure.

— A l'assassin ! hurla l'ouvreuse, accourue la première.

Ce cri sinistre attira aussitôt les passants du corridor ; en un clin d'œil, la loge fut envahie et Lolif entouré, saisi, malmené, car on le prenait pour le meurtrier.

Il ne cherche point à se défendre, sachant bien qu'il n'aurait pas de peine à se justifier, et il se dit :

— Enfin, je serai donc témoin ! quelle émouvante déposition je ferai quand l'affaire viendra aux assises !

CHAPITRE VI

Pendant qu'on relevait le corps ensanglanté de la malheureuse Julia, Gaston Darcy dormait du plus profond sommeil. Il avait quitté brusquement le bal pour la fuir, et il était rentré tout droit chez lui, de sorte qu'il se réveilla le lendemain beaucoup plus tôt que de coutume.

Son oncle l'attendait à midi, et il tenait à ne pas manquer ce rendez-vous. Son oncle lui avait dit : Nous causerons de toi, et peut-être aussi de moi. Cela signifiait sans doute qu'il serait question de mademoiselle Lestérel, et peut-être de madame Cambry. Du moins, Gaston le comprenait ainsi, ayant fort bien remarqué les avances que la jeune veuve avait faites au magistrat, et ayant observé aussi que le magistrat n'y était pas resté indifférent.

La pensée de voir son oncle se marier ne le désolait point. Gaston n'était point de ces héritiers qui se déclarent volés quand un parent dispose de son bien à sa guise, et il n'avait jamais compté sur la succession du frère de son père. Il s'était même dit souvent que M. Roger Darcy aurait grandement raison de faire souche, et, depuis quelques jours, il se disait encore autre chose. Il se disait qu'en prenant femme à quarante-cinq ans, l'oncle Roger l'autoriserait par son exemple, lui, Gaston, à se marier comme il l'entendait. Il se disait qu'épouser une artiste sans fortune n'est pas plus fou que d'épouser une très-jeune veuve, quand on a le double de son âge.

Et il se proposait de profiter de l'entrevue projetée pour traiter à fond ces questions délicates.

Il se leva donc d'assez grand matin, déjeuna rapidement et fit atteler son coupé pour aller rue Rougemont.

Le *Figaro* n'avait pu le renseigner sur la catastrophe de l'Opéra, car le crime avait été commis à trois heures du matin, et si bien informé que soit un journal, encore faut-il, pour qu'il publie une nouvelle, qu'on puisse la lui apporter avant qu'il soit sous presse.

Celle de l'assassinat de madame d'Orcival commençait à se répandre dans Paris, mais elle n'était pas encore arrivée dans le quartier des Champs-Élysées, et les domestiques de Gaston ne la connaissaient pas.

Il partit sans avoir le moindre soupçon de ce qui s'était passé pendant la nuit, et, en arrivant rue Rougemont, il fut assez surpris d'apprendre de la bouche du valet de chambre que M. Roger Darcy était à son cabinet de juge d'instruction, et qu'il priait M. Gaston de venir l'y trouver.

Ce serviteur discret n'en dit pas plus long. Gaston n'en demanda pas davantage et se fit conduire au Palais.

Il y était déjà venu plus d'une fois voir son oncle, et il ne s'égara point dans les détours de l'édifice compliqué où fonctionne la justice.

Il trouva à la porte du cabinet un huissier qui se chargea de faire passer sa carte, et il fut reçu immédiatement.

Le juge était sous les armes : établi devant un bureau couvert de dossiers et flanqué de son greffier qui se leva aussitôt qu'il vit entrer Gaston et qui sortit discrètement.

M. Roger Darcy avait, ce jour-là, son air de magistrat, un air que son neveu connaissait bien et qui ne ressemblait pas du tout à l'air qu'il avait dans le monde ou dans l'intimité.

— Bonjour, mon oncle, dit Gaston. Je suis passé chez vous à l'heure convenue, et me voici. Vous avez donc été chargé à l'improviste d'une nouvelle affaire. D'habitude, il me semble qu'on n'instruit pas le dimanche.

— Tu sais bien que c'est toujours moi qu'on désigne dans les cas difficiles... et graves.

— Alors, il y a une affaire grave et difficile? Elle a donc poussé comme un champignon, car il n'en était pas question quand nous nous sommes séparés à minuit, sur le boulevard des Capucines.

M. Darcy se leva vivement, vint à Gaston et le regarda dans le blanc des yeux.

Gaston se mit à rire et dit :

— En vérité, mon cher oncle, vous m'examinez comme si j'étais un prévenu. Est-ce que j'aurais commis un crime à mon insu? Quel joli sujet de drame ! Le neveu du juge, ou l'assassin sans le savoir.

Cette plaisanterie ne dérida point l'oncle.

— Ainsi, demanda-t-il, tu n'as pas entendu parler de l'événement de cette nuit?

— Absolument pas. J'ai quitté le bal un peu avant deux heures; à deux heures et demie, j'étais dans mon lit. Je n'ai vu personne ce matin et je suis venu ici en voiture.

— Bien! j'aime mieux cela. Tu seras moins gêné pour me répondre.

— Ah çà, je vais donc subir un interrogatoire?

— Tu vois bien que non, puisque j'ai renvoyé mon greffier. J'ai à t'adresser certaines questions, voilà tout.

— Il s'agit de mademoiselle Lestérel ou de madame Cambry? De toutes les deux peut-être?

— Il s'agit de madame d'Orcival.

— De Julia? Je vous ai dit que j'avais cessé toutes relations avec elle. Me croyez-vous donc capable de mentir?

— Non. Mais tu m'as notifié la rupture, officiellement, pour ainsi dire... sans me donner de détails. J'ai besoin de savoir au juste comment les choses se sont passées. Quel jour as-tu vu cette femme pour la dernière fois?

— C'était... voyons... j'ai dîné avec vous le lendemain qui était mardi... c'était lundi.

— A quelle heure?

Gaston rougit et chercha sa réponse

— Prends garde. Il me faut toute la vérité. La situation est sérieuse. Tu le reconnaîtras toi-même quand tu sauras pourquoi j'insiste.

Gaston pensa qu'on avait ouvert une nouvelle enquête sur le suicide du Polonais, et il comprit vite qu'il serait indigne de lui de ne pas tout dire.

— Eh bien, commença-t-il, je ne vous cacherai pas que, lundi soir, je suis arrivé chez Julia à neuf heures, et que je l'ai quittée vers onze heures et demie.

— Alors, tu étais chez elle quand ce Golymine y est venu?

— Oui. Elle m'a quitté un instant pour le recevoir. Il y a eu entre eux une altercation violente. Elle l'a congédié, et elle est rentrée dans le petit salon où je l'attendais.

— Tu jouais là un triste rôle, dit sévèrement M. Darcy.

— Un rôle que le hasard m'avait imposé. Je ne pouvais pas sortir sans me trouver face à face avec cet homme. Et je ne me souciais pas de m'engager dans une querelle avec un chevalier d'industrie. Qu'auriez-vous fait à ma place?

— Pas de suppositions inconvenantes, je te prie. Lorsque tu es parti, ce Golymine s'était déjà suicidé. Tu ne l'as pas su?

— Pas le moins du monde. Il s'est pendu dans une pièce qu'on n'a pas à traverser pour sortir. J'ai quitté l'hôtel sans rencontrer personne.

— Comment se fait-il qu'interrogée par le commissaire de police, aussitôt après l'événement, madame d'Orcival n'a pas dit un mot de ta visite?

— Elle avait tout intérêt à ne pas me compromettre. Je venais de lui signifier que je rompais, mais elle espérait bien me ramener après quelques jours de brouille. Et elle a saisi avec empressement une occasion de rentrer en grâce par un bon procédé.

— C'est une explication, mais...

8

— C'est si vrai que j'ai reçu le lendemain matin une longue lettre d'elle, une lettre qui est un chef-d'œuvre dans son genre, une lettre où elle me prévenait qu'elle n'avait pas parlé de moi, et où elle me priait de me taire aussi, pour qu'on ne l'accusât pas d'avoir fait une déposition incomplète.

Si je ne vous ai pas raconté tout, quand je suis allé chez vous mardi, c'est que je ne voulais pas mettre Julia dans l'embarras.

— Tu l'as conservée, cette lettre?

— Certainement. Je l'ai chez moi.

Le juge laissa échapper un sourir de soulagement et dit :

— C'est bien heureux ! Tu me la remettras.

— Décidément, pensait Gaston, il y a du nouveau depuis hier.

— Poursuivons, reprit M. Darcy. As-tu répondu à madame d'Orcival ?

— Non. Quand on veut en finir, il ne faut jamais répondre. Les réponses sont des pierres d'attente sur lesquelles les femmes bâtissent tôt ou tard un raccommodement.

— Et tu n'as plus revu madame d'Orcival ? Tu n'as plus eu aucun rapport avec elle ?

— Aucun. Elle a compris que j'étais résolu à ne pas renouer, et, comme elle est orgueilleuse, elle s'est abstenue de toute nouvelle démarche. Seulement, je crois qu'elle a contre moi une de ces rancunes...

— Tu crains qu'elle ne te nuise ?

— Oui. Elle est fort intelligente, elle a des relations dans tous les mondes, et elle doit m'exécrer. Julia est une maîtresse charmante et une ennemie dangereuse.

M. Darcy écoutait avec une attention extrême, et sa figure s'éclaircit quand il entendit son neveu lui répondre si nettement.

— Tu ne l'as pas rencontrée cette nuit, au bal de l'Opéra ? demanda-t-il, après une courte pause.

— Non, mais je l'ai aperçue de loin sans savoir que c'était elle.

— Comment cela?

— Je suis entré un instant dans la loge du cercle. Il y avait là Lolif qui m'a montré, de l'autre côté de la salle, une femme en domino blanc et noir...

— Quel homme est-ce, M. Lolif?

— Un homme qui a la manie de voir partout des mystères et qui se mêle de faire concurrence aux agents de la sûreté. Il croit avoir des aptitudes spéciales pour le métier de policier. Et, cette nuit, il m'a fatigué de ses hypothèses stupides sur les allures de ce domino de deux couleurs. Il m'ennuyait tellement que je l'ai planté là. Et, dans les corridors, j'ai rencontré mon ami Nointel qui m'a appris que le domino en question cachait les traits bien connus de *Julia d'Orcival*. Nointel l'a surprise au moment où elle se regardait dans une glace. Elle arrivait au bal...

— A quelle heure?

— Oh! de très-bonne heure. Nointel vous dirait cela au juste.

— Où demeure-t-il?

— Rue d'Anjou, 125. Est-ce que vous voulez le citer comme témoin? témoin de quoi?

— Continue ton récit, dit M. Darcy, après avoir pris une note.

— Il est achevé, mon récit. Je ne me souciais pas de m'aboucher avec *Julia*. Quand j'ai appris qu'elle était au bal, j'ai filé comme un lièvre.

M. Roger Darcy hocha la tête d'un air satisfait, reprit place dans son fauteuil et se mit à écrire des noms sur des formules imprimées.

— Maintenant que j'ai répondu à tout, dit gaiement Gaston, me sera-t-il permis de vous demander...

— Es-tu toujours dans l'intention d'entrer au parquet comme attaché? interrompit le juge.

— Sans doute. Est-ce que vous vous y opposeriez?

— Ce n'est pas moi qui m'y opposerai. Comment n'as-tu pas encore compris que ta présence chez madame d'Orcival, pendant que Golymine s'y suicidait, sera connue?

— Vous vous croyez donc obligé d'informer le procureur général de ce que je viens de vous avouer.

— Je ne m'y serais pas cru obligé hier. L'enquête sur la mort de cet homme était close. Aujourd'hui, c'est tout différent. Je suis juge d'instruction, et mon devoir est de constater tous les faits qui se rapportent, même indirectement, à l'affaire que j'instruis. Ainsi, je dois rechercher sur les antécédents de madame d'Orcival, sur son entourage, sur ses relations passées ou présentes, les renseignements les plus minutieux. Rien n'est insignifiant dans un cas aussi obscur que celui-ci, car la lumière peut jaillir tout à coup du côté où on l'attend le moins.

Donc, ton nom figurera au dossier. Tu seras appelé comme témoin. Voilà où mènent les mauvais chemins. J'ai tenu à te confesser d'abord, afin de savoir jusqu'à quel point tu étais compromis. Je suis fixé maintenant. Il y en a bien assez pour te fermer la carrière de la magistrature. Je ne te ferai pas de reproches. Seulement, je me demande si je ne devrais pas donner ma démission, car tu portes mon nom, malheureusement...

— Mais, mon oncle, s'écria Gaston, très-ému, que se passe-t-il donc? De quelle instruction s'agit-il?

— Tu vas le savoir, dit M. Darcy en déplaçant une liasse de papiers.

Gaston s'approcha vivement du bureau et s'écria

— Comment cet objet se trouve-t-il dans votre cabinet?

— Ce poignard?

— Oui, avec son fourreau en forme d'éventail fermé. Il n'y en a peut-être pas un autre à Paris.

M. Roger Darcy se leva, comme s'il eût été mordu par un serpent, et dit d'une voix émue :

— Tu sais à qui il appartient?

— Parfaitement. Je l'ai vu et touché hier soir. Il était entre les mains d'une personne que vous connaissez.

— Nomme-la !

— Entre les mains de mademoiselle Lestérel.

— Tu dis que ce poignard appartient à mademoiselle Lestérel! s'écria M. Darcy.

— Je le dis parce que j'en suis sûr, répondit Gaston très-surpris de voir son oncle montrer tant d'agitation, à propos d'un fait insignifiant.

Mademoiselle Lestérel avait apporté chez madame Cambry ce curieux produit de l'art japonais. Je m'étonne même que vous ne l'ayez pas remarqué. Vous l'aurez pris sans doute pour un véritable éventail. Quand l'arme est dans le fourreau, on peu s'y tromper. Mais, moi, je l'ai examiné de près, et je le reconnaîtrais entre mille. Je me souviens même d'avoir demandé à mademoiselle Lestérel de qui elle le tenait.

— Et elle te l'a dit?

— Oui, c'est son beau-frère qui le lui a donné. Ce beau-frère commande un navire marchand, et il est revenu tout récemment d'une longue campagne dans les parages du Japon. Il a acheté ce bibelot à Yeddo.

— Son nom? son adresse? demanda brusquement le juge.

— Il s'appelle M. Crozon, et il demeure rue Caumartin... mais, en vérité, mon oncle, je ne comprends rien à votre émotion, car vous êtes ému, je le vois bien... et moi, je ne sais plus où j'en suis... à chaque mot que je dis, il me semble qu'il me tombe une tuile sur la tête. Je me demande même si je n'ai pas la berlue, et si je ne confonds pas l'éventail de mademoiselle Lestérel avec ce couteau bizarre qui m'a tout l'air d'être une pièce à conviction. Voulez-vous me permettre de l'examiner de plus près?

Il le prit, sans que M. Darcy s'y opposât, et dès qu'il l'eut entre les mains :

— C'est bien le même. Voici le petit cordon de soie qui tient à la poignée. Seulement, hier, la lame m'avait paru toute neuve... et maintenant on dirait qu'elle est rouillée.

— Ce n'est pas de la rouille... c'est du sang, dit M. Darcy en regardant fixement son neveu.

— Du sang!

— Oui, le sang de madame d'Orcival, qui a été assassinée cette nuit, au bal de l'Opéra.

— Ah! mon Dieu! mais c'est épouvantable! s'écria Gaston en rejetant le poignard sur le bureau.

— Comprends-tu maintenant pourquoi je t'interrogeais tout à l'heure? Comprends-tu pourquoi ta carrière est perdue? Cette malheureuse a été ta maîtresse... tu as affiché ta liaison avec elle pendant un an... et tu étais encore son amant il n'y a pas huit jours.

— Non, sans doute, je ne puis plus songer à être magistrat... je me consolerai de ce malheur, mais la mort de cette pauvre Julia...

— Tâche de reprendre ton sang-froid et de m'écouter attentivement. Il faut que tu saches tout ce que je sais. Tu pourras peut-être ensuite éclairer la justice.

Cette nuit, vers trois heures, ce Lolif que tu avais laissé dans la loge du Cercle et qui était allé plus tard s'établir dans une autre loge contiguë à celle où se trouvait madame d'Orcival, ce Lolif voyant que le domino qu'il surveillait par curiosité restait derrière le rideau du fond, a enjambé la séparation et a trouvé sa voisine étendue morte sur le divan du petit salon. Il a appelé l'ouvreuse, la loge a été envahie; mais le commissaire de service est arrivé très-vite, et les premières constatations ont été assez bien faites.

Madame d'Orcival a été tuée d'un seul coup de ce poignard, un coup porté d'une main ferme, au-dessus de la clavicule gauche et de haut en bas. Le fer a tranché une grosse artère, et la mort a dû être instantanée. L'arme est restée dans la plaie. On a trouvé le fourreau sur le tapis de la loge.

— Au bal de l'Opéra! C'est inouï! Qui donc a pu commettre cet horrible meurtre?

— C'est ce que je saurai bientôt, je l'espère. J'hésitais tout à l'heure à garder l'instruction. Maintenant, je suis résolu à ne pas m'en dessaisir, quelle que soit la situation où me placent certaines circonstances de l'affaire. J'exposerai mes raisons au procureur général. J'irai, s'il le faut, jusqu'au garde des sceaux, et je ne doute pas qu'ils ne m'approuvent.

Tu me demandes qui a commis cet abominable crime. Eh bien, c'est une femme.

— Une femme! Comment le savez-vous?

— Madame d'Orcival est entrée dans la loge 27, à minuit et demi, plutôt un peu avant. Elle n'en est pas sortie, et à trois heures, on l'y a trouvée morte. Or, elle n'a reçu dans cette loge qu'une femme en domino noir, une femme qui est entrée et sortie quatre fois, et qui évidemment a tué madame d'Orcival à sa dernière visite.

L'ouvreuse et M. Lolif ont été entendus par le commissaire de police, et leurs dépositions concordent sur ce point. Or, l'ouvreuse n'a pas quitté son poste, et M. Lolif n'a pas cessé de lorgner de loin la loge 27, jusqu'au moment où il y est entré, après avoir occupé un instant la loge 29.

— C'est vrai... je suis resté à côté de Lolif jusqu'à une heure à peu près, et j'ai vu, comme lui, un domino noir entrer dans la loge de Julia. Je me rappelle même que Lolif a dit que ce domino ne devait pas être porté par une femme élégante, à en juger par la façon dont cette femme était masquée.

— M. Lolif a dit la même chose au commissaire. L'ouvreuse a été moins précise. Je les interrogerai moi-même aujourd'hui tous les deux, mais je n'ai pas fini de te questionner.

Assieds-toi. J'ai un ordre à donner.

Gaston obéit, et s'abîma dans des réflexions très-sombres, pendant que son oncle écrivait deux notes qu'il remit à l'huissier appelé par un coup de sonnette.

— Maintenant, reprit M. Darcy, dès que l'huissier fut

sorti, parle-moi de mademoiselle Lestérel. Tu m'as dit, je m'en souviens fort bien, qu'elle habite rue Ponthieu, au coin de la rue de Berry.

Cette interpellation fit bondir l'amoureux de Berthe.

— J'espère que vous ne la soupçonnez pas, balbutia-t-il.

— Je ne soupçonne pas, je m'informe, répondit M. Darcy. Quelles ont été tes relations avec cette jeune fille?

— Mes relations! mais vous les connaissez.

— Je sais que tu la vois souvent chez madame Cambry et dans d'autres salons. Je voudrais savoir si tu ne l'as jamais vue ailleurs.

— Je n'ai aucune raison pour vous cacher que j'ai fait deux tentatives pour être reçu chez mademoiselle Lestérel. Je la connaissais alors à peine, et je ne croyais pas qu'elle fût inabordable. Je me trompais. Elle a refusé de me recevoir.

— Je ne doute nullement de ce que tu me dis là, car je t'estime assez pour croire que tu n'aurais pas songé à l'épouser, si sa conduite eût été légère. Du reste, madame Cambry a d'elle une opinion très-favorable. Ainsi, tu m'affirmes que tu ne l'as jamais rencontrée que dans le monde?

Le premier mouvement de Gaston fut de raconter à son oncle l'aventure nocturne qui l'avait une fois rapproché de Berthe. Mais il réfléchit promptement que, s'il commençait à avouer, il lui faudrait aller jusqu'au bout. M. Darcy n'allait pas manquer de lui demander pourquoi la jeune fille courait les rues la nuit, et les explications devaient forcément aboutir à la scène qui s'était passée chez madame Crozon.

Quoiqu'il n'admît pas encore que mademoiselle Lestérel pût être sérieusement accusée de meurtre, Gaston sentait confusément qu'un danger la menaçait, et il maudissait l'étourderie qu'il venait de commettre en apprenant au juge d'instruction que le poignard japonais appartenait à Berthe.

Comment ce poignard avait-il pu servir au meurtrier?

C'était incompréhensible, mais il était impossible aussi de croire que Berthe avait assassiné Julia d'Orcival.

Et cependant Gaston entrevoyait que, par son fait, à lui qui l'adorait, Berthe allait se trouver mêlée, au moins indirectement, à une affaire criminelle.

Il pensa d'abord à réparer sa faute, et il répondit avec une certaine assurance :

— Je n'ai jamais vu mademoiselle Lestérel que dans les salons où elle chante. Je ne lui ai jamais parlé que chez madame Cambry.

Un mensonge amène un autre mensonge, et Gaston ne pouvait plus s'arrêter sur le chemin où la fatalité l'avait jeté.

— Alors, reprit M. Darcy, tu me permettras de te dire que tu t'es décidé un peu bien vite à épouser une personne que tu connais à peine. Ce serait excusable si tu sortais du collège. A ton âge, et avec ton expérience, c'est absurde... ou plutôt, c'est inadmissible... pour un juge d'intruction. Mais je t'ai vu faire tant de sottises, que je suis bien obligé de te croire. Je passe donc à un autre ordre de questions. Te souviens-tu exactement de l'heure qu'il était quand nous avons pris congé de madame Cambry?

— Minuit moins un quart, à quelques minutes près. Il était minuit, quand vous m'avez déposé sur le boulevard, et votre bai-brun va comme un cerf.

— Mademoiselle Lestérel a quitté le salon avant nous.

— Très-peu de temps avant nous.

— Et, si ma mémoire me sert bien, madame Cambry nous a appris qu'on était venu chercher mademoiselle Lestérel, de la part de madame Crozon, sa sœur, qui se trouvait gravement indisposée?

— Oui.

— Et qui demeure rue Caumartin, m'as-tu dit.

— Rue Caumartin, 112.

— Tout près de l'Opéra, par conséquent.

— Quoi! vous supposeriez...

— Je ne suppose rien. Je me renseigne.

— Mais mademoiselle Lestérel n'est jamais allée de sa vie au bal de l'Opéra, j'en jurerais. Et je parierais qu'elle ne savait même pas qu'il y en eût un, hier. D'ailleurs, il vous sera facile de demander à madame Crozon à quelle heure sa sœur est arrivée chez elle...

— Et à quelle heure elle en est sortie. Sois tranquille, ce sera fait.

— Je dois vous prévenir, dit vivement Gaston, que madame Crozon est dans un état de santé qui exige des ménagements... que, de plus, son mari est d'une jalousie et d'une violence excessives.

— C'est mademoiselle Lestérel qui t'a dit cela?

— Oui, elle aime beaucoup sa sœur, elle la plaint, et...

— Et elle confie ses chagrins à M. Gaston Darcy qui lui fait la cour. Rien de plus naturel.

Ne t'effraye pas trop. Il me suffira probablement d'interroger la femme de chambre qui est venue chercher mademoiselle Berthe chez madame Cambry. Et si je suis obligé de faire déposer madame Crozon, je procéderai de façon à ne pas troubler la paix de son ménage.

D'ailleurs, ce mari si farouche me paraît être en assez bons termes avec sa belle-sœur, puisqu'il lui rapporte de ses voyages des curiosités... singulières.

— Mais, mon oncle, vous allez donc ouvrir une instruction à propos de ce poignard?

— Oui, certes, et cela sans perdre une minute.

— Quoi! vous pouvez croire que mademoiselle Lestérel... qu'une jeune fille honnête jusqu'à la sauvagerie, douce jusqu'à la timidité...

— A tué une femme galante qu'elle ne connaissait pas, qu'elle n'avait peut-être jamais vue. Non, je ne le crois pas. Mais je manquerais à tous mes devoirs si je n'interrogeais pas cette jeune fille, si je ne lui demandais pas comment ce couteau japonais qu'elle portait en guise d'éventail, hier soir, à onze heures et demie, — c'est toi-même qui viens de le déclarer, — comment ce couteau, qu'on ne saurait confondre avec un autre, a été retrouvé, à trois heures, enfoncé dans la gorge de madame d'Orcival.

— Mademoiselle Lestérel l'aura perdu.

— Et une femme l'a trouvé, et cette femme a couru bien vite à l'Opéra pour assassiner madame d'Orcival. Rien n'est impossible.

Gaston, qui sentait toute l'ironie cachée dans cette conclusion, baissa la tête et se tut.

— Mon cher, reprit M. Darcy, tu as bien fait de renoncer à la magistrature, et je pense que tu ne réussirais pas au barreau, car tu défends très-mal ta cliente. Il y a en sa faveur des arguments qui valent cent fois mieux que ton explication hasardée d'un fait inexplicable, jusqu'à présent, mais que mademoiselle Lestérel expliquera, je l'espère. N'a-t-elle pas pour elle la pureté de sa vie, son passé irréprochable et surtout l'absence complète de relations antérieures entre elle et la victime?

Ici, Gaston ne put s'empêcher de pâlir. Il venait de se rappeler que Berthe connaissait Julia pour avoir été élevée dans le même pensionnat qu'elle.

— De plus, continua le juge, l'alibi sera la chose du monde la plus facile à établir. J'entendrai la femme de chambre qui a conduit mademoiselle Lestérel rue Caumartin, et le portier de la maison où demeure mademoiselle Lestérel. En dix minutes, je saurai si elle est allée chez sa sœur, et à quelle heure elle est rentrée rue de Ponthieu.

Restera le poignard-éventail, et sur ce point capital, je ne puis rien préjuger avant d'avoir interrogé celle qui avait à la main, hier soir, cet étrange bijou.

— Vous allez donc l'interroger?

— Tu ne peux pas en douter, car tu as assez de bon sens pour comprendre que je dois tenir compte du fait si grave que tu m'as révélé, et aussi que je dois fournir à cette jeune fille le moyen de se justifier le plus tôt possible

— Et vous la ferez appeler dans votre cabinet?

— C'est fait. Si on l'a trouvée chez elle, mademoiselle Lestérel sera ici dans quelques instants.

— Quoi! on l'a arrêtée! Des agents vont l'amener comme une coupable.

— Pas du tout. Je lui ai envoyé un commissaire de police qui se présentera de ma part et la priera très-poliment de venir me voir pour une affaire urgente. Elle me connaît assez pour ne pas s'effrayer d'une entrevue avec moi. Et je n'ai pas besoin, je pense, de t'affirmer que je la recevrai avec tous les égards qu'elle mérite. Ce sera, je l'espère bien, une conversation et rien de plus.

Un huissier entra et vint parler bas à M. Darcy qui lui répondit tout haut :

— Faites attendre jusqu'à ce que je sonne, et appelez mon greffier immédiatement.

Et quand l'huissier fut sorti :

— Elle est là, dit le juge à Gaston. Tu vas me faire le plaisir de t'en aller par la porte de dégagement de mon cabinet. Il ne faut pas que tu la rencontres.

— Ne pourriez-vous pas me permettre d'assister à l'entretien que vous allez avoir avec elle? demanda Gaston qui ne paraissait pas du tout disposé à quitter la place.

Et comme son oncle haussait les épaules, il reprit avec chaleur :

— S'il s'agissait d'un interrogatoire, je n'insisterais pas. Mais vous venez de me dire que tout se bornerait à une causerie. Mademoiselle Lestérel est très-timide. Elle peut perdre la tête et s'embarrasser dans ses réponses... tandis que si j'étais là...

— Tu la soufflerais, n'est-ce pas? En vérité, tu perds l'esprit, car tu oublies que tu parles à un juge d'instruction. De ce que ce juge d'instruction est ton oncle, il ne s'ensuit pas qu'il soit disposé, pour t'être agréable, à transgresser les règles de la procédure criminelle.

— Criminelle! répéta machinalement Gaston.

— Je te répète que je crois, *à priori*, à l'innocence de

mademoiselle Lestérel; que je serai pour elle le plus bienveillant des juges, et que je m'estimerai heureux de pouvoir, séance tenante, la mettre hors de cause. Mais je n'ai
pas de temps à perdre, et je te prie de me laisser.

— Je pars... un mot encore... un seul, balbutia Gaston
en reculant vers la porte. Si mademoiselle Lestérel, troublée, ne parvenait pas à se justifier complétement... si de
nouvelles apparences l'accusaient... pardonnez-moi de
vous demander cela... que feriez-vous?

— Mon devoir, dit le magistrat en poussant son neveu
dehors.

Presque aussitôt, par une autre porte, entrèrent le greffier, qui se remit silencieusement à sa place, et un monsieur que M. Darcy regarda d'un air qui équivalait à une
question.

— Monsieur le juge d'instruction, dit ce personnage, j'ai
demandé mademoiselle Lestérel. Le portier m'a répondu
qu'elle était chez elle, mais qu'elle devait être encore
au lit, attendu qu'elle était rentrée à quatre heures du
matin.

— Prenez note, Pilois, dit M. Darcy en s'adressant à son
greffier.

— Bien entendu, je suis monté quand même. C'est mademoiselle Lestérel qui est venue m'ouvrir, et elle m'a fait
d'abord très-froide mine. Quand je lui ai dit que je venais
de la part de M. Darcy, son air a changé, mais elle ne m'a
pas laissé entrer sans explications. Elle avait compris que
j'étais envoyé par M. Gaston Darcy, votre neveu.

— Et quand elle a su que vous étiez envoyé par M. Darcy,
juge d'instruction, quelle a été son attitude?

— Elle a paru assez émue d'abord, mais elle s'est remise
bien vite, et elle m'a prié de l'attendre pendant qu'elle
allait mettre son chapeau. Elle était déjà habillée quand je
suis arrivé.

— Elle ne vous a pas demandé pourquoi je la faisais
appeler?

— Je crois qu'elle a eu cette question sur les lèvres, mais elle ne me l'a pas adressée.

— Comment est-elle logée?

— Très-modestement, autant que j'ai pu voir. L'appartement est petit, mais tenu avec beaucoup de soin.

— Et que vous a-t-elle dit pendant le trajet de la rue de Ponthieu ici?

— Elle a peu parlé, mais elle s'exprime fort bien et avec beaucoup de mesure. Elle n'a pas prononcé un seul mot qui eût trait à la visite forcée qu'elle allait vous faire. Elle m'a demandé seulement si votre neveu était dans votre cabinet quand vous m'avez envoyé la chercher, et il m'a semblé qu'elle s'attendait à l'y rencontrer.

— Voilà qui est singulier, se dit M. Darcy. Est-ce que cette pauvre enfant s'imaginerait que je la fais comparaître pour la fiancer à Gaston?

Puis tout haut :

— Vous ne savez pas de quoi il s'agit, et il est bon que vous le sachiez. Un hasard vient de m'apprendre que le poignard japonais appartient à mademoiselle Lestérel. Cependant, je connais les antécédents de cette jeune fille que je rencontre assez souvent dans le monde, et j'ai beaucoup de peine à croire qu'elle ait assassiné Julie Berthier.

Maintenant que je vous ai mis au courant, quelle est votre opinion? La croyez-vous coupable?

Le commissaire hésita un instant et répondit :

— Monsieur le juge d'instruction, je n'ose pas me prononcer. Rien n'est plus difficile que ce genre d'appréciation, et tout le monde peut s'y tromper. J'ai vu des scélérats qui ont fini à la Roquette, rester calmes quand je les ai arrêtés, aussi calmes que s'ils n'avaient pas eu seulement sur la conscience un vol de mouchoir... tandis qu'un innocent peut perdre la tête et s'enferrer dans des explications qui le compromettront.

Pourtant j'avoue que cette jeune personne ne me fait

pas l'effet d'avoir commis un meurtre... surtout un meurtre
aussi hardi que celui de l'Opéra.

— Je ne le crois pas non plus, mais enfin il faut voir.
Vous l'avez fait entrer, comme je vous l'avais recommandé, dans le cabinet d'un de ces messieurs.

— Oui, monsieur le juge d'instruction, et j'ai mis un
garde de Paris de planton à la porte. Cette demoiselle n'a
pu communiquer avec personne.

— Très-bien: Veuillez la conduire ici par le corridor de
service. Il est très-important qu'elle ne rencontre aucun
des témoins que j'ai fait citer et qui sont arrivés, je le sais.

Le commissaire salua et sortit.

— Pilois, dit M. Darcy à son greffier, vous allez minuter
l'interrogatoire comme de coutume. Omettez seulement
les formules de politesse par lesquelles je vais commencer.
Arrangez-vous pour que la personne ne s'aperçoive pas
que vous enregistrez mes demandes et ses réponses. Il
faut qu'elle vous prenne d'abord pour un secrétaire ou
pour un copiste. Je vous avertirai lorsque je jugerai qu'il
n'y a plus d'inconvénient à ce qu'elle sache qui vous êtes.

Un juge d'instruction n'a de comptes à rendre à personne, et il est complétement indépendant : il peut exercer
comme il l'entend ses redoutables fonctions. Ainsi le veut
la loi, et la loi a raison. Quelle règle précise vaudrait les
inspirations qu'un magistrat humain et éclairé puise dans
sa conscience, et ne serait-il pas souverainement injuste
de procéder de la même façon à l'égard de tous les prévenus?

M. Darcy était pénétré de ces vérités. Il lui répugnait
de traiter tout d'abord mademoiselle Lestérel comme si
elle eût été coupable; il espérait qu'elle se justifierait dès
le début de l'entretien, et, dans ce cas, il voulait lui épargner le désagrément de signer un interrogatoire qui devait
rester au dossier.

— Si les choses tournent comme je le souhaite, ni elle
ni Gaston ne figureront comme témoins au procès.

Il se disait cela, en se promenant dans son cabinet, et il
s'était bien gardé de reprendre place dans son fauteuil de
juge, pour recevoir mademoiselle Lestérel, car il tenait
beaucoup à ne pas l'intimider.

Il vint à sa rencontre dès qu'elle entra et il lui tendit
affectueusement la main.

Cet accueil rassura la jeune fille qui était pâle et un peu
tremblante. Les couleurs revinrent à ses joues et le sourire à ses lèvres.

— Excusez-moi, mademoiselle, lui dit M. Darcy, excusez-
moi de vous avoir imposé un dérangement pour vous
demander une explication. Je suis retenu à mon cabinet
par une grave affaire, et l'explication est urgente. Prenez-
vous-en à mon neveu Gaston du voyage que je vous fais
faire.

Ce début fit rougir mademoiselle Lestérel.

— En vérité, pensa M. Darcy qui l'observait attentivement, je crois que j'avais deviné. Elle se flatte que je vais
lui parler mariage. Il serait cruel à moi de la laisser dans
cette illusion.

Il prit le poignard-éventail qu'il avait remis sur son
bureau, et, le tendant à la jeune fille :

— Gaston assure que ceci vous appartient, dit-il.

Berthe parut troublée; elle changea de visage, mais elle
répondit sans hésiter :

— C'est vrai, monsieur. Cet objet est à moi. Je l'avais
hier chez madame Cambry, et j'ai dit à M. Gaston Darcy
pourquoi je l'avais. Mon beau-frère venait de me le donner, et j'étais si contente...

— Que vous êtes allée dans le monde avec un poignard
à la ceinture ni plus ni moins qu'une Espagnole de romance,
dit gaiement M. Darcy.

Il était ravi de la franchise avec laquelle mademoiselle
Lestérel avait reconnu l'arme japonaise, et il ne doutait
plus du tout qu'elle ne fût innocente. Il espérait même
qu'en répondant à la question qu'il se préparait à lui

adresser, elle allait lui fournir une indication utile pour retrouver le, ou plutôt la coupable.

— Alors, vous l'avez perdu? demanda-t-il simplement.

— Oui, monsieur, répondit Berthe d'une voix moins assurée, et je suis fort heureuse de le retrouver.

— Vous l'avez perdu en sortant de chez madame Cambry?

— Probablement... à moins que ce ne soit dans la voiture... je crois même que c'est dans la voiture... et je l'aurais déjà réclamé, si je n'avais oublié le numéro du fiacre...

— Qui vous a conduit chez madame votre sœur? Vous l'avez renvoyé, ce fiacre?

— Oui, monsieur.

— Sans vous apercevoir que vous y aviez oublié votre éventail.

— Je ne m'en suis aperçue qu'en rentrant chez moi... très-tard... je n'ai quitté ma sœur qu'à trois heures du matin.

— C'est précisément l'heure à laquelle votre couteau-éventail a été trouvé. On n'aurait sans doute jamais su qu'il vous appartenait, si mon neveu n'était venu me voir dans mon cabinet où il ne met pas les pieds trois fois par an Moi, je ne l'avais pas remarqué entre vos jolies mains, cet ustensile meurtrier.

Vous ne devineriez jamais où on l'a trouvé?

— Ce n'est donc pas le cocher qui l'a rapporté?

— Non, mademoiselle. Votre poignard a été trouvé au bal de l'Opéra... dans une loge... dans la loge des premières qui porte le numéro 27.

Pendant que le juge parlait ainsi, la jeune fille se troublait visiblement, et M. Darcy, qui s'en aperçut, reprit tout à coup sa figure de magistrat, pour dire :

— Dans la loge où Julia d'Orcival a été assassinée.

— Julie assassinée! ce n'est pas possible! s'écria Berthe.

Elle était devenue livide, elle chancelait, et elle serait

certainement tombée sur le parquet, si M. Darcy ne l'eût
soutenue.

Il la fit asseoir sur une chaise, la chaise des prévenus, et
il prit place lui-même dans son fauteuil.

Il n'y avait plus en lui qu'un juge d'instruction.

— Cette nouvelle vous cause, je le vois, une impression très-vive, commença-t-il après avoir fait un signe
au greffier qui suivait tous ses mouvements du coin de
l'œil.

— Elle me bouleverse, répondit Berthe avec effort.

— Vous l'ignoriez donc?

— Comment l'aurais-je su? Je ne reçois pas de journaux
et je ne suis pas sortie ce matin.

— C'est un épouvantable événement, et je conçois qu'il
vous affecte, car vous connaissiez sans doute madame
d'Orcival, puisque vous venez de l'appeler par son prénom
de Julie... son vrai prénom qu'elle avait italianisé.

— Oui... j'ai connu Julie Berthier... autrefois... nous
avons passé trois années dans le même pensionnat... à
Saint-Mandé.

— Alors, votre douleur est bien naturelle. Apprendre tout
à coup la mort d'une amie... et quelle mort !

— Madame d'Orcival n'était plus mon amie, dit vivement
Berthe. J'ai cessé de la voir aussitôt après sa sortie de
pension. Elle a voyagé à l'étranger, et, depuis qu'elle était
revenue habiter Paris, elle vivait dans un monde où je ne
pouvais pas... où je ne voulais pas aller.

— Je comprends cela, mademoiselle, et tout ce que je
sais de vous s'accorde avec ce que vous me dites. Madame
Cambry vous aime et vous estime. Je ne puis donc pas
croire que vous ayez continué à fréquenter madame d'Orcival, et je suis tout disposé à admettre que ce n'est pas
vous qui avez oublié ce couteau dans la loge où on l'a tuée.
Vous l'avez perdu. Quelqu'un l'a trouvé. C'est entendu.

Veuillez seulement préciser les faits qui ont suivi votre
départ du salon de madame Cambry.

Berthe baissa la tête et ne répondit pas.

— Je vais aider votre mémoire, reprit M. Darcy. La domestique de votre sœur est venue vous chercher à onze heures et demie à peu près. Vous êtes montée avec elle dans une voiture de place qu'elle avait gardée, et vous vous êtes fait conduire en toute hâte rue Caumartin. Madame Crozon vous a retenue jusqu'à trois heures. Son mari sans doute était auprès d'elle.

— Non, monsieur, dit la jeune fille avec un peu d'hésitation.

— Quoi! il avait laissé sa femme seule dans l'état de santé où elle se trouvait.

— La crise s'est déclarée subitement... mon beau-frère ne pouvait la prévoir... il est rentré fort tard.

— Fort tard, en effet, si vous ne l'avez pas vu. Mais vous avez vu du moins cette femme de chambre qui vous a accompagnée rue Caumartin. Eh bien', son témoignage suffira. Je l'ai fait appeler, et nous allons l'entendre.

— Elle est ici! murmura Berthe d'une voix éteinte.

— Oui, mademoiselle; je vais donner l'ordre de la faire entrer, et si, comme je n'en doute pas...

— Non, dit avec effroi mademoiselle Lestérel, non... c'est inutile... je ne veux pas la voir.

— Mademoiselle, dit froidement M. Darcy, il me semble que vous ne vous rendez pas très-bien compte de votre situation... ni de la mienne.

Un crime a été commis cette nuit. Je suis juge et chargé d'instruire l'affaire. Or, le couteau avec lequel on a tué madame d'Orcival vous appartient...

— Quoi! c'est ce couteau, murmura Berthe.

— On l'a laissé dans la blessure, et, si je le tirais de ce fourreau qui imite si bien un éventail, vous y verriez le sang de Julie Berthier... votre amie de pension.

— C'est horrible.

— Oui, c'est horrible... si horrible que personne n'aurait jamais pensé à vous accuser. Un hasard malheureux, une coïncidence fatale vous ont mise en cause... passagèrement, je l'espère. Il faut vous justifier, et j'ai à cœur de vous en fournir les moyens. Le meilleur de tous, c'est de prouver que vous étiez chez votre sœur à l'heure où on a frappé madame d'Orcival dans sa loge. La domestique de madame Crozon peut attester votre alibi. Pourquoi refusez-vous de la voir ?

Mademoiselle Lestérel se tut.

— Comprenez donc, reprit M. Darcy, que le témoignage de cette femme sera décisif. Vous craignez peut-être qu'en vous rencontrant dans ce cabinet, elle ne vous prenne pour une accusée. Rassurez-vous. Je puis éviter de vous confronter avec elle. Vous allez, si vous le désirez, passer dans la pièce voisine, et l'interrogatoire aura lieu en votre absence.

— Pourquoi l'interroger ? dit Berthe d'une voix étouffée. Elle vous dira qu'elle n'est pas venue cette nuit chez madame Cambry. Épargnez à ma sœur, je vous en supplie, la douleur d'apprendre que je me suis servie de son nom pour... mentir.

M. Darcy tressaillit. Il ne s'attendait pas à cette réponse.

— Ainsi, reprit-il lentement, vous convenez maintenant que madame Crozon ne vous a envoyé personne hier soir. Alors l'histoire de la maladie subite de votre sœur a été inventée par vous, et vous n'avez pas mis les pieds rue Caumartin ?

Mademoiselle Lestérel garda le silence, un silence qui en disait assez.

— Quelqu'un cependant est venu vous demander... une femme qui avait l'air d'une domestique... une femme qui savait que vous passiez la soirée avenue d'Eylau et qui avait une grave nouvelle à vous apprendre, car elle était fort émue; madame Cambry me l'a dit. Nommez donc cette femme, afin que je la cite comme témoin, si sa déposition peut vous justifier.

— Je ne la connais pas, balbutia Berthe.

— Vous ne la connaissez pas, et vous l'avez suivie au

milieu de la nuit! Vous m'obligez à vous dire que votre système de défense est bien maladroit, et que j'arriverai vite à découvrir la vérité. On retrouvera le cocher du fiacre où vous êtes montée, et on saura où il vous a conduite. On retrouvera aussi la personne qui était avec vous, et si par hasard cette personne était la femme de chambre de madame d'Orcival, elle parlera. Elle racontera que sa maîtresse l'a envoyée chercher mademoiselle Lestérel, qui voulait... pourquoi pas?... qui voulait voir le bal de l'Opéra.

C'était une perche que M. Darcy, en parlant ainsi, tendait à la pauvre enfant qui se noyait dans les réticences et dans les mensonges.

Berthe, au lieu de la saisir, secoua tristement la tête et murmura :

— Ce n'était pas la femme de chambre de Julie Berthier.

— C'est ce que je saurai bientôt, car j'entendrai tous les domestiques de madame d'Orcival. Je visiterai son hôtel, et je prendrai connaissance de tous les papiers qui s'y trouveront.

Vous n'avez jamais écrit à votre ancienne amie?

— Jamais, monsieur, articula nettement Berthe.

M. Darcy sentit que, sur ce point, elle disait vrai, et il passa aussitôt à une question qu'assurément elle ne pouvait pas prévoir.

— Avez-vous entendu parler du suicide du comte Golymine? demanda-t-il.

Mademoiselle Lestérel pâlit, mais elle n'hésita pas à répondre :

— Oui, monsieur. J'ai lu dans un journal le récit de cet événement.

— Vous ne connaissiez pas ce comte Golymine?

— Non, monsieur. On me l'a montré une fois, à cheval, aux Champs-Élysées. Voilà tout.

— Qui vous l'a montré?

— Une artiste italienne, madame Crisini, qui a souvent chanté avec moi dans des concerts.

Ce fut dit si franchement que le juge n'insista pas.

Dès le début de l'affaire, il avait eu l'idée que l'assassinat de Julia pouvait se rattacher au suicide de son ancien amant, s'y rattacher par un lien qui restait à découvrir, et il se promettait bien de faire des recherches dans ce sens.

Mais il était convaincu maintenant qu'il n'y avait jamais rien eu de commun entre mademoiselle Lestérel et le Lovelace polonais.

Il revint donc à l'attaque directe, quoiqu'il doutât encore de la culpabilité de la jeune fille.

— Mademoiselle, commença-t-il, je vous ai signalé le danger auquel vous vous exposez en refusant de vous expliquer. Pour mieux vous montrer ce danger, je vais résumer en quelques mots la situation.

Vous avez quitté à onze heures et demie le salon de madame Cambry. Vous l'avez quitté pour suivre une femme que vous prétendez ne pas connaître. Vous n'êtes pas allée chez votre sœur, et vous êtes rentrée chez vous, rue de Ponthieu, à quatre heures du matin.

Qu'avez-vous fait de onze heures et demie à quatre heures? Toute l'affaire est là.

Et, après une courte pause, il reprit :

— Vous persistez à ne pas répondre. Je poursuis.

Comment l'arme dont l'assassin s'est servi pour égorger madame d'Orcival a-t-elle passé de votre main dans la sienne? Si vous me disiez que vous l'avez perdue dans la salle de l'Opéra, l'explication serait plausible, et j'en tiendrais grand compte. On peut admettre que cette arme a été ramassée dans un corridor, ou au foyer, par la femme qui s'en est servie... car c'est une femme... on l'a vue entrer dans la loge... on l'a vue en sortir. Mais il est impossible d'admettre que le poignard oublié par vous dans un fiacre ou dans la rue ait été trouvé précisément par une femme qui allait au bal pour tuer madame d'Orcival.

— Je reconnais que c'est improbable, dit enfin Berthe,

qui avait repris un peu de sang-froid. Mais je vous jure, monsieur, que je ne suis pas coupable. Je me défends mal, je le sais... je ne trouve rien à vous répondre quand vous m'interrogez. Mais si j'avais commis ce crime abominable, croyez-vous que je n'aurais pas pensé qu'on m'accuserait? Croyez-vous que j'aurais choisi une arme si facile à reconnaître? Croyez-vous que j'aurais porté cette arme chez madame Cambry... que je l'aurais montrée à M. Gaston Darcy?

— Non, sans doute, dit le juge frappé par ces raisons si simples et si justes. A une autre que vous, j'objecterais cependant que le meurtre a pu ne pas être prémédité, qu'il a peut-être suivi une querelle imprévue, et que, par conséquent, le fait d'avoir montré le poignard n'est pas une preuve absolue d'innocence.

Mais je préfère vous répéter que vous pouvez fournir une explication beaucoup plus naturelle, explication qu'un sentiment très-louable vous empêche de donner.

Je vous l'ai dit déjà, on concevrait très-bien que vous eussiez laissé tomber ce couteau dans la salle de l'Opéra. C'est probablement ce qui vous est arrivé, et si vous ne voulez pas en convenir, c'est que vous craignez de nuire à votre réputation, qui, je me plais à le reconnaître, est excellente.

En vérité, vous avez tort. Le bal de l'Opéra n'est pas une école de mœurs, et vous n'y étiez pas à votre place. Mais de ce que vous y êtes allée, personne ne conclura que vous y avez laissé votre honneur. La curiosité vous y a entraînée. C'est fort excusable. Bien d'autres, et du meilleur monde, ont cédé à la tentation. Elles ne s'en sont pas vantées, mais celles qu'on y a reconnues n'ont pas été pour cela mises au ban des honnêtes femmes.

Tout en parlant avec une chaleur communicative, M. Darcy suivait sur le visage de Berthe l'effet de son discours, et il crut voir qu'il avait touché juste.

— C'est une simple confidence que je vous demande,

reprit-il, une confidence dont je n'abuserai pas, croyez-le
Dites-moi que vous êtes allée au bal. Dites-moi que vous
êtes allée avec une amie qui vous a envoyé sa femme de
chambre pour vous prier de l'accompagner. Et quand vous
m'aurez dit cela, quand vous m'aurez nommé cette amie,
je ferai en sorte de vérifier votre dire, sans que vous soyez
compromise.

La figure de mademoiselle Lestérel s'était éclaircie pendant que le juge parlait pour excuser les imprudentes qui
s'aventurent au bal masqué; elle redevint sombre dès qu'il
parla de contrôler le récit qu'il sollicitait.

— Je n'ai pas d'amies, murmura Berthe.

M. Darcy ne chercha point à cacher la surprise douloureuse que lui causait cette réponse. On put lire sur sa physionomie qu'il commençait à penser que la jeune fille n'avait
pas la conscience nette, et qu'il était temps de la traiter
comme un prévenue ordinaire.

Et pourtant il lui semblait encore impossible que cette
douce et frêle créature eût frappé mortellement Julia
d'Orcival, que sous son front si pur eût germé un dessein
homicide, que sa main blanche et délicate se fût souillée
de sang.

Il lui vint une idée, et il voulut tenter un dernier effort.

— Il paraît que je me trompais, dit-il lentement. Vous
persistez à soutenir que vous n'êtes pas allée à l'Opéra.
Vous avez avoué que vous n'êtes pas allée chez votre sœur.
Où donc avez-vous passé les heures qui se sont écoulées
entre votre départ de l'avenue d'Eylau et votre rentrée
rue de Ponthieu? Vous sentez bien qu'il faut que vous
expliquiez l'emploi de votre temps, et cependant vous ne
fournissez aucune explication.

Il y en a une à laquelle je suis forcé de m'arrêter, puisque
vous refusez de m'en donner une autre.

Et, avant de vous demander si celle que j'ai trouvée est
la vraie, je dois vous rappeler, si vous l'avez oublié, ou
vous apprendre, si vous l'ignorez, qu'un juge est un con-

fesseur, et que la discrétion la plus absolue est le premier de ses devoirs professionnels.

Mon greffier, qui écrit au bout de cette table, est lié par les mêmes obligations que moi.

Vous pouvez donc parler sans crainte. Nul ne saura ce que vous me confierez, car ma mission se borne à rechercher par qui le crime a été commis, et je ne dois pas me souvenir des déclarations d'un témoin, quand ces déclarations n'ont pas trait à l'affaire que j'instruis.

Ainsi, mademoiselle, si vous me disiez... pardonnez-moi d'en venir là... si vous me disiez que, de minuit à quatre heures, vous êtes restée chez... un ami, je m'assurerais du fait, je m'en assurerais avec toute la prudence possible... et je l'oublierais ensuite.

La jeune fille tressaillit, et de grosses larmes roulèrent sur ses joues pâles.

—Je comprends, monsieur, murmura-t-elle. Vous croyez que j'ai un amant. Il me manquait cette humiliation.

— A Dieu ne plaise que je veuille vous humilier, dit M. Darcy très-ému. Je cherche la vérité, et ce n'est pas ma faute si je suis obligé de la chercher là où elle n'est pas... je le vois maintenant. Vous ne me ferez pas l'injure de penser que je vous soupçonnerais d'avoir failli, si ce soupçon ne m'était, pour ainsi dire, imposé par les refus obstinés que vous m'opposez.

Mademoiselle Lestérel ne répondit pas. Elle pleurait.

— Mademoiselle, reprit le digne magistrat, je ne veux pas profiter de l'émotion qui vous égare. Remettez-vous. Réfléchissez. Envisagez sérieusement les conséquences de l'attitude qu'il vous a plu de prendre envers un juge bienveillant. Peut-être ne comprenez-vous pas encore que je vais être forcé de vous traiter comme si vous étiez coupable, puisque vous ne voulez pas prononcer le mot qui démontrerait votre innocence.

Qui vous retient? Craignez-vous de compromettre quelqu'un? Vous ne songez pas que, si je suis réduit à vous faire arrêter, j'userai de toutes les ressources dont je dispose pour découvrir ce que vous tenez tant à me cacher. Et j'y parviendrai, n'en doutez pas. Tout apparaîtra au grand jour, et il ne dépendra plus de moi d'empêcher l'éclat que vous redoutez.

Tenez ! mademoiselle, je puis bien vous le dire. J'entrevois qu'il y a dans cette affaire un mystère que vous êtes seule en état d'éclaircir. J'entrevois que vous vous sacrifiez pour un autre. Eh bien, vous obéissez à une idée fausse. Si, avant de sortir d'ici, vous consentiez à m'avouer la vérité, je pourrais peut-être sauver la personne pour laquelle vous vous dévouez si généreusement... je devrais dire si follement. Dans quelques instants, il sera trop tard. L'affaire suivra son cours naturel, et la justice atteindra le but, sans se préoccuper de considérations qui peuvent me toucher, moi, homme, mais qui n'existent pas pour elle.

Berthe sanglotait. Sur ses traits décomposés, on lisait qu'elle soutenait une violente lutte intérieure, mais elle se taisait toujours.

— Ainsi, continua M. Darcy, vous persistez à ne pas vous justifier. Ainsi, je vais être forcé d'apprendre à madame Cambry que mademoiselle Lestérel, qu'elle appelait son amie, a été arrêtée comme prévenue d'assassinat.

Il avait réservé pour la fin cette adjuration, et il put croire un instant que la jeune fille allait y céder.

Berthe tendit vers lui des mains suppliantes, sa bouche s'ouvrit pour parler, mais l'aveu expira sur ses lèvres...

— Non, murmura-t-elle, non... c'est assez d'un meurtre... je ne peux pas... je ne peux pas...

Et elle ajouta, si bas qu'on l'entendit à peine :

— Faites de moi ce que vous voudrez.

M. Darcy eut un geste de douloureuse surprise, et dit à son greffier, en lui désignant une formule imprimée :

— Écrivez sur ce mandat d'arrêt le nom de mademoiselle Berthe Lestérel.

CHAPITRE VII

Gaston était sorti fort à contre-cœur du cabinet de M. Roger Darcy, et, dans le trouble où l'avait jeté la dernière réponse de ce juge résolu à faire son devoir, il n'avait pas songé à lui demander où et quand il le reverrait.

Il ne doutait pas de l'innocence de mademoiselle Lestérel, mais il lui tardait d'apprendre qu'elle s'était complétement justifiée, et il n'était pas d'humeur à patienter jusqu'au lendemain pour connaître le résultat de l'interrogatoire. Aussi se décida-t-il à ne pas s'éloigner et à attendre son oncle devant la porte qui s'ouvre sur le boulevard du Palais.

Le coupé du juge d'instruction stationnait devant cette porte. Gaston, qui l'y avait vu en arrivant, l'y retrouva près du sien.

Les deux cochers se rencontraient souvent rue Montaigne et rue Rougemont, et ils n'avaient pas manqué une si belle occasion de bavarder. Ils étaient descendus de leurs siéges et ils causaient avec un garde de Paris, lequel avait tout l'air de leur conter une histoire intéressante, car ils l'écoutaient très-attentivement.

Darcy devina sans peine qu'il leur parlait du crime de l'Opéra. La nouvelle circulait déjà dans Paris, et elle était certainement arrivée de très-bonne heure à la Préfecture de police qui confine au Palais. Ce soldat devait être bien informé, d'autant qu'il avait dû voir passer le magistrat instructeur, le greffier, les commissaires, les agents, tout le personnel qu'un assassinat met en mouvement.

L'apparition de Darcy mit fin au colloque. Les cochers s'empressèrent de remonter sur leurs siéges et de reprendre la pose classique des cochers de bonne maison : les rênes bien rassemblées dans la main gauche, le fouet haut dans la main droite, les yeux fixés sur la tête du cheval. Le soldat se remit de planton à l'entrée du passage voûté qui conduit à la cour de la Sainte-Chapelle. Gaston eut donc toute liberté de se promener sur le large trottoir et de donner audience aux réflexions qui se présentaient en foule à son esprit.

Ces réflexions n'étaient pas gaies, on peut le croire. Il se reprochait amèrement d'avoir, par son étourderie, jeté mademoiselle Lestérel dans une déplorable aventure, et il commençait à entrevoir que cette aventure pourrait mal finir. Il ne se dissimulait plus la gravité des indices qui accusaient Berthe; il savait que son oncle n'hésiterait pas à la faire arrêter s'il la croyait coupable. Et, comme il avait l'imagination vive, il apercevait les plus extrêmes conséquences d'une arrestation. Il voyait la cour d'assises. Il entendait la voix émue du chef du jury lisant le verdict. Toutes les légendes sur les innocents condamnés lui revenaient à la mémoire. Il pensait à Lesurques. Et il se disait qu'une erreur judiciaire pouvait envoyer à l'échafaud la femme qu'il aimait.

Car il l'aimait plus ardemment que jamais, cette jeune fille qu'en ce moment même on interrogeait comme une criminelle. L'étrange fatalité dont elle était victime surexcitait l'amour de Darcy, et il se serait cru le plus lâche des hommes s'il eût abandonné mademoiselle Lestérel dans le malheur.

Du reste, il ne désespérait pas. Il se flattait même qu'après une courte explication, le magistrat, mieux informé, allait renvoyer la pauvre enfant avec de bonnes paroles, et il comptait bien l'aborder quand elle allait sortir de ce redoutable édifice où on sonde les consciences, l'aborder pour lui dire tout ce qu'il avait sur le cœur, pour lui demander pardon de l'avoir compromise, et pour lui jurer que ses sentiments n'avaient pas changé.

Il calculait que l'épreuve durerait à peine une heure, que

bientôt il allait voir paraître Berthe, puis, quelques instants après, M. Roger Darcy, qu'il tenait essentiellement à entretenir le plus tôt possible. Il se promettait de ne pas quitter la place avant de s'être abouché successivement avec la prévenue justifiée et avec le juge guéri de ses soupçons.

Il faisait froid. Le vent soufflait du nord, et une station en plein air n'avait rien d'agréable par ce temps aigre; mais les amoureux s'inquiètent peu des inclémences de l'hiver. Gaston se mit bravement à battre la semelle sur l'asphalte, sans s'écarter du passage qu'il surveillait. La présence des deux cochers le contrariait plus que la bise, car il sentait bien qu'ils se demandaient pourquoi il piétinait ainsi, au lieu de remonter dans sa voiture. Il aurait volontiers renvoyé la sienne, mais il ne pouvait guère se permettre de renvoyer celle de son oncle, et il se résigna à subir cet espionnage domestique. Le garde de Paris le gênait aussi. Ce vigilant militaire ne le perdait pas de vue et s'étonnait sans doute qu'un bourgeois bien mis restât en faction à la porte du Palais, au lieu d'aller se réchauffer dans un café. Gaston songeait à lui dire qu'il était le neveu de M. Darcy, juge d'instruction, et qu'il attendait son oncle, lorsqu'un fiacre s'arrêta devan la porte.

De ce fiacre sortit un homme qui avait la mine d'un agent de la sûreté, puis une femme dont la figure n'était pas inconnue à Gaston. Il chercha à se rappeler où il l'avait déjà rencontrée, et, à force de chercher, il finit par se souvenir, que, le jour où il était allé chez la sœur de Berthe, il avait vu cette femme gardant la voiture qui portait les bagages du mari.

— Bon! pensa-t-il, c'est la bonne de madame Crozon, celle qui est venue hier soir chercher mademoiselle Lestérel chez madame Cambry. Mon oncle la fait appeler pour recevoir son témoignage, et cette fille va déclarer qu'elle a conduit mademoiselle Lestérel rue Caumartin. Il n'en faut pas plus pour établir que mademoiselle Lestérel n'est pas allée à l'Opéra. Je suis tranquille maintenant. L'affaire n'aura pas de suites. Et d'ici à dix minutes, l'interrogatoire sera terminé. Berthe sera libre.

— Tiens! Darcy! dit une voix. Que diable faites-vous ici!

Gaston se retourna et se trouva face à face avec Lolif. Le *reporter* par vocation était radieux. Sa figure niaise avait pris une expression toute nouvelle, un air important et satisfait.

— Qu'y venez-vous faire vous-même? demanda Darcy que cette rencontre surprenait désagréablement.

— Comment! vous ne savez pas?... Ah! au fait, vous êtes parti cette nuit bien avant la fin du bal. Mais votre oncle est chargé d'instruire l'affaire. Il a dû vous dire que Julia d'Orcival a été assassinée dans sa loge, et que...

— Et que vous prétendez être en mesure de donner des éclaircissements sur cette étrange histoire. Oui, il m'a dit cela. Mais je suppose que vous n'êtes pas mieux informé que moi. J'étais avec vous dans la loge du Cercle, j'ai vu comme vous un domino entrer dans la loge de cette pauvre Julia.

— Oh! vous, mon cher, vous n'êtes pas observateur. Vous n'avez pas comme moi remarqué la taille et la tournure de cette femme en domino qui a certainement fait le coup, les moindres détails de son costume. Vous n'avez pas relevé le cadavre.

— C'est un avantage que je ne vous envie pas, dit Gaston avec impatience. En somme, que savez-vous?

— Beaucoup de choses. Mais vous me permettrez de ne pas vous les confier. Je suis témoin; et vous, neveu d'un magistrat, vous n'ignorez pas qu'un témoin a des devoirs sacrés. Le premier de tous, c'est la discrétion la plus absolue. Je ne puis rien dire à personne avant d'avoir déposé devant le juge d'instruction qui m'a fait l'honneur de me citer.

— Pardon, répliqua ironiquement Darcy, j'oubliais que vous exercez un sacerdoce. Vous m'en faites souvenir. Je

me garderai bien d'insister et même de vous retenir.
Allez éclairer la justice... et surtout tâchez de ne pas l'é-
garer.

— Pour qui me prenez-vous ? Ne savez-vous pas que je
suis doué d'un coup d'œil infaillible ? Rapportez-vous-en à
moi pour faire condamner l'abominable femelle qui a assassiné madame d'Orcival. Julia sera vengée, grâce à votre
ami Lolif. J'ai déjà recueilli une masse de preuves. Je les
compare, je les pèse, je les groupe, et, quand j'en aurai
formé un faisceau, vous en verrez jaillir la lumière.

— La lumière d'un faisceau ! c'est très-joli.

— Riez. Vous ne vous moquerez plus de moi quand votre
oncle vous dira que je lui ai indiqué la vraie piste.

— Allez donc le voir bien vite.

— J'y vais. Adieu, mon cher. Si vous venez ce soir au
cercle, je pourrai peut-être vous en dire davantage.

Sur cette promesse qui fit hausser les épaules à Darcy,
Lolif tourna les talons et entra dans la cour avec la majesté
d'un homme qui apporte la solution d'un problème.

La servante de madame Crozon et l'agent qui la conduisait l'y avaient précédé. Gaston se retrouva seul sur le
trottoir entre les cochers, toujours au port d'armes, et le
garde de Paris qui continuait à se promener.

Les ridicules discours de Lolif avaient un peu troublé la
joie de l'amoureux, et il se disait :

— Pourvu que cet imbécile n'aille pas embrouiller l'affaire
avec les absurdes romans qu'il tire de sa cervelle. Il ne sait
rien, mais il est capable de tout inventer. Je ne comprends
pas qu'on l'ait fait appeler. Heureusement, il ne connaît
pas mademoiselle Lestérel. S'il la connaissait ou si seulement il se doutait que la fatalité l'a mêlée à cette histoire, sa tête détraquée enfanterait quelque rapprochement
extravagant. Mais il ne se doute de rien.

Il ne verra même pas Berthe, car mon oncle a pris ses
précautions pour que personne ne la rencontre dans les
corridors. Et puis, je l'ai renseigné, mon oncle. Je l'ai pré-

venu que Lolif est un visionnaire, et que ses appréciations n'ont aucune valeur.

En raisonnant ainsi, Gaston cherchait à se rassurer et n'y parvenait qu'à moitié. Le temps s'écoulait, et mademoiselle Lestérel ne paraissait pas. L'interrogatoire se prolongeait donc, et, pour qu'il se prolongeât, il fallait que M. Roger Darcy n'eût pas jugé satisfaisantes les premières réponses de la jeune fille.

— Il attend pour la renvoyer que la confrontation avec cette femme de chambre soit terminée, pensait Gaston, tout heureux de s'expliquer à lui-même un retard qui l'inquiétait cruellement.

Mais un quart d'heure se passa, puis une demi-heure, et personne ne sortit du Palais.

En revanche, il y entra des gens qui, à en juger par leurs allures, devaient être des témoins, entre autres une grosse femme que Darcy crut reconnaître pour l'avoir vue ouvrir les loges à l'Opéra.

Évidemment, l'affaire se compliquait, et la confrontation avec la bonne de madame Crozon n'était pas la seule à laquelle on eût soumis mademoiselle Lestérel. C'était de mauvais augure, et Darcy ne pouvait plus se dissimuler qu'il avait espéré trop vite.

Un nouvel incident vint tout à coup chasser les sombres pressentiments qui commençaient à l'assiéger.

Il vit encore une fois descendre d'une voiture de place un agent de la sûreté et une femme élégamment vêtue, celle-là, et portant chapeau, une femme qui, en l'apercevant, courut à lui.

C'était Mariette, la camériste de madame d'Orcival, Mariette en grand deuil, et fort émue.

— Ah! monsieur, quel malheur! s'écria-t-elle; cette pauvre madame... mourir si jeune! c'est affreux!

— Vous venez témoigner? demanda Darcy.

— Oui, monsieur, et je vais tout dire, et ma chère maîtresse sera vengée.

— Vous direz tout! répéta Gaston. Comment! est-ce que...

— Je connais la gueuse qui a tué madame. Je vais la dénoncer au juge. On trouvera des preuves, je les indiquerai, et j'espère bien qu'on la guillotinera. Si on lui faisait grâce, elle ne mourrait que de ma main.

— Son nom! Dites-moi son nom!

Mariette ouvrait la bouche pour répondre, mais l'agent qui était resté en arrière, parce qu'il payait le fiacre, l'agent vint se jeter à la traverse et lui coupa la parole. Il surgit tout à coup entre elle et Darcy qu'il écarta sans se gêner.

— Assez causé comme ça, dit-il rudement. J'ai ordre de vous amener devant le juge d'instruction, et vous n'êtes pas ici dans son cabinet. Faites-moi le plaisir de vous taire et de marcher. On vous attend là-haut.

La soubrette n'osa plus souffler mot et suivit docilement son surveillant. Elle avait été élevée dans la crainte des policiers, et elle ne tenait pas du tout à se brouiller avec la justice.

Darcy, sentant qu'il n'était pas en situation d'intervenir, se contenta de lui crier :

— Je serai chez moi demain matin jusqu'à midi.

Il la vit disparaître sous la voûte, et il se reprit à espérer que ses angoisses touchaient à leur terme. La femme de chambre de Julia connaissait la coupable. Elle allait la désigner, et l'innocence de Berthe allait éclater.

— Mon oncle a été bien inspiré de faire tout de suite appeler Mariette, pensait-il. Et il est trop humain pour retarder d'une seule minute la mise en liberté de mademoiselle Lestérel. Je vais donc la revoir, lui dire tout ce que j'ai souffert pendant qu'on l'interrogeait. Elle va sortir dans un quart d'heure, car Mariette n'a qu'à parler pour détruire cette stupide accusation.

Darcy ne se trompait pas de beaucoup dans son évaluation. Au bout de vingt minutes, un fiacre apparut au fond de la cour, un fiacre qui s'avançait au pas, et il eut aussitôt

I.   10

la pensée que ce fiacre emmenait la jeune fille. Il se plaça près de la porte, et quand la voiture passa devant lui, il reconnut, à travers la glace levée, Berthe assise dans le fond.

Il vit en même temps qu'elle n'était pas seule. Un homme coiffé d'une casquette à galon d'argent siégeait à côté d'elle, et cet homme avait pour vis-à-vis l'individu qui tout à l'heure escortait la soubrette.

Darcy reçut un coup au cœur.

— Arrêtée, murmura-t-il, elle est arrêtée! à moins que...

Le fiacre déboucha sur le boulevard du Palais et tourna vers le Pont-au-Change.

Darcy courut à son coupé et s'y jeta en disant à son cocher :

— Suivez cette voiture.

Gaston espérait encore. Les amoureux espèrent toujours et quand même.

— Non, pensait-il, non, c'est impossible... on ne la conduit pas en prison... on la conduit chez elle, rue de Ponthieu. Et j'y arriverai en même temps qu'elle... je serai là quand elle descendra... je m'approcherai... je lui parlerai... je dirai aux gens qui l'emmènent que je suis le neveu du juge d'instruction.

Le fiacre roulait lentement sur le Pont-au-Change.

— Voyons, se disait Darcy, en cherchant à remettre de l'ordre dans ses idées, si elle va rue de Ponthieu, le fiacre va tourner à gauche quand il arrivera au bout du pont... si, au contraire, mademoiselle Lestérel est arrêtée, le fiacre tournera à droite... c'est le chemin pour aller à Mazas... et c'est à Mazas qu'on met les prévenus.

Le fiacre ne tourna ni d'un côté ni de l'autre. Il traversa la place du Châtelet, et il enfila le boulevard de Sébastopol.

— Bon! pensa Darcy, maintenant je suis rassuré. Il s'agit sans doute d'une perquisition à domicile... pas au sien, puisqu'elle demeure tout près des Champs-Élysées. Mais où ce commissaire la mène-t-il? Car c'est bien un commissaire qui l'accompagne... il a même avec lui un agent subalterne.

Là ses inquiétudes le reprirent.

— Ah! j'y suis, murmura-t-il après un instant de réflexion. Elle va rue Caumartin... par les boulevards... et je m'explique pourquoi elle y va. Mon oncle est un juge consciencieux... méticuleux même. Il ne se sera pas contenté de la déposition de la bonne. Il aura voulu contrôler cette déposition par le témoignage de la sœur.

C'est assez naturel, j'ai fait comme lui, mardi dernier, moi. J'ai poussé la défiance jusqu'à monter chez madame Crozon pour savoir si mademoiselle Lestérel m'avait dit la vérité.

Et, comme cette sœur ne peut pas se déplacer, parce qu'elle est malade, mon oncle lui envoie pour l'interroger un commissaire de police. Il a compris que Berthe ne doit pas être traitée comme une prévenue ordinaire, et qu'il serait cruel de retarder sa délivrance. Après un quart d'heure d'explication, tout sera fini.

Le fiacre roulait toujours à dix pas devant le coupé, et Gaston ne le perdait pas de vue.

— Pourvu que le marin furibond n'assiste pas à cette explication, dit-il en se parlant à lui-même. Ses soupçons sur sa femme se réveilleraient. Il éclaterait et il gâterait tout par ses violences. Sans compter que, désormais, il ne croira plus aux serments de sa belle-sœur. Mais je ne puis rien à cela. Mon intervention serait plus nuisible qu'utile.

Gaston commençait à se rassurer, mais une objection lui vint à l'esprit et le rejeta dans de grandes perplexités.

— Comment, se demanda-t-il, comment la déclaration de Mariette n'a-t-elle pas suffi pour démontrer l'innocence de mademoiselle Lestérel? Mariette m'a affirmé tout à l'heure qu'elle connaissait la femme qui a tué Julia. Mon oncle n'a donc pas interrogé Mariette? Mais non, au fait, il n'a pas eu le temps de l'interroger avant le départ de Berthe. Quand Mariette est entrée dans son cabinet, Berthe n'y était plus. Il venait de l'envoyer rue Caumartin. Il y a plusieurs escaliers. Berthe descendait par l'un, pendant que Mariette montait par l'autre. Si mon oncle avait attendu quelques instants de plus, il eût certainement épargné à mademoiselle Lestérel ce déplaisant voyage.

Mais tout est bien qui finit bien. Elle n'a pas longtemps à souffrir.

Ces raisonnements, quelque peu hasardés, le maintinrent en joie jusqu'au moment où le fiacre arriva au bout du boulevard de Sébastopol. Il eut même alors la satisfaction de voir que le cocher de ce fiacre prenait à gauche, comme pour gagner la rue Caumartin; mais cette satisfaction fut de courte durée.

Le cocher tourna encore, à droite cette fois, et la voiture se mit à remonter le faubourg Saint-Denis.

On eût dit que le commissaire chargé d'escorter Berthe savait que Gaston la suivait, et que ce commissaire prenait un malin plaisir à déranger l'une après l'autre toutes les suppositions du pauvre amoureux.

Où menait-on mademoiselle Lestérel? Darcy n'y comprenait plus rien. Le faubourg aboutit à la barrière. Darcy se disait que, du moins, on ne la menait pas en prison, car l'idée qu'on enferme tous les prévenus à Mazas s'était logée dans sa tête, et il n'en démordait pas.

En revanche, il se rappela tout à coup que l'agent qu'il avait aperçu dans le fiacre était précisément celui qui avait amené Mariette. Darcy avait très-bien reconnu la figure de ce policier. Il lui fallait donc renoncer à croire que le juge avait remis Berthe au commissaire avant d'avoir interrogé la femme de chambre. La dernière espérance dont il s'était bercé s'évanouissait.

Cependant le fiacre marchait toujours au petit trop des deux rosses qui le traînaient. Gaston se représentait mademoiselle Lestérel affaissée sur les coussins poudreux de cette prison roulante, humiliée, obligée peut-être de répondre à des questions insidieuses, et il se demandait avec colère comment M. Roger Darcy avait pu livrer ainsi à des gens de police une jeune fille que son passé irréprochable aurait dû préserver d'un tel outrage.

— Je ne serai jamais magistrat, disait-il entre ses dents. La pratique de ces fonctions-là endurcit le cœur. Et le plus éclairé des juges en arrive, avec le temps, à prendre tous les prévenus pour des coupables.

Pendant qu'il exhalait ainsi son indignation, il s'aperçut que le fiacre s'était mis au pas et qu'il obliquait à gauche. On était arrivé à la montée qui se présente un peu avant le point d'intersection du faubourg Saint-Denis et du boulevard Magenta.

— Est-ce qu'il va s'arrêter là? se demandait Darcy. Oui... il oblique de plus en plus... il rase le trottoir... quel renseignement le commissaire vient-il chercher dans ce quartier? Et qu'est-ce que c'est que cette vieille maison avec une énorme porte cochère?

Le fiacre s'arrêta en effet devant cette porte monumentale, et Darcy vit descendre l'agent de la sûreté, puis le commissaire, puis Berthe, qui cachait sa figure avec un mouchoir trempé de larmes.

Fidèle à sa consigne, le cocher du coupé avait retenu son cheval, dès qu'il s'était aperçu que la voiture qu'il avait ordre de suivre ralentissait son allure. Lorsqu'elle se rangea contre le trottoir, il vint se placer derrière elle, pas trop loin, pas trop près non plus.

Le premier mouvement de Darcy fut de sauter à terre et de courir à mademoiselle Lestérel, mais il aperçut promptement les conséquences possibles d'une pareille incartade. À quel titre se serait-il mêlé des affaires de la justice? Sa qualité de neveu d'un magistrat instructeur ne lui conférait assurément pas le droit d'interpeller les agents judiciaires et d'entraver leurs opérations. Il se contint donc, et il resta dans sa voiture, ému et regardant de tous ses yeux.

Le policier en sous-ordre se fit ouvrir une petite porte placée à côté de la grande. Berthe entra suivie par le commissaire, et la porte se referma sournoisement. Ce fut si vite fait que les passants n'y prirent pas garde. Mais Darcy comprit enfin. Il vit inscrits sur le fronton de ce triste édifice les mots : *Maison d'arrêt*, et la mémoire lui revint tout à coup.

— Saint-Lazare ! murmura-t-il. On la jette à Saint-Lazare !

Comment, lui qui savait son Paris sur le bout du doigt, comment avait-il pu oublier que la prison réservée aux femmes est située vers le milieu du faubourg Saint-Denis? Comment s'était-il illusionné au point de se persuader que cette promenade en fiacre n'allait pas finir par une incarcération? Il était trop ému pour s'interroger lui-même, et il ne songea point à interroger les autres. Que lui aurait appris l'agent qui était resté sur le trottoir pendant que le commissaire faisait écrouer mademoiselle Lestérel? La terrible inscription en disait assez. Berthe venait de franchir le seuil de l'infâme maison où on enferme les impures. Seul, M. Roger Darcy pouvait dire pourquoi il avait jeté cet ange dans cet enfer.

Gaston pensa d'abord à se faire ramener au Palais. Son oncle devait y être encore. Mais il craignit de ne pas être reçu. L'intraitable magistrat avait dû le consigner pour toute la durée de cette première audience. Mieux valait aller chez lui et attendre qu'il rentrât.

— Rue Rougemont, dit le jeune homme à son cocher, qui n'eut qu'à rendre la main pour que l'alezan qu'il maintenait à grand'peine partît à fond de train.

Le trajet, assez court du reste, fut fait en quelques minutes, et le coupé s'arrêta devant la grille qui séparait de la rue la cour de l'hôtel du juge le mieux logé qu'il y eût dans Paris.

Gaston, en descendant de voiture, avisa le valet de chambre de son oncle parlementant à la portière d'un autre coupé. Une main de femme, une main finement gantée, tendait à ce valet de chambre une carte de visite.

En toute autre circonstance, Gaston se serait tenu discrètement à l'écart. Mais il était trop agité pour mesurer ses mouvements, et il lui tardait de savoir si son oncle était de retour. Il s'avança afin de se renseigner auprès du domestique, et il fut assez surpris de voir que la visiteuse était madame Cambry.

Il la salua, et il allait s'en tenir à ce salut obligé, n'étant pas d'humeur à échanger des phrases polies avec la belle veuve; mais ce fut elle qui lui adressa la parole.

— Je suis bien heureuse de vous rencontrer, monsieur, lui dit-elle. Je venais voir M. Roger Darcy. Cela vous étonne... mais il y a des cas où on passe par-dessus les usages... et je suis sûre que vous m'approuverez. On m'apprend que M. votre oncle est au Palais. Pensez-vous qu'il revienne bientôt?

— Je l'espère, madame, répondit Gaston. Moi aussi, il faut que je la voie.

En domestique bien stylé, le valet de chambre avait battu en retraite dès que le neveu de son maître s'était approché de la voiture.

— Vous venez lui parler de Berthe, s'écria madame Cambry.

— Quoi! vous savez...

— Je sais tout et je ne sais rien. Mes gens m'ont appris ce matin qu'un crime épouvantable avait été commis cette nuit au bal de l'Opéra... sur une femme... et par une femme. Le récit qu'on m'a fait m'a bouleversée. J'étais déjà très-souffrante, et je n'étais pas sortie depuis deux jours. J'ai pensé qu'un tour au Bois me remettrait, et que Berthe serait bien aise de profiter de ma voiture pour se promener. J'ai fait arrêter rue de Ponthieu. Il y avait un rassemblement dans la loge du concierge. Mon valet de pied est venu me dire qu'on y racontait que mademoiselle Lestérel venait d'être emmenée par un commissaire de police et conduite devant M. Darcy, juge d'instruction... qu'elle était accusée de cet assassinat. Je n'ai pas cru à ces propos, mais ils m'ont effrayée. J'aime Berthe comme j'aimerais une sœur. On avait nommé votre oncle. J'ai pensé qu'il me tirerait d'inquiétude, et je suis accourue ici. Je ne l'ai pas rencontré, mais vous voilà, vous, monsieur, qui vous intéressez aussi à cette chère enfant. Parlez, je vous en supplie. Dites-moi que ces bruits ne sont pas fondés... ou que Berthe a été soupçonnée par erreur.

— Par erreur, oui, madame, répondit amèrement Gaston; mais il y a des erreurs qui tuent. Mademoiselle Lestérel a été arrêtée après avoir subi un interrogatoire, et, à cette heure, elle est en prison.

— En prison! mais Berthe n'est pas coupable. Pourquoi aurait-elle tué cette femme? Quelle coïncidence fatale a donc égaré la justice? Et comment M. Darcy a-t-il pu s'abuser au point de signer un ordre d'arrestation?

— C'est ce que je viens lui demander, et je vous le jure, madame, quelle que soit sa réponse, je ne cesserai pas de croire à l'innocence de mademoiselle Lestérel, et je la défendrai contre ceux qui l'accusent, contre mon oncle, s'il le faut.

— Je vous y aiderai, monsieur. Je dirai que Berthe est la plus pure, la plus douce, la plus vertueuse des jeunes filles; je raconterai sa vie, qui n'a été qu'un long sacrifice; j'attesterai l'irréprochabilité de sa conduite, l'élévation de ses sentiments, la bonté de son cœur. Je répondrai d'elle. Et je suis certaine que nous la sauverons.

Les larmes étouffèrent la voix de madame Cambry. Gaston, profondément touché, lui prit les mains, et, en les serrant dans les siennes, il vit que la généreuse amie de mademoiselle Lestérel était pâle et tremblante.

— Merci, madame, dit-il chaleureusement, merci pour la pauvre persécutée. Oui, nous la sauverons, et Dieu vous récompensera de ce que vous ferez pour elle. Je compte sur votre appui pour convertir mon oncle à nos idées, et, si vous le permettez, je vous tiendrai au courant de mes démarches Mais vous souffrez, je le vois, et je vous

supplie de me laisser agir seul d'abord. Mon oncle va rentrer et...

—Vous avez raison, monsieur, répondit madame Cambry,
M. Roger Darcy pourrait trouver que mon intervention est
prématurée. Je lui serai reconnaissante s'il veut bien passer
demain chez moi... j'aurai grand plaisir à vous recevoir
aussi, et j'espère que vous m'apporterez bientôt de bonnes
nouvelles.

Veuillez dire à mon cocher de me ramener à mon hôtel.

Gaston transmit l'ordre, et la voiture de la belle veuve
partit aussitôt.

Au coin du boulevard, elle se croisa avec celle du juge
d'instruction, qui revenait du Palais.

— Enfin! murmura Gaston en voyant M. Roger Darcy
sauter hors de son coupé, sans attendre que son cocher fît
ouvrir la grille.

L'oncle avait encore sa figure de magistrat, une figure
que d'ordinaire il quittait à la porte de son cabinet de juge
d'instruction.

—Ah! te voilà! dit-il assez froidement. Je suis bien aise
de te rencontrer. J'ai à te parler. N'est-ce pas madame
Cambry que je viens d'apercevoir en voiture?

— Oui, j'ai trouvé son coupé à votre porte.

— Comment! elle venait chez moi! Au fait, pourquoi
pas? J'oublie toujours que j'ai l'âge d'un père de famille.
Sais-tu ce qu'elle avait à me dire?

— Vous ne le devinez pas?

— Je le devine maintenant, à ton air. Elle connaît donc
la triste nouvelle?

— Elle l'a apprise en allant chercher mademoiselle
Lestérel pour faire avec elle une promenade au bois de
Boulogne.

M. Darcy ne dit mot, mais sa figure se rembrunit. Évidemment, Gaston venait de lui causer une impression
pénible en lui rappelant que la charmante veuve honorait
Berthe de son amitié.

Il traversa rapidement la cour, suivi par son neveu qui se préparait à livrer un vigoureux assaut aux convictions du juge, et il monta quatre à quatre les marches de l'escalier.

Cette hâte était un signe non équivoque d'agitation d'esprit, et d'autres signes confirmèrent bientôt celui-là.

M. Darcy, en entrant dans son cabinet de travail, jeta son chapeau sur une table, son pardessus et son habit sur une chaise, endossa un veston, alla se placer debout devant la cheminée et se mit à regarder fixement Gaston, qui ne baissa pas les yeux.

Il y avait dans ce regard de la sévérité; il y avait aussi de la pitié et même de l'attendrissement.

— Eh bien, mon oncle? demanda Gaston d'une voix qui trahissait une profonde émotion, en dépit des efforts qu'il faisait pour paraître calme.

— Eh bien, mon ami, dit tristement l'oncle, la séance a mal fini. J'ai dû convertir le mandat d'amener en mandat de dépôt. Je me sers des termes techniques pour bien te faire apprécier la situation. La mesure que j'ai été obligé de prendre ne préjuge rien. J'ai fait amener devant moi mademoiselle Lestérel, je l'ai interrogée, j'ai trouvé qu'il y avait contre elle des charges suffisantes, et que je ne pouvais pas encore la mettre en liberté. Voilà tout.

— Cela signifie que vous l'avez envoyée en prison. Et dans quelle prison, grand Dieu! à Saint-Lazare! Mademoiselle Lestérel, que madame Cambry appelle son amie, est enfermée avec des filles! Vous auriez pu du moins lui épargner cette humiliation.

— Mon cher, tu devrais réfléchir avant de parler. Tu devrais aussi savoir qu'il n'existe pas à Paris d'autre maison de détention pour les femmes que Saint-Lazare. Depuis trente ans et plus, les préfets de police demandent qu'on en construise une autre afin de loger les prévenues, et, depuis trente ans, ceux qui tiennent les cordons de la bourse refusent d'affecter des fonds à cet usage. Ils aiment mieux bâtir des casernes et des salles d'opéra. C'est absurde, mais c'est ainsi.

Du reste, rassure-toi. Mademoiselle Lestérel n'aura point à subir de contacts dégradants. Il y a plus d'un quartier à Saint-Lazare. Elle est dans la division des prévenues. Et j'ai donné ordre de la placer dans une cellule où elle ne verra que les sœurs de Marie-Joseph qui desservent la maison. Je n'ai pas besoin, je pense, d'ajouter qu'on aura pour elle tous les égards qu'on doit à sa position sociale et à son malheur. Elle jouira de toutes les faveurs qui ne sont point formellement interdites par le règlement. J'ai recommandé qu'on la traitât avec les égards qui lui sont dus, et je tiendrai la main à ce que mes recommandations soient suivies d'effet.

— Je vous suis, en vérité, très-reconnaissant, dit Gaston avec amertume.

Le juge eut un mouvement d'impatience, mais il se contint. Il avait le cœur excellent, et il devinait tout ce que devait souffrir son neveu.

— Comment sais-tu qu'elle est à Saint-Lazare? demandat-il après un court silence.

— J'ai attendu à la porte du Palais. J'ai vu sortir la voiture qui l'emmenait, et je l'ai suivie.

— Tu n'as pas parlé à la prévenue, j'espère?

— Non; je crois même qu'elle ne m'a pas vu.

— C'est bien. Je te sais gré d'avoir été prudent. Écoute, Gaston, tu me connais. Je pense t'avoir prouvé que je t'aime comme un fils. Je n'ai plus d'autre proche parent que toi. Je t'ai vu naître. Je t'ai élevé, et j'ai toujours excusé tes torts, parce que je suis sûr que tu es un brave et loyal garçon. Mais, précisément parce que je te regarde comme mon meilleur ami, je te dois la vérité. Eh bien, je t'affirme que j'ai fait tout ce que j'ai pu pour aider mademoiselle Lestérel à se disculper, et que je n'y ai pas réussi. Lorsqu'elle est entrée dans mon cabinet, j'étais persuadé qu'elle était innocente. Après un interrogatoire aussi bienveillant que s'il eût été dirigé par toi, j'ai acquis la conviction qu'elle est coupable.

— Coupable !... elle !... c'est impossible.

— C'est évident, au contraire. Je te donne ma parole d'honneur que, s'il m'était resté l'ombre d'un doute, je n'aurais pas signé le mandat de dépôt.

— Oh ! je vous crois, mon oncle. Je sais que vous êtes le plus éclairé et le plus humain des juges. Mais je sais aussi que tout homme est sujet à l'erreur... que des apparences trompeuses peuvent faire dévier la raison la plus droite. Tenez ! si je n'avais pas eu la funeste idée de vous dire que ce poignard appartenait à mademoiselle Lestérel, vous n'auriez jamais songé à accuser mademoiselle Lestérel d'avoir tué Julia.

— Non certes. Mais laisse-moi te dire, mon cher ami, que c'est presque toujours un hasard qui met la justice sur la trace des criminels. Au théâtre, dans les drames, ces hasards s'appellent le doigt de Dieu. J'en connais beaucoup d'exemples, mais je n'aurai pas la cruauté de te les citer. Je comprends trop bien ce que tu éprouves, et je te pardonne de maudire ton étourderie qui a désigné la coupable, car cette coupable, tu l'aimais... tu l'aimes encore. Moi aussi, j'ai aimé, et je te plains de tout mon cœur. Tu ne méritais pas de souffrir ce supplice.

Du reste, console-toi. Le fait d'avoir possédé cette arme ne démontrait pas positivement que mademoiselle Lestérel eût commis le crime. Si je n'avais pas recueilli d'autres preuves, terribles celles-là, écrasantes, mademoiselle Lestérel serait libre.

— Mais que s'est-il donc passé dans votre cabinet ? s'écria Gaston. Quelles sont ces preuves ?

M. Darcy réfléchit un peu et dit doucement :

— Je ne devrais pas te répondre. Mais ton cas et celui de cette malheureuse jeune fille sont si extraordinaires, vous m'inspirez tant d'intérêt tous les deux que je veux bien t'expliquer les motifs de la pénible décision que j'ai prise.

L'attitude de mademoiselle Lestérel a été d'abord excellente. Elle n'a pas hésité à déclarer que le poignad-éventail lui appartenait. Elle a ajouté qu'elle l'avait perdu en sortant de chez madame Cambry.

— C'est précisément ce que je pensais.

— Laisse-moi finir. Mademoiselle Lestérel a paru surprise et affligée quand je lui ai appris que Julia d'Orcival a été assassinée cette nuit. Son étonnement et sa douleur m'ont semblé sincères et m'ont disposé favorablement. Mais, presque aussitôt, elle m'a dit qu'elle avait été élevée dans le même pensionnat que madame d'Orcival. J'ignorais cette circonstance, et mes premières impressions se sont un peu modifiées. Cette ancienne camaraderie avec la victime était fâcheuse.

— *Leurs relations avaient cessé depuis plusieurs années.*

— Je vois que tu es bien informé. Mademoiselle Lestérel t'avait donc parlé de sa liaison d'autrefois avec madame d'Orcival?

— Oui, et si je ne vous ai pas répété ce qu'elle m'en a dit, c'est que j'y attachais peu d'importance.

— Je crois plutôt que tu craignais de lui nuire. Mais je ne te blâme pas. Tu n'étais pas forcé de me raconter tout ce que tu savais, puisque tu n'étais pas témoin dans l'affaire. D'ailleurs, il n'y avait là qu'une présomption. J'arrive à la preuve. J'ai demandé à mademoiselle Lestérel ce qu'elle avait fait après avoir quitté le salon de madame Cambry. Elle m'a répondu qu'elle était allée chez sa sœur. Je m'attendais à cette réponse, et j'avais envoyé chercher la bonne qui, au dire de la prévenue, était venue la demander, hier soir, chez madame Cambry. Cette fille était dans la salle d'attente, à la porte de mon cabinet. J'ai donné l'ordre de la faire entrer. Alors, mademoiselle Lestérel, fondant en larmes, m'a supplié de lui épargner une confrontation inutile et finalement m'a déclaré que la veille elle n'avait pas mis les pieds chez sa sœur.

— Quoi! elle a avoué que...

— Qu'elle avait menti, oui, mon cher Gaston. Et tu comprends l'effet que cette confession a produit sur moi. J'espérais qu'elle allait la compléter en m'apprenant où elle avait passé la nuit. Elle s'y est refusée. J'ai tout mis en œuvre pour obtenir qu'elle s'expliquât; j'ai fait appel à ses sentiments, j'ai employé la douceur, je suis allé jusqu'à la prière. Je lui ai représenté les conséquences de son obstination. Je lui ai promis la discrétion la plus absolue pour le cas où elle ne pourrait justifier de l'emploi de son temps qu'en s'accusant d'une faiblesse...

Je n'ai pas l'intention de te blesser en disant cela, ajouta incidemment M. Darcy. Je tiens seulement à ce que tu saches tout. Et, en ouvrant cette voie à la prévenue, je songeais à toi. Il m'était venu à l'esprit que tu étais peut-être lié avec elle plus intimement que tu n'en voulais convenir. Un galant homme ne compromet jamais une femme qui lui a cédé...

— Vous vous trompez, s'écria Gaston. Mademoiselle Lestérel n'a jamais été et ne sera jamais ma maîtresse, je vous le jure.

— Je te crois, mon ami. Du reste, elle a repoussé avec indignation la supposition que je mettais en avant uniquement dans son intérêt, et quelques efforts que j'aie tentés, je n'ai pu la décider à parler. Ce refus de répondre équivalait à un aveu, et je ne pouvais plus, sans manquer à mon devoir, abandonner la poursuite. Si mademoiselle Lestérel est en prison, c'est qu'elle m'a, en quelque sorte, forcé de l'y envoyer.

— Ne voyez-vous pas que son silence cache un mystère, que ce mystère s'éclaircira tôt ou tard?

— Je le souhaite, et je ne négligerai rien pour découvrir la vérité. L'instruction commence à peine, et je n'ai entendu aujourd'hui qu'un petit nombre de témoins. Je dois te dire cependant que leurs dépositions n'ont fait qu'aggraver les charges déjà si graves qui ressortaient de l'interrogatoire.

— Vous n'avez donc pas entendu Mariette, la femme de chambre de madame d'Orcival? demanda vivement Gaston. Je l'ai vue, moi, et elle m'a déclaré qu'elle connaissait la coupable.

— Tu l'as vue depuis le crime?

— Elle m'a abordé pendant que je vous attendais à la porte du Palais. Je n'ai pu échanger que peu de mots avec elle, parce que l'agent qui la conduisait l'a entraînée. Elle n'a pas eu le temps de me dire le nom de la misérable créature qui a tué Julia, mais elle vous l'apprendra, ce nom.

— Tu as eu tort de parler dans la rue à un témoin appelé chez le juge d'instruction. C'est d'autant plus déplacé de ta part que tu aspires à entrer dans la magistrature.

Quant à cette femme de chambre, elle a déposé.

— Qu'a-t-elle dit?

— Tu me permettras de ne pas te le répéter. Je suis allé avec toi aussi loin que je pouvais aller dans la voie des confidences. Je ne puis pas te mettre en tiers dans l'instruction de l'affaire. Qu'il te suffise de savoir que je me suis décidé en parfaite connaissance de cause. Tu n'ignores pas, d'ailleurs, qu'une prévenue n'est pas encore une accusée. Les perquisitions au domicile de mademoiselle Lestérel et dans l'hôtel de madame d'Orcival se feront demain. Je les dirigerai moi-même, et je ferai peut-être des découvertes qui changeront la face de l'affaire.

Et puis, mademoiselle Lestérel se résoudra sans doute à parler. Ce serait le seul moyen d'améliorer sa situation. Elle réfléchira dans sa cellule. La solitude porte conseil.

— Ainsi, dit Gaston, vous admettez que cette jeune fille a froidement prémédité un lâche assassinat, qu'elle a tué pour un motif inexplicable une femme qu'elle connaissait à peine!

— Pardon! je n'affirme pas qu'elle ait prémédité le crime. Je suis même porté à penser le contraire. Et si tu veux mon sentiment sur la façon dont les choses se sont passées, le voici : mademoiselle Lestérel est allée à l'Opéra, quoi qu'elle

en dise. Elle est entrée dans la loge n° 27, je n'en doute pas.
Qu'allait-elle y faire? Je n'en sais rien encore, mais je suis
convaincu qu'une querelle violente a dû s'élever entre elle
et son ancienne camarade de pension, et qu'emportée par
la colère, elle a tiré son poignard de la gaîne-éventail, et l'a
planté dans la gorge de madame d'Orcival.

Gaston ne put s'empêcher de tressaillir, lorsqu'il entendit
son oncle expliquer ainsi le meurtre de Julia.

Il se rappelait fort bien que, la veille, dans le salon de
madame Cambry, Berthe lui avait parlé des emportements
subits auxquels elle était sujette, de la violence de son
caractère; qu'elle s'était accusée d'avoir failli un jour frapper d'un coup de couteau M. Crozon, qui levait la main sur
sa femme.

Il se disait que peut-être M. Roger Darcy avait raison de
croire que mademoiselle Lestérel avait poignardé Julia,
dans un transport de fureur, Julia qui l'insultait sans doute
parce qu'elle croyait voir en elle une rivale.

— Qui sait même si, en la frappant, elle avait l'intention
de la tuer? reprit le juge. Plus je réfléchis, plus je me per-
suade que les choses ont dû se passer ainsi, et plus je suis
convaincu que mademoiselle Lestérel fera bien de confesser
la vérité. Si j'ai deviné juste, si elle a cédé à un mouvement
de colère, je te garantis qu'on ne trouvera pas un jury qui
la condamne. Tout parlera pour elle, ses antécédents, sa
jeunesse, son repentir... car elle se repentira... elle se
repent déjà, j'en suis sûr. On lui pardonnera d'avoir tué une
femme galante qui a passé sa vie à mal vivre et à mal
faire... qui cherchait peut-être à la corrompre. Tiens,
mon cher! si je n'étais magistrat, je voudrais être avocat
pour plaider la cause de cette jeune fille. Je répondrais
d'obtenir un acquittement.

— Un acquittement ne lui rendrait pas sa réputation ter-
nie, son honneur perdu, dit Gaston d'une voix sourde.

— Non, malheureusement. Le monde lui tiendrait
rigueur, et il aurait tort Je suis de ceux qui pensent que

toute faute peut être rachetée, et que les hommes ne doivent pas être moins miséricordieux que le souverain juge. Mademoiselle Lestérel serait obligée de changer sa vie, ses relations, mais elle pourrait ne pas désespérer de l'avenir. Le passé s'efface vite dans ce Paris où chaque jour qui s'écoule emporte un souvenir. Vues dans le lointain de ce passé évanoui, les mauvaises actions se confondent presque avec les bonnes. Et d'ailleurs, mademoiselle Lestérel a tout ce qu'il faut pour se réhabiliter promptement : le talent, l'intelligence, le courage...

— S'il ne lui restait que la triste consolation de se faire oublier, son sort serait encore affreux.

— N'est-ce donc rien que de sauver sa tête?

— Sa tête! vous croyez donc qu'elle serait condamnée à mort... exécutée...

— J'exagère. Il est fort rare maintenant que la peine de mort soit appliquée à une femme, et même en mettant les choses au pire, mademoiselle Lestérel obtiendrait probablement des circonstances atténuantes. Mais je la plaindrais encore davantage, car je te jure que la mort est préférable. Tu serais de mon avis si tu connaissais comme je le connais le régime des maisons centrales.

M. Darcy s'arrêta, car il s'aperçut que son neveu pâlissait à vue d'œil.

— Pardon, mon ami, dit-il affectueusement. Je te fais mal. J'aurais dû me souvenir que tu n'es pas encore guéri de ton amour pour cette jeune fille... Un amour vrai, je n'en doute pas, puisque tu voulais l'épouser.

— Je le veux toujours, dit Gaston d'un ton ferme.

— Tu n'y penses pas! Tu sais bien que ce mariage est devenu impossible.

— Pourquoi, si mademoiselle Lestérel est innocente? Et elle l'est, je le prouverai.

Le magistrat fit un haut-le-corps et répliqua avec une vivacité de mauvais augure :

— Parles-tu sérieusement?

— Très-sérieusement. Ma résolution est irrévocable.

— Ainsi, tu persistes à vouloir qu'une femme qui passera certainement devant la cour d'assises porte ton nom... le mien.

— Cette femme n'est pas coupable. Je serais le dernier des hommes si je prétextais du malheur qui la frappe pour retirer ma parole. Vous-même, si vous étiez à ma place, vous agiriez comme je le fais.

— Il n'est pas question de moi... mais tu as donc donné ta parole? Tu es donc engagé avec mademoiselle Lestérel?

— Hier, chez madame Darcy, je lui ai juré qu'elle serait ma femme.

— En vérité, tu as bien choisi ton moment pour te lier. Et qu'a-t-elle répondu à cette déclaration?

— Qu'une artiste sans fortune ne pouvait pas épouser votre neveu, et qu'elle ne m'épouserait pas.

— Voilà, certes, du désintéressement. Mais enfin, puisqu'elle a refusé, tu es libre.

— Non. Je me mépriserais si je l'abandonnais. Et vous me mépriseriez.

— Tu es fou... c'est-à-dire, tu es amoureux... cela revient au même. Écoute-moi. Lorsque tu m'as parlé hier soir de ce projet qui ne me souriait guère, je n'y ai pas fait d'opposition formelle. J'ai des idées très-larges sur le mariage, et je suis parfaitement d'avis que les qualités de l'esprit et du cœur doivent être prises en considération avant la dot. Hier soir, mademoiselle Lestérel avait une répution intacte. Son origine est honorable, puisqu'elle est la fille d'un officier. Je me suis contenté de te prêcher la prudence, de t'engager à ne pas te décider légèrement, de te prier d'attendre et de réfléchir. La jeune fille venait de chanter : « Chagrins d'amour durent toute la vie. » L'occasion était bonne pour te demander d'y regarder à deux fois avant de t'exposer aux chagrins prédits par la chanson. Mais je te déclare que je me serais résigné à permettre que mademoiselle Lestérel devînt ma nièce, si tu avais persisté à vouloir l'épouser après une épreuve, un stage dont j'avais fixé la durée à trois mois.

Et je ne te cacherai pas que madame Cambry approuvait beaucoup ce mariage.

— Madame Cambry est la meilleure, la plus généreuse des femmes.

— C'est mon avis. Elle vient de te montrer tout à l'heure qu'elle ne renie pas sa protégée dans l'adversité, et je l'en loue, crois-le bien.

Il n'en est pas moins vrai que, depuis hier, la situation est changée du tout au tout. Mademoiselle Lestérel est sous le coup d'une accusation infamante. Moi qui lui porte le plus vif intérêt, j'ai dû la faire arrêter, tant les apparences sont contre elle. Apparences trompeuses, je le veux bien, mais l'affaire aura un retentissement effroyable. Lis les journaux ce soir. Je parie qu'elle y tiendra deux colonnes sous cette rubrique en grosses capitales : LE CRIME DE L'OPÉRA. Et cela durera ainsi trois mois, jusqu'aux assises, et même encore après.

Il me serait facile de te représenter les suites d'un mariage contracté dans de si déplorables conditions : la carrière de la magistrature fermée à tout jamais pour toi, tes relations du monde coupées net, ta vie empoisonnée par les calomnies des malveillants.

Je pourrais encore essayer de te toucher en te parlant de la déconsidération qui m'atteindrait aussi, moi, que tu n'as aucune raison de haïr.

Gaston protesta d'un geste, et son oncle reprit avec une logique de plus en plus serrée :

— J'aime mieux te prouver tout simplement que tu rêves une chose impossible.

Mademoiselle Lestérel pourrait être acquittée si elle se décidait à avouer, et, dans ce cas, il ne te serait pas matériellement impossible de l'épouser. Tu aurais à compter avec l'opinion publique, et ce serait tout. Mais mademoiselle Lestérel prendra-t-elle le seul parti qui puisse la

sauver? Plus j'y réfléchis et plus j'en doute. Les causes qui
l'ont déterminée à se taire ne cesseront pas d'exister d'un
jour à l'autre. Et elle a une fermeté de caractère étonnante. Eh bien, si elle ne touche pas les jurés en confes-
sant que la colère a poussé son bras, elle sera condamnée,
crois-en ma vieille expérience.

Épouseras-tu une condamnée? Non, n'est-ce pas? Pas plus
que tu n'épouseras une prévenue enfermée à Saint-Lazare.

Gaston ne put dissimuler un mouvement nerveux. Le
nom de cette honteuse prison le cinglait comme un coup
de fouet. Il se remit pourtant, et il dit avec un calme qui
surprit M. Darcy :

— Je n'ai rien à objecter à vos sombres prévisions. Si
elles se réalisaient, je saurais ce qu'il me resterait à faire.
Mais elles ne se réaliseront pas. Mademoiselle Lestérel
n'avouera rien, parce qu'elle n'a rien à avouer, et mademoiselle Lestérel ne sera pas condamnée. Je prouverai
qu'elle est innocente, et, quand son innocence aura été
reconnue, je l'épouserai.

Le juge, un peu déconcerté par l'obstination de son
neveu, se mit à se promener à grands pas. Puis, s'arrêtant
brusquement devant Gaston, après avoir arpenté cinq ou
six fois son cabinet de travail :

— Tu marcherais sur les eaux, lui dit-il, car tu as la
foi... et une foi tenace. Je n'approuve pas ton entêtement,
mais je n'essayerai plus de te détourner de ton projet. Tu
es un homme. Tu as le droit d'agir comme il te plaît. Moi,
j'ai le droit et le devoir de t'informer d'une résolution que
j'ai prise.

Tu n'as pas oublié, j'espère, l'entretien sérieux que nous
avons eu, il y a quelques jours. Je t'ai signifié qu'il fallait
absolument que l'un de nous deux fût marié d'ici à peu.
Tu viens de te mettre hors de concours. Je reprends donc
ma liberté, et ce sera moi qui me chargerai de continuer
notre nom. Tu perdras un bel héritage. Tu ne perdras pas
mon amitié.

— Cela me suffit, répondit vivement le neveu.

— Maintenant, il me reste à t'apprendre que, si je me marie, j'épouserai madame Cambry.

— Je vous en félicite. J'ai voué à madame Cambry une profonde reconnaissance, et je serai heureux de pouvoir l'appeler : ma tante.

— Je te remercie, mais... excuse ma franchise... je ne sais si elle sera flattée d'appeler mademoiselle Lestérel · ma nièce.

— Elle l'aime comme elle aimerait sa sœur. Ce sont ses propres paroles. Il n'y a pas une heure qu'elle me les a dites.

— Oui. Elle est indulgente, compatissante. Elle a des idées... chevaleresques. Cette qualification qu'on n'applique guère aux femmes convient tout à fait à madame Cambry. Madame Cambry est le dévouement incarné. Elle a la passion du sacrifice.

Elle le montre bien, puisqu'elle consent à m'accepter pour mari, ajouta en souriant l'aimable juge. Et à ce propos, tu te demandes sans doute comment je suis sûr de mon fait. Tu trouves que je suis un peu fat. J'éprouve le besoin de me réhabiliter dans ton esprit.

Hier soir, pendant que tu accompagnais au piano les airs de mademoiselle Lestérel, j'ai compris enfin ce que la plus charmante des veuves avait essayé déjà quelquefois de me faire entendre. Ah! il a fallu qu'elle mit les points sur les *i*. J'ai un peu oublié ce langage qu'elle parle si bien et que, dans votre demi-monde, on a si mal remplacé par des grossièretés. Mais j'ai fini par m'y retrouver, et si je n'ai pas, séance tenante, donné la réplique à madame Cambry, c'est que j'espérais encore en toi. Et je te jure que tu n'aurais qu'un mot à dire pour que je ne tinsse aucun compte des ouvertures qu'elle m'a faites.

Voyons, Gaston, il est toujours temps. Veux-tu abandonner tes chimères et chercher femme là où tu peux en trouver une qui soit digne de toi? Si oui, je puis encore

11

renoncer sans trop de regret à un bonheur qui, je l'avoue, commence à me tenter. Seulement, dépêche-toi de te prononcer, car je sens que dans deux ou trois jours, le renoncement me serait trop douloureux. Tu n'imagines pas comme s'enflamme vite un cœur qui croyait avoir pris un congé illimité et qu'on rappelle subitement à l'activité.

Ces gais propos n'eurent pas le pouvoir de dérider Gaston, et encore moins celui de le convertir.

— Je n'oublierai jamais vos bontés, mon cher oncle, dit-il gravement; mais, si je ne puis pas épouser mademoiselle Lestérel, je ne me marierai pas.

— Allons! soupira M. Darcy, je vois que tu es irréconciliable, et je ne compte plus que sur moi-même pour nous perpétuer dans la magistrature. Que ta volonté soit faite! Tu seras responsable des catastrophes que je vais encourir en me mariant.

Mais j'ai tort de plaisanter quand tu as de si gros sujets de tristesse, et je vais te parler sérieusement. Tu prétends me démontrer, avec le temps, que je me suis trompé en faisant arrêter mademoiselle Lestérel. Je voudrais qu'il me fût possible de t'aider dans cette entreprise. Mais je suis juge, chargé de l'instruction, et ma conviction est formée. J'en changerai bien volontiers si tu m'apportes des preuves évidentes de l'innocence de la prévenue. Ces preuves, je ne m'oppose pas à ce que tu les cherches. Je te faciliterai même l'accomplissement de la tâche ardue que tu t'imposes.

Tu peux, sans craindre de me déplaire ou de me gêner, ouvrir une contre-enquête. Non-seulement je n'entraverai pas tes opérations, mais je n'exigerai pas que tu m'en rendes compte jour par jour, parce que je sais que bon sang ne peut mentir, et que toi, fils, petit-fils et neveu de magistrats, tu ne chercheras pas à égarer la justice. En revanche, je te préviens que je ne m'engage pas à te tenir au courant de la marche de l'instruction.

Si, par hasard, elle prenait une tournure favorable à ta

protégée, tu peux t'en rapporter à moi pour t'apporter vite cette heureuse nouvelle. Le jour où je signerais une ordonnance de non-lieu au profit de mademoiselle Lestérel serait le plus beau jour de ma vie, et je serais heureux de proclamer que je m'étais trompé.

En attendant que ce jour se lève, nous combattrons à armes courtoises, et je désire sincèrement que la victoire te reste.

Gaston, touché jusqu'aux larmes, prit la main de son oncle et la serra cordialement.

— J'accepte avec reconnaissance vos conditions, dit-il, et je n'ai plus qu'une demande à vous adresser. Me sera-t-il permis de voir mademoiselle Lestérel?

— Dans les premiers temps, non, répondit, après réflexion, M. Darcy. Plus tard, quand l'instruction sera assez avancée pour qu'il n'y ait plus d'inconvénients à lever le secret, je pourrai peut-être autoriser une entrevue. Mais je ne te promets rien.

Maintenant, veux-tu dîner avec moi?

— Je vous remercie. Je n'ai pas une minute à perdre. Il faut que je vous quitte.

— Où vas-tu donc?

— Au secours d'une femme qui sera votre nièce.

Sur ce mot qui résumait la situation, Gaston Darcy prit son chapeau et sortit en courant comme un fou. Son oncle n'essaya pas de le retenir, et, en vérité, c'eût été peine perdue.

Où allait-il, cet amoureux exalté? Que voulait-il faire pour secourir la pauvre Berthe? Il n'en savait rien encore, mais il était résolu à entrer en campagne sur-le-champ, et il comptait sur deux auxiliaires excellents, sur madame Cambry, qui venait d'exprimer si chaleureusement la sympathie que lui inspirait mademoiselle Lestérel, et sur l'ami Nointel, qui était tout à la fois homme de bon conseil et homme d'action.

Il ne pouvait pas se présenter immédiatement chez sa

192 LE CRIME DE L'OPÉRA.

future tante, mais il était à peu près sûr de trouver le
capitaine fumant un cigare au coin du feu dans son entresol
de la rue d'Anjou.

La nuit commençait à tomber, et Nointel, qui avait des
habitudes élégantes, rentrait toujours pour s'habiller, avant
d'aller dîner au cercle ou ailleurs.

Darcy sauta dans son coupé et se fit conduire chez son
ami. Il avait la mort dans l'âme, mais il n'était pas décou-
ragé. Les gens violemment épris ne doutent de rien.

Les renseignements que venait de lui donner le juge
d'instruction étaient pourtant de nature à lui enlever toute
illusion sur les chances de succès qui lui restaient. Il savait
que ce magistrat exemplaire exerçait ses redoutables fonctions avec une impartialité rare. Il savait de plus que,
loin d'être prévenu contre Berthe, M. Roger Darcy était au
contraire tout disposé à la croire innocente, et qu'il ne
s'était décidé que sur des preuves à l'envoyer en prison.
Et quelle preuve plus accablante que l'obstination de la
malheureuse jeune fille à refuser d'expliquer l'emploi de
son temps pendant la fatale nuit du samedi au dimanche?

— Moi, je l'expliquerai, se disait-il; je l'expliquerai
malgré elle, s'il le faut, et si je n'y réussissais pas, Nointel
l'expliquerait.

Une des hypothèses que le juge avait émises le troublait
davantage, celle d'un meurtre commis dans un accès de
colère; mais ce meurtre, sans préméditation, il le pardonnait d'avance à mademoiselle Lestérel, et il se jurait qu'elle
n'en serait pas moins madame Darcy.

Il oubliait un peu trop, il faut l'avouer, que Julia avait
été sa maîtresse, et que le monde aurait avec raison trouvé
choquant son mariage avec la femme qui avait tué madame
d'Orcival. Mais la passion étouffe les scrupules, et celle
que Berthe lui inspirait était arrivée à son paroxysme.

Gaston, sur un point du moins, avait calculé juste. Quand
il arriva rue d'Anjou, Nointel était rentré.

Le capitaine était installé avec un luxe qu'il n'aurait

jamais pu se donner s'il avait dû l'acquérir en prélevant une somme sur ses modestes revenus. Ce militaire bien avisé et fort entendu dans toutes les choses de la vie avait employé à se meubler la totalité d'un héritage assez rond qui lui était échu l'année précédente. Il lui restait de quoi vivre largement, selon ses goûts, et il avait fait de cet argent inattendu un emploi très-intelligent. Quinze ans de garnison et de campagnes l'avaient merveilleusement disposé à goûter les charmes d'un intérieur plus que confortable.

L'appartement n'était pas grand, mais les fenêtres s'ouvraient sur un vaste jardin plein de vieux arbres et de jeunes fleurs, et ce logis coquet ne manquait ni d'ombre l'été, ni de soleil l'hiver.

Nointel vivait là comme un sage, servi par un groom et par une cuisinière experte en son art. Il s'y plaisait tant qu'il s'y réfugiait le plus souvent possible, quoiqu'il n'eût pas renoncé aux agréments qu'un homme intelligent sait glaner dans tous les mondes parisiens, sans y trop aventurer son cœur et sans y gaspiller son argent.

Darcy, qui jetait ses tendresses et sa fortune à tous les vents, admirait beaucoup la prudence de son ami, mais il ne se piquait pas de l'imiter.

— Je t'attendais, lui dit le capitaine, dès qu'il entra dans le fumoir.

— Pourquoi m'attendais-tu? demanda Gaston en se jetant dans un fauteuil.

— Eh! mais, parce qu'il s'est passé d'étranges choses cette nuit, au bal de l'Opéra. Pauvre Julia! Je ne l'estimais guère, mais je la plains. Elle ne méritait pas de finir ainsi. Et, en vérité, je ne comprends rien à cette lugubre histoire. Une femme galante assassinée par une autre femme, dans un loge, en plein bal, ça ne s'était jamais vu, et il y a de quoi mettre en défaut la sagacité bien connue de l'illustre Lolif.

— Sais-tu la suite?

— La suite? mon Dieu ! la suite, ce sera l'enterrement
de Julia... et un peu plus tard, la vente de son mobilier
splendide et de ses merveilleux tableaux. Tout Paris y
viendra, à cette vente, et il n'y aura pas vingt personnes
au cimetière. Ainsi va le monde.

— Il ne s'agit pas de cela. Je te demande si tu as
entendu dire qu'on a arrêté...

— La coquine qui a tué madame d'Orcival. Oui, je sors
du Cercle, et on y racontait que la justice venait de mettre
la main sur la coupable... une institutrice, je crois... ou
une pianiste... non, j'y suis maintenant, une chanteuse
qui court le cachet et les concerts. Que diable Julia avait-
elle pu faire à cette fille? Une rivalité peut-être. Parions
qu'il y a du Golymine là-dessous. Il paraît que c'est ton
oncle qui est chargé de l'instruction.

Mais qu'as-tu donc? Tu deviens vert.

— Écoute-moi, dit Darcy d'un ton bref et saccadé. Cette
chanteuse s'appelle Berthe Lestérel.

— En effet, c'est bien ce nom-là qu'on m'a dit. Mais, j'y
pense, tu dois la connaître, car elle chantait dans des
salons où tu vas souvent... chez la marquise de Barancos,
chez madame Cambry.

— Je te raconterai tout à l'heure son histoire et la
mienne. En deux mots, voici la situation. Je l'aime, je lui
ai offert de l'épouser, et je l'épouserai, quoi qu'il arrive.

Nointel regarda son ami entre les deux yeux et lui
demanda tranquillement :

— Est-ce que tu deviens fou? ou bien te moques-tu
de moi?

— Ni l'un ni l'autre. J'aime cette jeune fille comme je
n'ai jamais aimé personne. C'est parce que je l'aime que
j'ai quitté Julia, et que j'ai refusé tous les mariages que
mon oncle m'a proposés.

Le capitaine hocha la tête et se mit à siffler tout bas
une fanfare.

— Tu vois que c'est sérieux, reprit Gaston.

— Tellement sérieux qu'il me semble que je viens de recevoir un pavé sur la tête. C'était donc là ce bel amour que tu me cachais. Diable! tu n'as pas eu la main heureuse dans ton choix, et je déplore ta déveine.

— Je te remercie, mais j'attends de ton amitié autre chose que des compliments de condoléance.

— Tu sais bien que je suis tout à toi, partout et toujours. Seulement, je ne vois pas à quoi je puis t'être bon. Il me semble que, si tu as une faveur à demander pour... cette personne, tu ferais mieux de recourir à ton oncle.

— Mon oncle croit qu'elle est coupable.

— Et, toi, tu crois qu'elle est innocente ?

— J'en suis sûr, et j'ai juré de le prouver. Veux-tu m'y aider ?

— Parbleu! je ne demande pas mieux. Mais je t'avoue que l'opinion de M. Darcy m'impressionne dans un sens peu favorable à la demoiselle. Elle est en prison, je suppose

— Oui, depuis une heure.

— Hum! si ton oncle avait eu le moindre doute... Lui as-tu dit que tu l'aimes et que tu t'es mis en tête de l'épouser?

— Je viens de le lui déclarer.

— Et comment a-t-il pris cette déclaration?

— Comme il devait la prendre. Il trouve tout naturel que j'entreprenne de démontrer qu'il s'est trompé en faisant arrêter mademoiselle Lestérel. Il reconnaît même que les apparences peuvent quelquefois égarer la justice.

— Alors, tu espères le convaincre. Tu veux entrer en lutte contre la magistrature et ses auxiliaires... ouvrir et conduire une contre-instruction.

— C'est bien cela.

— Et tu comptes sur moi pour te seconder?

— Oui. Ai-je tort?

— Non, mon cher. Je ne suis pas fort sur la procédure criminelle, et je ne possède pas les aptitudes spéciales de Lolif pour éclaircir les mystères judiciaires, mais je me

flatte de ne pas manquer de bon sens ni de pratique des
hommes, et je connais bien mon Paris. Ces simples qualités sont à ton service, et, pour t'obliger, je suis prêt à
payer de ma personne. Seulement, je ne sais pas le premier mot de l'affaire. Il faut donc que tu commences par
me la raconter de point en point.

— C'est bien mon intention.

— Il faut même... ceci est plus délicat... il faut que tu
t'expliques franchement, catégoriquement, sans rien déguiser et sans rien omettre, sur tes relations avec mademoiselle Lestérel, sur ses antécédents, sur son caractère. En
un mot, pour que je puisse la défendre, il faut que je la
connaisse aussi bien que tu la connais.

— Parfaitement. Je ne te cacherai rien, et, du reste, je
n'ai rien à cacher.

— Va donc. Ne crains pas d'entrer dans les détails, et
permets-moi de t'interrompre quand j'aurai besoin d'un
supplément d'information.

Darcy commença par le commencement, c'est-à-dire par
l'histoire de son amour. Il raconta comment il avait
remarqué Berthe, comment il s'était épris d'elle, pour le
mauvais motif d'abord, puis pour le bon ; il dit tout ce
qu'il savait d'elle, tout ce qui s'était passé entre elle et lui,
depuis sa première tentative, vertueusement repoussée par
mademoiselle Lestérel, jusqu'à la rencontre nocturne au
coin de la rue Royale, jusqu'à la scène chez madame Crozon, jusqu'aux incidents de la soirée de la veille chez
madame Cambry.

Et comme il avait l'esprit juste et la parole nette, il fut
précis, et il ne se perdit point dans des digressions inutiles.

Après avoir entendu cette claire narration, le capitaine
se trouva si bien renseigné qu'il s'écria :

— Mon cher, tu es né pour présider une cour d'assises,
car tu résumes dans la perfection. Passe maintenant aux
faits du procès et appuie sur les charges relevées contre
l'accusée. Ici, tu ne défends pas ; tu exposes

Darcy reprit son récit où il l'avait laissé. Il en vint à parler de sa visite au palais, de son imprudente révélation à propos du poignard japonais et des désastreuses conséquences que cette révélation avait eues. Il termina en répétant fidèlement tout ce que son oncle venait de lui apprendre sur les péripéties de l'interrogatoire, et il n'omit point de s'étendre sur la fatale obstination de mademoiselle de Lestérel, qui refusait de répondre quand le plus bienveillant des juges la pressait de s'expliquer sur l'emploi qu'elle avait fait de sa nuit.

Il n'oublia pas non plus de dire que madame Cambry croyait à l'innocence de Berthe et se promettait de la soutenir.

Et quand il eut fini, il regarda Nointel, à peu près comme un avocat regarde les jurés devant lesquels il vient de plaider. Il cherchait à lire sur la figure du capitaine l'effet que son discours avait produit. Mais le capitaine restait impénétrable. Il réfléchissait.

— Mon cher Darcy, dit-il après un assez long silence, je te dois d'abord un aveu pénible. Je suis obligé de te déclarer qu'on ne trouverait pas en France un seul magistrat qui eût pris sur lui de laisser en liberté mademoiselle Lestérel. Du moins, c'est mon avis.

— C'est aussi le mien, répliqua résolûment Darcy ; cela ne prouve pas qu'elle soit coupable.

— Non. Il y a de grosses présomptions contre elle. Il n'y a pour elle que des doutes, des obscurités, des incertitudes. La partie n'est pas égale. Nous aurons beaucoup de peine à la gagner.

— Alors, tu l'abandonnes ?

— Pas le moins du monde. J'aperçois même quelques atouts dans notre jeu. Je serai ton *partner,* et je te soutiendrai vigoureusement. Mon plan est fait.

— Voyons ! dit avec empressement Darcy.

— Mon cher, si je te l'expliquais, cela prendrait du temps, et nous n'en avons pas à perdre, car nous allons entrer en campagne ce soir même.

— Que comptes-tu donc faire?

— Je compte dîner avec toi au restaurant, et aller ensuite, toujours avec toi, à l'Opéra, où il y a, aujourd'hui dimanche, une représentation extraordinaire.

— Comment! tu crois que je suis d'humeur à aller à l'Opéra, le jour où mademoiselle Lestérel...

— Pardon, cher ami; qui veut la fin veut les moyens. Ce n'est pas en restant à te lamenter au coin de ton feu que tu feras des découvertes. A l'Opéra, nous trouverons une ouvreuse qui nous apprendra peut-être beaucoup de choses. Au restaurant où je veux te mener, nous rencontrerons deux personnages que je tiens à questionner. Et ce n'est pas tout. Après le théâtre, nous irons au Cercle, où on entend parfois des conversations instructives. Lolif y sera, et je me charge de tirer de lui tout ce qu'on en peut tirer.

Pour obtenir des renseignements, j'irais, s'il le fallait, souper dans un restaurant de nuit ou danser dans un bal de barrière. Et je prétends que tu me suives partout.

Pardon! ajouta le capitaine, je sais ce que tu vas me dire, et j'y réponds d'avance. Tu n'as pas le cœur aux distractions, je le conçois, mais il ne faut pas qu'on s'en aperçoive; il faut surtout qu'on ignore que tu aimes mademoiselle Lestérel et que tu veux l'épouser. Si on s'en doutait, on te cacherait tout. Or, à l'heure qu'il est, personne ne le sait, n'est-ce pas?

— Personne, excepté toi, mon oncle et madame Cambry.

— Trois amis. Lolif ne le sait pas; Simancas et Saint-Galmier ne le savent pas; la femme de chambre de madame d'Orcival ne le sait pas.

— Mariette? Non, et elle m'a promis de venir chez moi demain matin. Mais il y a Prébord qui peut supposer...

— On le fera taire, s'il s'avise de parler. Garde donc le secret le plus absolu sur tes amours. Ton oncle le gardera certainement, et il priera madame Cambry de le garder aussi. C'est la seule chance que nous ayons de réussir. Qu'en dis-tu? T'ai-je converti à mes idées?

— A peu près.

— Ce soir, je te convertirai tout à fait.

En attendant, va chez toi t'habiller, et reviens me prendre à sept heures.

CHAPITRE VIII

A sept heures et demie, Darcy et Nointel traversaient à pied la place de l'Opéra.

La campagne était commencée.

Darcy était arrivé exactement au rendez-vous, et le capitaine, qui aimait à marcher, l'avait prié de renvoyer sa voiture. Il faisait beau, et la rue d'Anjou n'est pas loin du boulevard.

Les deux amis cheminaient côte à côte, saluant d'un signe de tête les gens de leur monde qu'ils croisaient sur ce macadam privilégié où on rencontre tant de figures de connaissance, lorsqu'on vit de la vie parisienne, de la vie qui s'écoule entre l'hippodrome de Longchamps, le parc Monceau et Tortoni.

Darcy avait beaucoup réfléchi en s'habillant, et le plan du capitaine lui paraissait maintenant fort bien conçu. Il sentait toute l'importance des recommandations de cet habile tacticien, et il ne songeait plus à se cantonner chez lui, alors qu'il s'agissait d'ouvrir une enquête.

Un juge n'a pas besoin de se déranger pour instruire une affaire. Il n'a, pour ainsi dire, qu'à lever le doigt pour mettre en mouvement tous les rouages de la machine judiciaire. Les témoins sont à ses ordres, et les renseignements lui arrivent de tous les côtés.

Gaston était obligé de prendre plus de peine. Il comprenait fort bien la nécessité de se lancer dans un voyage de découvertes, aussi difficile, sinon aussi périlleux que la recherche du pôle nord, et il ne demandait pas mieux que de payer de sa personne, quoiqu'il lui en coûtât beaucoup de se répandre dans les lieux de plaisir pendant que Berthe Lestérel pleurait au fond d'une prison.

Du reste, il ne s'était pas fait expliquer en détail les projets de Nointel, il le suivait de confiance, et il ne savait pas où son avisé camarade le menait dîner.

Au moment où ils arrivaient sur la place de l'Opéra, on commençait à allumer les lustres du foyer, et Darcy eut un serrement de cœur en revoyant cette façade si brillamment éclairée la veille, ces marches que Julia d'Orcival avait franchies d'un pas léger, sans se douter qu'elle courait à la mort.

Il y avait des badauds groupés sur les refuges circulaires et causant avec animation. L'amoureux saisit au vol quelques mots qui avaient trait au crime. Tout Paris en parlait déjà, les crieurs de journaux le proclamaient, et les promeneurs du dimanche ne manquaient pas de s'arrêter devant ce théâtre consacré au chant et à la danse, et ensanglanté par un drame.

Le pauvre garçon entendit même un flâneur prononcer le nom de Lestérel, et il s'empressa de hâter le pas.

— Je me suis tenu à quatre pour ne pas sauter à la gorge du drôle qui pérore au milieu de ces imbéciles, murmura-t-il en prenant le bras de Nointel.

— Diable! dit le sage capitaine, tu aurais fait là une grosse sottise, et je te conseille de te modérer, si tu tiens à réussir. Paris est plein de Lolifs et tu ne leur fermeras pas la bouche, car tu n'as pas, je pense, le projet de les étrangler tous? Il arrivera vingt fois, cent fois qu'on parlera devant toi de ta malheureuse amie. Il faut te résigner à laisser dire. Si tu prenais sa défense, tu dérangerais toutes mes combinaisons. Prépare-toi donc à souffrir.

— Est-ce que ma patience va être mise à l'épreuve pendant le dîner?

— C'est probable. Tu dois bien te douter que je n'ai pas quitté les douceurs de mon foyer pour l'unique plaisir de t'emmener au cabaret.

— Où allons-nous, au fait? Chez Bignon ou au café Anglais?

— Non. Je te conduis à la Maison d'or.

— Ah! fit Gaston avec indifférence.

— La cuisine y est très-louable, reprit Nointel; mais ce soir je n'y viens pas pour me régaler. Ce qui m'y attire, ce sont les burgraves.

— Les burgraves?

— C'est-à-dire les viveurs qui ont dépassé la cinquantaine. Ils sont restés fidèles au restaurant de leur jeunesse, et ils se plaisent à y boire à leurs anciennes amours. Il leur arrive souvent de retrouver gravés sur les glaces des cabinets les doux noms des cocottes, aujourd'hui disparues, qui charmèrent leurs belles années et qui s'en sont allées où vont les vieilles lunes. Ils font de l'archéologie en soupant.

— Très-bien, mais quel rapport?...

— Voilà. Simancas et Saint-Galmier ont la prétention d'être des burgraves... d'Amérique. Ils aiment à dîner en bonne compagnie, et je suis à peu près sûr que nous allons les trouver installés dans un certain coin de la première salle, un coin privilégié qu'on leur garde tous les soirs. Et si nous parvenons à nous caser dans leur voisinage, nous jouirons de leur conversation.

— Je n'y prendrai aucun plaisir.

— Tu te trompes. Je saurai lui donner un tour intéressant, et tu ne regretteras pas d'être venu.

— Est-ce que tu espères obtenir d'eux des éclaircissements sur... Mais oui... j'y pense... ils occupaient cette nuit la loge qui confine à celle où Julia...

— Quoi! tu avais oublié cette circonstance curieuse! Lolif te l'avait pourtant assez signalée.

— C'est vrai. Mais que veux-tu? En ce moment, je n'ai pas la tête à moi.

— Heureusement, j'ai du sang-froid pour deux.

— Et d'excellentes idées. Il est impossible que ces étrangers qui remarquent tout n'aient pas remarqué la femme que Julia a reçue dans sa loge... et en les interrogeant...

— Je m'en garderai bien. Simancas est méfiant comme un métis indien qu'il est, et Saint-Galmier a la prudence du serpent, l'emblème de sa profession. Ces honorables citoyens du nouveau monde ont toujours peur de se compromettre. Et je te prie instamment de t'observer avec eux. Laisse-moi faire. Je connais le moyen de leur soutirer des indications utiles. Ton rôle à toi est tout tracé. Quand il sera question du crime de l'Opéra, contente-toi de t'apitoyer sur le sort de madame d'Orcival, et parle de celle qu'on accuse de l'avoir tuée comme tu parlerais du schah de Perse.

Mais nous y voici. Attends un peu que je voie s'ils y sont, ajouta le capitaine, en tournant le coin de la rue Laffitte.

Parfaitement, reprit-il, après avoir jeté un coup d'œil dans la salle par l'interstice des rideaux Ils mangent des huîtres, et ils ont fait frapper du vin de Champagne. C'est de bon augure. Les marennes ouvrent l'appétit, et le clicquot délie la langue.

Il y a une table libre à côté de la leur. Décidément, nous sommes en veine. Profitons-en.

Et, revenant à la porte qui donne sur le boulevard, le capitaine entra.

Gaston, qui le suivait de près, eut une vision passagère, en franchissant le seuil de ce salon étincelant de lumières et de dorures. Il crut apercevoir, dans le demi-jour d'un rêve fugitif, la sombre cellule de Saint-Lazare. Le contraste avait évoqué subitement cette apparition lugubre, et la sensation fut si vive que les larmes lui vinrent aux yeux.

— Monsieur Nointel ici ! s'écria Simancas. Voilà ce que j'appelle un événement.

— Un heureux événement, ajouta le docteur canadien. Et voici M. Darcy. La fête est complète. J'espère que nous allons voisiner.

— Très-volontiers, répondit le capitaine. Nous irons

jusqu'au pique-nique, si ce fusionnement peut vous être agréable. Il est encore temps, je pense. Vous commencez à peine.

— Nous recommencerions s'il le fallait, pour avoir le plaisir de dîner avec vous, riposta Simancas.

— Inutile, mon cher général. Nous nous en tiendrons à votre menu. Je suis sûr qu'il doit être excellent.

— C'est moi qui l'ai fait, et je m'y connais assez bien, dit modestement Saint-Galmier. Après les huîtres, nous aurons une bisque, puis, comme relevé, une carpe à la Chambord, ensuite des cailles sur des rôties à la moelle, un pâté de rouges-gorges, et, pour entremets, une bombe glacée au pain bis... c'est une nouveauté que je propage... une importation canadienne. La tour-blanche avec les marennes et le poisson. . Château-larose pour arroser les cailles... et comme vin de fond, du cliquot frappé en sorbet.

— Parfait, docteur. Si je sors d'ici avec une indigestion, je compte sur vous.

— Ne craignez rien, capitaine. Les dîners que je commande se digèrent toujours. Je vais dire de servir pour quatre.

Nointel était déjà établi à côté du général. Darcy se casa en face de son ami, à la gauche du docteur.

L'ami de Berthe faisait des efforts inouïs pour paraître gai, et n'y réussissait guère. La cellule, la hideuse cellule, était toujours là devant ses yeux.

— Quel bon vent vous a amenés ici, messieurs? demanda Simancas. Nous qui sommes des habitués, nous ne vous y voyons jamais.

— C'est vrai. J'ai pris la bourgeoise habitude de dîner chez moi depuis que je possède une cuisinière qui me confectionne des plats spéciaux. Le siége de Paris m'a rendu gourmand. J'ai tant mangé de cheval! Notre dîner du cercle est bon, mais les ennuyeux qu'on y subit m'en ont chassé. Et, ce soir, mon ami Darcy ayant des idées noires, je lui ai proposé pour le distraire d'aller quelque part manger des mets extravagants.

— Humeurs noires... hypocondrie... névrose du foie, grommela le docteur de la Faculté de Québec. Je traite cette affection par ma méthode diététique, et je la guéris toujours.

— On la guérit bien mieux par le château-larose, n'est-ce pas, Darcy?

— Oh! c'est déjà passé, dit Darcy en tâchant de sourire. En revanche, j'ai une faim d'enfer, et une soif de sonneur.

— Excellent symptôme, cher monsieur; quand on a un chagrin, il faut le noyer.

— Et je comprends, monsieur, dit Simancas d'un air contrit, je comprends que vous ayez été péniblement affecté en apprenant la mort tragique de madame d'Orcival.

Nointel lança à son ami un regard qui signifiait :

— Tu vois qu'il y vient de lui-même. Tiens-toi bien.

— Oui, très-affecté, répondit Darcy, qui trouva cette fois le ton juste. Je venais de rompre avec cette pauvre Julia, mais je conservais d'elle un excellent souvenir. La nouvelle m'a consterné.

— Elle nous a affligés, Saint-Galmier et moi, et d'autant plus surpris que nous étions au bal dans la loge voisine de la sienne... à ce qu'il paraît, car nous ne l'avions pas reconnue sous son costume noir et blanc. Et on nous a dit tantôt que ce crime avait dû être commis très-peu d'instants après notre départ. Que ne sommes-nous restés un peu plus longtemps! Notre présence aurait peut-être arrêté le bras de l'assassin.

— De l'*assassine*, mon cher général, rectifia en riant Saint-Galmier. Vous savez bien que c'est une femme, et que nous l'avons vue, la misérable... Quand je pense que je me suis presque trouvé en contact avec une créature qui finira sur l'échafaud, brrr! j'en ai la chair de poule... Cette bisque est délicieuse..... pas tout à fait assez poivrée... Heureusement qu'on la tient.

I.   12

— La bisque?

— Non, la *meurtrière*... encore un féminin que je suis obligé de fabriquer. J'ai tout lieu de croire que nous serons appelés en témoignage, Simancas et moi. Si on me la présente, je la reconnaîtrai, je vous en réponds... à condition, toutefois, que l'on me la présentera en domino... car elle n'a eu garde de montrer son atroce figure... je parierais qu'elle est atroce... mais il y a la tournure', la taille...

Oh! oh! J'aperçois la carpe à la Chambord. Un verre de clicquot pour l'appuyer, mon capitaine.

— Appuyons, dit Nointel en tendant son cornet de cristal.

Il tenait pour les coutumes de nos pères, et il ne buvait pas le vin de Champagne dans des coupes.

— Et vous, monsieur Darcy, reprit Saint-Galmier.

— Merci. Tout à l'heure.

— Oui, je conçois, cher monsieur. On est mal en train, le lendemain d'un si funeste événement. Pauvre femme! Mourir si jeune, si belle... et si riche. Mais votre douleur ne la ressuscitera point. Et puis le clicquot est de deuil.

— Au Canada? demanda ironiquement le capitaine.

— Partout. Cette carpe est un rêve. Je vous recommande la laitance aux truffes. Quelle vente Paris verra sous peu dans un hôtel du boulevard Malesherbes! Car on vendra forcément. Il paraît que madame d'Orcival ne laisse ni testament, ni parents à aucun degré. Elle était enfant naturel. L'État sera son héritier. Ma foi! je tâcherai d'avoir un souvenir de cette charmante femme, qui marquera certainement dans l'histoire de la galanterie moderne. J'ai souvenance d'un certain *bonheur du jour*, en bois de rose... pur Louis XV... une merveille... il faut que je me l'offre.

— Vous êtes donc allé chez Julia? demanda Darcy.

— Pas plus tard que mardi dernier... le lendemain du suicide de Golymine. Elle m'a fait appeler, parce qu'elle souffrait d'une névrose intercostale. Vous savez qu'elles ne résistent jamais à ma méthode, les névroses. J'aurais guéri madame d'Orcival, si on ne me l'avait pas tuée.

Darcy pensait :

— Il est singulier que Julia ait eu recours à Saint-Galmier. Je lui avais dit de ce charlatan tout le mal que j'en pensais.

— Mon Dieu ! soupira Simancas, puisque mon ami vient de prononcer le nom de ce malheureux Golymine, il faut que je fasse part à ces messieurs d'une idée qui m'est venue. Ne croyez-vous pas que la triste fin du comte a porté malheur à madame d'Orcival?

— Vous êtes donc superstitieux, général ? dit Nointel.

— Non, mais je suis frappé de cette coïncidence du meurtre suivant de si près le suicide... un suicide dont cette demoiselle était la cause.

— Eh bien, moi, je crois autre chose. Je crois que la d'Orcival connaissait les secrets de Golymine, qu'elle aura eu la fâcheuse idée d'en exploiter un, et qu'elle a été tuée par une femme qui avait été la maîtresse de ce Polonais, une femme qu'elle voulait faire *chanter*.

Qu'en dites-vous, général? demanda Nointel, en regardant Simancas entre les deux yeux.

Simancas possédait le sang-froid d'un guerrier qui a vieilli sous les drapeaux et l'aplomb d'un homme qui a traversé, dans le cours d'une longue et orageuse existence, bien des passes difficiles.

Et cependant la question que Nointel lui posait à brûle-pourpoint le déconcerta un peu.

— Je pense que vous vous trompez, cher monsieur, dit-il avec une certaine hésitation. Si Golymine avait eu des secrets de ce genre, il ne les aurait pas confiés à une femme galante...

— Qu'il adorait, ne l'oublions pas, interrompit le capitaine; et qui d'ailleurs a pu les surprendre?

— J'avoue que cette conjecture ne s'était pas encore présentée à mon esprit. Je ne connaissais pas madame d'Orcival, mais j'ai beaucoup connu le comte… autrefois, et je ne crois pas qu'il fût homme à abuser de ses bonnes fortunes. La preuve qu'il n'en a pas tiré parti, c'est qu'il est mort ruiné. On n'a trouvé sur lui que quelques billets de mille francs, et il ne laisse rien que sa garde-robe, qui n'a pas une grande valeur. Je me suis informé à son dernier domicile. Tout est déjà saisi, car il a de nombreux créanciers.

— Encore une vente à l'horizon, dit philosophiquement Saint-Galmier; bien maigre, celle-là. Plus grasses sont ces jolies cailles mollement couchées sur des rôties à la moelle. Quelle mine! quel fumet!

— Je les crois réussies, dit Nointel, et maintenant le château-larose me semble indiqué.

Au fond, quel homme était ce Golymine? Vous l'avez connu aussi, vous, docteur?

— Oh! fort peu; je l'ai soigné une fois pour un coup d'épée, mais je n'étais pas son ami.

— Ne lui avez-vous pas servi de parrain quand il s'est présenté à notre cercle?

— Oui, pour être agréable au général. Ils avaient jadis défendu ensemble l'indépendance du Pérou.

— C'est vrai, dit gravement Simancas. Nous fûmes compagnons d'armes, et je puis attester que Golymine, comme tous ses compatriotes, était d'une bravoure folle.

— Je n'en doute pas, dit Nointel; mais comment se conduisait-il avec les femmes?

— Mon Dieu! il ne m'a pas pris pour confident, mais je pense qu'il a toujours agi très-correctement. Il passait pour être très-généreux, et je suis certain qu'il était très-discret, car il ne m'a jamais dit un mot de ses liaisons.

— Et cependant il en a eu beaucoup, et dans tous les mondes, car, au début, il allait partout. On le voyait souvent chez la triomphante marquise de Barancos.

— Je l'ai entendu dire, mais je ne saurais l'affirmer. A cette époque, je n'avais pas l'honneur d'être en relation avec la marquise.

— En effet, dit Darcy, je ne me souviens pas de vous avoir jamais vu chez elle.

— Non, je me tenais à l'écart pour des raisons à moi personnelles. Je la connaissais cependant depuis plusieurs années. Feu le marquis de Barancos était capitaine général à la Havane lorsque je m'y trouvais. Je travaillais alors à l'affranchissement de l'île de Cuba, qui cherchait à se soustraire à la domination espagnole. Le gouverneur me fit expulser. J'étais resté en froid avec sa veuve. Mais j'ai appris tout récemment qu'elle ne songeait plus à cette histoire ancienne, et j'ai eu l'honneur de me présenter chez elle aujourd'hui même.

— Ah ! aujourd'hui ! répéta le capitaine. Elle reçoit donc le dimanche ?

— Ce qu'il y a de certain, c'est qu'elle m'a reçu... et avec une grâce parfaite. Elle m'a fait l'honneur de m'inviter à une grande fête qu'elle se propose de donner très-prochainement.

— Tous mes compliments, général. La maison de madame de Barancos est une des plus agréables qu'il y ait à Paris. Moi, je vais très-peu dans le monde; mais mon ami Darcy ne manque pas un des bals de la marquise, et il sera charmé de vous y rencontrer.

Alors, vous l'avez vue aujourd'hui? reprit Nointel d'un air dégagé. Lui avez-vous parlé de Golymine?

Le général tressauta sur sa chaise et répondit vivement:

— A quoi pensez-vous donc, capitaine? Je sais vivre, et je me suis bien gardé de prononcer le nom de ce Polonais. Elle doit être très-peu flattée de l'avoir connu, car il a mal fini. D'ailleurs, à quel propos lui aurais-je parlé du comte?

— Eh ! pardieu, à propos du crime de l'Opéra. Il n'est pas possible que madame de Barancos ignore la nouvelle du jour, et elle n'ignore pas non plus que Golymine a été l'amant de Julia.

— Je... je ne sais, balbutia Simancas. Il n'a pas été question de cela entre nous... et je...

12

— Messieurs, s'écria Saint-Galmier, saluez le pâté de rouges-gorges. C'est un mets que j'ai mis à la mode et que je vous prie de savourer avec recueillement. Laissons là les marquises et les Polonais, et admirez cette croûte dorée. Si vous le permettez, je vais procéder à l'autopsie

— Pouah! le vilain mot! Je vois d'ici un de vos confrères entrant avec un commissaire de police dans ce charmant hôtel du boulevard Malesherbes, et... vous m'avez coupé l'appétit. Du diable si je touche à votre pâté! Et puis, manger des rouges-gorges! Vous autres *dilettanti* de la bouche, vous ne respectez rien. Vous mettriez des fauvettes en salmis et des rossignols à la broche.

— Ne riez pas. J'en ai goûté. C'est délicieux.

— Je m'en rapporte à vous. J'aime mieux les entendre chanter. Bon! voilà un mot qui me ramène à Golymine. La marquise n'a pas pleuré sa mort, je le crois, ni celle de Julia non plus. Elle ne devait pas l'aimer, cette galante de haut vol qui avait des équipages presque aussi bien tenus que les siens. L'été dernier, vous souvenez-vous? la d'Orcival est venue au grand prix dans un huit-ressorts qui pouvait soutenir la comparaison avec celui de madame de Barancos. Et sa victoria doublée de satin jaune, avec tapis de loutre, siège devant et derrière, attelage gris foncé, tout le harnais plaqué d'argent. La marquise n'en a jamais eu une aussi irréprochable. Te la rappelles-tu, Darcy?

Darcy se la rappelait d'autant mieux que c'était lui qui l'avait payée; mais il ne répondit que par monosyllabes inintelligibles. Il savait à peine de quoi il était question. Son esprit voyageait en ce moment sur les hauteurs du faubourg Saint-Denis. Il voyait le fiacre, l'horrible fiacre cahotant Berthe Lestérel sur les pavés boueux et s'arrêtant à la porte de Saint-Lazare.

— Donc, reprit Nointel, la marquise ne regrette pas madame d'Orcival, mais elle est curieuse. Si elle ne l'était pas, elle ne serait pas femme. Elle vous a demandé des détails sur l'horrible événement, et comme vous y avez presque assisté, vous lui en avez donné, je n'en doute pas. Vous avez dû l'intéresser extrêmement.

— Oh! très-peu, je vous assure. Je n'ai fait qu'effleurer ce triste sujet. Madame de Barancos aime les conversations gaies. J'avais d'ailleurs une foule de choses à lui dire. C'est tout naturel, après un si long entr'acte. Je l'avais beaucoup connue à la Havane lorsqu'elle était la femme du capitaine général, et je la retrouvais reine en France, reine par sa beauté, par son luxe...

— Et un peu par ses excentricités. On n'aime ici que les femmes qui font parler d'elles. Ah! je conçois qu'elle ne se presse pas de se marier. Il est plus amusant d'étonner Paris que de gouverner Cuba.

— Je ne pense pas qu'elle ait renoncé au mariage, insinua Simancas.

— Alors, à votre place, général, je tâcherais de l'épouser.

— Ne vous moquez pas de moi, mon cher capitaine. Certes, ma race vaut la sienne. Comme elle, j'ai dans les veines du sang de vieux chrétien castillan, mais je ne suis qu'un vétéran, couvert de blessures, honorablement reçues, il est vrai.

— Bah! vous feriez un mari très-présentable, et je parierais que votre cœur n'a pas encore pris ses invalides. Un soldat n'a pas d'âge.

— Simancas a toujours vingt ans, s'écria le docteur, et cela grâce à ma méthode diététique. Je suis son médecin, et je garantis qu'il atteindra la centaine, sans vieillir.

Maintenant, messieurs, je réclame votre bienveillante attention pour la bombe glacée au pain bis. Ne pensez-vous pas qu'il conviendrait de la soutenir par quelques verres d'un porto généreux?

— Va pour le porto. D'autant que votre menu me paraît nécessiter le renfort d'un vin corsé. Vous nous avez fait faire un dîner féminin, mon cher Saint-Galmier.

— Cela vaut mieux qu'un dîner de femmes. La présence des femmes empêche d'apprécier la cuisine savante.

— D'accord, mais il est agréable de parler d'elles. Et au risque de vous déplaire, je reviens à la marquise. Dites donc, général, saviez-vous que la personne accusée d'avoir assassiné Julia est une jeune artiste qui chantait dans tous les concerts de madame de Barancos?

Gaston pâlit, et Nointel lui lança un coup d'œil significatif.

— Pardonne-moi, mon ami, disait ce regard, pardonne-moi de te faire souffrir. C'est pour le bien de mademoiselle Lestérel.

— Ma foi! non, répondit Simancas. On m'a raconté qu'on avait arrêté une jeune fille, mais on ne m'a pas parlé de la profession qu'elle exerce. Et je pense que la marquise n'est pas mieux informée que moi.

— C'est fort heureux. Elle eût été péniblement affectée, si elle avait su que le crime a été commis par une personne qui est venue chez elle.

— Oh! en qualité d'artiste payée. Madame Barancos n'a probablement jamais fait attention à elle, et en ce qui me concerne...

— Messieurs, interrompit Gaston Darcy, vous plairait-il de changer de conversation? Quel plaisir pouvez-vous trouver à ressasser cette abominable histoire d'assassinat? Moi, elle m'écœure, je l'avoue, et je vous serai très-obligé de parler d'autre chose.

— M. Darcy a raison, s'écrièrent en chœur Simancas et Saint-Galmier. Parlons d'autre chose.

Et le docteur ajouta :

— Quel dessert souhaitez-vous, messeigneurs? M'est avis qu'un joli brie et quelques grappes de raisin termineraient congrûment ce modeste repas.

Le capitaine opina du bonnet. Il ne pensait guère à choisir un fromage. Il se disait :

— Darcy est incorrigible. Il n'y a rien à faire avec ce garçon. Il m'arrête net au moment où je poussais une reconnaissance intelligente sur les terres de la Havanaise.

Heureusement, je retrouverai Simancas... et je le travaillerai sans rien dire au trop sensible Gaston. Pour le moment, nous n'avons plus que faire ici, et je vais tâcher d'abréger la séance.

Le dessert parut et fut lestement expédié, avec accompagnement de vin de Champagne.

Saint-Galmier buvait comme un Canadien qu'il était, et Simancas dérogeait ce soir-là à la sobriété proverbiale de la race espagnole. On devinait qu'il était de joyeuse humeur, quoiqu'il n'eût rien perdu de sa gravité. Le docteur montrait moins de tenue et donnait carrière à son élocution. Il parlait politique, finances, hygiène; il dissertait sur la médecine et sur les femmes, et surtout il célébrait sa méthode infaillible pour le traitement des névroses, mais il ne livrait pas la moindre indication utile au capitaine qui écoutait son bavardage avec une attention méritoire.

Gaston commençait à trépigner d'impatience et marchait sur le pied de Nointel pour l'engager à donner le signal du départ.

Il fallut cependant attendre le café et les liqueurs que Saint-Galmier fêta largement; mais enfin on en vint à allumer les cigares, et le général fit cette ouverture :

— N'êtes-vous pas d'avis, messieurs, que le cercle est le seul endroit où on puisse décemment passer sa soirée le dimanche? Si le cœur vous en dit, nous y ferons bien volontiers un whist avec vous.

— Mille grâces, répondit le capitaine, Darcy et moi nous avons une visite à faire, en *prima sera*, tout au fond du faubourg Saint-Germain. Il est neuf heures et demie. Nous allons payer notre écot et vous quitter. Nous vous rejoindrons vers minuit.

Et il appela le garçon pour lui demander la note, qui ne fut pas petite. Les pâtés de rouges-gorges sont hors de prix.

Les Américains n'insistèrent pas pour le retenir et déclarèrent que, n'ayant rien à faire, ils n'étaient pas pressés de lever le siége.

Gaston et le capitaine les laissèrent à table. En mettant le pied sur le boulevard, Nointel dit à son ami :

— Je n'ai eu garde de leur confier que nous allons à l'Opéra. Je ne tiens pas à les avoir sur mes talons.

— Ni moi non plus, grommela Darcy ; mais m'expliqueras-tu à quoi nous a servi ce dîner assommant? Tu m'as forcé à subir la compagnie de ces deux déplaisants personnages, et tu n'as pas pu tirer d'eux le moindre éclaircissement.

— Tu te trompes.

— Que sais-tu donc de plus? Que ce docteur ou soi-disant tel se vante de pouvoir reconnaître la femme en domino qui est venue dans la loge. La belle avance !

— Tu n'y entends rien. J'ai appris une chose dont je tirerai un excellent parti plus tard.

— Et laquelle?

— J'ai appris que Simancas, qui n'avait de sa vie, quoi qu'il en dise, mis les pieds chez madame de Barancos, s'est présenté chez elle aujourd'hui, et qu'elle l'a reçu, très-bien reçu même, puisqu'elle l'a invité au bal qu'elle va donner.

— Et tu en conclus...?

— Mon cher, ce n'est pas volontairement que la marquise reçoit un homme taré comme l'est ce Simancas. Si elle l'admet maintenant, après lui avoir longtemps fermé sa porte, c'est qu'elle a une raison pour agir ainsi.

— Quelle raison?

— Tu m'agaces. Comment ne comprends-tu pas que si, par exemple, Simancas avait vu cette nuit la marquise entrer dans la loge de madame d'Orcival, Simancas posséderait un secret qui lui donnerait barre sur ladite marquise

— Oui, car alors ce serait elle qui aurait tué Julia, s'écria Darcy très-ému. Et tu crois que...

— Je ne suis sûr de rien. A l'Opéra, où je te conduis,

nous en apprendrons peut-être davantage. Regrettes-tu encore, maintenant, d'avoir dîné avec ces deux drôles?

Darcy ne répondit pas à la question que lui adressait Nointel. Il n'avait pas une confiance absolue dans l'efficacité des moyens qu'employait le capitaine pour arriver à découvrir la vérité, et il supportait impatiemment la compagnie de ces deux étrangers équivoques. Il reconnaissait cependant que la brusque introduction de Simancas chez la marquise était un fait à noter. Mais il trouvait que son ami prenait pour innocenter Berthe, des chemins bien détournés, et il n'était pas encore persuadé de ne pas avoir perdu son temps en dînant avec le général et avec le docteur.

— Je vois, reprit en riant Nointel, que tu n'apprécies pas encore à sa juste valeur mon système d'enquête. C'est pourtant le seul qui puisse nous conduire au but. Il est lent, mais il est sûr. Tu me rendras justice plus tard. En attendant, je suis très-décidé à persévérer dans cette *voie*, dussé-je ne pas compter sur *la tienne*, dirait M. Prudhomme. Je te déclare même que si, par impossible, tu renonçais à poursuivre la contre-enquête, je la prendrais à mon compte, car je m'aperçois que le métier de chercheur a des charmes. Je commence à comprendre Lolif.

— Alors, nous allons à l'Opéra, murmura Darcy. Dieu sait ce que diront de moi les gens qui m'y verront. Julia y a été assassinée cette nuit, et tout Paris sait qu'elle était encore ma maîtresse, il n'y a pas huit jours.

— Ces demoiselles diront que les hommes n'ont pas de cœur. Tes camarades du cercle diront que tu es très-fort. Et les femmes du monde ne te sauront pas trop mauvais gré de ton indifférence à l'endroit de la mort d'une irrégulière. Que t'importe l'opinion de gens dont tu te soucies fort peu? Mademoiselle Lestérel ne saura jamais que tu es allé entendre ce soir le *Prophète*. Et c'est dans son intérêt que tu y vas. Donc, tu n'as rien à te reprocher.

— Soit! Je suis décidé à te suivre partout. Mais j'avoue que je n'attends rien d'une conversation avec l'ouvreuse.

D'abord, je crois qu'elle a déjà été interrogée par mon oncle.

— Eh bien, nous la *contre-examinerons*, ainsi que cela se pratique en Angleterre dans les procès criminels, et nous en tirerons peut-être des renseignements inédits. Je connais les ouvreuses, et je sais les faire parler. C'est une science que les plus habiles magistrats ne possèdent, pas. Les ouvreuses constituent dans le genre féminin un sous-genre particulier. J'ai étudié ce sous-genre, spécialement à l'Opéra, depuis trois ans que je suis abonné. Toi aussi, tu es abonné, et tu devrais le connaître. Mais tu n'as guère étudié que ces demoiselles du corps de ballet. C'est un tort. Les mères sont bien plus intéressantes pour un observateur. Et si, par hasard, l'ouvreuse préposée à la garde de la loge 27 a pour fille une coryphée ou même une simple marcheuse, j'aurai tôt fait de gagner sa confiance..., car Julia a été assassinée dans la loge 27, à ce que disent les journaux du soir.

— Tu ne la connais pas, cette ouvreuse?

— Je n'en sais rien. Je n'ai pas remarqé celles qui étaient de service cette nuit dans le couloir des premières. Mais nous allons commencer par faire un tour dans ce couloir qui mène à la loge sanglante, — style de mélodrame, — et j'ai un vague pressentiment que nous rencontrerons bien.

Cette conversation avait mené les deux amis à la place de l'Opéra. Gaston, à demi convaincu, se laissa conduire, et ils entrèrent.

En les voyant passer, les employés du contrôle les regardèrent d'un certain air. Ils savaient leurs noms, puisqu'ils étaient inscrits tous les deux sur la feuille d'abonnement, et ils ne devaient pas ignorer que Darcy avait été le dernier amant be Julia d'Orcival. Cette manifestation muette le troubla. Elle prouvait qu'il lui fallait s'attendre à attirer l'attention des spectateurs, des employés, des musiciens, des artistes du chant et de la danse. Pour tous ces gens-là, son entrée dans la salle allait faire événement, car sa figure était de celles qui ont une notoriété dans le monde des théâtres, toujours bien informé des événements de la galanterie parisienne, et on ne parlait ce soir-là que de la mort de madame d'Orcival.

— Ce sera une véritable exhibition, se disait tristement le pauvre Darcy.

En montant l'escalier monumental qui conduit au foyer, il regardait ces glaces qui avaient réfléchi l'image du domino noir et blanc, ces marches que le pied de Julia avait foulées, et il se demandait avec angoisse si les pieds mignons de Berthe Lestérel s'y étaient posés aussi.

Il se sentait gagner peu à peu par des doutes navrants, et l'explication imaginée par son oncle lui revenait à l'esprit.

— Si elle était entrée au bal pourtant, pensait-il, si elle avait frappé dans un transport de colère...

— Viens par ici, mon cher, lui dit Nointel, en passant son bras sous le sien. J'entends le finale du deuxième acte. Profitons du moment pour inspecter mesdames les ouvreuses avant que le couloir soit envahi. Prenons à droite et cherchons le numéro 27, désormais légendaire.

Ils le trouvèrent sans peine et ils avisèrent, non loin de la porte qui portait ce numéro fatal, une grosse femme assise sur un tabouret, et sommeillant au bruit lointain de l'orchestre qui accompagnait l'entrée en scène du comte d'Oberthal, tyran de Munster.

Cette respectable personne avait une figure bourgeonnée, un nez couleur lie de vin et des mains de cuisinière; mais elle était habillée de soie comme une dame de comptoir, et elle gardait, tout en somnolant, une attitude majestueuse. Son triple menton reposait sur son vaste corsage, et ses gros yeux à demi fermés regardaient le tapis, de sorte que Nointel fut obligé de se baisser pour la dévisager.

— Nous avons de la chance, dit-il tout bas à Darcy. Je

tombe justement sur une vieille amie. Elle n'aura pas de
secrets pour moi. Tu vas voir.

Il toussa fortement, et l'ouvreuse se réveilla en sur-
saut.

Le capitaine lui dit de sa voix la plus douce :

— Bonjour, madame Majoré. Avez-vous bien dormi?

— Tiens! c'est vous, monsieur Nointel, s'écria la grosse
femme. Excusez-moi. Je ne vous avais pas entendu venir.
Comment vous portez-vous?

— Très-bien, et vous, madame Majoré? Et M. Majoré, comment va-t-il? Et mademoiselle Ismérie? Et sa sœur, Paméla?

— M. Majoré se porte comme le pont Neuf. Il rajeunit
depuis que nous avons la République. Les petites vont bien.
Il n'y a que moi qui ne vais pas.

— Vous m'étonnez! vous avez une mine superbe.

— Heuh! heuh! Hier, j'étais encore à mon affaire; mais
ce soir, je ne vaux pas deux sous. Dame! ça se comprend.
Après le bouleversement que j'ai eu cette nuit...

— Quel bouleversement, madame Majoré?

— Comment! vous ne savez pas! D'où sortez-vous donc?

— Bon! j'y suis, la mort de madame d'Orcival. Est-ce
que vous y étiez?

— Je crois bien que j'y étais. Tenez! la voilà, cette malheureuse loge. Rien que de regarder le numéro, ça me
tourne le sang. Quand je pense que c'est moi qui ai ouvert,
et que je l'ai vue morte, la pauvre femme... et encore qu'il
m'a fallu tantôt courir au Palais de justice, et répondre
au juge... Est-ce que je ne devrais pas être dans mon lit?
Tenez! monsieur Nointel, l'administration n'a pas de cœur
de me forcer à faire mon service un jour comme aujour-
d'hui.

— C'est-à-dire que c'est de la barbarie. Une mère de
famille a droit à des égards.

— Ah! bien oui, des égards! Ils savent que je suis hors
de moi... Pensez donc! l'émotion... l'interrogatoire... Et ce
n'est pas fini... je suis encore citée pour après-demain... Je

demande une permission pour moi et pour les petites... Je leur avais promis depuis quinze jours de les mener au bal... On m'a ri au nez, et me voilà... et ces enfants, qui devraient être auprès de leur mère, en ont pour jusqu'à minuit à rester sur les planches... Ismérie est du pas des patineurs, et Paméla a une figuration en page... Non, là, vrai! pour voir des choses pareilles, ce n'était pas la peine de changer de gouvernement.

— Que voulez-vous, madame Majoré, l'administration aura pensé que le public y perdrait trop, si vos charmantes filles ne paraissaient pas dans le *Prophète*. Moi et mon ami nous sommes venus tout exprès pour les applaudir.

— Vous êtes trop aimable, monsieur Nointel. On voit que vous avez été militaire. Mais en parlant de votre ami... il me semble que je ne me trompe pas... c'est M. Darcy qui est avec vous.

— Gaston Darcy, lui-même, madame Majoré, dit gaiement le capitaine.

— Excusez-moi, monsieur Darcy, je ne vous remettais pas. Il y a si longtemps qu'on n'a eu le plaisir de vous voir au foyer de la danse, vous qui étiez un habitué autrefois. Sans indiscrétion, qu'est-ce que vous êtes donc devenu depuis un an?

— J'ai été très... occupé, balbutia Gaston.

— Ah! mon Dieu! s'écria l'ouvreuse, v'là que j'y pense maintenant... ce que c'est que d'avoir la tête à l'envers... j'avais oublié que vous étiez avec madame d'Orcival... Ah! monsieur, vous devez avoir bien du chagrin... et je vous jure que si j'avais pu prévoir ce qui est arrivé...

— Oh! je suis bien sûr que la pauvre femme ne serait pas morte, dit sérieusement Nointel. Je sais que vous êtes courageuse comme une lionne.

— Oui, monsieur, comme une lionne. Je défendrais mes filles contre un escadron de uhlans.

— Je n'en doute pas, madame Majoré. Et il me vient une idée. Mon ami Darcy ne peut pas ressusciter madame d'Orcival, mais il espère que du moins sa mort sera vengée, et il voudrait bien savoir si on tient le coupable, ou la coupable, car on prétend que c'est une femme. Vous devez être bien informée, et vous pourriez peut-être nous dire...

— Pas ici, monsieur Nointel. L'acte va finir, et j'ai beaucoup de monde dans mes loges. A votre service, d'ailleurs, et pour ce qui est d'être bien informée, je *la* suis, je vous en réponds. Personne n'y a vu clair dans cette affaire-là, ni le commissaire, ni le juge, ni les autres. Les journaux ne disent que des bêtises. Il n'y a que moi qui connaisse le fin mot de l'abomination de cette nuit. Je sais par qui le coup a été fait.

— Quoi! s'écria Gaston, vous êtes sûre que celle qu'on accuse..

— Puisque que je vous dis qu'ils n'y ont vu que du feu. Le juge n'a pas voulu me croire, mais il verra bien un jour ou l'autre que j'avais raison. A propos, il s'appelle comme vous. Est-ce que vous êtes parents?

— Oui... mais je vous serais bien reconnaissant de me dire tout de suite...

— Mon cher, tu oublies que madame Majoré a des devoirs à remplir, interrompit le capitaine qui voyait que Darcy faisait fausse route. Et puis, on est fort mal ici pour causer. Il y a un moyen de tout arranger : si madame Majoré veut bien nous faire le plaisir de venir souper après le spectacle, avec ces demoiselles...

— Avec mes filles! Oh! mon bon monsieur Nointel, vous savez bien que ça ne se peut pas. Elles sont trop jeunes, et M. Majoré est à cheval sur les principes. C'est vrai qu'il a ce soir une grande séance maçonnique à sa loge des Amis de l'humanité. Il y a une réception... les épreuves, vous savez... et l'agape fraternelle après. Il ne rentrera pas avant quatre heures du matin. Je sais bien aussi que vous êtes des messieurs sérieux, et que mes filles ne seraient pas compromises. Mais non, ça ne se peut pas. On jaserait trop au théâtre.

— Qui le saura? Ce n'est pas nous qui le raconterons. Allons, ma bonne madame Majoré, c'est convenu. Vous verrez que vous ne regretterez pas d'être venue, ni ces demoiselles non plus. Je parie qu'elles aiment les truffes.

— Oh! oui, qu'elles les aiment et qu'elles n'en mangent pas souvent, les pauvres chéries. Elles sont honnêtes, mon cher monsieur. Ce n'est pas comme cette Zélie, la fille à mame Crochet, qui ne se nourrit que d'asperges tout l'hiver. Si ça ne fait pas pitié! Je ne les crains pas non plus les truffes, et si j'étais sûre...

— De notre discrétion? Voyons, madame Majoré, vous nous connaissez, que diable! Tenez, pour que personne ne se doute de rien, ce soir nous ne mettrons pas les pieds au foyer de la danse, et après la représentation, nous irons vous attendre au coin du boulevard Haussmann et de la rue du Helder. C'est un endroit où il ne passe jamais personne.

— Écoutez, monsieur Nointel, dit l'ouvreuse en prenant un air digne, vous me faites faire là une chose que M. Majoré désapprouverait, et s'il ne s'agissait pas d'être utile à votre ami qui est dans la peine... mais il y a un point sur lequel je ne transigerai pas. Je ne veux pas qu'on dise que mes filles ont soupé en cabinet particulier avec des messieurs.

— Nous souperons où vous voudrez, madame Majoré. C'est dit. Je compte sur vous, à minuit et demi.

La grosse femme allait peut-être élever encore quelque vertueuse objection, mais l'acte venait de finir, et ses fonctions la réclamaient. Le capitaine fila, sans laisser à cette mère prudente le temps d'ajouter un seul mot, et il entraîna Gaston.

— Il me semble, lui dit-il, que nous marchons très-bien. La Majoré va nous mettre sur la bonne piste.

— J'en doute, soupira Darcy. Elle vient de convenir que mon oncle n'a pas cru à sa déclaration.

— Peuh! je soupçonne qu'elle s'est fort mal expliquée et qu'elle nous apprendra des choses que ton oncle ne sait pas. Quoi qu'il en soit, nous ne pouvons pas négliger une si belle occasion. La chance d'obtenir un renseignement nouveau vaut bien un souper avec deux danseuses et avec leur respectable maman.

Viens à l'orchestre. Je ne crois pas que dans la salle il y ait beaucoup de gens de notre monde, un dimanche. Tâche pourtant de ne pas avoir l'air trop triste.

Les deux amis trouvèrent à se placer à côté l'un de l'autre, sur le premier rang des fauteuils, et le capitaine se mit aussitôt à passer en revue les spectateurs.

— Oh! oh! dit-il à demi-voix, voilà qui est singulier. La marquise de Barancos est ici.

— Qu'y a-t-il d'extraordinaire à ce que cette marquise soit ici? demanda distraitement Darcy.

— D'abord, mon cher, son jour de loge est le vendredi, répondit Nointel. Il n'est pas naturel qu'elle vienne à l'Opéra, un dimanche, pour entendre une reprise du *Prophète*, qui ne constitue pas ce que les Anglais appellent *a great attraction*. Ensuite, elle doit être fatiguée, car elle a passé la nuit au bal, dans cette même salle où elle revient ce soir se purifier dans un bain de musique savante.

— C'est vrai... je l'avais oublié... tu l'as vue cette nuit...

— Et même je lui ai parlé. Elle ne se doute pas que je l'ai reconnue, mais je suis curieux de savoir si elle va reconnaître en ma personne son cavalier d'occasion. Oui... parfaitement. Tiens! elle me lorgne.

— Où est-elle?

— Là, tout près de nous, dans son avant-scène du rez-de-chaussée. Ne te retourne pas trop vite. Voyons. Est-elle seule? Ces baignoires d'avant-scène sont profondes comme la mer. De vraies boîtes à surprise. En tout cas, elle tient à se montrer, car elle pose sur le devant, comme si Carolus Duran était là pour faire son portrait. Tu ne te demandes pas pourquoi elle désire tant qu'on la voie? Non? Décidément, tu n'as pas l'esprit tourné aux rapprochements. Moi, je suis certain qu'elle s'exhibe ce soir pour qu'on ne puisse pas supposer qu'elle a couru le guilledou cette nuit.

— S'exhiber ! à qui ? Tu viens de dire toi-même qu'il n'y a ici personne de son monde.

— Pardon ! il y a toi...

— Elle ne pouvait pas prévoir que j'y viendrais.

— Et puis, il y a aussi Prébord. Le vois-tu, là-bas, à l'autre bout des fauteuils ? Il se cambre pour faire des effets de torse, et il regarde la Barancos du coin de l'œil. Elle a bien pu le prévoir, celui-là. Tiens ! elle vient de dîner en ville.

— Qu'en sais-tu ?

— C'est sa toilette qui me le dit. Et elle est assez réussie, sa toilette. Robe en faille rouge, agrafée sur l'épaule par des nœuds de diamants, et garnie de dentelles.

— Est-ce au régiment que tu as appris à parler la langue des couturiers ?

— Mon cher, au 8e hussards, on apprenait tout. Je sais parler modes comme un journaliste du *high-life,* et faire la cuisine comme un chef du café Anglais. Seulement, je ne sais pas pourquoi Prébord est venu. Est-ce qu'il y aurait du rendez-vous sous roche ? C'est à étudier. En attendant, voyons un peu la salle. Bon ! c'est bien ce que je pensais. Des étrangers sans importance, des provinciales, des bourgeoises, des cocottes non gradées. Pas une tête de connaissance. La marquise en sera pour sa démonstration.

Ah ! la loge fatale est vide. C'est drôle. Je n'aurais jamais cru que le directeur de l'Opéra se priverait d'une location pour une raison sentimentale. Après cela, ton oncle a peut-être fait poser les scellés sur la porte de ce fameux n° 27. Madame Majoré nous renseignera en soupant. Quel type que cette mère coupable ! Et que dis-tu de ses scrupules à l'endroit des cabinets particuliers ?

— J'espère bien que nous n'allons pas souper en public avec elle et ses filles.

— Mon cher, on soupe où on peut. Mais dis donc, je crois, sur ma parole, que madame de Barancos te fait des signes.

La marquise, en effet, accoudée sur le devant de sa loge, regardait Gaston Darcy et jouait de l'éventail d'une façon très-significative.

— Encore une science que je possède, reprit le capitaine. Je l'ai acquise à la Havane, où j'ai séjourné huit jours, en revenant du Mexique. L'éventail fermé ramené d'un petit coup sec vers la poitrine, cela veut dire : Venez! Et cette télégraphie ultra-électrique est à ton adresse, car, à coup sûr, elle n'est pas à la mienne.

— Je vais faire comme si je n'avais pas reçu la dépêche, murmura Darcy.

— Y penses-tu? Comment! tu refuserais une causerie avec la Barancos dans un moment où nous avons soif d'éclaircissements. Ce serait absurde, mon cher. Et je te déclare que je ne me mêle plus de tes affaires, si tu ne te transportes pas incontinent dans l'avant-scène de cette précieuse marquise.

— Mais que veux-tu que je lui dise?

— Il s'agit beaucoup moins de ce que tu lui diras, que de ce qu'elle va te dire. Et si elle t'appelle, c'est apparemment qu'elle veut te parler. De quoi? Du crime de l'Opéra, parbleu! Tu aurais bien du malheur, ou tu serais bien sot, si tu ne tirais pas quelque profit d'une conversation avec cette folle qui était au bal où on a tué Julia. Voyons! salue, au moins; salue donc, pour répondre à ce sourire andalous qu'elle t'envoie par-dessus la contre-basse.

Gaston salua. Il ne pouvait pas s'en dispenser, sous peine de passer pour un homme mal élevé. Et le jeu de l'éventail recommença, si clair et si pressant, qu'il devenait impossible à Darcy de faire semblant de ne pas le comprendre.

— Allons! murmura-t-il, je me résigne. Je vais dans la loge, puisque j'y suis forcé.

— A la bonne heure! Tu commences à entendre raison.
Maintenant, un dernier conseil, avant de te laisser marcher
seul. Sais-tu ce que tu devrais faire pendant ta visite?

— Non. Quoi?

— La cour à madame de Barancos, mon cher.

— Ah! pour le coup, c'est trop fort. Si tu crois que j'ai
le cœur au *flirtage!* Je voudrais que le diable emportât cette
Célimène de Cuba. Juge si je suis disposé à lui dire des
douceurs.

— J'espère que du moins tu ne vas pas lui faire ta mine
de condamné à mort. Autant vaudrait lui raconter que tu
veux épouser mademoiselle Lestérel, et que tu t'es constitué
son défenseur.

Prends sur toi de redevenir pour une demi-heure le
Darcy que j'ai connu jadis, le Darcy qui savait plaire aux
femmes. Sois galant par calcul. Que ne puis-je t'accompagner! Je dirigerais la conversation. Mais je n'ai jamais eu
mes entrées chez la marquise, et je pense qu'elle est moins
que jamais disposée à me les accorder. Elle se figure que
j'ignore à qui j'ai donné le bras cette nuit, et elle craint
que sa voix ne la trahisse. Il faut donc que tu te passes de
moi. Va, mon fils, et retiens bien toutes les paroles qui
sortiront de la bouche de cette Barancos. Une jolie bouche,
ma foi! Va, et reviens au rapport.

Gaston s'exécuta d'assez mauvaise grâce. Il quitta sa
place à l'orchestre, et il alla se faire ouvrir la loge de la belle
étrangère.

La marquise était seule. Aucun cavalier servant ne se
cachait dans les profondeurs de l'avant-scène. L'entrevue
allait être un tête-à-tête.

Elle était brune comme Julia d'Orcival, cette princesse
des Antilles, plus brune même, car ses cheveux avaient
des reflets presque bleus comme une aile de corbeau, et ses
yeux étincelaient comme des diamants noirs. Sa peau de
créole semblait avoir été dorée avec un rayon de soleil, et
les poëtes cubains avaient cent fois comparé ses lèvres

13.

rouges à des fleurs de grenadier. Le front était fier et la
bouche sensuelle. Et ces deux traits de son beau visage
expliquaient le caractère de cette grande dame, qui bra-
vait avec une audace inouïe l'opinion du monde, et qui
aimait avec emportement.

Gaston la connaissait de longue date, et en d'autres
temps il avait été très-tenté de rechercher ses¹ bonnes
grâces. Mais il était trop Parisien pour ne pas se garer des
passions violentes. La marquise l'effarouchait.

— Vous voilà enfin, monsieur, lui dit-elle de sa voix
grave, une voix castillane. Vous vous êtes bien fait prier
pour venir m'aider à supporter trois actes de musique
sérieuse. Mais je vous tiens maintenant, et je vous garde.
Asseyez-vous là, près de moi. Je veux vous compromettre.

Darcy cherchait une phrase polie que la veille encore il
aurait trouvée sans peine. Madame Barancos ne lui laissa
pas le temps d'envelopper ses excuses dans un compliment.

— Imaginez-vous, reprit-elle, que je viens de dîner chez
des Yankees vingt fois millionnaires qui s'habillent comme
des portiers et qui mangent comme des sauvages. Je me
suis sauvée au dessert, et je suis venue me réfugier ici.

— Un dimanche! dit Darcy, qui se souvenait des conseils du capitaine.

— Précisément parce que c'est dimanche. J'aime à faire
ce que les autres femme ne font pas. N'êtes-vous pas d'avis
que notre vie des salons ressemble beaucoup à celle d'un
écureuil en cage? Moi, je m'échappe tant que je peux, et
mon rêve serait de voir les envers de Paris. Il y a des jours
où il me prend des envies d'aller valser à Mabille.

— Ce n'est pas la saison. Comme excentricité d'hiver, je
ne vois guère que le bal de l'Opéra.

— Vous appelez le bal de l'Opéra une excentricité? Pour
une mondaine française, peut-être. Il me faudrait à moi
un divertissement plus... pimenté. La belle folie, vraiment, que de venir à minuit, masquée jusqu'aux dents, se

claquemurer dans une loge, ou tout au plus risquer un tour au foyer! C'est bon pour une bourgeoise en rupture de ménage. Si je me mêlais de commettre des hardiesses., j'irais à Bullier, à visage découvert.

— Ce serait héroïque, et je comprends maintenant que le bal de l'Opéra vous fasse l'effet d'un bal de pensionnaires. Seulement, je suppose que vous en parlez comme je pourrais parler des chutes du Niagara... d'après des descriptions.

— Qu'en savez-vous?

— Vous y êtes allée? dit vivement Darcy.

— Je l'avoue, répondit sans hésiter la marquise.

— Cette nuit peut-être?

— Que vous importe que ce soit cette nuit ou l'année dernière?

— Pardonnez-moi une indiscrétion... que vous avez un peu provoquée, convenez-en, madame.

— J'en conviens, dit madame de Barancos en riant d'un rire franc qui montrait ses dents éblouissantes. J'adore les indiscrétions. Les gens discrets m'ennuient. Et je devine pourquoi vous tenez à savoir si j'étais ici hier : c'est que vous y étiez vous-même.

— C'est vrai, j'y étais, et je ne vous y ai pas vue.

— Vue! Est-ce qu'on peut voir une femme quand elle est en domino? A propos, qui donc est cet ami que vous avez laissé à l'orchestre?

— Henri Nointel, ex-capitaine de hussards.

— Il est fort bien. Pourquoi ne vient-il pas chez moi?

— Mais... parce que vous ne lui avez jamais fait l'honneur de l'inviter.

— Pas du tout. C'est parce que je ne lui plais pas; car il lui eût été très-facile de se faire présenter par vous.

— Il va fort peu dans le monde. C'est un solitaire... un ours.

— Vraiment? Vous me donnez envie de l'apprivoiser. J'entends que vous me l'ameniez au prochain entr'acte.

— Je m'y eugage, dit avec empressement Darcy, qui
commençait à entrevoir la possibilité de tirer parti des
propos décousus de la capricieuse créole, et qui comptait
beaucoup sur le capitaine pour toucher habilement les
points intéressants.

La marquise n'avait pas encore fait une seule allusion à
la mort de madame d'Orcival, et il n'osait pas lui parler
le premier de cet événement tragique.

— Merci, répondit madame de Barancos. Mais je veux
que vous restiez dans ma loge... au moins jusqu'à la fin du
ballet. Vous me direz les noms des patineuses.

Et comme Darcy allait protester :

— Pas un mot de plus. Vous m'empêcheriez de voir. Je
ne sais pas regarder quand on me parle.

Darcy n'insista point. La toile se levait, et les applaudissements du public dominical saluaient l'effet de neige et
de brume qui inaugure si bien le troisième acte du *Prophète*.

Au grand étonnement de Darcy, la marquise s'absorba
aussitôt dans la contemplation de ce merveilleux décor,
qu'elle avait pourtant dû admirer déjà bien des fois, et il
put, sans attirer l'attention de sa belle voisine, faire signe
à Nointel que tout allait bien.

Puis il se mit à lorgner la scène dans l'unique but de se
donner une contenance, car les douleurs de Fidès ne le touchaient guère, et le joli divertissement qui précède les exercices de patinage ne l'intéressait pas du tout.

En revanche, il fut frappé de stupeur, lorsqu'en obser-
vant à la dérobée madame de Barancos, il s'aperçut qu'elle
avait les yeux humides.

Certes, ce n'était pas l'air allègre sur lequel se trémous-
saient les jeunes de la danse qui pouvait lui arracher des
larmes, et il crut pouvoir se permettre une question :

— Qu'avez-vous donc, madame? demanda-t-il doucement. Seriez-vous souffrante ?

— Moi?... non, murmura la marquise d'une voix
étouffée.

Puis, se remettant presque aussitôt :

— Vous ne devineriez jamais pourquoi je suis émue. Croiriez-vous que c'est le décorateur qui me fait pleurer? Il a si bien rendu le brouillard... et vous ne savez pas que le brouillard produit sur mes nerfs un effet singulier. Il m'attriste et il me charme. Si je vous disais qu'il m'arrive souvent de sortir à pied par les temps humides et brumeux. J'éprouve un plaisir étrange à piétiner dans la boue des rues de Paris. Je trotte comme une grisette, tout exprès pour m'imprégner de mélancolie... et pour me crotter. Je suis un peu folle, n'est-ce pas? Comment appelez-vous cette petite qui a des bottines rouges? Vous n'imaginez pas combien c'est difficile de danser avec des bottines à talons. Elle est un peu maigre, mais elle a de la race. Eh bien! vous ne me dites pas son nom?

— Mais je... oui, je crois que c'est... Majoré Iʳᵉ... ou Majorin... ou...

— Pourquoi pas Majorat? interrompit madame de Barancos en éclatant de rire. Votre renseignement n'est pas très-précis. Je pensais que vous étiez mieux informé.

— Je le suis fort mal. Il y a fort longtemps que je n'ai mis les pieds au foyer de la danse.

— C'est vrai. Depuis un an vous n'étiez plus libre... je l'avais oublié, dit la marquise redevenue sérieuse tout à coup.

Cette allusion à ses amours avec Julia fit tressaillir Darcy et le remit en garde. Il se reprit à croire que l'étrangère avait été plus ou moins mêlée au lugubre événement du bal de l'Opéra, et il résolut de pousser l'attaque, sans attendre l'entrée en lice du sagace Nointel. Mais il eut beau essayer de la ramener au sujet qui l'intéressait, il ne put rien tirer de l'excentrique marquise. Elle se lança dans des critiques bouffonnes sur le jeu et le chant des acteurs, elle se moqua des anabaptistes battant le briquet, du sauvetage de Berthe arrachée aux flots de la Meuse, du soleil qui se levait fort mal sur Munster, et lorsque le Prophète entonna l'hymne magnifique : « Roi du ciel et des anges », elle lui tourna le dos en disant brusquement à Darcy :

— J'adore la musique de Meyerbeer, et ce soir elle m'irrite. Je voudrais entendre un quadrille d'Offenbach. Allez donc me chercher votre ami le capitaine.

Gaston jugea qu'à lui tout seul il ne réussirait pas à remettre madame de Barancos sur la voie où il souhaitait qu'elle s'engageât, et il ne se fit pas prier pour aller chercher du renfort.

Il sortit de la loge, en promettant de revenir bientôt avec le capitaine que la bouillante créole demandait avec tant d'insistance, et il n'eut pas besoin d'aller le chercher bien loin, car il le rencontra dans le couloir.

— Eh bien? demanda Nointel.

— Eh bien! répondit Gaston, je ne comprends rien à cette femme. Elle rit aux éclats, et, une minute après, elle se met à pleurer. Elle se moque des bourgeoises qui s'aventurent au bal de l'Opéra, et elle parle, comme d'une chose toute simple, d'aller danser à Mabille. Je crois, en vérité, qu'elle est folle.

— Folle, non. C'est dans le sang. La Savoie et son duc sont pleins de précipices, dit Ruy Blas. Les marquises havanaises sont pleines de changements à vue. Mais que t'a-t-elle dit de l'assassinat?

— Rien. Elle a fait une allusion très-détournée à ma liaison avec Julia, et ç'a été tout. Je suis convaincu cependant qu'elle en sait plus long que je ne pensais sur les événements de cette nuit.

— J'en suis convaincu aussi, et j'ai bien peur que tu ne t'y sois mal pris pour lui arracher des confidences.

— J'ai fait de mon mieux; mais si tu crois que c'est facile, tu te trompes fort. On manœuvre de façon à l'attirer dans un piége de conversation, elle s'y laisse conduire, et au moment où on croit la tenir, elle s'échappe en vous demandant le nom d'une danseuse qui a des bottines rouges.

— Oui, elle est ondoyante et diverse, mais je connais ces natures de girouette. Il y a un moyen de les fixer. Parions que tu as oublié mes recommandations. Parions que tu ne t'es pas posé en adorateur.

— Non, certes. La tâche était au-dessus de mes forces, et, au surplus, si je m'étais avisé de lui faire la cour, elle m'aurait ri au nez.

— Prébord la lui fait bien, et une cour très-vive, je t'en réponds.

— Prébord est un sot qui ne compte pas. La Barancos tolère ses assiduités, parce qu'il passe, je ne sais pourquoi, pour un homme à la mode... peut-être parce qu'il va à toutes les premières et parce qu'on cite son nom dans les journaux. Les étrangères aiment le tapage. Je ne suis pas Prébord, et la dame aurait trouvé mes déclarations ridicules, surtout le lendemain de la mort de Julia.

— Je ne suis pas de ton avis; mais puisque tu refuses absolument de jouer les amoureux, n'en parlons plus. Dis-moi si tu penses qu'elle se souvient de ma figure?

— Elle s'en souvient si bien qu'elle s'est fort occupée de toi. Elle m'a demandé qui tu étais, et quand elle a su que nous étions intimement liés, elle m'a reproché de ne pas t'avoir encore amené chez elle.

— Et tu lui as répondu?

— Que tu n'aimais pas le monde, que tu le fuyais même. Sur quoi, elle a insisté, et j'ai été obligé de lui promettre que je te présenterais.

— Quand?

— Tout de suite. Elle t'attend. Je viens te chercher de sa part.

Et comme Nointel réfléchissait, Darcy ajouta avec une intention légèrement ironique :

— Voilà une excellente occasion de faire toi-même ce que tu me conseillais d'essayer. Le cœur de madame de Barancos est à prendre. Attaque-le.

— Je n'y répugne pas, dit tranquillement le capitaine de

hussards. Mais ce sera bien pour t'obliger, car je n'ai pas de goût pour les excentriques à tous crins. J'aime les femmes douces, unies et même un peu sottes. N'importe. Je me dévouerai, s'il le faut. Reste à savoir si cette marquise ne coupera pas court à mes galanteries. J'ai quinze ans de service, mon bon ami.

A le voir, on ne s'en serait pas douté. Il était grand, mince de taille, large d'épaules, élégamment tourné. Il avait le teint brun, l'œil vif, les dents superbes, les cheveux au complet de guerre, et cet air viril que les femmes apprécient tant. Une grande distinction de manières relevait et complétait ces avantages physiques. En un mot, Nointel avait tout ce qu'il faut pour plaire, et même quelque chose de plus, un esprit net, un caractère décidé, de quoi dominer les coquettes et passionner les indifférentes. S'il eût daigné courir après les bonnes fortunes, il les aurait comptées par douzaines. Mais ce cavalier accompli était aussi un philosophe pratique, un sage qui savait ce que valent les succès mondains, et qui se contentait fort bien des bonheurs tranquilles. Il aimait à sa guise, sans fracas et sans orages.

— C'est précisément parce que tu ne tiens pas à madame de Barancos que tu as de grandes chances d'être agréé par elle, dit Darcy qui ne manquait pas d'expérience en ces matières. Viens donc, et tâche d'être plus habile que moi. Un dernier renseignement avant d'entrer. La marquise m'a déclaré sans ambages qu'elle était venue au bal de l'Opéra. Elle n'a pas dit que ce fût hier, mais...

— Mais moi je suis sûr que c'est hier, et je suis sûr aussi que, si elle tient à me parler ce soir, c'est surtout pour me mettre à la question. Elle veut savoir si j'ai quelque soupçon de lui avoir donné le bras, cette nuit, dans le corridor des premières. Je suis au moins de sa force, et je ne la crains pas. J'étudierai son jeu, et je ne livrerai pas le mien. Elle doit s'impatienter. Conduis-moi à l'avant-scène.

Cette causerie avait entraîné les deux amis au bout du

couloir de l'orchestre, et elle s'était prolongée un peu plus qu'il n'aurait fallu.

Quand ils se présentèrent à madame de Barancos, ils trouvèrent Prébord établi dans la loge. Le fat avait eu soin de se placer bien en vue, sur le devant, et il affectait des airs penchés, dans le but évident de faire croire aux deux mille spectateurs qui remplissaient la salle qu'il était du dernier bien avec la marquise.

La rencontre était déplaisante, et Darcy allait battre en retraite, après s'être excusé; mais madame de Barancos ne l'entendait pas ainsi.

— Merci de votre gracieuse visite, cher monsieur, dit-elle à Prébord d'un ton assez sec. Je vous verrai sans doute la semaine prochaine au bal que vont donner les Smithson.

Ce petit discours était un congé formel, et le bellâtre ne s'y trompa point. Il se leva fort à contre-cœur, salua d'assez mauvaise grâce les nouveaux venus et s'inclina devant madame de Barancos en disant :

— Je serai très-heureux de vous y rencontrer, madame la marquise, et de vous apporter les renseignements que vous avez bien voulu me demander sur cette chanteuse qui a assassiné Julia d'Orcival.

?'était la flèche du Parthe que Prébord lançait à Gaston en lui cédant la place, et la flèche blessa cruellement l'amoureux de Berthe, si cruellement qu'il faillit riposter par une interpellation violente. Nointel le calma d'un coup d'œil, et le perfide ennemi qui l'avait frappé en traître s'empressa de sortir.

Madame de Barancos devina que la personne du don Juan brun n'était pas agréable aux deux amis, et elle le sacrifia sans pitié.

— Avez-vous entendu comme je l'ai *coupé?* dit-elle avec une désinvolture tout aristocratique. Croiriez-vous que ce joli monsieur s'est permis de m'envahir sous prétexte de me raconter l'arrestation d'une pauvre fille qui est venue quelquefois chanter chez moi cet hiver? On n'est pas impudent à ce point, et j'allais le mettre à la porte quand vous êtes arrivés.

Puis voyant que Darcy et Nointel restaient dans l'attitude obligée de deux visiteurs dont l'un va présenter l'autre, elle reprit :

— C'est inutile. J'ai horreur des formes convenues. Je ne suis pas Anglaise, moi. Pourquoi me nommeriez-vous, monsieur le capitaine Nointel, puisque vous venez de me dire tout le bien que vous pensez de lui? Et pourquoi M. Nointel se croirait-il obligé de me saluer en arrondissant les bras et en marmottant une phrase savamment tournée, puique c'est moi qui vous prie de me l'amener? Il faut laisser ces façons à M. Prébord. Prenez sa place et causons.

Le capitaine était un peu désarçonné. Il se trouvait presque dans la situation d'un orateur qui a préparé son exorde et qu'un incident dérange au moment de commencer. Madame de Barancos lui coupait ses effets, comme elle avait *coupé* l'importun qu'elle venait de chasser.

Il se remit pourtant assez vite, et il dit gaiement :

— Vous me comblez de joie, madame. J'ai horreur des préliminaires, des préambules, des préfaces...

— Et des Prébord, n'est-ce pas? interrompit la marquise. Cet homme est insupportable.

— Et il se croit ineffable. Vous le recevez, à ce qu'il prétend.

— Oui. Je reçois tout le monde. Mais je n'ai que trèspeu d'amis, et M. Prébord ne sera jamais le mien. Un fat qui prend des attitudes et qui s'écoute parler! N'est-il pas de votre cercle? Alors, vous devez le connaître.

— Beaucoup trop.

— Est-il vrai qu'il se vante de me faire la cour?

— Il en très-capable.

— Eh bien, monsieur, je vous prie de dire très-haut, et partout, que je ne l'y ai jamais encouragé... pour deux raisons... d'abord parce qu'il me déplaît, et ensuite parce

que je déteste les hommes qui s'occupent de moi. Ne trouvez-vous pas que ces mots : faire la cour, sont odieux? La
cour! je vois d'ici les sots qui paradaient devant moi, les
jours de réception, quand mon mari était gouverneur de
Cuba... je vois leurs fades sourires, j'entends leurs plats
compliments. Non, l'homme que j'aimerai ne ressemblera
pas à ces faiseurs de courbettes; l'homme que j'aimerai ne
s'humiliera pas devant moi. Il sera fier, et il ne viendra pas
m'offrir son amour comme on offre un bouquet. Il attendra
que je le lui demande. Je ne veux pas qu'on me choisisse.
Je veux choisir.

— Et si vous choisissiez mal?

— Je souffrirais, mais qu'importe? Le bonheur, ce n'est
pas d'être aimée, c'est d'aimer.

— Ainsi, demanda le capitaine en regardant fixement la
marquise, si vous aimiez un homme, et si cet homme vous
aimait, vous n'attendriez pas qu'il vous le dît?

— Non, répondit madame de Barancos sans baisser les
yeux.

— Madame, dit Nointel en riant, je suis obligé de confesser que si, par impossible, une femme me faisait une
déclaration, mon premier mouvement serait de me dérober.
Je suis très-enclin à la contradiction, et je n'ai aucun goût
pour les victoires faciles.

Il y eut un court silence. Madame de Barancos jouait
avec son éventail. Elle l'ouvrait d'un geste nerveux, et elle
le refermait d'un coup sec. On n'entendait dans la loge que
ce frou-frou pareil au bruit que font les ailes d'un per-
dreau qui s'envole brusquement aux pieds d'un chasseur

— Ce Prébord doit être un lâche, dit tout à coup la marquise. Il s'est mis à me raconter, sans que je l'en eusse
prié, le malheur arrivé à cette malheureuse qu'on accuse,
et je voyais qu'il y prenait un plaisir extrême. Et il n'a eu
que des paroles de mépris pour la morte...

Pardon, reprit-elle en tendant la main à Darcy, je vous
ai blessé sans le vouloir. J'avais oublié que vous étiez lié

avec madame d'Orcival. Mais je vous jure que je la plains, quoique je n'aie aucune raison pour la regretter. Et je vous plains si vous l'aimiez. Non... vous ne l'aimiez pas... vous ne seriez pas ici ce soir.

Gaston, très-troublé, chercha une réponse qu'il ne trouva point, et madame de Barancos prit, sans transition aucune, un autre ton pour dire à Nointel :

— C'est une étrange histoire que celle de .cette mort. Qu'en pensez-vous, monsieur? Vous étiez sans doute au bal, cette nuit?

— Oui, madame, j'y étais, répondit le capitaine. J'y ai même rencontré et reconnu...

— Qui donc? demanda madame de Barancos, toute prête à se cabrer.

— Cette pauvre Julia d'Orcival, au moment où elle montait le grand escalier. Un peu plus tard, je l'ai revue de loin, dans sa loge, et je ne me doutais guère qu'elle n'en sortirait pas vivante. Je ne sais absolument rien que vous ne sachiez sur ce qui s'est passé ensuite, mais le général Simancas pourra vous renseigner. Il est resté tout le temps dans la loge voisine.

— Qu'est-ce que c'est que le général Simancas?

— Quoi! vous ne le connaissez pas ! Nous venons de dîner avec lui, et il nous a assuré qu'il avait eu l'honneur de vous voir aujourd'hui même; c'est un général péruvien.

— Oui... oui... parfaitement. Où ai-je l'esprit? J'oublie les noms de mes plus anciens amis. Il y a plusieurs années que je connais M. Simancas, et je l'ai, en effet, reçu aujourd'hui... il n'est pas mieux informé que vous... il n'a pu me dire si cette Lestérel est coupable. C'est bien Lestérel qu'elle s'appelle, n'est-ce pas?

Et, sans laisser à Nointel le temps de lui répondre :

— Ah! on commence. Quel ennui! nous ne pourrons plus causer. Ce quatrième acte est admirable... mais je n'ai jamais pu le supporter. La marche est trop solennelle pour moi qui ne le suis pas du tout. Et lorsque Jean de Leyde s'avance à pas comptés, sous le dais, il me semble toujours voir le marquis de Barancos faisant son entrée officielle dans la cathédrale de la Havane, le jour de la Fête-Dieu. Mais vous, messieurs, vous êtes sans doute ici pour la musique.

— Oh! uniquement, dit le capitaine avec conviction.

— Je ne veux pas vous empêcher de l'entendre. Moi, je vais rentrer. Maintenant, je me couche à onze heures. Et ce matin, à neuf heures, j'avais déjà fait le tour du Bois, au galop de chasse. Mon valet de pied doit être dans le corridor. Soyez donc assez aimable pour lui dire en passant de faire avancer mon *clarence*. Le soir, je ne sors plus qu'en *clarence*. C'est lourd, c'est laid, mais ces demoiselles n'en n'ont pas.

Nointel et Darcy étaient déjà debout.

— Nous nous reverrons bientôt, je l'espère, reprit la marquise. Chassez-vous, monsieur?

La question s'adressait au capitaine, qui répondit simplement :

— Oui, madame.

— Alors, vous me ferez le plaisir de venir chasser chez moi, à Sandouville. Ma terre a cet avantage qu'on y trouve encore beaucoup de gibier dans l'arrière-saison, et mes gardes préparent une grande battue. Je vous écrirai dès que le jour sera fixé, et je compte absolument sur vous, messieurs.

L'invitation, cette fois, était collective; mais Darcy s'excusa, et ce refus ne parut pas contrarier madame de Barancos. Nointel accepta, sans trop d'empressement, et prit congé en même temps que son ami. Il ne tenait pas à rester. Il en savait assez. Son siège était fait.

— Mon cher, je suis fixé, dit le capitaine à son ami, après avoir transmis au valet de pied les ordres de la marquise. Tu ne tiens pas, je suppose, à voir couronner le roi des anabaptistes. Viens au foyer, nous y serons à merveille pour causer.

Darcy se laissa entraîner, et bientôt les deux alliés se trouvèrent assis sur un divan solitaire, sous le plafond peint par Baudry.

— Je suis fixé aussi, commença Gaston. Cette Barancos est folle de toi. Et elle ne dissimule pas ses sentiments. Elle s'est jetée à ta tête avec une impudence incroyable.

— Affaire de climat. Elle est née sous les tropiques. Une femme de la zone temperée y eût assurément mis plus de façons, mais il ne s'agit pas de cela. As-tu remarqué, cher ami, qu'elle avait oublié le nom de Simancas ?

— Oui, certes, et j'en conclus que Simancas s'est vanté. Elle le connait à peine.

— Moi, je vais beaucoup plus loin, et je conclus que la marquise est entrée cette nuit dans la loge de Julia d'Orci-val ; que le Péruvien l'y a vue et reconnue, et qu'il n'a pas perdu de temps pour exploiter sa découverte. Il est allé tout droit chez la dame, et il l'a menacée de la perdre si elle n'acceptait pas le marché qu'il lui a proposé. Il a dû se faire payer fort cher et exiger de plus que la Barancos le reçût habituellement. Il tient à se bien poser dans le monde, le rusé coquin.

— Oui, les choses ont dû se passer ainsi, dit Darcy, et si, comme je n'en doute plus, cette femme est le domino qui a eu une entrevue avec Julia, c'est elle qui l'a tuée. Il ne me reste qu'à la dénoncer à mon oncle. Mademoiselle Lestérel est sauvée.

— Tu vas beaucoup trop vite. D'abord, alors même que tu prouverais que la marquise est entrée, il faudrait encore prouver qu'elle a frappé. Or je ne crois pas qu'elle ait jamais possédé un poignard japonais. Ces sortes de curio-sités ne sont point à l'usage des grandes dames. En revan-che, je me rappelle fort bien qu'au moment où je lui ai offert mon bras, elle tenait à la main un éventail qui ne venait pas de Yeddo, je t'en réponds. Une Espagnole ne va pas sans éventail ; mais d'ordinaire elle n'en porte qu'un. Donc, l'instrument du crime ne lui appartient pas.

— Qu'en sais-tu? Elle a pu le trouver, le cacher sous son domino. Je te répète qu'il faut que je voie mon oncle le plus tôt possible. Il n'est certainement pas encore couché, et je vais...

— Lui dire quoi? Que Simancas en sait très-long sur les faits et gestes de la Barancos. Très-bien. Ton oncle le fera citer. Simancas niera. Simancas protestera que la marquise est la femme la plus vertueuse de toutes les Espagnes. Comment M. Roger Darcy fera-t-il pour le convaincre de faux témoignage? Le mettra-t-il à la torture? Je ne vois guère que ce moyen-là... et encore... ce Péruvien est un vieux reître qui se laisserait rôtir pour ne pas perdre le fruit de ses canailleries. M. Roger Darcy ouvrira-t-il une instruction contre la dame, sur un soupçon vague? J'en doute très-fort, et s'il s'en avisait, tu peux croire que madame Barancos n'aurait aucune peine à établir qu'elle n'a pas quitté cette nuit son palais de la rue de Monceau. Elle a dix façons d'en sortir et d'y rentrer sans qu'on la voie. Et ce matin, à huit heures, elle cavalcadait au bois de Boulogne.

— Elle se défendra, soit! Je n'en dois pas moins informer mon oncle de ce que nous venons d'apprendre.

— Tel n'est pas mon avis.

— Quoi! tu veux que je me taise lorsqu'il se présente une chance d'innocenter mademoiselle Lestérel!

— Il n'est pas temps de parler.

— Quand sera-t-il donc temps? Dois-je attendre que Berthe soit jugée... condamnée?

— Il suffira d'attendre que je sois un peu plus avancé dans l'intimité de la marquise.

Darcy, fit un haut-le-corps et dit lentement:

— Alors si tu étais son amant et qu'elle t'avouât son crime, tu la dénoncerais?

— Me crois-tu capable d'une pareille vilenie?

— Certes, non. Mais enfin que veux-tu donc faire? Je ne comprends plus.

— D'abord, je ne veux pas de madame de Barancos pour maîtresse. Cette enragée n'a rien qui me plaise. Je me moque de ses millions et de son marquisat. Sa beauté ne me tente pas, et ses incartades me fatiguent. Si la fantaisie lui prend de m'ouvrir son cœur, je le refuserai tout net, et à plus forte raison sa main. Quand on a commandé le 3e escadron du 8e hussards, on n'épouse pas une femme soupçonnée...

Pardon! je n'ai pas voulu te blesser, tu le sais bien... et je reviens à mon projet. Je veux purement et simplement aller chez la dame, chasser, dîner, et valser avec elle, étudier de près ses relations avec Simancas, et quand je serai sûr de mon fait, t'apprendre tout ce que je saurai. Tu feras alors tout ce que tu croiras devoir faire. Mon rôle sera terminé. Mais si tu veux que je te serve, pour Dieu! ne va pas casser les vitres. La marquise nous fermerait sa porte, et il ne nous resterait plus que cette excellente madame Majoré. Je compte beaucoup sur madame Majoré pour nous renseigner; mais deux informations valent mieux qu'une, et je te prie instamment de te tenir en repos jusqu'à nouvel avis de ma part.

— Tu as peut-être raison, dit Darcy, après avoir un peu réfléchi. Il est probable qu'en l'état des choses, mon oncle refuserait d'instruire contre la marquise. Il me demanderait pour quel motif elle aurait tué Julia, et je ne saurais en vérité que lui répondre. Une grande dame n'assassine pas une femme galante parce que cette femme a des voitures mieux tenues que les siennes.

— Non, mais, sur ce point, je reviens à ma première idée, celle que j'ai jetée dans les jambes de Simancas pendant le dîner. Il y a du Golymine là-dessous.

— Tu crois donc qu'il a été l'amant de madame de Barancos?

— Je le crois... surtout depuis que je la connais. D'abord, le bruit en a couru jadis. Elle le recevait beaucoup. Ce n'était pas naturel, et on en jasait. Et puis, mon cher, les

Polonais comme Golymine sont faits pour les Havanaises comme la Barancos. Cette folle a dû s'éprendre d'un fou, et ne pas se gêner pour le lui dire. Tu viens d'entendre sa déclaration de principes. Et elle l'aura quitté brusquement à la suite de quelque scène violente. Je parierais qu'elle l'a regretté après sa mort, et qu'elle lui en veut de s'être pendu pour une autre.

— Si elle a été sa maîtresse, le crime s'expliquerait, reprit Gaston qui suivait son idée. Golymine a pu garder des lettres, les déposer chez Julia...

— Qui a écrit à la marquise pour lui offrir de les lui rendre au bal de l'Opéra, ou de les lui vendre. C'est très-admissible. Il s'agit maintenant de savoir si nous ne nous trompons pas. Il faudrait commencer par interroger la femme de chambre de Julia. Il se peut que Julia ait chargé cette fille de porter une lettre à la poste, et même qu'elle lui ait dit ce qu'elle allait faire au bal de l'Opéra.

— Mariette, la femme de chambre, viendra chez moi demain. Elle assure qu'elle connaît la coupable, et elle m'a promis de me la nommer.

— Hum! ton oncle l'a déjà entendue, je crois, et il n'en a pas moins envoyé en prison mademoiselle Lestérel. N'importe. Nous interrogerons cette soubrette. Je dis nous, parce que je viendrai te demander à déjeuner demain matin.

— J'y compte bien. Sans toi, je ne ferais rien de bon. Je n'ai plus de sang-froid, dit tristement Darcy.

Puis, se reprenant :

— Il y a pourtant une chose que je ferai seul : ce sera de souffleter Prébord.

— Je t'y aiderais volontiers... une joue pour toi, une joue pour moi... Mais ce n'est pas l'usage. Tu opéreras donc toi-même. Seulement, un conseil. Remets l'opération à quinzaine. En ce moment, tu as assez d'affaires sur les bras. Il ne faut pas les compliquer par un duel. Un peu plus tard, quand l'heure sera venue, je me charge de te ménager une bonne querelle avec ce drôle, une querelle sous un prétexte bien choisi. Je serai ton témoin, et tu le tueras comme un chien... si tant est qu'il consente à se battre, car je ne le crois pas franc du collier. Ce qu'il y a de fâcheux, c'est qu'il n'a pas oublié l'histoire de la rue Royale. Le propos qu'il a tenu, en prenant congé de la marquise, ce propos venimeux était évidemment à ton adresse, et il doit se douter que tu t'intéresses à l'accusée beaucoup plus que tu ne veux en avoir l'air. Raison de plus, mon ami, pour redoubler de prudence. Observe-toi bien, surtout devant les amis du cercle. Ils ont tous l'oreille ouverte et la langue déliée.

— Je les verrai le moins possible.

— D'accord, mais tu les verras. Sois impassible comme un vieux diplomate, alors même que tu entendrais débiter les calomnies les plus atroces contre mademoiselle Lestérel.

Bon! le quatrième acte est fini. Le cinquième est très-court. Allons faire un tour de boulevard, en attendant le précieux instant du rendez-vous.

— Ainsi, tu persistes à vouloir souper avec cette ouvreuse!

— Comment, si je persiste! mais c'est-à-dire que je ne donnerais pas cette petite fête pour un semestre de ma solde de capitaine. Il est vrai qu'elle n'était pas forte, et que je ne la touche plus. Allons! viens, madame Majoré ne te pardonnerait jamais ton absence, et il ne faut pas que tu perdes ses bonnes grâces, car tu as besoin d'elle.

Gaston se laissa faire. Il commençait à apprécier l'efficacité des procédés du capitaine, et il ne répugnait plus autant à le suivre dans les excursions variées qu'il projetait.

Les deux amis sortirent ensemble et traversèrent la place, au doux clair de lune de la lumière électrique.

C'était l'heure où, sur les boulevards, les promeneurs deviennent plus rares, l'heure où les gens sages rentrent chez eux, et où les noctambules des deux sexes vaguent mélancoliquement de la Madeleine au faubourg Montmartre, en attendant l'heure d'un souper problématique.

Darcy regardait d'un œil distrait ce tableau peu récréatif; mais le capitaine, qui avait l'esprit très-libre, remarquait tout. En passant devant Tortoni, il aperçut fort bien, à l'entrée de la rue Taitbout, le clarence de la marquise, et, dans le petit salon du fond, la marquise elle-même prenant des glaces avec Simancas et Saint-Galmier.

— Oh! oh! dit-il en serrant fortement le bras de Gaston, je ne suis pas fâché d'être venu jusqu'ici. La Barancos attablée avec le Péruvien et le Canadien dans un des lieux publics les plus fréquentés de Paris! voilà qui est significatif, j'espère. Hier, elle ne se serait certes pas montrée en si mauvaise compagnie. Il faut que Simancas la tienne bien pour qu'elle ait consenti à lui faire cet honneur. Où diable a-t-il pu la rencontrer? Ah! j'y suis. Cette personne qui prétend qu'elle se couche à onze heures se sera fait mener devant Tortoni pour y prendre un sorbet dans sa voiture. C'est très-havanais de prendre un sorbet en voiture. Simancas, n'ayant pas trouvé de whisteurs au Cercle, rôdait dans ces parages. Il a aperçu la dame, et il a exigé qu'elle s'affichât en entrant avec lui. Il a même profité de l'occasion pour lui présenter son fidèle Saint-Galmier. Tu verras que demain la marquise aura une névrose, et que le bon docteur la traitera par sa méthode diététique. Les voilà du coup relevés dans l'opinion du monde et lavés des mauvais bruits qui ont couru sur leur compte. Décidément, ces gaillards-là sont très-forts.

— Oui, murmura Gaston, et je crains qu'ils ne mettent des bâtons dans nos roues. La Barancos leur parle peut-être de nous en ce moment.

— C'est peu probable, par une seule et unique raison.

— Laquelle?

— Par la raison qu'elle a jeté son dévolu sur ton ami. Les femmes ne parlent jamais des gens qu'elles se sentent disposées à aimer. C'est même le seul cas où elles soient discrètes. Elles gardent très-bien leurs propres secrets, et très-mal les secrets des autres. Mais je m'amuse à te faire un cours de psychologie féminine, et à me poser en vainqueur comme le sieur Prébord. C'est ridicule et intempestif. Rebroussons chemin. Il est au moins inutile que la marquise voie que nous l'avons vue. D'ailleurs, on sort du Vaudeville. Le *Prophète* doit être fini. Jean de Leyde vient d'être brûlé comme Sardanapale, avec ses femmes; mais Ismérie et Paméla se sont tirées de la bagarre, et leur vénérable mère se fâcherait si nous la faisions *poser*, comme elle dit dans son langage choisi.

Allons prendre notre faction au coin du boulevard Haussmann et de la rue du Helder. Personne ne nous dérangera, je te le garantis. Cette ébauche de carrefour est déserte comme le Sahara.

Cinq minutes après, les deux défenseurs de Berthe étaient à leur poste. Ils n'attendirent pas longtemps.

Madame Majoré apparut dans le lointain, flanquée de ses deux filles, l'une grande et maigre, l'autre petite et rondelette. On eût dit une citrouille entre une asperge et une pomme.

Nointel se porta galamment à la rencontre de cette intéressante famille, et Darcy fut bien obligé de le suivre.

— Rebonsoir, chère madame, dit l'aimable capitaine. Vous ne sauriez croire le plaisir que vous nous faites, et il faut que je remercie vos charmantes filles d'avoir bien voulu venir...

— Ah! pardi! elles ne demandaient pas mieux, s'écria madame Majoré. C'est moi qui ne voulais pas... mais elles en auraient fait une maladie. Alors, ça m'a décidée, parce que moi, voyez-vous, monsieur Nointel, je suis mère avant tout. Je me saignerais pour mes enfants, comme le pélican blanc. Eh bien, c'est égal, j'ai des remords. Quand je pense que M. Majoré est revêtu de ses insignes, et qu'il prononce peut-être un discours sur la morale, à l'heure où son épouse et ses filles...

— Mais notre souper sera moral, ma chère madame Majoré, tout ce qu'il y a de plus moral. C'est-à-dire même que ce ne sera pas un souper, ce sera une agape fraternelle, comme à la loge des Amis de l'humanité.

'— Ah ben, non, ça serait embêtant, alors, dit entre ses dents mademoiselle Ismérie.

— Veux-tu bien te taire, grande sotte! Qu'est-ce que c'est que ce genre? Votre père ne vous a pas habituées à des manières pareilles.

— Ne craignez rien, mademoiselle, il n'y aura pas de discours, reprit le capitaine.

— Y aura-t-il de la crème de cacao au dessert? demanda la petite Paméla.

— Il y aura tout ce que vous voudrez, mon enfant. Il s'agit seulement de savoir où madame votre mère désire souper. Le café Anglais n'est plus ouvert la nuit, depuis la... pardon, madame Majoré... depuis quelques années; mais il y a Bignon, la Maison dorée, le café de la Paix, le café Riche...

— Dites donc, m'sieu Nointel, voulez-vous faire notre bonheur, à ma sœur et à moi? interrompit la grande Ismérie. Oui. Eh bien, menez-nous au café Américain.

— Mademoiselle, répondit avec empressement Nointel, nous ne sommes ici que pour vous faire plaisir. Va pour le café Américain... si madame votre mère n'y voit pas d'inconvénient.

Darcy en voyait beaucoup, et il jouait du coude pour avertir son ami que ce choix ne lui plaisait pas du tout. Mais le capitaine reprit, sans tenir compte de l'avis :

— Qu'en dites-vous, madame Majoré?

— Moi! s'écria l'ouvreuse, que voulez-vous que je dise, mon cher monsieur? Je ne connais pas ces endroits-là. J'ai été artiste pourtant. J'ai joué la comédie, et, sans me vanter, je peux dire que j'avais de l'avenir. Eh bien, de mon temps, nous soupions tout bonnement au café du théâtre avec une portion de choucroute et une cannette de bière.

— C'était du propre, marmotta la grande Ismérie.

14.

— Maman, dit la jeune Paméla, le café Américain est très comme il faut. La demoiselle à madame Roquillon... tu sais, celle qui fait un page avec moi dans l'acte de l'incendie... eh bien, elle y a été en sortant de la première de *Yedda*, et elle me disait encore ce soir qu'il n'y venait que des messieurs *chic*.

— En v'là une de garantie! dit la maman. Avec ça qu'elle s'y connaît, la petite Roquillon! Elle est toujours fourrée à la Reine-Blanche et à l'Élysée-Montmartre. Même que je t'ai défendu de la fréquenter. Moi, je ne connais qu'une chose. Il s'agit de savoir si votre café Américain est un restaurant où une mère peut mener ses filles. Et, là-dessus, je ne m'en rapporte qu'à M. Nointel.

— Ma chère madame Majoré, dit le capitaine avec une bonhomie charmante, je n'irai pas tout à fait si loin que mademoiselle Roquillon. Je n'affirmerai pas qu'il ne se glisse jamais dans cet établissement quelques jeunes gens de mauvaises mœurs et de mauvaise compagnie; mais il en est de même partout, et je pense que ces demoiselles n'y courront aucun danger. Vous serez là, nous serons là, pour les préserver. D'ailleurs, rien ne nous oblige à souper dans le grand salon du premier. Il y a des cabinets à l'entre-sol. On est là chez soi, et...

— Un cabinet, jamais! c'est contraire à mes principes. Une jeune personne qui soupe en cabinet particulier est perdue. Lisez Paul de Kock...

— C'était peut-être vrai de son temps; mais à présent, je vous jure que...

— Non, non! pas de ça, monsieur Nointel. Alfred ne me pardonnerait jamais d'avoir compromis ses filles. Alfred, c'est monsieur Majoré, et là, vrai, je vous le dis, il ne plaisante pas avec la morale.

— Alors, vous pensez qu'il leur permettrait de souper au milieu d'une centaine de personne des deux sexes?

— Il ne le permettrait pas, mais il le tolérerait peut-être... au lieu que, s'il savait...

— Ça, je m'en moquerais encore que papa le sache, dit Ismérie à demi-voix; mais c'est joliment plus amusant de souper devant tout le monde. Au moins, si on boit du champagne, les femmes qui sont dans la salle voient qu'on vous en a payé.

— Et puis, nous regarderons les toilettes, ajouta la petite Paméla. Caroline Roquillon m'a raconté qu'il y en avait d'*épatantes*.

— C'est entendu, mesdemoiselles, s'empressa de répondre le capitaine. Nous sommes tous d'accord pour souper en public.

— Ça n'a pas l'air d'amuser beaucoup M. Darcy, reprit la grande Ismérie. Pourquoi donc ne vous voit-on plus au foyer, m'sieu Darcy? Vous ne voulez donc plus me parler, que tout à l'heure vous ne m'avez pas dit bonsoir?

— Mon Dieu! mademoiselle, je suis très-distrait, balbutia Gaston qui enrageait de tout son cœur.

— Oh! et puis vous avez du chagrin, s'écria Paméla. Dame! ça se comprend. Perdre une bonne amie quand on est avec elle depuis un an...

— Veux-tu bien te taire, pie borgne! dit madame Majoré. Est-ce que ça te regarde si M. Darcy a du chagrin? Et toi, Ismérie, tâche de te tenir pendant le souper. Pas d'œil aux messieurs que tu ne connais pas... comme le soir où je t'ai menée au concert de l'Eldorado... ou bien, tu sais... des gifles. Maintenant que j'ai posé mes conditions, en route, mauvaise troupe. Ces messieurs vont nous montrer le chemin. Et vous, mesdemoiselles, pas de farces.

Excusez-moi, monsieur Nointel, si je ne vous donne pas le bras. Je suis mère avant tout. Ah! quand on a deux filles dans la danse, on en a du tracas!

— Je comprends votre sollicitude maternelle et je l'approuve, chère madame, répondit gravement Nointel. Le restaurant est tout près d'ici. Nous allons vous précéder de quelques pas pendant le trajet, et nous vous attendrons dans l'escalier.

Il entraîna Darcy, et l'ouvreuse. les suivit, flanquée de ces demoiselles qui, par son ordre, la serraient de près.

Gaston profita du tête-à-tête pour faire une scène à son ami.

— C'est trop fort, lui dit-il. Tu as donc juré de m'exaspérer? Souper publiquement avec cette matrone et ses filles, c'est le comble de l'inconvenance et du ridicule.

— Peut-être, répliqua Nointel, sans s'émouvoir; mais le comble de la niaiserie, ce serait de ne pas faire ce qu'il faut pour confesser à fond l'ouvreuse du n° 27. J'aurais beaucoup mieux aimé ne pas me donner en spectacle avec des fillettes en tartan à carreaux et une mère qu'on pourrait montrer pour de l'argent à la foire de Saint-Cloud. Mais nous n'avons pas le choix. J'espérais que les petites seraient pour le cabinet, et pas du tout, elles tiennent à la salle commune. Elles espèrent peut-être y apercevoir des amoureux à elles, de ceux qui ne sont admis ni au foyer de la danse, ni au foyer domestique de M. Majoré, homme sévère sur les principes. Tant mieux si elles rencontrent leurs préférés. Elles s'occuperont d'échanger des œillades avec eux, et elles nous gêneront beaucoup moins. Ne te préoccupe de rien. C'est moi qui me chargerai de faire bavarder la mère. Tu pourras jouer un personnage muet, si tu ne te sens pas le courage de parler. Ne t'inquiète pas non plus du public. Nous trouverons là plus d'étrangers que de Français, et très-probablement personne de notre monde. Peut-être quelques demoiselles qui nous connaissent de vue. Mais celles-là croiront que nous sommes en bonne fortune et n'oseront pas venir se frotter à la famille Majoré.

Allons, mon cher Gaston, résigne-toi. Songe que cette créature obèse va peut-être nous donner le mot de l'énigme du bal. Dans tous les cas, il est impossible qu'elle ne nous apprenne pas quelque chose de nouveau. Mais nous voici arrivés. A nos rôles maintenant.

Il faisait froid, et personne n'était assis dans les niches

extérieures qui garnissent le rez-de-chaussée du café Américain. Les passants filaient rapidement, le collet de leur pardessus relevé jusqu'aux oreilles. Cinq ou six cochers de nuit piétinaient seuls sur le trottoir. Madame Majoré et ses filles arrivèrent sans encombre au bas de l'escalier où on les attendait. Qui se serait avisé de faire attention à elles? Les demoiselles du corps de ballet ne se piquent pas de faire toilette pour aller danser, et, en sortant du théâtre, les papillons redeviennent chrysalides. Pour apercevoir le bout de leurs ailes, il faut avoir l'œil parisien. Et, le dimanche, on rencontre dans ces parages plus de provinciaux que de boulevardiers.

— Nous voilà, souffla madame Majoré, qui avait la locomotion difficile, à cause de son embonpoint. La maison a bonair, et il me semble qu'une mère de famille qui se respecte peut y entrer.

— Assurément, chère madame, répondit le capitaine avec un sérieux parfait. S'il en était autrement, je ne vous y aurais pas amenée, quel que fût mon désir d'être agréable à vos charmantes filles. Veuillez prendre la peine de monter.

—Comment! il faut monter! Ah! monsieur Nointel, je vous vois venir. Vous voulez nous mener dans un cabinet.

— Je vous jure que non. Les salons où on soupe sont au premier étage.

En bas, dans celui qui est là, à votre droite, on ne sert que des boissons anglaises et américaines... des juleps à la menthe, des œufs battus au rhum et au sucre...

— Des juleps! merci! je ne suis pas malade. Montons, puisqu'il faut monter. Passez devant, mesdemoiselles, M. Nointel aura la bonté de me donner le bras.

— J'allais vous l'offrir, répondit galamment Nointel.

Et il se mit à remorquer la grosse ouvreuse, sans hésiter, sans rire de la figure qu'il allait faire en entrant dans la salle du restaurant. Quand on a chargé une batterie prussienne, à Champigny, à la tête d'un peloton de hussards, on n'a plus peur de rien.

Ismérie et Paméla grimpaient si lestement, que madame Majoré leur criait à chaque marche :

— Trop de parcours, mesdemoiselles, vous n'êtes pas ici sur les planches, et je ne veux pas vous perdre de vue. Pas si vite, ou je vous emmène coucher sans souper.

Ah! ces jeunesses, mon capitaine, si on n'y avait pas l'œil... après ça, entre nous, je ne leur en veux pas. A leur âge, ma foi! j'étais comme ça.

On arriva laborieusement à l'entrée d'un couloir où il y avait beaucoup de portes, à travers lesquelles on entendait des bruits de verres heurtés et des chants médiocrement harmonieux.

— Les voilà, ces fameux cabinets, dit Nointel. Vous voyez, chère madame, que nous ne nous y arrêtons pas. Encore un étage, s'il vous plaît.

— On s'amuse joliment là dedans, dit Ismérie, qui semblait avoir pris racine sur le palier.

— Zélie Crochet m'a raconté que c'était tout tendu en damas de soie, riposta la petite Paméla.

— Voulez-vous me faire le plaisir de ne pas rester plantées là comme des grues? cria madame Majoré.

Les garçons la regardaient avec ébahissement, et Darcy, qui venait en serre-file, enfonça son chapeau sur ses yeux pour que le maître d'hôtel ne le reconnût pas.

Le capitaine restait impassible, et sa sérénité ne se démentit pas, lorsqu'il lui fallut franchir, avec l'ouvreuse au bras, le pas le plus difficile, le seuil du grand salon qui occupe presque toute la façade sur le boulevard.

Il n'était pas encore une heure, et il n'y avait pas foule. Quelques Brésiliens bruyants, quelques Yankees silencieux, deux ou trois Anglais appartenant au genre buveur, une bande de clercs d'avoués en goguette, et une douzaine de femmes, de celles qui viennent tous les soirs et qui changent plus d'une fois de table entre minuit et le lever de l'aurore.

Nointel lança à Darcy un coup d'œil qui signifiait : Tu

vois que nous sommes bien tombés. Tout ce monde-là m'est parfaitement indifférent. Et il conduisit madame Majoré au fond de la salle, à droite, dans un angle qui se trouvait libre et qui lui semblait propice à ses desseins.

— C'est très-bien composé, dit la grosse femme, mais on ne sait pas ce qui peut arriver. Nous allons mettre mes filles entre nous deux, mon cher monsieur. Comme ça, je serai aussi tranquille que si M. Majoré était là.

— Et vous aurez raison de l'être, s'écria le capitaine; mais vous pouvez avoir confiance en mon ami Darcy comme en moi-même, et je réclame contre un arrangement qui me priverait du plaisir de causer avec vous. Je demande que ces demoiselles se placent au milieu, Darcy à côté de mademoiselle Ismérie, mademoiselle Paméla entre vous et sa sœur, et votre serviteur en face de vous, chère madame.

— Comment donc! mais je serai très-flattée de vous avoir pour vis-à-vis. Et puis, ajouta l'ouvreuse en se penchant à l'oreille de Nointel, j'ai tant de choses à vous dire... des choses que mes filles n'ont pas besoin d'entendre et qui feraient peut-être de la peine à M. Darcy. Quand on a connu une personne comme il a connu madame d'Orcival...

— C'est juste. Nous ferons des apartés. Maintenant, voulez-vous me permettre de commander le souper? Mesdemoiselles, vous en rapportez-vous à moi?

— Oui, pourvu qu'il y ait des truffes, dit Ismérie.

— Et des écrevisses bordelaises, reprit timidement la petite sœur.

— Il y en aura. Il y a de tout ici. Fais placer ces dames, mon cher Darcy. Je vais conférer avec qui de droit sur le menu.

Nointel avait hanté jadis le café Américain; il y jouissait encore d'une notoriété suffisante, et il voulait prendre ses précautions contre les voisinages incommodes qui pourraient survenir. L'intelligent maître de la maison avait jugé la situation d'un coup d'œil, et il comprit parfaitement la recommandation du capitaine qui le pria de réserver, autant que faire se pourrait, à des soupeurs inconnus, les tables les plus rapprochées de celle où trônait déjà madame Majoré. Pour le moment, elles étaient libres, et on pouvait parler sans craindre d'être entendu.

La personne de Darcy constituait le côté faible des dispositions prises par Nointel. Darcy aurait dû s'occuper de mademoiselle Ismérie et même de mademoiselle Paméla, pendant que son ami accaparerait leur mère et tâcherait d'en extraire des renseignements utiles. Et Darcy ne paraissait pas du tout disposé à faire causer ces jeunes personnes. Heureusement, elles étaient bavardes comme deux perruches, et elles ne se gênèrent pas pour le harceler de questions, tout en épluchant des crevettes et en sirotant du vin de Xérès.

— Dites donc, est-ce que c'est des diamants vrais que ce monsieur là-bas porte en boutons de gilet? lui demandait Paméla. Je ne voudrais pas de lui, quand il me les donnerait, ses boutons. Il ressemble à l'orang-outang du Jardin des Plantes.

Et Ismérie lui disait :

— C'est une Espagnole, n'est-ce pas? la dame avec qui vous étiez dans l'avant-scène. Elle en avait une toilette! On se damnerait pour en avoir une comme ça. On dit qu'elle a six cent mille francs de rente. Combien ça fait-il à manger par jour, six cent mille francs de rente?

Et Darcy était obligé de leur répondre.

Le capitaine, qui l'encourageait du regard, saisit le joint pour attaquer madame Majoré. Elle n'aimait pas les crevettes, mais elle adorait le vin d'Espagne, et elle en était déjà à son troisième verre de xérès, quand Nointel lui dit, entre haut et bas :

— Vous devez avoir besoin de vous refaire après vos émotions de l'autre nuit.

— Ne m'en parlez pas, répondit la dame sur le même ton, je devrais être dans mon lit; mais je ne peux rien refuser à mes amis, et vous aviez si bonne envie de savoir le fin mot de l'affaire que j'ai pris mon courage à deux mains.

— Je vous en sais un gré infini, ma chère madame Majoré. Alors, vous le savez, le fin mot.

— Oh! pour ça, oui. Je peux bien me vanter que, si on avait voulu m'écouter, on n'aurait pas fait la bêtise d'arrêter cette demoiselle La Grenelle... La Bretelle... Je vous demande un peu si ça a du bon sens... une artiste... pas de la danse, c'est vrai... mais n'importe.

— Vous croyez donc que ce n'est pas elle?

— Je crois qu'elle est innocente comme l'enfant qui vient de naître. Ce n'est pas un coup de femme, ça, monsieur Nointel. C'est un coup d'homme, et je connais le gredin qui l'a fait. Je l'ai vu. Je lui ai parlé.

— Prenez donc garde, monsieur Darcy, s'écria la grande Ismérie. Vous versez du vin sur ma robe.

— Je vous en achèterai une autre, mademoiselle, dit Gaston sans regarder sa voisine.

Madame Majoré n'avait pas parlé assez bas, et il venait de l'entendre affirmer que Julia avait été tuée par un homme.

— Vous me plongez dans la stupéfaction, chère madame, dit le capitaine. D'après ce qu'on m'a raconté, il n'y a pas d'homme dans l'affaire. C'est bien une femme qui est entrée dans la loge.

— Oui; qu'est-ce que ça prouve?

— Et, à côté du numéro 27, il n'y avait que deux messieurs que je connais.

— Je les connais aussi. Le général Simancas et le docteur Saint-Galmier. Deux abonnés. Des gens très-comme il faut.

— Alors, je n'y comprends plus rien, ma bonne madame Majoré. Ayez donc l'obligeance de m'expliquer...

— Voilà, mon capitaine. Figurez-vous que, sur le coup de minuit un quart, madame d'Orcival est arrivée en domino noir et blanc... drôle d'idée, tout de même... ça ne lui a pas porté bonheur... je savais que c'était elle, mais j'ai fait celle qui ne la connaissait pas... pour lors donc, elle commence par me donner deux louis, et elle me dit : J'attends

1.   15

des dames. Vous ne laisserez entrer qu'elles. Pas de messieurs, vous entendez. Si vous exécutez bien la consigne, vous aurez encore trois louis... ça fera cinq.

— Elle a dit : des dames? demanda vivement Nointel.

— Des dames ou des dominos, je ne me rappelle plus. Ça ne fait rien à la chose.

— Elle n'a pas dit : une dame?

— Non, pour sûr. Et, d'ailleurs, à mon idée, il en est venu deux. Une qui avait un masque et un domino loués au *décroches-moi ça*. Je m'y connais. L'autre qui était tout encapuchonnée de dentelles. A moins que ça ne soit la même qui ait été changer de costume; mais ça n'est pas probable. Du reste, elles n'ont fait qu'aller et venir. J'ai ouvert trois ou quatre fois.

— Elles vous ont parlé?

— Oh! à peine. Deux mots tout bas : Madame, voulez-vous m'ouvrir. On m'attend. Ce nigaud de juge m'a demandé si je reconnaîtrais la voix. Ma foi, je lui ai dit que non. Allons! bon, je l'appelle nigaud, et M. Darcy qui est son parent! Heureusement qu'il ne m'entend pas. Il écoute cette bavarde d'Ismérie qui lui explique la *variation* qu'elle va danser dans le ballet qu'on monte chez nous.

Darcy entendait fort bien, et sa figure s'éclairait à vue d'œil.

— Tiens! s'écria la petite Paméla, des femmes costumées. D'où donc viennent-elles? Ah! c'est vrai. Il y a bal masqué à l'Élysée-Montmartre, tous les dimanches.

— Mesdemoiselles, dit le capitaine, voici la première entrée des truffes. Perdreaux truffés, sauce Périgueux. Et vous en aurez d'autres sous la serviette.

— Oh! sous la serviette! comme des pommes de terre en robe de chambre... c'est mon rêve.

— Dites donc, m'sieu Nointel, est-ce que c'est vrai que du temps du Prophète, on ne connaissait pas les truffes? demanda la grande Ismérie.

— Au contraire, mademoiselle. Les anabaptistes en fai-

saient une consommation effroyable. Un verre de pontet-
canet, madame Majoré.

— Ça n'est pas de refus, mon cher monsieur. Le vin ne
fait de tort qu'au médecin. Où en étais-je? Ah! je vous
contais que je n'ai pas fait grande attention aux femmes,
et que je ne pourrais pas dire si elles étaient blondes ou
brunes... avec ça qu'on ne voyait pas seulement une de
leurs mèches. Mais il n'est pas question d'elles. La dernière
venait de filer, et madame d'Orcival ne bougeait toujours
pas. Moi, je pensais : Ça s'est bien passé. J'aurai mes cinq
louis, et j'achèterai des bottines à mes filles. Voilà qu'il
m'arrive un individu... bien mis, c'est vrai... des gants
frais, du beau linge... et il me demande de lui ouvrir le
27... comme ça, de but en blanc. Ça m'est défendu, que
je lui réponds; la personne veut être seule. Alors, il m'offre
quarante francs pour le laisser entrer. Naturellement, je
refuse. J'y aurais perdu... quoique, si j'avais su... et encore,
non, je n'aurais pas voulu de son argent, à ce monstre-là...
Ah! diable, voilà des voisins qui nous arrivent. Ca va être
gênant pour vous finir l'histoire.

— Bah! deux Américains, dit Nointel, après avoir
examiné les deux soupeurs qui venaient de s'asseoir à côté
de lui. Et ils sont gris comme deux Polonais. Allez toujours,
madame Majoré.

— C'est vrai qu'ils ont leur plein. Et puis ces gens-là
n'entendent pas le français. Ismérie, tu bois trop de vin
blanc, ma fille, et ça ne te réussit pas, le vin blanc. Fais
comme ta sœur qui s'est mise au bordeaux. Surveillez-les,
je vous prie, monsieur Darcy. Elles ont répétition demain,
et, si elles la manquaient, on les mettrait à l'amende. Ils
sont si chiens, les régisseurs!

— Ne craignez rien, madame Majoré, ces demoiselles
sont très-sages, répondit Darcy qui s'occupait beaucoup
plus de la mère que des filles. Il suivait son récit sans
avoir l'air de l'écouter, et il l'aurait volontiers embrassée.

— Et qu'est-ce qu'il a fait, l'homme aux quarante francs,

quand vous avez refusé de lui ouvrir? demanda Nointel.

— Vous allez voir. Le général et le docteur venaient de
sortir du 29. Il m'a dit qu'il était de leurs amis, qu'il avait
loué la loge avec eux. Hein! faut-il qu'il ait du vice! Et
il m'a demandé de lui ouvrir le 29. Moi, comme une bête,
je lui ai ouvert, et il est entré. Maintenant, vous savez le
reste... ou vous le devinez.

— Je ne devine rien du tout.

— Comment! vous ne devinez pas que ce scélérat...

— Maman! maman! s'écria Paméla. Caroline Roquillon
en page! regarde donc. Elle vient de l'Élysée, pour sûr. Elle
est avec une femme en laitière et trois messieurs.

— Jolie société. Où a-t-elle volé ce travesti-là? Au magasin, parbleu! Elle a des manigances avec les costumiers.
Je le dirai à M. Halanzier, grommela madame Majoré.

— Dis donc, reprit Ismérie, les voilà qui vont se mettre
à côté de nous. Ah! mon Dieu, mais ce grand qui est avec
elle, c'est Paul Guimbal, le jeune premier du Théâtre-
Montmartre.

— V'là le restant de nos écus, c'est le cas de le dire. Ne
vous avisez pas de lui parler, à cette drôlesse... ni de
regarder son cabotin... ou je vous emmène coucher, et vous
n'aurez pas d'écrevisses.

— Eh bien, madame Majoré, reprit le capitaine, nous
disions donc que ce scélérat...

— Eh bien, monsieur Nointel, il s'est installé dans le
29 aussi tranquillement que s'il y avait payé sa place, le
gueux. Qu'est-ce qu'il y a fait? Je n'en sais rien, vu que
j'étais à mon service et que je n'ai pas bougé du couloir.
On m'a conté qu'il avait enjambé la séparation, et qu'il
était entré dans le 27, au vu de toute la salle. Ce qu'il y a
de sûr, c'est qu'un quart d'heure, vingt minutes après,
il a ouvert la porte en criant : A l'assassin! J'ai accouru...
vous pensez! et j'ai vu la pauvre dame couchée sur la banquette du petit salon... le couteau était encore enfoncé dans
sa gorge... et du sang, fallait voir. On aurait dit qu'elle

avait renversé un pot de raisiné sur son domino blanc. Et il en avait encore après les mains, le brigand !

— Pardon, madame Majoré, mais j'ai entendu parler de ce que vous racontez là. Il est très-connu à Paris, ce monsieur, et rien ne prouve que ce soit lui qui...

— Puisque je vous dis que ses mains étaient pleines de sang. Tenez ! il me rappelait Frédérick Lemaître dans le dernier acte de *Trente Ans de la vie d'un joueur*...vous savez...quand Frédérick voulait embrasser sa petite fille et qu'elle lui disait... mais non, vous ne savez pas... vous êtes trop jeune pour avoir vu ça... un drame comme on n'en fait plus, monsieur Nointel.

— Un drame superbe, madame Majoré. Mais, quant à votre monsieur du 29, je le connais et...

— Eh bien, si vous le connaissez, vous avez remarqué sa figure... une figure qu'on n'aimerait pas à rencontrer au coin d'un bois.

— Ma foi ! je l'ai souvent rencontrée sur le pavé de Paris, et je suis obligé de déclarer qu'elle ne m'a pas paru effrayante. D'ailleurs, il me semble que personne n'a songé à l'accuser.

— Tout le monde, au contraire, et moi la première. Le commissaire du théâtre l'a arrêté. On l'a conduit au violon. Là, il paraît qu'il les a entortillés si bien qu'on l'a lâché...parce qu'il était bien mis, parce que c'est un *gommeux*... tous ces gens de la police sont pour les riches. C'est dégoûtant. Tenez ! M. Majoré me le disait encore hier : l'égalité n'est qu'un vain mot,

La figure du capitaine s'allongeait à vue d'œil. Rêver la découverte du grand secret, et aboutir à entendre une accusation insensée contre l'inoffensif Lolif, c'était dur, et d'autres que Nointel auraient renoncé à tirer quoi que ce fût de cette stupide ouvreuse. Mais il n'était pas homme à se décourager pour si peu.

Darcy faisait moins bonne contenance que son ami. Il n'avait pas perdu un mot de l'explication, car, pour mieux entendre, il s'était accoudé sur la table, sans se soucier de surveiller la fringante Ismérie, qui profitait de la position pour échanger, derrière le dos de son voisin, des signes variés avec le jeune premier du Théâtre-Montmartre.

— Cette femme est folle, pensait-il. Nous ne saurons rien par elle. Et Nointel est encore plus fou de m'avoir entraîné ici. S'il persiste à rester, je vais partir.

— Ma foi! madame, reprit le capitaine, vous seule avez vu clair, et je commence à croire que nos magistrats ne sont pas forts. Comment ont-ils pu mettre en liberté un individu qui avait les mains ensanglantées? Il aura dit probablement que ses mains avaient touché le corps de madame d'Orcival, mais c'est une mauvaise raison. Pourtant, j'entrevois d'autres objections. Le poignard qui a servi au meurtre est japonais; il a la forme d'un éventail. Les hommes ne portent pas d'éventail. Si ce coquin en avait eu un, vous l'auriez remarqué, quand il s'est présenté pour entrer.

— Mais, non. Il l'avait dans sa poche, le lâche. C'est ce que je lui ai dit devant le juge d'instruction... car je l'ai revu aujourd'hui, le misérable... ils m'ont... comment appellent-ils ça... *frontée*... non... confrontée avec lui. Et j'ai manqué me trouver mal.

— Je conçois cela; seulement... dites-moi... qu'est-ce qu'il a raconté pour se défendre?

— Qu'il n'en voulait pas à madame d'Orcival, qu'il la connaissait à peine, et qu'il n'avait pas d'intérêt à se débarrasser d'elle, qu'il avait vingt-cinq mille francs de rente; que personne n'avait jamais rien eu à dire contre lui... un tas de bêtises, quoi? Et ce bonhomme de juge a avalé ça. Mais ça n'est pas fini, c'est moi qui vous le dis. Je les laisse bien s'enferrer, et quand je croirai qu'il est temps de parler, je leur en montrerai une, de preuve. Elle se voit, elle se pèse, celle-là.

Le capitaine était tout oreilles, car les propos de l'ouvreuse redevenaient instructifs; mais elle s'arrêta au moment le plus intéressant.

— Ah! je t'y prends, grande drogue, cria-t-elle à sa fille aînée. Tu viens d'envoyer un baiser à ce cabotin de malheur. Attends un peu.

-- Mais non, maman, je vous assure; j'ai mis ma main sur ma bouche, parce que j'avais envie de bâiller.

— Tu mens. C'est quand tu es dans la maison de ton père que tu bâilles. Ici, tu n'as pas sommeil, parce qu'il y a des truffes. Mais je n'entends pas que tu t'affiches devant cette Roquillon, et je vais mettre ordre à tes frasques. Allons, mesdemoiselles, allons faire dodo; vous mangerez des écre visses quand j'en pêcherai dans la Seine.

— Mais, maman, moi, je n'ai rien fait, dit en pleurnichant la petite Paméla.

Nointel vint au secours de cette innocente. Il avait ses raisons pour retenir madame Majoré, et il plaida si bien la cause de ces demoiselles, que leur mère se calma. Les écrevisses bordelaises furent pour quelque chose dans ce succès. On venait de les servir, et madame Majoré les aimait à la folie.

— Dites-moi, chère madame, reprit-il, nous parlions tout à l'heure d'éventails. Les femmes qui sont entrées en avaient, je suppose.

— Peut-être bien. C'est même probable. Mais je n'ai pas remarqué. Elles n'ont pas traîné dans le couloir, vous pensez. Elles avaient l'air d'être pressées :

— Et madame d'Orcival en avait un aussi, sans doute?

— Oui, et un beau, avec des peintures. On l'a ramassé par terre, sur le tapis. Mais tout ça ne signifie rien, et la vraie preuve, c'est moi qui l'ai trouvée, ce soir, avant la représentation, en balayant la loge.

Le capitaine se reprit à espérer, et Darcy, qui ne se possédait plus, se leva tout doucement pour venir s'asseoir à côté de son ami; manœuvre fâcheuse, car elle allait laisser le champ libre à mademoiselle Ismérie et à son galant de banlieue.

Madame Majoré n'y prit pas garde tout d'abord. Elle était tout occupée à se ménager un effet.

— Oui, disait-elle avec animation, j'ai dans ma poche de quoi le faire condamner à la guillotine, le bandit. Eh bien, savez-vous ce que le juge y aura gagné à me dire que mes inventions n'avaient pas le sens commun, et que je calomniais un honnête homme? Il y gagnera que je resterai bouche close jusqu'au jour du jugement. Et quand la pauvre demoiselle qu'on accuse sera sur le banc, je demanderai à parler aux jurés, et il faudra bien qu'ils m'entendent. Et je leur montrerai ce que j'ai trouvé dans le sang; oui, monsieur, dans le sang... et je leur dirai : Est-ce que c'est à elle, ça? Est-ce qu'une jeune fille a jamais porté des boutons de manchettes pareils à celui-ci? Ça fera un coup de théâtre. On parlera de moi dans les journaux... et de cette affaire-là, mes filles auront peut-être de l'augmentation... Pensez donc que mon Ismérie ne touche que cent cinquante pauvres francs par mois... c'est même pour ça qu'elle est si maigre... pensez donc que Paméla...

— C'est une injustice. Mais ce bouton de manchettes... qui vous fait croire qu'il appartient...

— A un homme? Pardi! ça crève les yeux. Il est large comme un bouton de livrée... et lourd, faut voir... Au *clou,* on prêterait au moins cinquante francs dessus.

— Mais, madame, s'écria Darcy, votre devoir est de le remettre sur-le-champ au juge d'instruction.

— Ah! mais non! ah! mais non! Je veux le faire aller, moi, ce beau juge. Et j'espère bien que vous n'irez pas lui raconter ce que je vous confie là. D'abord, si on m'*ostinait* pour avoir l'objet, je le jetterais dans la Seine et je dirais que je l'ai perdu. Je tiens à mon effet en cour d'assises.

— Vous oubliez, madame, qu'une innocente souffre, qu'elle est en prison, et qu'il dépend de vous de l'en faire sortir.

— Comme vous me dites ça, monsieur Darcy! Vous vous y intéressez donc, à cette demoiselle La Bernelle? Eh bien! tenez. J'ai du cœur, moi, et, pour vous faire plaisir, je porterai le bouton à votre magistrat. Oui, je le porterai... dès que je saurai une chose...

— Quoi donc? demanda vivement Nointel.

— Dès que je saurai le petit nom du gredin qui est entré dans la loge.

— Son petit nom?

—Oui, il y a une lettre gravée sur le bouton de manchette.

— Une initiale! s'écria Darcy. Laquelle?

— Si c'est l'initiale de ce monsieur, dit tranquillement le capitaine, ce doit être un *L*. Il s'appelle Lolif.

— Je *n'en ignore pas*, riposta l'ouvreuse; mais c'est justement ce qui me chiffonne, et pourquoi je voudrais savoir son petit nom.

— La lettre n'est donc pas un *L?*

— Non. Il doit y avoir un *L* sur l'autre bouton, celui qui est resté à l'autre manchette. Ça se porte beaucoup, deux lettres. A preuve que, l'autre jour, à la répétition du nouveau ballet, le comte de Lambézelec prenait le menton à Paméla. Je ne dis rien quand il lui prend le menton, vu qu'il n'est pas dangereux. Il a soixante ans et beaucoup de mois de nourrice avec. Seulement, je regardais ses mains parce que, vous savez, le menton, passe, mais... bref, il y avait un *L* sur un de ses boutons et un *R* sur l'autre, et une couronne de comte sur les deux. Je ne me gêne pas avec lui. Je lui ai demandé pourquoi. Il m'a dit que son nom de baptême était Roger. Vous voyez bien que c'est la mode, car il la suit de près, ce vieux-là.

Et ça fait que maintenant je me dis : Faut que je sache si ce Lolif est Pierre, Paul, Jacques, ou Philippe, ou Thomas, ou Polycarpe.

—C'est déjà un grand point que l'initiale ne soit pas un *L*, murmura Darcy qui ne pensait qu'à mademoiselle Lestérel.

— Oh! pour être un *L*, non, ça n'est pas un *L*.

— Eh bien, ma chère madame Majoré, reprit le capitaine, je suis en mesure de vous renseigner, car je connais M. Lolif.

— Bon! alors vous allez me dire...

— Ce soir, rien. Je ne me suis jamais inquiété de son prénom, car ce personnage m'intéresse fort peu. Mais il est de mon cercle, et rien ne m'empêche de lui demander comment les femmes l'appellent dans l'intimité.

15

— Vous m'apprendrez ça demain, au théâtre. Et après, je ne ferai pas languir M. Darcy; mais avant... je ne veux pas me risquer, parce que si la lettre ne se rapportait pas au petit nom de ce gueux-là, le juge se moquerait encore de moi. C'est bien assez d'une fois.

— Et la démarche pourrait produire tout le contraire de ce que nous espérons, ajouta le prudent capitaine. J'approuve votre sagesse, madame Majoré, et je vous promets que, dès demain, vous aurez les renseignements que vous désirez. En attendant, il me semble que rien ne s'oppose à ce que vous nous appreniez, à Darcy et à moi, quelle est la lettre accusatrice.

— Oh! rien du tout. C'est un...

Il était écrit que les angoisses de Gaston ne prendraient pas fin. Madame Majoré, au lieu d'achever, se leva, passa impétueusement entre la table où elle était assise et celle où deux citoyens de la libre Amérique consolidaient leur ivresse avec du whiskey, tourna autour de Nointel et de son ami, et vint s'abattre comme une trombe sur la banquette où Darcy était assis tout à l'heure.

Son œil de mère venait de surprendre tout à coup les manœuvres sournoises auxquelles Ismérie et le comédien se livraient pour se rapprocher, depuis qu'ils n'étaient plus séparés par un obstacle vivant.

Les mains surtout avaient fait du chemin, grâce à des poses penchées qu'avaient prises peu à peu la Chloé de l'Opéra et le Daphnis de Montmartre; elles allaient se rencontrer, et le jeune premier tenait entre le pouce et l'index un billet microscopique.

Le message clandestin n'arriva point à son adresse, et peu s'en fallut que la vigilante et alerte Majoré ne le confisquât.

—A bas les pattes! cria-t-elle. Qu'est-ce que c'est que ce genre-là? Des correspondances à mon nez et à ma barbe! Vous me prenez donc pour un portant de coulisse. Heureusement que j'y vois encore sans lunettes. Vous, mademoiselle, poussez-vous du côté de Paméla, et rappelez-vous que tout à l'heure, à la maison, vous aurez affaire à moi.

Et toi, mon petit, ajouta la matrone en se tournant vers M. Paul, je te conseille de te tenir tranquille. Je n'ai pas élevé ma fille pour te la jeter à la tête, entends-tu, Buridan d'occasion? Quand il lui plaira d'aller devant M. le maire, elle en trouvera de plus huppés que toi, pour l'y mener. Et elle ne cascadera pas pour tes beaux yeux. D'abord, qu'est-ce que tu fais ici avec tes deux cents francs par mois et tes cent sous de feux? Est-ce que c'est un endroit pour les *pannés* de ton espèce? Va donc apprendre tes rôles, mon bonhomme. Tu repasseras quand tu auras remplacé M. Mélingue à la Porte Saint-Martin.

Le malheureux jeune premier courbait la tête sous cette avalanche d'objurgations et n'osait pas souffler mot. Peut-être craignait-il, en ripostant, d'attirer une correction manuelle et immédiate à la grande Ismérie.

Enhardie par son costume de page, Caroline Roquillon essaya bien d'entamer un dialogue dans la langue de madame Angot; mais, pour lui fermer la bouche, l'ouvreuse n'eut qu'à l'apostropher en ces termes cinglants :

— Tais-toi, rat de magasin; tu devrais au moins les faire garnir au mollet, les maillots que tu voles au costumier... ils sèchent sur des queues de billard.

La laitière intimidée ne vint point au secours du page, et les chevaliers de ces demoiselles comprirent qu'ils n'auraient pas beau jeu contre madame Majoré. L'un d'eux appela le garçon pour faire transporter à l'autre bout de la salle le consommé aux œufs pochés et le poulet froid qu'on venait de leur servir, et le quatuor déguerpit sans tambours ni trompettes.

Madame Majoré resta maîtresse du champ de bataille. Elle triomphait, elle exultait. Ismérie faisait la moue, et Paméla riait sous cape. Le capitaine avait envie de rire aussi, mais il se retenait par égard pour son ami, qui ne goûtait pas du tout le côté comique de la situation. Le pauvre Darcy souffrait de se donner ainsi en spectacle aux gens qui soupaient dans les environs, et il se serait sauvé volontiers. Mais il était cloué à sa place par le poignant désir de savoir ce qu'il y avait sur le bouton de manchette ramassé par l'ouvreuse.

— Vous avez été superbe, madame Majoré, dit Nointel, et je vous jure que mademoiselle votre fille n'a rien à se reprocher. Elle ne peut pas empêcher ce jeune homme de la trouver jolie.

— Oh! j'ai vu ce que j'ai vu, et si ce cabotin de malheur recommence jamais ses manéges, M. Majoré lui touchera deux mots... je ne vous dis que ça. En voilà assez là-dessus. Excusez-moi de m'être emportée devant le monde. Ça a été plus fort que moi.

— Nous vous excusons, chère madame, et l'opinion du monde qui nous entoure doit vous être indifférente. Voulez-vous que nous revenions à l'intéressant récit que vous nous faisiez tout à l'heure?

— De tout mon cœur, capitaine. Un verre de champagne, sans vous commander. Ils réussissent les écrevisses ici, mais leur sauce vous pèle la langue. Qu'est-ce que je vous disais donc quand cet olibrius s'est émancipé?

— Vous alliez nous dire à quelle initiale est marqué le fameux bouton...

— Il est marqué d'un *B*, mon cher monsieur, et si ce vilain oiseau s'appelle de son petit nom Bertrand, ou Benoit, j'irai demain matin porter le bijou chez le juge d'instruction, car je serai sûre que c'est lui qui a fait le coup.

— Un *B*, murmura Darcy qui avait pâli.

Le prénom de mademoiselle Lestérel commençait par un *B*. La découverte de l'ouvreuse se retournait contre la pauvre accusée.

— Nous saurons bientôt à quoi nous en tenir; mais je suis d'avis que vous ne vous pressiez pas d'aller trouver le juge, dit vivement Nointel, qui apercevait le danger.

— Me presser! Ah! ma foi non. Si je m'écoutais, je garderais l'objet pour la Cour d'assises, et si je vais au Palais de justice, ça sera bien pour vous faire plaisir.

— Il sera toujours temps d'y aller. Vous l'avez sur vous, le bouton?

— Dans mon porte-monnaie. Voulez-vous le voir?

— Très-volontiers. C'est une pièce curieuse.

La dame fouilla dans sa poche et en tira une énorme bourse de cuir, gonflée par le produit des petits bancs. Elle y puisa, parmi les monnaies blanches et les gros sous, un bijou qu'elle posa sur la nappe.

— Tiens! c'est gentil, ça, cria Ismérie. Tu devrais me le donner pour m'en faire un médaillon.

— Bête! il y a un *B* dessus, dit la petite sœur.

— Eh *ben*, après? J'en serai quitte pour dire aux messieurs que je m'appelle Berthe.

Darcy sentit son cœur se serrer.

— Voulez-vous bien vous taire! riposta madame Majoré. Apprenez, mesdemoiselles, que votre mère n'est pas une malhonnête. Le soir de la reprise d'*Hamlet*, j'ai trouvé une broche en diamants dans le 25, et je l'ai portée à l'administration. Même que la pingre d'Anglaise à qui elle appartenait m'a offert vingt francs de récompense, et que je n'en ai pas voulu. Vingt francs pour une broche qui en valait au moins six mille! Si ça ne fait pas pitié!

Les deux amis n'écoutaient pas, on peut le croire, les protestations de probité et les doléances de l'ouvreuse. Nointel tenait la pièce à conviction et l'examinait avec soin.

C'était un bouton en or massif, plus large et plus épais qu'il n'est d'usage d'en porter. L'initiale se détachait en relief, un relief très-accusé. C'était bien un *B*, de forme gothique. Le bijou n'avait pas le brillant des bijoux neufs et devait avoir été exécuté sur commande, car le modèle n'était pas de ceux qu'on voit habituellement à l'étalage des bijoutiers.

— Cela ne peut appartenir qu'à un homme, s'écria Darcy qui se reprenait à espérer.

— Le fait est que c'est un peu gros pour une femme, dit le capitaine. Cependant, il y a des femmes qui ne font rien comme les autres.

— J'en connais une, et celle-là justement...

— Ce qu'il y a de sûr, interrompit Nointel, c'est que le ou la propriétaire de ce bouton ne regarde pas à la dépense. La paire doit valoir une douzaine de louis.

— C'est bien ce que je disais, appuya madame Majoré. Et quand je pense qu'un homme qui a de quoi se payer des brimborions de douze louis assassine, ni plus ni moins qu'un forçat libéré! Oh! les riches! les classes dirigeantes, comme les appelle M. Majoré. A propos de mon pauvre Alfred, quelle heure avez-vous donc, messieurs? Je voudrais pourtant être à la maison quand il rentrera.

— Pas encore deux heures, chère madame. Oh! vous avez le temps. Mais, Dieu me pardonne, je crois qu'il y a du sang sur cet or.

— Parbleu! ça se comprend. C'est le bouton de la manche droite... la main qui tenait le couteau... elle en était couverte, je l'ai bien vu quand le brigand qui a fait le coup est sorti de la loge, et si le commissaire y avait regardé de plus près, il se serait aperçu que le bouton avait été arraché... c'est la pauvre madame d'Orcival qui l'a arraché en se défendant.

— Cela me paraît très-probable, dit le capitaine après réflexion, et ce bijou aura dans cette affaire une importance capitale. Je commence à croire que vous avez raison de vouloir le garder. Si vous le portiez au juge, il serait capable d'embrouiller encore l'affaire. Qui sait si le petit nom de cette demoiselle qu'on a arrêtée ne commence pas par un *B?* Lesurques a été exécuté pour moins que ça.

— C'est vrai. J'ai vu le *Courrier de Lyon*... avec Paulin Ménier. En voilà un qui a du talent!

— Savez-vous ce que je ferais à votre place, chère madame? Ma foi! je ferais tout bonnement une enquête. J'irais chez tous les bijoutiers de Paris, et je leur demanderais s'ils connaissent l'objet. Vous finiriez bien par trouver celui qui l'a vendu. Et voilà ce qui vous poserait si vous arriviez un beau matin chez le juge pour lui nommer le coupable. Les journaux parleraient de vous.

— Oui, oui... et Alfred serait fier de son épouse. Malheureusement, ça ne se peut pas. J'ai mes filles à surveiller, mon cher monsieur, et je suis mère avant tout. Ah! si quelqu'un voulait se charger de courir les boutiques pour moi...

— Mon Dieu! madame Majoré, s'il vous plaisait de me confier cette mission, je l'accepterais pour vous être agréable.

— Je le crois bien que ça me plairait, mais j'ai peur d'être indiscrète.

— Pourquoi donc? Je n'ai rien à faire depuis que j'ai donné ma démission. Je serai charmé de rendre service à vous, et à mon ami Darcy, qui donnerait gros pour que le meurtre de madame d'Orcival ne reste pas impuni.

— Oh bien, alors, gardez le bijou, mon capitaine. Je m'en rapporte à vous pour en tirer parti... et pour empêcher que je sois compromise, si on venait à savoir...

— Ne craignez rien, madame Majoré; quand le moment sera venu, Darcy racontera tout au juge, qui est son parent. Il lui dira comment les choses se sont passées, et je vous réponds que le juge vous félicitera. En attendant, vous me permettrez d'offrir à chacune de vos filles un joli médaillon, en souvenir de l'aimable soirée qu'elles nous ont fait passer.

— A la bonne heure! vous êtes gentil, vous! dit Ismérie.

— C'est Zélie Crochet qui va rager! reprit Paméla en battant des mains.

— Vous les gâtez, mon capitaine, s'écria la mère. Mais j'accepte... à condition que vous permettrez à M. Majoré de vous écrire pour vous remercier. Vous verrez comme il tourne une lettre. Il a une manière de dire les choses... un tact.

— Je serai très-flatté, chère madame. Ainsi, c'est convenu. Vous me confiez le bouton. Je vous en rendrai bon compte, et j'espère que vous aurez la gloire de sauver une innocente. Maintenant, si vous le voulez bien, nous allons parler d'autre chose. Ces demoiselles ne doivent pas nous trouver aimables, et il est temps que nous nous occupions d'elles.

Ces demoiselles ne demandaient pas mieux que de jacasser, car elles n'avaient plus faim, et les conversations sur le crime de l'Opéra ne les amusaient pas du tout. Nointel, qui en était venu à ses fins avec la mère, se mit à l'œuvre pour récréer les filles, et il s'y prit si bien que le souper s'acheva le plus gaiement du monde. Darcy lui-même ne fit pas trop mauvaise figure à cette fête forcée. Depuis l'incident du bouton de manchette, il était partagé entre la crainte et l'espérance, mais il avait foi en son ami, et il se reprochait de ne pas l'avoir assez secondé.

La famille Majoré mit à sec deux bouteilles de rœderer, carte blanche, et un flacon de crème de cacao de madame Amphoux. Mais à trois heures, l'ouvreuse déclara qu'elle voulait partir pour ne pas s'exposer aux reproches de son époux, et le capitaine n'insista pas trop pour la retenir.

Le jeune premier du Théâtre-Montmartre et sa jolie société avaient quitté le restaurant, et aucune figure connue des deux amis ne s'y était montrée.

A trois heures un quart, après les politesses d'usage, madame Majoré montait en voiture avec ses deux filles. Nointel lui proposa de la reconduire; mais elle refusa, sous prétexte qu'elle pourrait rencontrer à la porte de son domicile M. Majoré, rentrant au logis après l'agape fraternelle.

— Maintenant, mon cher, dit le capitaine à Darcy, quand ils se retrouvèrent seuls sur le boulevard, nous allons nous séparer. Tu dois avoir envie d'aller te coucher, et je n'ai plus besoin de toi.

— Où vas-tu donc? demanda Gaston un peu étonné.

— Au Cercle, et peut-être ailleurs. Je vais à la recherche de l'autre bouton de manchette. Il me faut la paire. Bonsoir. Tu me gênerais. Je serai chez toi demain avant midi.

CHAPITRE IX

L'appartement de Nointel était élégant et commode, mais celui de Darcy le distançait de plusieurs longueurs. Darcy avait autant d'expérience et beaucoup plus d'argent que le capitaine. Aussi était-il merveilleusement installé dans son rez-de-chaussée de la rue Montaigne. Il avait de l'air, de l'espace, et chaque pièce était parfaitement appropriée à sa destination. Pas un solécisme d'ameublement, pas une nuance qui détonnât, pas de faux luxe, rien de criard dans cet intérieur confortable. Il y avait assez d'objets d'art et il n'y en avait pas trop. Darcy n'était pas tombé dans ce ridicule qui consiste à faire de son logis un musée ou une boutique de marchand d'antiquités. Peu de livres et peu de tableaux, mais ce peu était très-bien choisi. Plus de curiosités rapportées par lui-même de ses voyages que de « bibelots » acquis à l'hôtel des ventes, au hasard des enchères. Pas de mièvreries, non plus. Il y a des appartements de garçon qui ont l'air d'avoir été arrangés pour héberger une femme galante, et on pourrait presque dire que les mobiliers ont un sexe. Le mobilier de Darcy était du sexe masculin.

Et Darcy se plaisait fort dans ce milieu harmonieux. Il possédait le sens artistique, et une faute de goût le choquait comme une faute de langage choque un puriste. Aussi, après des excursions forcées à travers des mondes où on sacrifie tout à l'effet, se réfugiait-il avec bonheur dans le nid vaste et charmant qu'il s'était arrangé. Sa liaison avec madame d'Orcival l'en avait un peu éloigné; son amour pour mademoiselle Lestérel, un amour malheureux, l'y ramenait.

Avec quel empressement il y était rentré, après ce souper si adroitement offert à la respectable ouvreuse, ce souper dont il remportait des lueurs d'espérance et de poignantes inquiétudes. Il savait gré à Nointel de ne pas avoir exigé qu'il continuât à le suivre dans ses caravanes nocturnes, car, en vérité, il ne se sentait pas en état de le seconder efficacement, non qu'il eût moins d'ardeur ou moins d'intelligence que son ami, mais son bonheur, son avenir dépendaient de cette chasse aux renseignements, tandis que le capitaine était personnellement désintéressé dans la question.

Le lundi matin, Gaston l'attendait déjà avec impatience, cet entreprenant capitaine, quoiqu'il fût à peine dix heures. Il l'attendait en procédant à sa toilette dans un cabinet qui pouvait passer pour un modèle du genre. Ce cabinet était spacieux, haut de plafond et tout plein d'ingénieux agencements. De grandes glaces y recouvraient de grands placards qui avaient chacun leur usage. Il y avait l'armoire aux habits de soirée, l'armoire aux costumes du matin, l'armoire aux vêtements de cheval, une réserve pour les chaussures et une pour les objets de toilette qui, par leur dimension, ne pouvaient pas trouver place sur les tablettes de marbre blanc de l'immense lavabo à l'anglaise. A première vue, on devinait que cette création, car c'en était une, était le résultat d'une entente parfaite de la vie élégante, et, à la réflexion, on admirait l'ordre qui régnait dans ce lieu où s'habillait deux ou trois fois par jour le moins ordonné des viveurs.

Darcy venait de se chausser, et, à demi couché sur un divan en maroquin havane, il fumait distraitement un cigare, lorsque Nointel entra, le chapeau sur la tête et le sourire aux lèvres.

— Mon cher, dit-il en se frottant les mains, je n'ai pas encore trouvé le grand peut-être, mais je n'ai pas perdu tout à fait mon temps depuis que je t'ai quitté à la porte de ce restaurant où on apprend tant de choses, et où on en voit de si drôles. Cette Majoré est grande comme le monde. Et le cabotin de Montmartre! Et les *rastacouères* qui arrivent du Brésil avec des gilets à boutons de diamant!

Darcy ne riait pas du tout au souvenir de ces tableaux réjouissants, et Nointel eut pitié de ses anxiétés.

— Je comprends, reprit-il; tu ne tiens pas à ce que je te rappelle les incidents d'une fête qui t'a médiocrement amusé. Tu as soif de découvertes. Eh bien, je t'en apporte au moins une. Croirais-tu que cette ouvreuse avait deviné juste, et que l'initiale du prénom de Lolif se trouve être précisément un *B?*

Darcy fit un mouvement de surprise, et sa figure exprima en même temps une satisfaction très-vive.

— Oui, mon cher, et tu ne t'imagines pas quel est ce joli prénom. Le brillant Lolif s'appelle Baptiste. Il s'en cache, et dans le demi-monde il se fait passer pour un Ernest, un Arthur, un Émile... tout, excepté Baptiste. Mais j'ai fini par lui arracher des aveux. Je parierais qu'il s'est dit que je saurais la vérité en la demandant à ton oncle qui a reçu sa déposition hier. Ça ne se passe pas chez le juge d'instruction comme chez ces dames. On ne lui donne pas un prénom de fantaisie.

— Alors il est très-possible que le bouton lui appartienne.

— Malheureusement, non, ce n'est pas possible.

— Pourquoi?

— D'abord parce que le tempérament de Lolif ne le porte pas aux actions violentes; ensuite parce qu'il n'avait aucune raison pour assassiner Julia, et enfin parce que j'ai fait sur lui une expérience décisive.

— Décisive?... décisive, à ton avis.

— Tu vas être de cet avis, si tu veux m'écouter. Je l'avais attiré dans un coin pour le faire causer. Personne ne nous voyait. Ils étaient tous à un baccarat où, entre parenthèses, cet animal de Prébord s'est enfilé, m'a-t-on dit, dans les grands prix. C'est bien fait. Ça lui apprendra à calomnier les innocentes, après les avoir persécutées. Ne t'impatiente pas, je reviens à notre sujet. J'étais seul avec mon Lolif, je n'avais pas à craindre qu'un indiscret vînt se fourrer en tiers dans notre conversation. J'ai donc, en fouillant dans ma poche pour y chercher ma boîte à cigarettes, ramené, comme par hasard, la pièce à conviction, et je la lui ai montrée, en lui racontant que je venais de la trouver sur le trottoir du boulevard.

— Eh bien?

— Mon cher, non-seulement il n'a pas donné la plus petite marque d'émotion, mais il s'est mis à m'expliquer longuement ce qu'il fallait faire pour déposer l'objet à la Préfecture de police.

— Que prouve cela? qu'il se possède très-bien et qu'il sait se tirer d'un mauvais pas. Tu conviendras que si le bouton lui appartenait, il ne serait pas assez sot pour te le dire, car il doit savoir où il l'a perdu.

— En effet, si le bouton était à lui, il saurait parfaitement qu'il l'a perdu dans la loge de Julia, et lorsque je lui ai dit que je l'avais trouvé sur le boulevard, il aurait deviné tout de suite que je lui tendais un piége. Il se serait troublé, et il ne m'aurait pas engagé à porter ma trouvaille à la Préfecture. Du reste, je m'embarque là dans des raisonnements superflus. Tu n'as jamais pu croire sérieusement que Lolif a tué madame d'Orcival. C'est une idée qui s'est logée dans la cervelle de la Majoré. Il faut l'y laisser et ne pas perdre notre temps à suivre des pistes fausses.

— Soit, mais où est la vraie?

— Le bouton nous aidera à la trouver. Nous le tenons, ce précieux objet. La mère d'Ismérie a bien voulu me le confier. Tu as pu constater que je sais manier les ouvreuses.

— Pourvu que ses filles n'aillent pas raconter l'histoire au foyer de la danse!

— Ce serait très-fâcheux, car les abonnés la sauraient, et il s'en rencontrerait bien un pour la rapporter à ton oncle, qui pourrait trouver mauvais que j'empiète sur ses attributions de magistrat; mais nous n'avons pas cela à craindre. Madame Majoré non plus n'a pas envie d'être compromise, et elle recommandera à ces demoiselles de se taire. Et puis, je leur ai promis à chacune un médaillon. Je les médaillerai dès ce soir au théâtre, je leur dirai qu'une indiscrétion de leur part ferait beaucoup de tort à leur respectable maman, et je te réponds qu'elles se tairont. J'irai, s'il le faut, jusqu'à leur promettre des boucles d'oreilles pour récompenser leur silence.

Et, pour ce qui est du bouton, je te déclare que je découvrirai à qui il appartient.

— Comment t'y prendras-tu?

— Il y a plus d'une façon de procéder. La plus simple serait de le montrer aux bijoutiers et de leur demander s'ils le reconnaissent pour l'avoir vendu; mais elle a quelques inconvénients. Le premier de tous, c'est qu'il y a beaucoup de bijoutiers à Paris, et que l'enquête prolongée à laquelle je serais obligé de me livrer arriverait forcément à la connaissance de la police. M. Roger Darcy me ferait appeler, m'inviterait à m'abstenir, et me reprendrait ma pièce à conviction. D'ailleurs, l'objet a peut-être été acheté à l'étranger. Je ne puis pas faire le tour du monde en exhibant un bouton de manchette. Je conclus qu'il faut renoncer à ce genre de recherches. Le hasard seul pourrait les faire aboutir à un résultat, et ce serait folie que de compter sur le hasard. Je suis décidé à employer d'autres moyens, et je viens te les soumettre. Mais d'abord, une question : A quelle heure attends-tu la femme de chambre de Julia?

— Elle m'a promis qu'elle viendrait ce matin... elle n'a pas précisé l'heure...

— Mais elle viendra certainement, car elle s'attend à recevoir de toi une récompense honnête pour le service qu'elle t'a rendu, et pour ceux qu'elle te rendra encore. Je la verrai donc, et c'est tout ce que je demande. Mon cher, je compte beaucoup sur cette fille pour débrouiller la situation, qui est celle-ci : nous tenons un objet dont la propriétaire a tué Julia, c'est hors de doute. Je dis *la* pro-

priétaire, parce que j'écarte absolument l'hypothèse d'un
meurtre commis par un homme. Excepté ce mouton de
Lolif, il n'est entré que des femmes dans la loge.

— Ou des hommes déguisés en femmes.

— Tiens ! cette supposition-là ne m'était pas encore venue.
On peut s'y arrêter un instant, mais elle ne résiste pas à
un examen sérieux. Un domino masculin se trahit toujours
par la taille, par la démarche, par la tournure. Madame
Majoré ne s'y serait pas trompée. Je persiste à partir de
cette idée que le coup a été fait par une main féminine.
Il s'agit de savoir quelles femmes connaissait Julia, et
parmi ces femmes, quelles sont celles dont le nom commence par un *B*.. le nom ou le prénom... car on porte indi-
féremment sur un bijou l'initiale du nom de famille ou
l'autre... Je crois même que les femmes portent plus volontiers l'autre... surtout les femmes mariées... le nom de
baptême leur rappelle généralement des souvenirs agréables,
tandis que le nom du mari... mais je me perds dans les
détails. Personne n'est mieux en mesure que la femme de
chambre de madame d'Orcival de nous renseigner sur les
amies de sa maîtresse. Nous allons les passer en revue avec
elle, et quand nous aurons trié sur le volet toutes celles
qui sont marquées au *B*, je me livrerai à un petit travail
d'investigation sur chacune de ces personnes. Depuis combien de temps la camériste en question est-elle au service
de Julia ?

— Oh ! depuis plusieurs années. Je l'ai toujours vue chez
Julia.

— Alors, il est probable que madame d'Orcival n'avait
pas de secrets pour elle.

— Mariette sait beaucoup de choses. Cependant elle
n'était pas avec sa maîtresse sur un pied de familiarité.
Les cocottes racontent leurs affaires à leurs bonnes et leur
demandent conseil. Mais Julia n'était pas une cocotte,
c'était une femme galante dans l'acception la plus élevée
du mot. Elle avait eu, dès son entrée dans le monde où

elle vivait, une situation exceptionnelle, et elle tenait ses domestiques à distance.

— Oh! je pense bien qu'elle ne jouait pas au loto avec eux; mais chez Julia, comme chez toutes ses pareilles, après quelques semestres de bons et loyaux services, une femme de chambre adroite avait dû être promue au grade de confidente. Il y a le train-train des amants, le manége des entrées et des sorties, la correspondance intime à remettre et à recevoir. L'intervention de la soubrette est forcée. C'est pourquoi je parierais bien mille francs contre cinq louis que Mariette a été au courant de tous les incidents qui ont marqué la liaison de madame d'Orcival avec Golymine.

— C'est probable, mais cela ne nous importe guère, dit tristement Darcy.

— Cela nous importe beaucoup, car, à mon sens, c'est là qu'est le nœud de l'affaire, répliqua Nointel. En causant avec cette fille, je pousserai de vigoureuses reconnaissances du côté de la Pologne. Mais avant tout je lui demanderai la liste de toutes les amies et connaissances de Julia. En attendant, nous avons déjà deux femmes au *B*.

— Lesquelles?

— Mais, d'abord... il y a mademoiselle Lestérel qui s'appelle Berthe. Ne te hérisse pas, je t'en prie. Je n'ai pas l'intention de t'affliger, tu le sais bien, et je suis obligé d'examiner froidement toutes les possibilités, même les plus invraisemblables. Or, puisque le prénom de mademoiselle Lestérel est Berthe, il est possible que le bouton appartienne à mademoiselle Lestérel. Ton oncle ne raisonnerait pas autrement, et c'est de peur de lui fournir un indice de plus que j'ai empêché la Majoré d'aller lui remettre l'objet.

— Mademoiselle Lestérel n'a pas de bijoux. Elle est trop pauvre pour en acheter.

—- D'accord, mais sa pauvreté ne prouve rien. On a pu lui faire un cadeau. Son beau-frère lui en a bien fait un,

et il a eu là une malencontreuse idée. Mais je me hâte
d'ajouter que, selon moi, elle n'a jamais porté ni possédé
ce bouton en or massif. Je l'ai examiné avec soin, et je
suis sûr qu'il est de fabrication ancienne. C'est un bijou de
famille, et de famille riche. Il a dû être transmis par héritage. Or, si je ne me trompe, le père de mademoiselle Lestérel était pauvre et n'a rien laissé à ses filles.

— Absolument rien. C'est un argument à faire valoir.

— Je n'y manquerai pas, si, après avoir parachevé notre
enquête, nous nous décidons à déposer entre les mains de
qui de droit la pièce à conviction que nous conservons
provisoirement. Mais ne penses-tu pas comme moi qu'il
y a de par le monde une femme qui a fort bien pu attacher ses manchettes avec ce bouton... une femme dont le
nom commence aussi par un *B?*

— Madame de Barancos ! s'écria Darcy. Ce ne peut être
qu'elle.

— Je ne suis pas si affirmatif que toi. Il me reste des
doutes Je me demande, par exemple, pourquoi le bijou
n'est pas timbré d'une couronne de marquise. Elle les
fourre partout, ses couronnes, cette noble Havanaise. Ce
soir, elle en portait une en guise d'agrafe, diamants et
rubis, une vraie constellation. Mais, enfin, elle a pu, une
fois par hasard, se contenter d'une initiale.

— Et, d'ailleurs, quand on va commettre un crime, on
ne se charge pas d'objets qui vous feraient reconnaître.

— C'est juste. N'oublions pas cependant que si la Barancos est entrée dans la loge de Julia, c'est sans doute que
Julia lui avait donné rendez-vous au bal de l'Opéra. Elle
n'avait donc pas besoin de garder l'incognito vis-à-vis de
Julia. Mais, tout bien considéré, bien pesé, ma conclusion
est que la coupable, c'est notre marquise. Seulement ne
nous pressons pas. Attendons qu'elle se livre par une imprudence, et en attendant, renseignons-nous, tant que nous
pourrons. Plus de lumière ! plus de lumière ! Il faut que
ton oncle y voie clair. Ce ne sera pas une petite affaire

que de l'amener à envoyer madame de Barancos là où il a envoyé mademoiselle Lestérel.

Aussi me tarde-t-il de causer avec cette femme de chambre. Je suis sûr que c'est elle qui va nous dire le dernier mot.

Quand on parle des soubrettes, il arrive qu'on voit leur museau. Au moment où Nointel achevait sa phrase, le valet de chambre vint annoncer que la camériste de madame d'Orcival était là.

On imagine bien que Darcy ne la fit pas attendre.

Mariette entra d'un pas discret dans le cabinet de toilette et parut un peu étonnée d'y trouver le capitaine, mais elle n'était pas fille à se déconcerter pour si peu. Elle portait le deuil de madame d'Orcival, un deuil plus élégant que sévère. Bien des bourgeoises auraient envié sa toilette de satin et velours frappé noir, robe et chapeau pareils. Elle était chaussée et gantée d'une façon irréprochable, à ce point que Nointel, qui ne l'avait jamais vue, se mit à l'examiner en connaisseur. On ne pouvait pas dire qu'elle fût jolie; on ne pouvait pas dire non plus qu'elle fût laide. Ses cheveux étaient d'une nuance indécise, ses yeux d'une couleur intermédiaire, et sa figure n'avait pas d'âge. Un provincial aurait trouvé qu'elle avait l'air distingué; un collégien en serait devenu amoureux. Mais Nointel connaissait cette variété de l'espèce féminine, une variété qu'on ne rencontre guère qu'à Paris et qui semble avoir été créée tout exprès pour le manége ordinaire de la galanterie. Mariette était née femme de chambre, comme Julie Berthier était née courtisane. Au vrai, elle était rousse et elle avait trente-quatre ans, peu de scrupules, beaucoup d'ambition, quelques vices, un caractère très-souple et un esprit très-délié.

Le capitaine sut lire tout cela sur sa figure, et il pensa aussitôt qu'on tirerait bon parti d'une personne si intelligente et si maniable. Seulement, il craignait que Darcy ne s'y prît mal dès le début, et il s'empressa d'entamer l'entretien.

I. 16

— Assieds-toi, mon enfant, dit-il. Ici, tu n'es plus de
service, et tu vaux bien que M. Darcy te fasse les honneurs
d'un de ses fauteuils.

Et, devinant que son ami s'ébahissait de cette familiarité
de langage, il ajouta en s'adressant à lui :

— Mon cher, quand on a été hussard, on tutoie toujours
les femmes de chambre... et de préférence celles qui sont
gentilles. Parions que Mariette trouve tout naturel que je
lui dise : tu.

— Certainement, mon capitaine, répondit en souriant
Mariette. D'ailleurs, ça se fait dans les comédies de Molière.

— Bon ! tu as de la littérature. Tant mieux ; ça t'aidera
à comprendre la situation.

— Oh ! je la comprends, monsieur Nointel.

— Tiens ! tu me connais. Je ne suis pourtant jamais venu
chez madame d'Orcival.

— Non ; mais vous alliez souvent autrefois chez une amie
de madame... chez madame Rissler.

— C'est, ma foi, vrai ! J'avais oublié cette histoire
ancienne. C'était... voyons... oui, c'était deux ans après la
guerre. Depuis ce temps-là, j'ai changé mon fusil d'épaule...
et, finalement, je me suis rangé. Comment va-t-elle, cette
bonne Claudine ? Je la rencontre par-ci par-là, mais elle
ne me salue plus.

— Madame Rissler va bien, mon capitaine. Elle a même
beaucoup de chance. Elle est avec un Russe qu'elle a connu
l'année dernière à l'Exposition. Et si elle avait un peu plus
de conduite, elle serait aujourd'hui aussi riche que l'était
madame.

— Oui, mais pas de conduite. Je m'en suis aperçu. Et
aucune notion de la hiérarchie. Elle me préférait un fourrier de mon ancien régiment.

— Ça ne m'étonne pas ; elle a la toquade des militaires ;
ça la perdra. Ah ! monsieur, cette pauvre madame ne donnait pas dans ces bêtises-là ; elle était sérieuse. M. Darcy
le sait bien. Je peux lui jurer sur les cendres de ma mère

que madame ne lui a pas fait de traits pendant tout le temps qu'il a été avec elle... Oh! mais là, pas un seul.

— Je vous crois, Mariette, dit Gaston que les bavardages de Nointel impatientaient, et qui avait hâte d'aborder un sujet plus intéressant que les frasques d'une amie de Julia; je vous crois d'autant mieux que je sais dans quels termes vous viviez avec madame d'Orcival. Vous étiez moins sa femme de chambre que sa confidente. Elle ne vous cachait rien.

— C'est vrai. Madame avait confiance en moi. Elle avait raison, car pour elle je me serais mise au feu, et pour un million je n'aurais pas dit ce qu'elle m'avait défendu de dire. Monsieur en a eu la preuve. Madame m'avait recommandé de ne pas dire qu'il était chez elle quand le comte s'est pendu. Et le commissaire a eu beau me tourner et me retourner, il n'en a rien su.

— Vous me rappelez que je suis votre obligé, ma chère Mariette; il s'est passé tant d'événements depuis ce jour-là, que je n'ai pas eu le temps de faire pour vous ce que je me propose de faire; mais je vais réparer ma négligence aujourd'hui même... après que nous aurons causé.

— Monsieur est trop bon... et j'espérais bien que monsieur ne m'abandonnerait pas après un malheur pareil... car c'est mon avenir que j'ai perdu en perdant madame... elle m'avait promis qu'elle me laisserait une rente ou une somme... à mon choix... j'aurais préféré le capital, parce que je ne tiens pas à rester au service... je voudrais m'établir. Mais madame n'a pas dû penser à faire son testament... c'est tout naturel... à son âge, elle ne prévoyait pas qu'elle allait mourir si vite... et de quelle mort!... ah! la scélérate qui l'a assassinée n'aura pas volé l'échafaud.

— Et toi, fine mouche, pensa le capitaine, tu ne veux pas être volée en la dénonçant pour rien, et tu poses tes conditions. Si je ne m'en mêle pas, Darcy va s'enferrer.

— Comptez sur moi, Mariette, s'écria l'amoureux Gaston. Le service que vous m'avez rendu n'est rien en comparaison de celui que vous allez me rendre, en m'aidant à venger Julia, et je ne vous récompenserai jamais assez Apprenez-moi donc...

— Monsieur me comble. Et je m'enhardis à parler à monsieur d'un fonds de lingerie qui est à vendre dans la rue Scribe... quarante mille francs.

— A deux pas de l'Opéra. C'est pour rien, dit Nointel avant que son ami eùt le temps de répondre : c'est fait. Tu as là une bonne idée, petite. Darcy est au-dessus de quarante mille francs, et si ta maltresse t'a dotée, comme elle te l'avait promis, te voilà devenue un bon parti. Tu pourras épouser un officier en retraite. Pourquoi madame d'Orcival n'aurait-elle pas fait de testament? C'était une femme d'ordre. Elle ne pensait pas à la mort, je le crois, mais elle a bien pu mettre ses affaires en règle.

— On ne saura rien tant que les scellés ne seront pas levés.

— Ah! oui, c'est vrai; elle ne laisse pas d'héritiers, m'a-t-on dit.

— Non, monsieur. Madame était enfant de l'amour. Elle n'avait pas de parents. Si elle n'a disposé de rien par écrit, on prétend que c'est le gouvernement qui aura tout. Une drôle de loi tout de même. Ah! monsieur, ce n'est pas par intérêt, puisque M. Darcy ne me laissera pas dans la peine, mais je vous jure que ça me crèvera le cœur quand on vendra le mobilier, et les tableaux, et les porcelaines, et tout. Les tableaux, surtout. Elle les aimait tant. Tenez! le Fortuny, elle se levait des fois la nuit pour le regarder. Elle disait que ça lui remettait les yeux quand elle avait vu des gens laids dans la journée. C'est comme quand on a rapporté son corps, tout à l'heure, ça m'a donné un coup. Croiriez-vous qu'ils l'avaient charrié à la Morgue et qu'ils l'ont gardé vingt-quatre heures, pour l'ouvrir... des horreurs, quoi! J'en ai la chair de poule quand j'y pense. Et le commissaire n'a pas voulu qu'on la mît sur son lit, ma pauvre maltresse. Elle est sur un matelas dans la bibliothèque. Claudine Rissler va venir aujourd'hui pour l'ensevelir. Moi, je n'aurais pas le courage d'y toucher. Elle a du cœur tout de même, madame Rissler.

— Quand a lieu l'enterrement? demanda le capitaine pour couper court à ce débordement de lamentations inutiles.

— Demain matin, à onze heures. J'ai peur qu'il n'y ait pas beaucoup de monde, et si M. Darcy voulait venir...

— Nous irons, ma fille, dit vivement Nointel, et peut-être ne serons-nous pas les seuls de notre monde à y aller. Ta maîtresse avait beaucoup d'amis.

— Mais non, monsieur. Depuis qu'elle connaissait M. Darcy, elle avait cessé toutes ses anciennes relations. Elle ne recevait plus que des femmes. Le soir où le comte Golymine s'est pendu dans l'hôtel, il était entré malgré moi; M. Darcy peut vous le dire, puisqu'il était chez madame. Depuis la mort du comte, il n'est venu que deux messieurs; et si madame les a reçus, c'est qu'elle croyait qu'ils venaient de la part de M. Darcy, et l'un d'eux, en effet, a été envoyé par M. Darcy.

— Par moi! s'écria Gaston. Vous vous trompez. Je n'ai envoyé personne chez Julia.

— Cependant, ce docteur a assuré à madame que.

— Quel docteur? demanda Nointel.

— Le docteur Saint-Galmier... un médecin étranger qui soigne les maladies de nerfs.

— Ah! ah! Et l'autre visiteur, qui était-ce?

— Un étranger aussi. Un général Simancas. Celui-là venait demander à madame des renseignements sur le comte Golymine qu'il a beaucoup connu dans le temps. Madame l'a mis à la porte.

— Et le docteur? comment l'a-t-elle reçu?

— Mieux que le général, parce qu'elle le prenait pour un ami de M. Darcy. Il devait même revenir le lendemain apporter des nouvelles de monsieur, mais on ne l'a pas revu.

16.

— C'est le comble de l'impudence! murmura Gaston.

— Dis-moi, Mariette, reprit le capitaine, ces deux messieurs se sont présentés le même jour?

— Oui, et presque à la même heure. Le général n'était pas parti depuis vingt minutes, quand le docteur est arrivé. C'était mardi, dans l'après-midi. Madame m'avait envoyée le matin à l'administration de l'Opéra retirer son coupon de loge pour le bal. Ah! monsieur, si j'avais su...

— Le fait est que ta maîtresse a eu là une malheureuse idée. Que veux-tu! il était écrit là-haut quelle mourrait de la main d'une femme. Elle avait congédié ses amis et gardé ses amies. Il aurait mieux valu qu'elle fît tout le contraire.

— Ses amies, mon capitaine? Mais elle en avait très-peu. Madame Rissler que vous connaissez, Delphine de Raincy, Jeanne Norbert, Cora Darling. Et encore elle ne les voyait pas souvent. Monsieur ne les aimait pas, et ça suffisait pour que madame les tînt à distance. Et pourtant... si elle n'avait jamais connu qu'elles, le malheur ne serait pas arrivé.

Darcy écoutait avec une attention émue cette énumération de noms dont aucun ne commençait par un *B;* et il allait passer à des questions plus directes, mais Nointel prit les devants.

— Je crois en effet, dit-il, que ces dames sont incapables de commettre un crime. Il n'en est pas moins vrai que c'est une femme qui a tué Julia. Pourquoi l'a-t-elle tuée? Du diable si je m'en doute!

— Moi, je le sais, riposta la femme de chambre. Elle l'a tuée pour l'empêcher de parler. Madame savait que la coquine avait eu un amant. Madame n'avait qu'un mot à dire pour la perdre. Et c'est bien ce que j'aurais fait, si j'avais été à la place de madame. Mais madame était cent fois trop bonne. Elle avait entre les mains des preuves, des lettres écrites à un homme par cette bégueule. Elle lui a donné rendez-vous au bal de l'Opéra pour les lui rendre, au lieu de la forcer à venir les chercher boulevard Malesherbes Et elle les lui a rendues, puisqu'on ne les a pas trouvées sur son pauvre corps. Alors, l'autre s'est dit : Je les ai, mais madame d'Orcival a connu mon amant, et elle pourra toujours dire que moi, qui pose pour la femme honnête, je ne suis qu'une drôlesse. Je vais la tuer. C'est plus sûr. Et elle l'a tuée, la gueuse.

— Comment sais-tu que madame d'Orcival avait des lettres sur elle quand elle est allée au bal? demanda le capitaine en lançant un coup d'œil à Darcy pour le prier de le laisser mener l'interrogatoire jusqu'à la fin.

— Je les ai vues, monsieur. Pensez donc que c'est moi qui ai habillé madame pour le bal. Quand elle a été prête, elle a ouvert devant moi le meuble en bois de rose où elle serrait ses correspondances, elle y a pris les lettres dans un tiroir... il y en avait un gros paquet... si gros qu'elle n'a pas pu le fourrer dans son corsage et qu'elle l'a mis dans la poche de sa robe. Et elle m'a dit en riant : Sont-elles bêtes, ces femmes du monde, d'écrire si souvent!

— En effet, c'est assez clair. Tu ne sais pas de qui elle les tenait, les lettres?

— Non, madame ne disait que ce qu'elle voulait dire, et elle n'aimait pas qu'on lui fît des questions. Ça ne m'empêchait pas de deviner bien des choses. Ainsi, tenez, le jour où elle a écrit à cette créature, elle ne m'a pas fait de confidences, et pourtant j'ai compris tout de suite de quoi il retournait. Tenez! c'était justement le mardi, le lendemain de la mort du comte Golymine, le jour où les deux étrangers sont venus. Madame attendait monsieur... elle espérait toujours que monsieur n'était pas fâché pour tout de bon et qu'il reviendrait.. et même c'est bien malheureux que monsieur ne soit pas revenu, car elle aurait certainement changé d'idée... elle ne serait pas allée au bal de l'Opéra, si elle avait été encore avec monsieur.

Darcy tressaillit. Il sentait bien qu'il y avait du vrai dans ce qu'avançait la soubrette, et qu'il avait peut-être dépendu de lui d'empêcher le crime que Berthe Lestérel était accusée d'avoir commis.

—Oui, soupira Nointel, c'est une fatalité. Tu disais donc qu'elle a écrit le mardi...

— Sur le coup de cinq heures, quand elle a commencé à désespérer de voir monsieur. Le général et le docteur étaient partis. Madame m'a sonnée, et quand je suis entrée dans son boudoir, elle achevait de mettre l'adresse sur la lettre. Elle en avait écrit d'autres qui étaient sur son buvard, et elle avait le coupon de la loge devant elle. Alors, elle m'a dit : Habille-toi. Tu vas porter ce billet. Et tu ne le remettras qu'à la personne elle-même. Si on fait des difficultés pour te laisser monter chez elle, tu insisteras; tu diras que tu viens de la part d'une de ses amies, d'une personne de sa famille... tout ce qui te passera par la tête... l'important, c'est que tu la voies elle-même. Du reste, je suis certaine qu'elle finira par te recevoir. Tu lui remettras la lettre, et tu regarderas bien la figure qu'elle fera en la lisant. Quand elle aura fini, tu lui demanderas une réponse. Je ne crois pas qu'elle te la donne par écrit. Elle est trop fière pour écrire à une femme comme moi.

— Ah! s'écria Darcy, radieux, c'est bien elle... c'est la marquise!

— Et que t'a répondu cette princesse? demanda Nointel, presque aussi content que son ami. Car tu l'as vue, n'est-ce pas?

— Oui, je l'ai vue, et elle m'a répondu : « C'est bien, dites à madame d'Orcival que j'irai. » Vous avez raison. Une princesse n'aurait pas fait plus de manières. Elle ne l'est pas pourtant, ni marquise non plus, cette coureuse de cachets.

Darcy tomba brusquement du haut de ses illusions. Il avait cru que Mariette parlait de la marquise. La chute était rude.

Nointel n'était pas moins désagréablement surpris, car

il avait espéré aussi que le nom de Barancos allait arriver au bout du récit entamé par la femme de chambre.

Quant à Mariette, elle ne comprenait rien à l'air déconfit qu'avaient ces messieurs, car elle était persuadée qu'ils savaient fort bien de qui elle parlait. Darcy était le neveu du juge d'instruction; Darcy ne pouvait pas ignorer ce qui se passait, et lorsqu'elle lui avait dit la veille, à la porte du Palais de justice, qu'elle connaissait la coupable, c'était Berthe Lestérel qu'elle lui aurait nommée, si l'agent de la sûreté ne fût pas venu interrompre la conversation.

Le capitaine pensa qu'il ne fallait pas lui laisser le tempt de comprendre, et qu'on pouvait encore tirer d'elle des renseignements intéressants. Il sentait bien que la partie tournait mal, mais il voulait la jouer jusqu'au bout.

— Quelle coureuse de cachets? demanda-t-il tranquillement.

— La chanteuse, parbleu! répondit la soubrette, la Lestérel. Heureusement, le juge ne s'est pas trompé. Il l'a fait coffrer, séance tenante. Elle est à Saint-Lazare, la gueuse! Et j'espère qu'elle n'en sortira que pour aller à la Roquette.

Darcy se tenait à quatre pour ne pas étrangler cette misérable femme de chambre qui injuriait Berthe et qui la vouait au supplice. Il était pâle, il serrait les poings et il se serait peut-être porté à quelque extrémité, si Nointel ne lui eût adressé un regard expressif.

Ce regard voulait dire clairement : Si tu éclates, nous ne saurons rien. Tiens-toi en repos, et laisse-moi faire. Tout n'est peut-être pas perdu encore.

— C'est vrai, reprit-il, du ton le plus naturel du monde, on a arrêté une jeune fille qui chante dans les concerts. Tous les journaux le racontent. Mais ils n'affirment pas qu'elle soit coupable. Ils assurent même qu'il y a des doutes en sa faveur.

— Des doutes! s'écria la femme de chambre. Vous ne savez donc pas que le couteau qu'on a trouvé enfoncé dans le cou de ma pauvre maîtresse appartenait à cette coquine?

Des doutes! après ce que je viens de vous dire, quand je peux prouver que madame lui avait donné rendez-vous au bal de l'Opéra.

— Tu as donc décacheté la lettre, petite?

— Moi! pour qui me prenez-vous, mon capitaine? Non, je ne me suis pas permis une chose pareille. Mais je me rappelle ce que m'a dit madame, quand elle m'a donné la commission, et puis, je l'ai portée, la lettre; j'étais là quand cette créature l'a lue, et sa figure de papier mâché disait assez ce qu'elle éprouvait en la lisant. Elle est devenue verte, et j'ai cru qu'elle allait s'évanouir. Et quand elle m'a répondu : « J'irai », je n'ai pas eu besoin de lui demander où. Je savais bien qu'il s'agissait du bal de l'Opéra. Ah! elle est rouée, allez! et hypocrite, et *geigneuse*. Fallait la voir dans le cabinet du juge quand on l'a amenée pour que je la reconnaisse. Elle pleurait comme une fontaine... et des grimaces et des gestes comme au théâtre... elle se tordait les mains... il ne lui manquait plus que de s'arracher les cheveux.

Darcy laissa échapper un cri de colère, et fit un mouvement pour se lever.

— Tu souffres, lui dit Nointel avec calme; tu penses à cette pauvre Julia. Du courage, mon cher. Écoute Mariette qui nous aidera à la venger.

Et toi, petite, raconte-nous un peu comment la confrontation a fini. La demoiselle a-t-elle avoué que tu étais venue chez elle et que tu lui avais remis une lettre de madame d'Orcival?

— Avouer! ah! on voit bien que vous ne la connaissez pas. Elle n'a seulement pas voulu répondre au juge. Il a eu beau la questionner de toutes les façons, il n'a pas pu en tirer un mot. C'est son système de faire la muette. Mais le juge ne s'y est pas laissé prendre, pas plus qu'à ses pleurnicheries. Ah! c'est un fameux magistrat que l'oncle de M. Darcy. On ne le met pas dedans comme ça. Il est doux, il est poli, il parlait à cette créature comme si la conver-

sation s'était passée dans un salon; mais il n'a pas bronché
pour la coller en prison. Et elle y est, Dieu merci!

— Il me semble, ma chère Mariette, que tu peux te flatter
de n'avoir pas peu contribué à l'y envoyer.

Si la femme de chambre avait pu savoir ce qui se passait
dans le cœur de Darcy, elle n'aurait probablement pas
répondu avec tant de netteté à l'insinuation du capitaine;
mais sa finesse n'allait pas jusqu'à deviner que l'action dont
elle se vantait allait lui faire un ennemi du dernier amant
de madame d'Orcival, et elle s'écria :

— Je vous crois que j'y ai contribué. C'est-à-dire que
sans moi le juge ne se serait peut-être pas décidé si vite.
Mais j'ai tant appuyé sur mes conversations avec madame,
je lui en ai tant raconté sur les relations qu'elle avait eues
avec cette bégueule, que j'ai enlevé la chose. Ah! M. Darcy
doit être content.

Darcy ne répondit que par un rugissement étouffé. Nointel pensait :

— Mariette, ma fille, tu n'auras as ton fond de lingerie.
Tu viens de mettre le feu à ton magasin. C'est toujours
autant de gagné pour mon ami, car il aurait été assez bête
pour lâcher les quarante mille.

Et comme il ne perdait jamais la tête, il dit tout haut :

— Tu as fort bien manœuvré, à ce que je vois, et il est
très-heureux que madame d'Orcival t'ait chargée de l'invitation qu'elle a adressée à cette Lestérel. Maintenant, l'affaire me paraît claire. Mais où diable s'étaient-elles con-
nues?

— En pension, mon capitaine. Madame avait été très-
bien élevée. La Lestérel aussi.

— Est-ce qu'elles avaient continué à se voir?

— Non. Cette pimbèche posait pour la vertu, et elle ne
voulait pas fréquenter madame, qui valait cent fois mieux
qu'elle. Elle est pourtant venue une fois à l'hôtel.

— Quand?

— Oh! il y a du temps... deux ans au moins... Madame

lui avait écrit pour lui demander un renseignement sur une de leurs amies de pension. Vous croyez qu'elle lui a répondu? Pas si bête! Mademoiselle avait peur de laisser traîner sa signature chez une cocotte. Elle a préféré venir en personne. C'est moi qui l'ai reçue. Si vous aviez vu comme elle s'était arrangée... avec sa voilette épaisse et son waterproof en forme de sac : son amant ne l'aurait pas reconnue à deux pas. Ah! elle sait se déguiser, celle-là. Et ses manières de sainte nitouche avec madame qui la recevait à la bonne franquette! Tenez! j'ai dit à madame dès ce jour-là ce que je pensais d'une *poseuse* pareille.

— Le fait est que lorsque l'on va chez les gens, on n'a pas le droit de leur faire froide mine. Cette jeune personne est prudente, mais elle manque de logique. As-tu quelque idée de l'amant qu'elle s'était offert... celui qui avait reçu d'elle des lettres compromettantes, si compromettantes que, pour les ravoir, elle a tué son ancienne camarade du pensionnat?

— Son amant? Ça doit être un pianiste, ou un ténor... quelque meurt-de-faim d'artiste. Un homme comme il faut ne se serait pas embarrassé d'une créature qui n'a ni toilette, ni *chic,* ni rien pour elle que la beauté du diable.

Darcy ne disait mot, mais il marchait furieusement à travers le cabinet de toilette, et chaque fois qu'il passait devant le capitaine, ses yeux lui demandaient d'abréger l'entretien.

Nointel avait ses raisons pour continuer, et il ne tint aucun compte de la prière que son ami lui adressait.

— Tu exagères un peu, Mariette, reprit-il. Des gens qui s'y connaissent m'ont affirmé que la demoiselle était fort jolie. Mais enfin, elle chantait pour de l'argent dans les concerts, elle donnait des leçons. Elle a bien pu en effet nouer une liaison avec un musicien quelconque. Seulement... si l'amant est un artiste, un meurt-de-faim, comme tu dis, madame d'Orcival ne devait pas le connaître.

— Oh! il n'y a pas de danger. Madame avait horreur de ce monde-là. Elle ne recevait que des messieurs bien posés. Jamais un cabotin n'a mis les pieds chez elle.

— Alors, comment se fait-il qu'elle eût les lettres de cette Lestérel!

— Ça, monsieur, je n'en sais rien du tout; madame ne me contait pas toutes ses affaires.

— Je le crois, mais enfin quelle est ton idée sur celle-là?

— Mon Dieu!... je n'en ai pas.

— Eh bien, moi, j'en ai une. Julia avait été la maîtresse de ce Golymine...

— Avant de se mettre avec M. Darcy, oui, c'est la vérité. Mais, depuis, je peux bien jurer qu'entre elle et le comte, il n'y a jamais eu ça, riposta vivement la soubrette en faisant craquer son ongle sous ses dents blanches.

— Bon! mais ils se voyaient quelquefois.

— Jamais. Le comte n'est entré dans l'hôtel que le soir où il s'est tué.

— Soit! il avait peut-être ce soir-là les lettres de mademoiselle Lestérel dans sa poche; Julia a pu les y prendre, s'il ne les lui a pas remises.

Mariette réfléchit un instant. Madame d'Orcival prenant des lettres dans la poche de Golymine mort : évidemment, cette idée n'était jamais entrée dans sa cervelle de femme de chambre.

— Non, dit-elle, non, c'est impossible. Le comte n'est pas resté un quart d'heure avec madame, et ils se sont querellés tout le temps. M. Darcy le sait bien. Il était dans le boudoir. Et après le malheur, c'est moi qui ai trouvé le comte pendu. Madame n'a seulement pas vu le corps. Elle n'a jamais voulu entrer dans la bibliothèque, et le commissaire est arrivé tout de suite.

— Alors, reprit le capitaine, je n'y comprends plus rien, et, ma foi, je renonce à comprendre. Quelle drôle d'histoire! Ces lettres qui se trouvent dans un des tiroirs

I. 17

de madame d'Orcival sans qu'on sache comment elles y sont
venues! Dans tous les cas, elles ne devaient pas y être
depuis longtemps. Julia ne les aurait pas gardées, puisqu'elle voulait les rendre. Tu les as vues, m'as-tu dit?

— Oui, au moment où madame allait partir pour le
bal.

— Et il y en avait beaucoup?

— Une masse... et bien en ordre... elles étaient divisées
en paquets et attachées avec des faveurs roses.

— Il faut que cette demoiselle Lestérel ait une fameuse
rage d'écrire pour avoir noirci tant de papier.

— Ça n'a rien d'étonnant. Les filles qui ont reçu de l'éducation sont toutes comme ça. Elles veulent montrer à leurs
amants qu'elles ont du style, et il leur en cuit. Madame en
avait aussi, du style, et elle écrivait le moins possible.

— Oh! Julia était très-forte. Mais tu as raison, les femmes
du monde ont la rage d'écrivasser. On m'en citait une qui
use une rame de papier à lettres par mois. Il est vrai que
cette marquise de Barancos se croit obligée d'exagérer
tout.

— La marquise de Barancos! madame ne l'aimait guère.

— Bah! Est-ce qu'elle la connaissait?

— Pour la rencontrer au Bois et au théâtre, voilà tout.
Seulement, madame ne pouvait pas souffrir les étrangères.
Elle trouvait que cette marquise avait l'air insolent.

— Julia n'avait pas tort.

— Et puis, il y avait une autre raison... je peux bien
vous la dire maintenant que ma pauvre maîtresse est
morte. Madame s'était figuré que M. Darcy faisait la cour
à madame de Barancos, et même, quand M. Darcy a quitté
madame, elle a cru que c'était pour épouser cette Espagnole. Pensez donc si elle devait la détester!

Depuis que Nointel avait prononcé le nom de la marquise, Darcy s'était arrêté court au milieu de sa promenade
furibonde, et il écoutait avec une très-vive attention les
réponses de la soubrette.

— C'est vrai, dit-il en cherchant à prendre un air dégagé
pour cacher son émotion; le jour de notre séparation, Julia
m'a fait une scène de jalousie à propos de madame de
Barancos. Elle vous en avait donc parlé?

— Quelques mots seulement, répondit Mariette. Madame
disait qu'elle se vengerait si monsieur se mariait avec la
marquise.

— Elle ne disait pas comment elle se vengerait?

— Oh! ce n'était pas sérieux. Madame ne pouvait rien
contre une personne du grand monde.

— Elle ne vous a jamais envoyée chez madame de
Barancos?

— Mais non, monsieur. Pour quoi faire? répondit très-
naturellement la femme de chambre.

— Dis donc, Mariette, reprit le capitaine en riant, tu
prétendais que madame d'Orcival n'écrivait jamais. Ai-je
rêvé que tu nous as raconté tout à l'heure que, le jour où
elle t'a envoyée chez mademoiselle Lestérel, elle avait
devant elle un tas de lettres qu'elle venait de cacheter?
Il me semble que, cette fois-là, elle ne se privait pas
d'écrire.

— Un tas, non, mon capitaine, répondit gaiement la
soubrette. Il y en avait deux ou trois, pas plus, j'en suis
sûre. Je me souviens même que j'ai demandé à madame si
elle voulait me charger de les porter en allant rue de
Ponthieu, et qu'elle m'a répondu : Non, c'est inutile, je
dîne chez madame Rissler qui demeure à deux pas. Je vais
y aller à pied. J'ai besoin de prendre l'air. Je jetterai moi-
même les lettres à la boîte.

A ce moment, le valet de chambre de Darcy entra pour
annoncer le déjeuner, et Darcy allait le renvoyer en lui
disant de ne pas servir, car il commençait à prendre goût
aux discours de Mariette depuis qu'elle avait parlé de la
haine de madame d'Orcival pour la marquise, et il voulait l'interroger lui-même. Mais Nointel, tout au rebours
de son ami, jugeait que l'interrogatoire de la soubrette

avait donné tout ce qu'il pouvait donner, et qu'il serait
maladroit d'insister.

— Mon cher, dit-il en prenant le bras de Darcy, je
déteste les côtelettes brûlées autant que cette pauvre Julia
détestait la marquise. Remercie Mariette, qui t'a rendu un
vrai service et qui t'en rendra encore. Dis-lui qu'elle te
trouvera toujours chez toi le matin, et... allons déjeuner.

La soubrette s'était levée et faisait mine de partir, mais
elle regardait Darcy en dessous, et il ne fallait pas être
sorcier pour deviner qu'elle se demandait s'il allait la laisser partir sans récompenser ses mérites.

— Lâche cinquante louis, cent louis, si tu veux, souffla
le capitaine à son ami. Nous pourrons encore avoir besoin
d'elle.

Darcy avait la somme dans la poche de son veston. Il
s'exécuta, quoiqu'il n'eût pas à se féliciter de ce que
Mariette venait de lui apprendre. Mais il avait à payer sa
discrétion dans l'affaire du suicide, et il pensait d'ailleurs
qu'il valait mieux ne pas se brouiller avec elle.

La femme de chambre empocha les deux billets de mille
francs d'un air médiocrement satisfait. On vit fort bien
qu'elle attendait mieux, et qu'elle comptait toujours sur les
futures générosités de Darcy pour s'établir lingère. Elle
partit, en souriant au capitaine qui avait fait sa conquête,
et en lui promettant qu'elle reviendrait.

— J'en sais assez maintenant, dit Nointel, et nous allons
causer sérieusement.

Darcy ne demandait pas mieux, car il lui tardait de
savoir ce que pensait son ami des déclarations de la soubrette.

Avant d'aborder ce sujet palpitant, il lui fallut pourtant
souffrir que son valet de chambre servît les deux plats
classiques d'un déjeuner de garçon, les côtelettes panées et
les œufs au beurre noir. C'est le supplice des riches que la
présence obligée des domestiques à certains moments de la
journée. Mais Darcy s'astreignait le moins possible à ces

règles intérieures de la vie élégante, et dès que lui et son convive n'eurent plus affaire qu'à un pâté de perdreaux truffés du Périgord, il renvoya François.

— Mon cher, dit-il tristement lorsqu'il se trouva en tête-à-tête avec Nointel, je commence à ne plus rien espérer.

— Tu as tort, répondit le capitaine. La situation est évidemment plus mauvaise que nous ne le supposions avant d'avoir vu Mariette, mais je ne crois pas qu'elle soit perdue sans ressource. Me permets-tu de te dire franchement comment je l'envisage?

— Quelle question!

— Je te préviens que je vais t'affliger. Je vais être dur... dur et salutaire comme l'outil du dentiste qui vous extirpe une molaire. C'est une illusion que je vais essayer de t'arracher. Peut-être n'y réussirai-je pas, mais je suis malheureusement sûr de te faire souffrir. Ainsi, tâte-toi. Si tu préfères éviter l'opération, je me tairai et je n'en agirai pas moins.

— Au point où j'en suis, peu m'importe une douleur de plus ou de moins. Parle.

— Eh bien, je te déclare que, selon moi, il n'est plus possible de douter de la présence de mademoiselle Lestérel dans la loge de Julia, pendant la nuit du bal.

— Alors, mademoiselle Lestérel est coupable... mon oncle a eu raison de la faire arrêter... les jurés auront raison de la condamner.

— Pardon! je n'ai pas dit cela. J'ai dit que mademoiselle Lestérel est allée au rendez-vous que son ancienne amie de pension lui a donné par écrit; et je n'ai tiré de ce fait aucune conclusion.

— Mais la conclusion se tire d'elle-même. Si Berthe y est allée, c'est Berthe qui a tué Julia.

— Il est possible que ce soit elle. Cela n'est pas certain, je vais te le démontrer tout à l'heure. En attendant, je reviens à mon point de départ. Admets-tu comme je l'admets, que cette femme de chambre a porté à made-

moiselle Lestérel une lettre de madame d'Orcival; que cette
lettre contenait une invitation pressante, une assignation
à comparaître, comme disent les gens de justice, et que
mademoiselle Lestérel a répondu : J'irai? En un mot,
admets-tu que Mariette a dit la vérité à ton oncle et à
nous ?

— Je n'en sais rien, balbutia Darcy qui cherchait à se
tromper lui-même.

— C'est l'évidence même, reprit l'impitoyable Nointel.
Cette fille n'a aucun intérêt à mentir. J'ai même été frappé
de cette circonstance : qu'elle ne cherche pas à se faire
passer pour mieux informée qu'elle ne l'est en réalité. Ainsi,
elle ne prétend pas que sa maîtresse lui a confié ce qu'elle
écrivait à mademoiselle Lestérel. Preuve de sincérité.
D'autres auraient enjolivé l'histoire. Elle raconte simplement ce qu'elle a vu, elle répète uniquement ce qu'elle a
entendu : mademoiselle Lestérel se troublant pendant
qu'elle lisait le billet de madame d'Orcival, et disant :
J'irai. Madame d'Orcival, habillée pour le bal, bourrant ses
poches de lettres. Tu conviendras que si on rapproche tout
cela de la découverte du poignard japonais qui est resté
dans la blessure, on est logiquement amené à croire que
mademoiselle Lestérel est entrée dans la loge.

— Et qu'elle a assassiné Julia, dit amèrement Darcy. L'un
est la conséquence de l'autre.

— Pas du tout, et voici pourquoi. Mademoiselle Lestérel
y est entrée, c'est clair; une autre femme a pu y entrer
aussi.

— Oui... j'ai déjà pensé à cela, mais... sur quoi fondes-tu
cette supposition?

— Sur certaines observations que j'ai faites, des remar-
ques de détail qui ne sont presque rien, prises isolément,
mais qui, réunies, acquièrent une grande valeur, car elles
concordent toutes.

— Explique-toi. Tu me fais mourir d'impatience avec tes
déductions.

— Mon cher, ce n'est pas ma faute, je suis né méthodique. J'arrive aux faits. Tu étais au bal, n'est-ce pas? Tu t'es assis dans la loge du Cercle, et de là, tu as vu une femme en domino entrer chez Julia.

— Oui.

— Quelle heure était-il à peu près?

— Minuit et demi... peut-être un peu plus.

— Et le crime a été commis à trois heures, c'est parfaitement établi. Il n'est pas probable qu'une entrevue entre Julia et la personne qui venait reprendre des lettres compromettantes ait duré deux heures et demie. Aussi est-il prouvé qu'il y a eu plusieurs entrevues. La Majoré déclare qu'elle a ouvert trois ou quatre fois.

— C'est vrai.

— Bien. Maintenant, il est hors de doute que Julia a été assassinée pendant la dernière visite. Elle a fait jusqu'à trois heures des apparitions intermittentes sur le devant de la loge. Vers trois heures, elle s'est retirée dans le petit salon du fond, et on ne l'a plus revue. Est-ce exact?

— Parfaitement.

— Eh bien, est-il croyable que la visiteuse de minuit et demi soit revenue à deux heures, à deux heures et demie, et finalement à trois heures? Examinons cette hypothèse. Je parle comme parlait mon professeur de spéciales quand je *potassais* pour Saint-Cyr; mais c'est forcé. Voilà donc une femme du monde qui arrive tout émue au rendez-vous à elle assigné par une femme galante qui détient sa correspondance. Elle entre, elle s'abouche avec la demi-mondaine, qui lui rend ses lettres ou qui ne les lui rend pas. Dans les deux cas, la femme du monde doit avoir hâte de quitter le bal, n'est-ce pas? Elle y est venue dans le plus grand secret; elle a eu mille peines à sortir de chez elle incognito, elle aura plus de peine encore à y rentrer sans être vue. Au milieu de cette foule, elle tremble que quelqu'un ne la reconnaisse. Il lui tarde de fuir. Eh bien, pas du tout. Cette femme s'éternise à l'Opéra. Elle sort de la

loge, elle y rentre, elle en sort encore, puis elle y revient.
Où va-t-elle pendant ces sorties? Au foyer, pour intriguer
des provinciaux sans doute! Et, après tous ces tours, elle
se décide enfin à égorger madame d'Orcival. Avoue que c'est
étonnant.

— C'est absurde... c'est impossible.

— Complétement impossible, mon ami. Mais si, au contraire, on admet qu'il est venu deux femmes, tout se comprend, tout s'explique. La première arrive à minuit et demi,
termine ses négociations avec Julia et se sauve avec ses lettres. L'autre vient sur le coup de deux heures et demie.
Julia a eu soin d'espacer ses rendez-vous. Avec cette autre,
l'entrevue est orageuse. On ne parvient pas à s'entendre.
Elle sort sans emporter sa correspondance. Elle est déses-
pérée, exaspérée. Elle ne se possède plus. Il lui faut à tout
prix ces billets doux qui peuvent la perdre. Elle retourne à
la loge. Julia y est encore. L'entretien recommence. Julia
refuse toujours parce que ses conditions ne sont pas accep-
tées. La femme du monde frappe, s'empare des lettres et
part pour ne plus revenir. Voilà, cher ami. Que dis-tu de
mon roman?

— Ce n'est pas un roman, s'écria Darcy, les choses ont
dû se passer ainsi... je le crois... et pourtant ne trouves-tu
pas singulier que Julia possédât tant de secrets? Par quel
étrange hasard était-elle dépositaire des lettres de deux
femmes du monde?

— Mon cher, sur ce point, j'ai une idée fixe. Je suis
convaincu que les secrets de madame d'Orcival étaient
les secrets de Golymine. C'est le seul héritage qu'il lui ait
laissé. Comment et quand le lui a-t-il transmis, je l'ignore,
et cela nous importe peu, mais je suis à peu près sûr du
fait. Julia aura voulu liquider cette succession d'un seul
coup. Or, ledit Golymine avait eu plus d'une maîtresse.
Et je ne serais pas surpris que Julia eût fait venir au bal
de l'Opéra une demi-douzaine de femmes. Deux, c'est un
minimum.

— Mariette, cependant, n'a porté qu'une lettre.

— Oui, mais elle t'a dit que, le même jour, à la même heure, Julia en avait écrit plus d'une. Elle t'a dit aussi que le paquet accusateur qu'elle a emporté au bal était si gros qu'elle n'a pas pu le mettre dans son corsage. Or, si écrivassière que soit une femme, elle ne rédige pas un volume pendant la durée d'une liaison. Donc, cette liasse était l'œu re de plusieurs victimes de Golymine. Mariette a remarqué d'ailleurs que la susdite liasse était divisée en fractions attachées par des faveurs roses ou bleues. Et elle se souvient, cette bonne Mariette, que Julia s'est écriée au moment de partir : Sont-elles bêtes, ces femmes du monde ! As-tu fait attention à ce pluriel ?

— Non, je n'avais pas la tête à moi. Cette fille parlait de mademoiselle Lestérel dans des termes qui m'irritaient.

— Elle était persuadée qu'elle te causait un plaisir extrême, car fort heureusement elle ne soupçonne pas que tu aimes la personne qu'on accuse d'avoir tué madame d'Orcival. Et tu aurais tort de lui en vouloir, car son témoignage nous sera fort utile pour prouver que la prévenue ne peut pas être coupable.

— Reste le poignard japonais.

— Le poignard japonais ne m'embarrasse pas du tout. Mademoiselle Lestérel a pu l'oublier dans la loge, ou, ce qui est plus probable, Julia a pu le lui demander, et la pauvre enfant n'a guère pu le lui refuser. Elle était trop heureuse d'en être quitte à si bon marché. Donc, le poignard est resté à madame d'Orcival. Qui sait si, quand la discussion s'est envenimée avec l'autre femme, elle ne l'a pas tiré de sa gaîne pour montrer qu'elle avait de quoi se défendre ? Tu vois d'ici la scène. La femme le lui arrache brusquement des mains, le lui plante dans la gorge et l'y laisse. Elle ne l'y aurait certes pas laissé, s'il lui eût appartenu.

— En effet, c'est encore une preuve en faveur de mademoiselle Lestérel. Et maintenant, ne penses-tu pas que je

17.

serais fondé à aller trouver mon oncle, avec toi, si tu veux, à faire valoir devant lui tes raisonnements si serrés...

— Mon cher Darcy, dit avec un peu d'embarras le capitaine, je crois que la démarche serait prématurée et que tu ne songes pas à un danger que je vais te signaler. Elle serait prématurée, parce que nous ne pouvons pas encore accuser la marquise.

— Mais il me semble qu'il y a contre elle des indices qui équivalent presque à des certitudes. La marquise a très-probablement eu Golymine pour amant. Simancas le sait, Simancas l'a reconnue dans la loge de Julia. C'est pour cela qu'elle le reçoit. Le bouton de manchettes porte l'initiale de son nom de Barancos...

— Et du prénom de mademoiselle de Lestérel, cher ami. Ce bouton est une arme à deux tranchants.

— Soit! mais Mariette vient de nous dire que sa maîtresse détestait la marquise. Et je pourrais l'attester. Julia m'a fait dix fois des scènes à propos de cette étrangère. Elle s'imaginait que je voulais l'épouser.

— D'où il suit que si la Barancos avait été assassinée, on serait fondé à accuser madame d'Orcival. Or, c'est tout le contraire qui est arrivé, et la Barancos n'avait pas de motifs de haine contre Julia.

— Tu oublies que Julia lui avait pris Golymine.

— A moins que ce ne soit elle qui ait pris Golymine à Julia. C'est un point à éclaircir avec beaucoup d'autres. Mais passons à un autre côté de la question, un côté plus délicat. Et ici je te prie de faire provision de courage, car je vais enfoncer le bistouri dans la plaie.

— Que veux-tu dire?

— Écoute-moi. Ma supposition, que tu viens d'adopter, est celle-ci : Mademoiselle Lestérel est allée au bal de l'Opéra, où madame d'Orcival lui avait donné rendez-vous. Elle est entrée dans la loge n° 27, mais elle n'y est restée qu'un quart d'heure. En partant, elle y a oublié son poignard-éventail. Une autre femme, disons, si tuveux, madame de Barancos, une autre femme est venue plus tard, a trouvé l'arme et s'en est servie pour tuer madame d'Orcival. C'est bien cela, n'est-ce pas?

— Parfaitement.

— Bon! mais qu'allait faire mademoiselle Lestérel à l'Opéra? chercher des lettres compromettantes que madame d'Orcival devait lui rendre, avec ou sans conditions. Ces lettres, mademoiselle Lestérel les avait écrites... à qui?... à un amant.

— Nointel! s'écria Darcy.

— Mon cher, je t'ai averti que je serais forcé d'être cruel. Si tu veux que je n'aille pas plus loin, je vais me taire. Mais si tu tiens à ma collaboration, tu feras bien de me laisser raisonner comme je l'entends, dit froidement le capitaine.

— Soit! continue, je te répondrai ensuite.

— Tant que tu voudras. Je te disais donc que si nous parvenons à démontrer que les choses se sont passées comme nous le supposons, nous démontrerons en même temps que mademoiselle Lestérel a un amant. Tout ce que je sais d'elle semble prouver au contraire qu'elle a toujours mené une vie irréprochable. Mais sa visite dans la loge de Julia suffit pour détruire les présomptions favorables à sa vertu. Pourquoi aurait-elle risqué sa réputation en s'aventurant au bal de l'Opéra? pourquoi se serait-elle rendue à l'invitation de madame d'Orcival? Tu ne prétendras pas que c'est pour sauver l'honneur d'une autre femme?

— Si! je le prétends, répondit Darcy d'un ton ferme.

Sa figure s'était éclairée, ses yeux brillaient, et Nointel, très-frappé de ce changement subit, lui dit:

— Tu as, sans doute, à me donner de bonnes raisons à l'appui de ton opinion. Je serai ravi de les entendre et de m'y rallier, si elles me paraissent concluantes.

— Viens dans mon cabinet de toilette, reprit brusquement Darcy. François nous y servira le café. Il faut que je m'habille pour sortir.

Nointel, qui avait fini de déjeuner tout en causant, suivit son ami.

— Pauvre garçon, pensait-il, je crois qu'il est bien empêché de m'expliquer la conduite de son adorée. Si ma logique le guérit d'une passion insensée, je ne regretterai pas de l'avoir blessé.

Dès qu'ils eurent passé la porte du cabinet, Darcy se campa en face du capitaine et lui dit :

— Tu as oublié que mademoiselle Lestérel a une sœur.

— Pas du tout. Je me rappelle fort bien que tu m'as raconté ta visite, rue Caumartin, l'arrivée du mari et la scène qui s'en est suivie. Tu n'as omis dans ton récit qu'une seule chose. Tu ne m'as pas dit le nom de ce furieux baleinier qui voulait tuer sa femme.

— Il s'appelle Crozon...

— Crozon... un capitaine au long cours... je le connais.

— Comment! tu connais le beau-frère de mademoiselle Lestérel?

— Parfaitement. Cela t'étonne, et en vérité il y a de quoi. Je vais t'expliquer en deux mots ce mystère. En sortant de Saint-Cyr, il y a du temps de cela, je fus expédié au Mexique en qualité de sous-lieutenant de chasseurs à cheval. On me casa, moi, mes hommes et mes bêtes, sur un bâtiment du commerce qui était bien le plus mauvais sabot de la marine française. Cette patache avait pour second un certain Crozon, qui doit être ton homme. J'ai su depuis qu'il est devenu capitaine, qu'il s'est marié et qu'il commande un navire baleinier pour un armateur du Havre. Continue.

— Mademoiselle Lestérel a une sœur, te disais-je. Cette sœur a trompé son mari. Je n'en doutais presque pas après la scène à laquelle j'ai assisté. Maintenant, je n'en doute plus du tout. Pourquoi ne l'aurait-elle pas trompé avec Golymine?

— Je vois où tu veux en venir. Alors, tu supposes que les lettres possédées par Julia étaient de madame Crozon. C'est

possible, et cela changerait fort la thèse. Mais permets-moi
de te dire que c'est peu vraisemblable.

— Où sont les invraisemblances?

— Il y en a trois ou quatre. D'abord, où diable veux-tu
que ce Golymine ait rencontré et séduit une petite bourgeoise comme madame Crozon? Les bourgeoises, ce n'était
pas sa partie. Et à moins que celle-là ne fût extraordinai-
rement belle...

— Elle ne l'est plus, mais elle a dû l'être. Elle ressemble
trait pour trait à sa jeune sœur.

— Qui est charmante, je le sais. Reste à expliquer comment cette liaison a pu se former. Golymine menait une
vie enragée, et cette jeune femme n'allait guère, je suppose,
dans les endroits qu'il fréquentait. D'un autre côté, qui
l'aurait présenté à elle? Pas mademoiselle Berthe assurément

— Non. Mais tu sais qu'à Paris tout arrive.

— Ma foi! c'est bien vrai. J'ai vu en ce genre des choses
prodigieuses.

— D'ailleurs, madame Crozon était seule depuis deux
ans. Son mari courait les mers.

— Et elle courait les théâtres, les promenades. C'est tout
naturel. Je m'étonne seulement que mademoiselle Lestérel
n'ait pas cessé de voir une sœur si compromettante.

— Elle ignorait sans doute sa conduite... et puis, cette
sœur lui a servi de mère. Elle l'aime avec passion, elle m'a
dit qu'elle était prête à se sacrifier pour elle. Que voulais-tu
qu'elle fît? Fallait-il qu'elle l'abandonnât dans le malheur?

— Non. Mais à quelle époque, d'après toi, Golymine
serait-il entré en relation avec madame Crozon?

— L'année dernière, je suppose. Ce mari furibond
accusait sa femme d'être accouchée clandestinement, il y
a un mois.

— L'année dernière, Golymine n'était plus ni l'amant de
madame d'Orcival, ni l'amant de madame de Barancos, si
tant est que la marquise ait eu une faiblesse pour ce Polo-

nais, et, pour ma part, j'en suis convaincu. L'année
dernière, on ne lui connaissait pas de maîtresse attitrée.
Donc, il a pu cacher ses amours et se consoler de ses
disgrâces dans le grand monde et dans le demi-monde en
séduisant une personne modeste et jolie. Mais, dis-moi,
est-ce le suicide du soi-disant comte qui a mis fin à
l'intrigue?

— Elle avait cessé avant le suicide; du moins, c'est ce
que le mari a dit pendant que j'étais caché dans le cabinet.
Il criait à tue-tête : Je sais à quel moment et pourquoi
votre amant vous a quittée. Votre amant est parti. Mais il
reviendra, et je le tuerai.

— Eh! eh! il me semble que le bruit courait cet hiver
que Golymine venait de passer en Angleterre pour fuir
ses créanciers. Tout cela concorde assez, et je commence à
croire que ta supposition est admissible... en ce point
seulement que madame Crozon a pu être la maîtresse du
Polonais, car pour le reste... voyons, si les lettres étaient
de la femme du baleinier, pourquoi madame d'Orcival
n'aurait-elle pas écrit à cette femme, au lieu de s'en
prendre à la sœur?

— Parce que madame d'Orcival tenait à humilier mademoiselle Lestérel. Tu n'as donc pas entendu ce que Mariette
a raconté? Julia ne pardonnait pas à son ancienne amie
de pension d'avoir suivi un autre chemin qu'elle, et de
repousser ses avances. Peut-être aussi savait-elle que
madame Crozon était trop souffrante pour venir au bal.

— Et tu crois que mademoiselle Lestérel n'a pas hésité
à tenter l'aventure?

— Refuser, c'eût été tuer sa sœur. Madame d'Orcival
aurait envoyé les lettres au mari.

— Et ce mari, j'en conviens, est très-capable de tordre le
cou à sa femme, s'il lisait cette correspondance. Je l'ai
beaucoup pratiqué pendant notre traversée de Saint-Nazaire
à Vera-Cruz. C'est un assez bon diable au fond, brave,
honnête, serviable même, mais violent à faire sauter son

bâtiment dans un accès de colère, et fort comme un Hercule de foire. Je l'ai vu, une fois, empoigner par la ceinture un matelot qui lui avait mal répondu et l'envoyer par-dessus bord. Il est vrai qu'il s'est jeté à la mer pour le repêcher.

— Alors, tu dois comprendre que mademoiselle Lestérel se soit dévouée.

— Oui. Puisque nous nous promenons dans le vaste champ des conjectures, celle-là en vaut une autre. Examinons-la ensemble. Je serais ravi qu'elle se vérifiât, car, je l'avoue, l'autre me répugnait. Il m'était dur de croire qu'une jeune fille que tu as résolu d'épouser...

— Je t'ai laissé parler, j'ai supporté sans me plaindre ce que tu appelais une opération salutaire. L'opération est faite. Je t'en prie, Nointel, ne ravive pas la blessure. J'accepte tes idées. Je pense comme toi que mademoiselle Lestérel est allée au bal, qu'elle y a vu Julia, qu'elle est partie aussitôt, et que le coupable, c'est madame de Barancos. Pourquoi n'exposerais-je pas toutes nos raisons à mon oncle? Crois-tu qu'il ne comprendrait pas maintenant la cause qui a empêché mademoiselle Lestérel de dire la vérité?

— Je n'en sais rien; mais je te réponds qu'alors il tiendrait à interroger madame Crozon. S'il l'interroge, le mari se doutera de ce qui se passe, et il tuera sa femme. Et puis, je parierais que mademoiselle Lestérel, redoutant cette funeste conséquence d'un aveu, persistera à soutenir qu'elle n'est pas allée au bal. Si elle persiste, que vaudront nos hypothèses, quelque ingénieuses qu'elles soient? Rien du tout. Le juge te tiendra à peu près ce langage : Vous prétendez que la prévenue est entrée dans la loge à minuit et demi, et qu'elle n'y est restée que dix minutes. Très-bien. Faites-moi donc le plaisir de me dire où elle est allée ensuite. Elle est rentrée rue de Ponthieu à quatre heures du matin. Que répondras-tu? Rien, parce que, même en admettant notre système, cette éclipse totale est inexplicable. Et le juge l'expliquera en disant : Il est possible qu'elle soit sortie de la loge; mais elle y est revenue : elle y était encore à trois heures, et c'est elle qui a frappé.

Darcy baissait la tête et cherchait des arguments qu'il ne trouvait pas.

— Ah! reprit Nointel, ce serait tout différent, si nous pouvions démontrer que madame de Barancos aussi a fait une visite à Julia, et que cette visite a été beaucoup plus tardive que celle de mademoiselle de Lestérel. Alors, nous serions bien forts, et nous atteindrions rapidement le but. Mais si nous renversons l'ordre des facteurs, nous ne ferons rien de bon. Commençons par trouver la coupable. Quand nous la tiendrons, le reste ira tout seul. Jusqu'à ce que nous soyons arrivés à ce résultat, la plus extrême prudence est de rigueur.

— Alors, tu veux que nous nous abstenions d'agir. Autant vaudrait abandonner la partie.

— Qui te parle de t'abstenir? Nous allons, au contraire, travailler activement. Je me suis chargé de la marquise. Toi, tu vas tâcher, en attendant mieux, de confesser ton oncle.

— Si tu crois que c'est facile! s'écria Darcy. Mon oncle m'a signifié qu'il ne me dirait plus un seul mot de la marche de l'instruction.

— Bah! en le voyant souvent, tu recueilleras bien quelques échos des interrogatoires. Tiens! veux-tu que je te donne un moyen de te tenir toujours au courant? Vois souvent madame Cambry. Elle s'intéresse beaucoup à mademoiselle Lestérel, et ton oncle est décidé à l'épouser. Il faudrait qu'elle fût bien maladroite, si elle n'obtenait pas de lui des confidences. Les magistrats sont des hommes, mon cher. Et M. Roger Darcy ne peut pas trouver mauvais que tu te montres assidu auprès d'une femme qui sera bientôt ta tante. Il te saura même gré de tes visites, car elles lui montreront que tu ne lui gardes pas rancune de son mariage. Et tu as quelque mérite à prendre gaiement la chose, puisque tu y perdras quatre-vingt mille francs de rente.

— J'ai eu la même idée que toi, dit Darcy, sans relever l'allusion à l'héritage manqué. C'est pour aller faire une visite à madame Cambry que je m'habille en ce moment.

— Parfait. Tu commences à entrer dans la bonne voie. Pas de faiblesse, mon garçon. Pas de sentimentalité hors de propos. Fais comme si tu n'avais jamais vu mademoiselle Lestérel. On ne gagne pas les batailles quand on manque de sang-froid. Et maintenant que nous allons opérer séparément, permets-moi de t'indiquer le point d'attaque. Ton oncle a entendu Mariette; il sait que la prévenue a reçu une lettre de madame d'Orcival et qu'elle est allée au rendez-vous. Peut-être en sait-il davantage. Si, par exemple, on avait trouvé chez mademoiselle Lestérel cette lettre de Julia, il saurait à quelle heure était ce rendez-vous. Pour lui, qui ne songe probablement pas à l'hypothèse des deux femmes, l'heure n'a pas une grande importance; pour nous, elle en a une énorme. S'il était prouvé que ton amie est entrée dans la loge entre minuit et une heure, je répondrais de l'innocenter à bref délai. Voilà le renseignement qu'il faut arracher à M. Roger Darcy. La belle veuve de l'avenue d'Eylau y réussira, j'en suis convaincu. Arrange-toi pour obtenir sa coopération.

— Elle me l'a promise, et elle tiendra sa promesse; car elle a pour mademoiselle Lestérel une amitié vraiment extraordinaire. Elle avait deviné que j'aimais mademoiselle Lestérel, que je voulais l'épouser, et elle conseillait à mon oncle de ne pas s'opposer à ce mariage.

— Elle a pu changer d'avis depuis les derniers événements; mais il suffit qu'elle ne soit pas hostile à l'accusée. Donc, il est entendu que tu vas, de ce pas, te concerter avec elle. Moi, je ne lâche plus la marquise. Elle m'a engagé à aller chez elle. J'irai. Et je me réserve aussi de mener une enquête accessoire. Il faut que je sache à quoi m'en tenir sur la conduite de madame Crozon. A-t-elle été, oui ou non, la maîtresse de Golymine ou d'un autre? C'est intéressant à éclaircir, et je veux en avoir le cœur net.

— J'espère bien que tu ne vas pas te jeter à travers le ménage de ce baleinier, sous prétexte de t'informer. Ce serait exposer la femme aux vengeances du mari, sans utilité pour personne.

— Pas si sot. Je ne m'adresserai qu'au mari. Je t'ai dit que je l'avais connu autrefois. Nous étions alors les meilleurs amis du monde, et je n'aurai aucune peine à renouer avec lui. Seulement, je ne peux pas aller chez lui. Je voudrais le rencontrer, comme par hasard; pour ce faire, il n'y a qu'un moyen, c'est de découvrir le café qu'il fréquente, *son café*. Il ne serait pas baleinier, s'il n'avait pas un café. Je le trouverai, j'en suis sûr.

Maintenant, parlons d'autre chose. Mariette nous a appris qu'on enterre demain madame d'Orcival. Viendras-tu à la cérémonie?

— Je n'en sais rien, et je te consulte. Que penses-tu que je doive faire?

— Ma foi! le cas est assez embarrassant. Il y a le pour et le contre. Si tu n'y viens pas, on dira dans un certain monde que tu oublies bien vite tes meilleures amies. Si tu y viens, ces dames et les amis qu'elles amèneront te regarderont comme une bête curieuse, et ton attitude sera commentée par des gens médiocrement bienveillants. Ma foi! à ta place, je m'abstiendrais. Après tout, madame d'Orcival n'était plus ta maîtresse, et puis je crois que ton oncle te saura gré de ne pas te montrer à ce convoi. D'ailleurs, quel rôle y jouerais-tu? Conduirais-tu le deuil? Non, n'est-ce pas? Nous ne savons même pas aux frais de qui se font les obsèques, puisque Julia ne laisse pas de parenté.

— Tu as raison. Je n'irai pas.

— Et tu feras bien. J'irai, moi. Personne ne me remarquera, et je rapporterai peut-être des observations intéressantes. Mariette y sera. Lolif y sera. Toutes les amies de

Julia y seront. Je causerai, je m'informerai, et je parierais que je ne perdrai pas mon temps.

Mais te voilà prêt, si je ne me trompe. Quelle heure est-il? Oh! tout près de deux heures. Et moi qui voulais monter à cheval à midi et demi. C'est égal, il me semble qu'il est un peu tôt pour faire une visite à madame Cambry.

— Elle ne m'en voudra pas de mon empressement. Je suis même persuadé qu'elle m'attend.

— Comment y vas-tu?

— Dans mon *duc*. Il fait beau.

— Bon! tu vas me jeter au bout de l'avenue des Champs-Elysées. J'entrerai un instant au Tattersall, et je reviendrai chez moi à pied. Il faut que je m'habille pour aller chez la marquise avant le dîner.

Le valet de chambre entrait justement pour annoncer que le *duc* était attelé. Darcy achevait sa toilette, une tenue de circonstance, correcte et sévère, presque un demi-deuil. Le capitaine se versa un dernier verre de vieille eau-de-vie de Martell, pour faire suite à une tasse d'excellent café qu'il avait dégustée en connaisseur.

— Allons, dit-il, notre plan est arrêté. Le conseil est levé. A l'action, maintenant.

Le *duc* attendait à la porte, un *duc* construit d'après les indications de Darcy qui s'y connaissait : caisse et train noirs, doublure en maroquin noir, harnais imperceptible. Le cheval, un alezan brûlé de hautes allures, était tenu en main par un groom de seize ans, en livrée sobre.

Les deux amis montèrent, le groom grimpa lestement sur le petit siége perché derrière la caisse. Darcy prit les rênes et rendit la main à l'alezan qui ne demandait qu'à courir.

Le rond-point était à deux pas, et l'avenue regorgeait de promeneurs. Un beau soleil d'hiver avait attiré aux Champs-Elysées le tout-Paris élégant.

— Tiens! s'écria Nointel, Saint-Galmier en victoria! Il a donc une voiture à lui, maintenant?

— Oh! dit Darcy, une victoria de louage. Le cocher a l'air d'un figurant de l'*Assommoir*, et le cheval a un éparvin.

— C'est égal. Ce luxe est à noter. Il est l'associé de Simancas, ce bon docteur, et, depuis le bal de l'Opéra, les affaires de Simancas vont fort bien, à ce qu'il me paraît.

Deux hommes à surveiller, mon cher.

Ah! voici Prébord qui flâne sur sa jument baie. Parions qu'il guette la marquise.

Le capitaine avait deviné. A cent pas du rond-point, le *duc* de Darcy fut dépassé par une calèche qui allait un train d'enfer, une calèche de grand style, à huit ressorts, cocher poudré, en livrée amarante et or, valets de pied taillés comme des *horse-guards,* chevaux anglo-normands à hautes actions, armoiries sur les portières, harnais armoriés.

Sur les coussins de satin bleu de cet équipage princier, trônait madame de Barancos en grande toilette de promenade, velours et martre zibeline. Elle n'y trônait pas seule. A sa gauche, se prélassait un monsieur couvert de fourrures comme un boyard, un monsieur qui saluait beaucoup et de très-loin les gens de sa connaissance, un monsieur dont les deux amis n'eurent pas le temps de voir le visage, car la calèche passa comme un éclair.

Nointel le reconnut à son encolure et à une certaine forme de chapeau qui rappelait la coiffure de l'illustre Bolivar, libérateur du centre-Amérique.

— Dieu me pardonne, c'est Simancas; Simancas, allant au bois avec la marquise. Pour le coup, voilà qui est significatif. Parions que Saint-Galmier va les rejoindre à Madrid, dans sa victoria jaune. Au train dont marche sa rosse, il y sera dans une heure et demie. Mais les deux coquins tiennent la Barancos, et ils ne la lâcheront pas... à moins que je ne la débarrasse d'eux. Ah! Prébord manœuvre pour aborder la calèche. Je suis curieux de voir comment il va être reçu. C'est cela... Il met sa jument au petit galop, et il commence à caracoler auprès de la portière. C'est ce qui s'appelle attendre une marquise au coin d'un bois...

Mais voilà madame de Barancos qui se fait un paravent de son ombrelle... elle en joue comme elle joue de l'éventail... Oui, galope, mon bonhomme... tu n'apercevras pas seulement le bout du nez de ta marquise... ah! il y renonce... il éperonne son *hack* qui rue comme un cheval de fiacre, et il tourne bride... Réglé définitivement le compte du beau Prébord... je ne suis pas fâché de ce qui lui arrive... et je soupçonne que Simancas n'est pas étranger à l'événement... tant mieux... ils vont s'entre-détester, et ils finiront peut-être par s'entre-détruire.

— Il a l'air furieux, dit Darcy.

— Il se doute peut-être que nous avons assisté à la scène de l'ombrelle, car il vient de nous apercevoir... Bon! il nous croise sans nous dire bonjour. C'est l'ouverture des hostilités. Ça me va. Le drôle veut la guerre. On la fera... un peu plus tard. En ce moment, nous avons d'autres affaires. Nous voici à l'Arc de triomphe. Je vais te quitter. N'oublie pas mes instructions, et ne perds pas courage. Quelque chose me dit que nous réussirons.

— Quand te verrai-je?

— Dès que j'aurai du nouveau à te raconter, répondit le capitaine en mettant pied à terre.

Darcy lança son cheval, car il lui tardait de rencontrer madame Cambry. Avec elle, il allait enfin pouvoir parler de Berthe sur un ton conforme à ses pensées. Nointel était le plus dévoué des amis, le plus actif et le plus intelligent des auxiliaires; mais Nointel ne croyait pas à l'innocence de mademoiselle Lestérel. Il en doutait tout au moins, et ses doutes perçaient dans ses discours. Darcy, qui rendait justice à ses intentions, souffrait de l'entendre. Les amoureux ont la foi, et le langage des incrédules les choque. Madame Cambry ne doutait pas, elle. Madame Cambry aimait Berthe comme une sœur; elle l'avait dit la veille à Gaston; elle lui avait promis de la défendre, de plaider sa cause auprès de M. Roger Darcy, et elle s'était écriée en partant : Je suis certaine que nous la sauverons.

L'hôtel de cette belle et généreuse veuve était situé au milieu de l'avenue d'Eylau, et il avait très-grand air. Une grille monumentale, une cour seigneuriale précédant un grand corps de logis flanqué de deux ailes en retour, et au delà des constructions, un vaste jardin plein d'arbres demi-séculaires, ce qui est un âge respectable pour des arbres parisiens.

Darcy arrêta son alezan devant la petite porte contiguë à la loge du portier, et envoya son groom demander si madame Cambry était chez elle.

Il y avait devant la grille un fiacre, et ce fiacre venait d'arriver; le cocher était encore occupé à passer au cou de son cheval la musette pleine d'avoine. Darcy en conclut que madame Cambry recevait, et il ne se trompait pas, car le groom rapporta une réponse affirmative. Il crut même reconnaître à la façon dont le portier le saluait que madame Cambry avait donné l'ordre de le laisser entrer, s'il se présentait. Il n'était pas assez familier dans la maison pour se permettre de demander qui le fiacre avait amené, quoiqu'il fût intéressé à le savoir, afin de ne pas se rencontrer avec un personnage gênant. Il s'abstint donc, et il traversa la cour au bruit du coup de cloche qui annonçait un visiteur.

Un valet de pied, à mine discrète, en livrée brune, parut sur le perron et introduisit Darcy dans un vestibule spacieux qui ressemblait un peu à la salle d'attente d'un ministre. Point d'inutilités à la mode, point de fleurs; rien que des banquettes recouvertes en moleskine, la table avec l'indispensable coupe destinée à recevoir les cartes de visite, et les supports d'acajou pour accrocher les chapeaux. C'était correct, froid et un peu nu. Dès le premier pas qu'on faisait dans ce bel hôtel, on voyait que madame Cambry ne donnait pas dans les raffinements modernes.

Les appartements de réception occupaient le rez-de-chaussée, un rez-de-chaussée surélevé, avec les cuisines et les offices dans le soubassement; et quand elle recevait, madame Cambry s'y tenait de préférence dans un salon donnant sur le jardin. C'était là que Darcy avait dit à mademoiselle Lestérel qu'il l'aimait, et il lui en aurait coûté de revoir ce piano sur lequel il l'avait accompagnée pendant qu'elle chantait cet air dont il croyait encore entendre les paroles prophétiques : « Chagrins d'amour durent toute la vie. » Mais ce jour-là, par exception, madame Cambry n'avait pas quitté le premier étage. Darcy la bénit de lui épargner l'amertume d'un triste souvenir, et, conduit par le valet de pied, il monta le grand escalier, un escalier solennel, sans tentures et sans tableaux.

Une surprise l'attendait dans le boudoir assez simplement meublé où elle le reçut. Son oncle était là, assis sur un fauteuil, tout près de la chaise longue où siégeait la belle veuve; son oncle en toilette du matin, un négligé relatif, le négligé d'un magistrat qui vient d'instruire; son oncle, grave, soucieux et préoccupé comme un homme qui apporte de mauvaises nouvelles. Madame Cambry l'écoutait avec une attention inquiète, et Gaston fut frappé de l'altération de ses traits. Elle était très-pâle, et on voyait que ses beaux yeux avaient pleuré. Il remarqua aussi qu'elle était vêtue de noir, comme si elle eût porté le deuil de sa protégée.

Madame Cambry accueillit fort bien Darcy, et après les politesses obligées, elle engagea la conversation par ces mots qui lui semblèrent de bon augure :

— Soyez le bienvenu, monsieur. Vous allez m'aider à défendre notre amie.

Darcy ne demandait pas mieux, mais le mot : défendre prouvait assez que le juge persistait à accuser Berthe, et Darcy doutait qu'il voulût bien lui permettre de plaider pour elle.

Avant de répondre à madame Cambry, il le regarda et il vit se dessiner sur ses lèvres un bon sourire qui le rassura. L'oncle Roger lui tendit affectueusement la main et lui dit :

— Je t'avais déclaré que je ne te parlerais plus de cette triste affaire; mais au point où elle en est, je n'ai plus rien à te cacher, car l'instruction est à peu près terminée. Tu peux donc entendre ce que je venais apprendre à madame Cambry qui s'intéresse vivement, tu le sais, à cette malheureuse jeune fille.

— Comment ne m'y intéresserais-je pas? s'écria madame Cambry. Je suis sûre qu'elle est innocente.

— Chère madame, reprit le magistrat après un silence, vous devriez bien me dispenser de vous exposer les raisons sur lesquelles je fonde une certitude tout opposée à la vôtre. Je voudrais partager vos idées, mais la suite vous prouvera qu'il ne reste plus même l'apparence d'un doute sur la culpabilité de la prévenue. Hier, je pouvais encore croire à une erreur fondée sur des apparences trompeuses. Aujourd'hui, je ne le puis plus. J'ai des preuves matérielles.

— Lesquelles? Ce poignard japonais?

— D'autres, beaucoup plus concluantes. Mais je vous en prie, chère madame, ne m'interrompez pas. Vous m'avez écrit pour me témoigner le désir de me voir et de connaître le résultat d'une épreuve décisive à laquelle mademoiselle Lestérel vient d'être soumise; je n'ai rien à vous refuser, et je suis venu vous dire que cette épreuve lui a été complétement défavorable. Je vous serai très-reconnaissant de ne pas m'en demander davantage.

Madame Cambry hésita un instant, mais elle répondit d'un ton ferme :

— Pardonnez-moi d'insister. Je tiens à tout savoir.

— Soit! chère madame. Je pourrais arguer de mon devoir professionnel pour motiver mon silence, et si je croyais y manquer en vous apprenant ce que j'ai découvert, certes, je me tairais, quelque désir que j'aie de vous être agréable. Mais je ne vois aucun inconvénient à vous dire ce qui s'est passé ce matin. Nous vivons dans un temps où le secret de l'instruction n'est plus qu'un vain mot, et les journaux imprimeront demain tout au long ce que je vais vous raconter, puisque vous le voulez absolument.

Hier, j'ai interrogé la femme de chambre de Julia d'Orcival. Cette fille m'a déclaré tout d'abord que, mardi dernier, elle était allée porter à mademoiselle Lestérel une lettre de sa maîtresse, que mademoiselle Lestérel avait paru très-troublée en lisant cette lettre, et qu'elle avait répondu : Dites à madame d'Orcival que j'irai. Où? Elle n'a pas précisé, mais il était bien naturel de supposer qu'il s'agissait du bal de l'Opéra. Pourquoi ce rendez-vous? Sur ce point, la femme de chambre a été très-explicite.

Et ici, mon cher Gaston, ajouta M. Darcy en regardant son neveu, je suis obligé de t'avertir que tu vas apprendre des choses qui t'affligeront. Rien ne te force à les écouter, et, si tu ne te sens pas le courage de les entendre, madame Cambry te permettra certainement de prendre congé d'elle.

— Je vous remercie de votre bienveillance, mon oncle; mais je prie au contraire madame Cambry de m'autoriser à rester, répondit Gaston.

— Très-bien. Je t'ai prévenu. Tant pis pour toi, si je te blesse dans tes sentiments intimes. Madame Cambry me pardonnera d'entrer dans des détails qui l'amèneront, je le crains, à changer d'opinion sur mademoiselle Lestérel.

Donc, la femme de chambre s'est expliquée très-nettement. Elle affirme que sa maîtresse avait entre les mains des lettres adressées par mademoiselle Lestérel à un... à un homme... des lettres qui ne laissaient aucun doute sur la nature des relations qui ont existé entre cet homme et cette jeune fille.

— La femme de chambre ment, s'écria madame Cambry. Berthe a toujours vécu honnêtement. Jamais sa conduite n'a donné prise au moindre soupçon.

Au grand étonnement de M. Roger Darcy, Gaston ne s'associa point à cette protestation véhémente. Gaston avait ses raisons pour se taire. Gaston se disait :

— Mon oncle est encore aux affirmations de Mariette. Il les prend pour des preuves. Quand nous lui démontre-

rons que ces prétendues preuves ne signifient rien, que
mademoiselle Lestérel, si elle est allée à l'Opéra, y est
allée pour retirer les lettres de sa sœur, qu'une autre
femme est entrée dans la loge, et que c'est cette autre
femme qui a frappé Julia, mon oncle changera d'avis. En
attendant, je puis le laisser parler sans le contredire. Tout
va bien.

— Ma première impression a été la même que la vôtre,
chère madame, reprit le magistrat. J'ai pensé que la soubrette affirmait à la légère. Elle a eu beau m'assurer
qu'elle avait vu madame d'Orcival, au moment de partir
pour le bal, mettre dans sa poche un gros paquet de lettres,
je n'ai accepté son témoignage que sous bénéfice de vérification ultérieure, et c'est à cette vérification que j'ai
procédé ce matin.

— Comment cela? demanda vivement madame Cambry.

— J'ai dirigé moi-même la perquisition qui vient d'être
faite dans l'appartement de mademoiselle Lestérel.

— Eh bien?

— Eh bien, je dois dire que j'ai été d'abord très-favo-
rablement impressionné. Il est rare que la tenue d'un loge-
ment, les objets qui le garnissent, n'indiquent pas assez
exactement le caractère, les habitudes, les mœurs de la
personne qui l'habite. Les meubles ont une physionomie.
Dans l'exercice de mes fonctions, il m'est arrivé de sentir
le crime, en entrant dans la chambre d'un assassin. En
entrant chez mademoiselle Lestérel, il me semblait que
j'entrais dans la cellule d'une sœur converse. Une cou-
chette d'enfant garnie de rideaux de mousseline blanche,
des chaises de paille, une commode en noyer, des images
de première communion, des rameaux de buis bénit à la
glace de la cheminée, une photographie du commandant
Lestérel en uniforme, un portrait de femme qui doit être
celui de la sœur aînée. Le seul meuble profane est un
piano, chargé de partitions. Pas d'autres livres que des
livres de prix du pensionnat et des livres de piété.

— J'en étais sûre, murmura madame Cambry.

— Les tiroirs ont été ouverts, les papiers examinés minutieusement. Mon devoir m'y obligeait. Nous n'avons trouvé que des lettres de son père.

— Que disiez-vous donc?

— Veuillez, chère madame, m'écouter jusqu'au bout. Tout semblait innocenter mademoiselle Lestérel. Une garde-robe des plus modestes, du linge de jeune fille. Pas trace de domino, de loup, ni des autres accessoires indispensables pour aller au bal masqué. Il est vrai qu'elle a pu les louer et les rendre dans la même nuit. J'ai ordonné des recherches chez les costumiers et chez les marchandes à la toilette.

Je commençais à croire que je m'étais laissé prendre à des apparences accusatrices, lorsqu'une malheureuse trouvaille a tout gâté. L'appartement se compose de cinq petites pièces, une antichambre, une cuisine, une salle à manger, un cabinet de toilette et une chambre à coucher. Il y avait eu du feu dans la chambre, mais on voyait qu'on n'en avait jamais fait dans la cheminée du cabinet. Pas de tisons, ni de cendre dans l'âtre. Rien qu'un tas de papiers brûlés tout récemment... les lettres rendues par madame d'Orcival, c'est évident. .

— Pourquoi évident? demanda Gaston.

— Très-probable, du moins. Il est facile de s'imaginer la scène. Mademoiselle Lestérel revient du bal. Elle tient les lettres, et il lui tarde de les anéantir. Son feu est éteint. Elle passe dans son cabinet de toilette pour se déshabiller. Elle allume une bougie, elle jette le paquet dans le foyer, elle y met le feu, et elle surveille avec beaucoup de soin l'incinération, car pas une bribe de papier n'a échappé à la flamme. Si elle eût été arrêtée quelques heures plus tard, nous n'aurions trouvé aucun vestige de cet *auto-da-fé;* mais elle venait de se lever quand le commissaire s'est présenté de ma part, et le ménage n'était pas encore fait.

— Et c'est sur des débris impalpables, sur des cendres oubliées au fond d'une cheminée qu'on prétendrait baser une certitude !

— Pas du tout. Cette découverte constitue une présomption, et rien de plus. Mais on en a fait une autre. En visitant avec soin la cheminée de la chambre à coucher, un agent a trouvé une lettre, ou plutôt un fragment de lettre, qui était allé se loger sous le manteau, où il était resté incrusté dans un interstice de briques. La combustion rapide a de ces hasards. Après le départ de la femme de chambre, mademoiselle Lestérel a voulu brûler tout de suite l'invitation de madame d'Orcival. Le feu flambait, elle y a jeté la lettre que la flamme a saisie et que le courant d'air du tuyau a emportée. Le papier était du papier à la mode du jour, très-épais et, partant, très-peu combustible.

Madame Cambry suivait ce récit avec une attention impatiente, et ne paraissait pas y croire beaucoup. Gaston y croyait, lui, car il ne doutait pas que Mariette n'eût dit la vérité; mais il n'était pas trop effrayé, et même il entrevoyait presque une lueur d'espérance. Il pensait :

— Julia a dû écrire que les lettres compromettantes étaient de madame Crozon. Si elle a écrit cela sur le fragment de billet qui a échappé au feu, Berthe sera du moins justifiée d'un soupçon infâme, justifiée malgré elle, justifiée aux dépens de sa sœur, mais qu'importe?

— Malheureusement, reprit M. Roger Darcy, il ne restait de la lettre que les dernières lignes, mais elles sont assez claires.

— Que disent-elles donc? demanda madame Cambry très-émue.

— D'abord, elles sont signées : Julie Berthier, le véritable nom de madame d'Orcival, et cette signature est précédée de cette qualification presque amicale : Ton ancienne camarade. Donc, pas de doute possible sur l'auteur de la lettre, ni sur la personne à laquelle cette lettre était adressée.

— Mais ce n'est pas tout, je suppose, dit Gaston qui était sur des charbons ardents.

— Non. Il y a aussi cette phrase que j'ai retenue mot pour mot : « Je compte que tu prendras la peine de te déranger. Tu peux bien aventurer ta précieuse personne au bal de l'Opéra pour avoir les jolis billets doux que je consens à te rendre par pure bonté d'âme, car je n'ai guère à me louer de toi. Si tu poussais la pruderie jusqu'à refuser de venir les chercher, je t'avertis que je ne me croirais plus tenue à aucun ménagement. » Est-ce assez significatif, chère madame? demanda M. Darcy qui eut la délicatesse de ne pas adresser à l'amoureux de Berthe cette terrible question.

Madame Cambry était trop troublée pour y répondre catégoriquement. Elle ne put que murmurer :

— C'est étrange!... bien étrange...

— Hélas! non, se disait tristement Gaston, ce n'est pas assez significatif, car il est impossible de savoir si les lettres sont de mademoiselle Lestérel ou de sa sœur.

— Viennent ensuite, avant la formule finale, l'indication du numéro de la loge et de l'heure du rendez-vous, reprit l'oncle.

— Et quelle est l'heure indiquée? demanda le neveu avec une anxiété inexprimable.

— Deux heures et demie, répondit le magistrat. Or, le crime a été commis vers trois heures.

Il serait difficile de dire lequel, de Gaston Darcy ou de madame Cambry, fut le plus consterné par cette déclaration précise.

Gaston s'était attaché à l'idée suggérée par Nointel comme un homme qui se noie se cramponne à une perche qu'on lui tend du rivage. La perche cassait, et l'amoureux sombrait dans les profondeurs de la désespérance. Il courba la tête, et il prit son front dans ses deux mains.

Moins accablée, mais plus agitée, la belle veuve regardait M. Darcy avec des yeux qui semblaient chercher à lire, sur la figure sévère du magistrat qu'elle avait choisi pour mari, l'arrêt dont la justice humaine devait infailliblement frapper la coupable.

Il y était écrit, cet arrêt effrayant, et cependant madame Cambry ne renonça pas à défendre Berthe Lestérel.

— A deux heures et demie, s'écria madame Cambry, mais c'est impossible. Berthe a quitté mon salon avant minuit. Elle l'a quitté en toute hâte. Pourquoi se serait-elle pressée de partir, si le rendez-vous donné par madame d'Orcival eût été fixé à deux heures et demie?

— Vous oubliez, chère madame, qu'une femme est venue la chercher, une femme qui prétendait être au service de madame Crozon.

— Mais qui n'était certainement pas au service de madame d'Orcival. C'est une preuve de plus que mademoiselle Lestérel n'est pas allée au bal.

— Non, c'est un fait inexpliqué, pas autre chose. Cette femme jusqu'à présent n'a pas été retrouvée. On la cherche et on la découvrira, je n'en doute pas. Si la prévenue a refusé de la désigner, c'est évidemment parce qu'elle redoute son témoignage.

— Ainsi, s'écria douloureusement madame Cambry, vous croyez que cette malheureuse enfant est perdue?

— Perdue de réputation, hélas! oui, elle l'est déjà. Condamnée, elle le sera. Mais, je l'ai déjà dit à Gaston, je suis certain que le jury et la Cour auront pitié d'elle.

— Cela signifie sans doute que sa tête ne tombera pas... qu'elle sera condamnée à vivre détenue. Quelle affreuse consolation! La mort ne vaut-elle pas mieux que le bagne à perpétuité... et c'est au bagne que l'enverrait l'indulgence de ses juges!

M. Roger Darcy, visiblement affecté, eut quelque peine à se décider à répondre :

— Elle serait placée dans une des maisons de réclusion destinées aux femmes, et problablement pas pour toujours... pour vingt ans... pour dix ans peut-être, si la Cour consent à abaisser la pénalité de deux degrés. La loi le lui permet.

— Dix ans, répétait madame Cambry, dix ans de tortures

épouvantables. On m'a dit que les femmes enfermées dans ces enfers n'y résistaient pas... que celles qui survivaient devenaient folles.

Cette fois, le juge ne répondit pas du tout.

— Vous vous taisez, s'écria-t-elle; c'est donc vrai : on y meurt, on y perd la raison... et ce serait là le sort réservé à une innocente! car Berthe est innocente, je vous le jure. Ah! c'est effroyable à penser! Dites-moi au moins, dites moi, je vous en supplie, qu'elle serait graciée promptement.

M. Darcy secoua la tête et dit avec une émotion profonde :

— Vous auriez tort, madame, d'espérer cela. Mademoiselle Lestérel, après sa condamnation, paraîtra encore digne d'intérêt. Mais son procès aura un retentissement énorme. Par son éducation, par ses relations, elle appartient aux classes élevées de la société. Une commutation de peine immédiate heurterait l'opinion publique. Les journaux crieraient à l'injustice. Le chef de l'Etat peut gracier une ouvrière, sans qu'on l'accuse de partialité. Il est presque forcé de se montrer impitoyable pour une femme du monde.

C'en était trop pour Gaston. Il se leva, serra silencieusement la main de madame Cambry, et s'enfuit, laissant son oncle en tête-à-tête avec la généreuse veuve qui pleurait à chaudes larmes.

— Non, murmurait-il en se précipitant dans l'escalier, non, Berthe n'ira pas mourir dans une de ces infâmes prisons. Qu'importent ces lettres, ces coïncidences d'heures! Elle n'est pas coupable, je le vois, je le sens... et je le prouverai... ou sinon, c'est moi qui mourrai... je me brûlerai la cervelle.

Son *duc* l'attendait. Il s'y jeta, et ce fut un grand miracle s'il n'écrasa personne en rentrant chez lui, car il descendit l'avenue des Champs-Élysées avec la rapidité d'un train *express*.

CHAPITRE X

L'heure indiquée par Mariette était passée lorsque le capitaine arriva à l'église Saint-Augustin, pour assister à l'enterrement de Julia d'Orcival.

Ce n'était pas précisément un devoir pieux qu'il venait remplir, car Julia ne lui avait jamais inspiré beaucoup de sympathie. Elle lui déplaisait pour plusieurs raisons, d'abord parce qu'elle s'était emparée de Gaston Darcy pour le mener à grandes guides sur le chemin de la ruine, ensuite parce qu'elle appartenait à une catégorie de femmes galantes qu'il ne pouvait pas souffrir

Il prétendait que le premier devoir d'une irrégulière est de se donner franchement pour ce qu'elle est et de ne pas singer les femmes du monde. Les grands airs de Julia l'agaçaient; ses prétentions lui semblaient ridicules, et il s'était souvent moqué de Darcy qui se soumettait à certaines exigences de la dame. Par exemple, elle ne voulait pas que son amant la tutoyât; l'obéissant Gaston lui disait: vous, même dans l'intimité, et la saluait devant le monde comme il aurait salué madame Cambry.

Il retardait sur les idées de son temps, ce hussard entêté; il en était encore aux bonnes filles chantées par Béranger, et peu s'en fallait qu'il ne regrettât la race disparue des grisettes.

Donc, il ne se sentait pas porté à s'attendrir sur la fin prématurée d'une institutrice passée millionnaire par la grâce de ses charmes, et la curiosité seule l'attirait aux obsèques de la fière d'Orcival; une curiosité intéressée, car il espérait recueillir pendant la cérémonie quelques indications utiles.

Il se doutait bien qu'il y rencontrerait des gens de sa connaissance, et, par considération pour son ami Darcy qu'il représentait presque, il s'était mis en grande tenue de circonstance, pardessus noir très-long, chapeau de mérinos noir, cravate et redingote noires, gants noirs. Il ne se serait pas habillé autrement pour enterrer la marquise de Barancos.

Du reste, il n'eut pas à regretter d'avoir fait une toilette correcte, car l'assistance était aussi choisie que nombreuse. Vingt voitures de maître stationnaient aux abords de l'église, et les tentures du portail annonçaient aux passants qu'il s'agissait d'un convoi de première classe.

— Oh ! oh ! se dit Nointel, en apercevant de loin cet apparat, on n'en ferait pas tant pour un général de division. Aux frais de qui ces somptueuses funérailles ? Je ne le devine pas. L'État, qui hérite de la d'Orcival, n'est pas si généreux d'ordinaire. Est-ce que les anciens amis de Julia se seraient cotisés ? Les petits ruisseaux font les grandes rivières.

A dix louis par tête, ils auraient pu avoir tout ce qu'il y a de mieux en fait de pompes funèbres. Ma foi ! il est heureux que Darcy ne soit pas venu. On n'aurait pas manqué de dire que c'était lui qui payait ce luxe mortuaire, et son oncle ne serait pas content.

Ce fut bien autre chose quand il entra dans l'église.

La nef était pleine, et si les femmes s'y trouvaient en majorité, les hommes n'y manquaient pas non plus. Il y avait là des oisifs élégants, de ceux qui vont à un enterrement qui fera du bruit, comme ils iraient à une *première,* quelques pratiquants de la religion du souvenir, venus là en mémoire d'une liaison passagère avec Julia, et force reporters de journaux, car le compte rendu des obsèques devait fournir au moins une colonne et demie dans le numéro du soir ou du lendemain. Ce n'était certes pas trop pour la victime du crime de l'Opéra.

L'église était tapissée de noir du haut en bas, et le cer-

cueil disparaissait sous les fleurs. Il y avait des bouquets
de camélias blancs qui avaient dû coûter cent écus.

— Un mois de la solde d'un capitaine, pensait philosophiquement Nointel.

Et tous ces flâneurs, tous ces indifférents, tous ces viveurs,
toutes ces affolées de plaisir avaient une attitude édifiante.
Du côté des hommes, on causait bien un peu, mais à voix
basse. Du côté des femmes, on priait.

L'orgue tonnait ses graves harmonies, et les chants
sévères de l'office des morts retentissaient sous les voûtes.
Il y avait du recueillement dans l'air.

Nointel prit place au dernier rang des chaises, tout au
bas de la nef. Il tenait beaucoup plus à voir qu'à être vu,
et il se mit à chercher s'il reconnaîtrait quelqu'un dans
cette foule. Les hommes ne lui montraient guère que des
dos, mais les femmes se présentaient à lui de profil ou de
trois quarts, et il ne tarda pas à découvrir des étoiles
galantes. Toute l'aristocratie du demi-monde était là.
Celles qui jalousaient Julia vivante n'avaient pas cru pouvoir se dispenser de rendre les derniers devoirs à Julia
morte. Les amies pleuraient, et parmi celles-là, le capitaine remarqua cette Claudine Rissler qu'il avait quittée
jadis parce qu'elle le trompait avec un fourrier du régiment.

C'était une fort jolie fille, une brune rieuse, une de ces
créatures qu'on ne peut pas voir sans penser à boire du
vin de Champagne et à casser les verres après, une femme
selon le cœur de Nointel qui tenait pour les Frétillon du
bon vieux temps, et Nointel ne fut pas médiocrement
surpris de voir qu'elle fondait en larmes.

— Elle a pourtant ruiné sans pitié trois braves garçons
de ma connaissance, se disait le plus sceptique des officiers
démissionnaires : deux engagements forcés aux chasseurs
d'Afrique et un suicide qui ne lui ont pas coûté un soupir.
C'est peut-être parce qu'elle a économisé ses pleurs qu'il
lui en reste tant à répandre.

Claudine était flanquée d'un monsieur, le seul qui se fût

mêlé aux personnes du sexe faible, un monsieur de haute taille et de belle mine, cheveux rares, moustaches grisonnantes, favoris taillés à la russe, un monsieur roide et grave comme un diplomate en tenue d'audience.

Nointel pensa que ce personnage était le boyard rapporté de l'Exposition universelle par la séduisante Rissler, et il admira le savoir-faire de son ancienne maîtresse, qui avait persuadé à ce seigneur moscovite d'honorer de sa présence le convoi de Julie Berthier.

Il reconnut aussi Mariette, qui essuya ses yeux dès qu'elle l'aperçut, et qui lui fit un petit signe d'intelligence. Il avait quelques renseignements complémentaires à lui demander, et il se promit de lui parler après le service.

En attendant, il continua à examiner la partie féminine de l'assistance, et il avisa, dans le coin le plus sombre de l'église, tout à fait en dehors du groupe qui occupait les chaises, une femme agenouillée sur le pavé. Il la voyait assez mal; un bénitier la lui cachait à moitié; il put cependant reconnaître qu'elle portait une élégante toilette de deuil, et il s'étonna qu'une personne si bien mise ignorât l'usage des prie-Dieu ou dédaignât de s'en servir. De sa figure, il ne pouvait rien dire, car elle se cachait sous une voilette opaque; mais il pouvait juger à sa taille qu'elle était jeune et bien faite. Elle priait ardemment, courbée comme une pénitente, et à certains tressaillements de ses épaules, on eût dit qu'elle sanglotait.

Une idée bizarre se présenta à l'esprit très-aiguisé du capitaine. Il avait lu dans quelque roman judiciaire que les meurtriers ont une tendance naturelle à venir rôder autour du théâtre de leur crime et même à s'en aller voir à la Morgue le cadavre de leur victime. Il ne croyait pas beaucoup à ces affirmations des auteurs qui exploitent les causes célèbres, mais il se mit à raisonner par analogie, et il se dit :

— Si c'était la coupable qui se repent et qui vient demander pardon à la morte ? Pourquoi pas ? Julia a cer-

tainement été tuée par une femme, et les femmes sont
capables de toutes les excentricités. Il faut que je tâche
de me rapprocher de celle-ci. Elle finira bien par se lever,
et j'ai de bons yeux; j'aurais du malheur si je ne parvenais
pas à voir la couleur des siens.

Il allait mettre à exécution ce louable projet, mais
l'office tirait à sa fin, et il se fit un grand mouvement dans
la foule qui commençait à refluer vers les bas côtés de
l'église pour laisser la place libre au clergé et aux employés
des pompes funèbres.

Le capitaine fut puni de son inexactitude. Dérogeant
ce jour-là à ses habitudes de ponctualité militaire, il était
arrivé en retard, et il avait manqué la moitié de la messe.
Impossible de traverser la nef et de passer dans le camp
féminin sans attirer l'attention de ses voisins, dont quelques-uns le connaissaient de vue. Il se résigna à surveiller
de loin l'inconnue, qu'il comptait bien rejoindre à la
sortie.

Elle priait toujours, et elle ne bougeait pas plus que les
statues agenouillées sur les tombeaux du moyen âge dans
les vieilles cathédrales.

Des figures nouvelles vinrent distraire Nointel du curieux
spectacle que lui donnait cette inconsolée. On défilait déjà
devant le catafalque, et parmi les premiers qui jetaient
de l'eau bénite sur le cercueil fleuri de Julia, l'infatigable
observateur vit poindre Simancas et Saint-Galmier.

— Je ne puis plus aller quelque part sans rencontrer ces
deux drôles, murmura-t-il. Que sont-ils venus faire ici?
Ils ne doivent pas regretter Julia, si sa mort leur a procuré
leurs entrées chez la marquise. Mais j'aime autant qu'ils
ne me voient pas, et je vais me tirer de leur chemin.

Nointel recula au troisième rang et sut se placer de
façon à ne pas être aperçu des gens qui s'en allaient. Il vit
passer le général et le docteur, l'inévitable Lolif et bien
d'autres qui ne le remarquèrent point. Puis vinrent les
femmes, Claudine Rissler en tête, toujours escortée par son

d'un amant, Ah! tenez, Nointel, quand je pense que j'ai toléré la présence de cette drôlesse dans ma maison... il me prend des envies d'aller assommer sa complice, et de me faire sauter le caisson après.

— Je m'y oppose, s'écria en riant le capitaine, je ne veux pas perdre un vieux camarade, juste au moment où je viens de le retrouver. Un homme comme vous ne se tue pas pour des affaires de femmes. Qu'est-ce que c'est encore que cette complice dont vous me parlez? J'ai lu mon *Figaro* ce matin. Il n'en dit pas un mot.

Le malheureux mari s'accouda sur la table et prit sa tête dans ses deux mains. Nointel comprit que la crise finale allait se déclarer, et il se garda de troubler une méditation qui ne pouvait guère manquer d'aboutir à une confession complète. Il fit bien. Après une assez longue pause, Crozon releva la tête, vida encore une fois son verre, et dit du ton décidé d'un homme qui vient de prendre une résolution :

— Il faut que vous sachiez tout. Nous ne nous sommes pas vus depuis des années, mais je vous ai assez connu autrefois pour être sûr que vous êtes un brave garçon et qu'on peut se fier à vous. Et puis, j'en ai assez de dévorer ma rage, sans avoir un ami à qui conter mes chagrins et demander un conseil.

— Un conseil? Présent! Et ceux que je vous donnerai ne seront pas mauvais. J'ai vécu ici, pendant que vous naviguiez; vous avez le pied marin, moi j'ai le pied parisien; votre cas doit être de ceux où je me suis trouvé dix fois. Je vous indiquerai le moyen d'en sortir. Inutile d'ajouter, cher ami, que je suis tout à votre service. Vous faut-il de l'argent? J'ai chez mon banquier une trentaine de mille francs qui ne font rien. Cherchez-vous un second pour vous arranger un duel et vous appuyer d'un coup d'épée, en cas de besoin? Je suis votre homme.

— Merci, Nointel, merci, dit avec effusion le marin. L'argent ne me manque pas. Ma dernière campagne dans les mers du Sud m'a rapporté à elle seule une petite for-

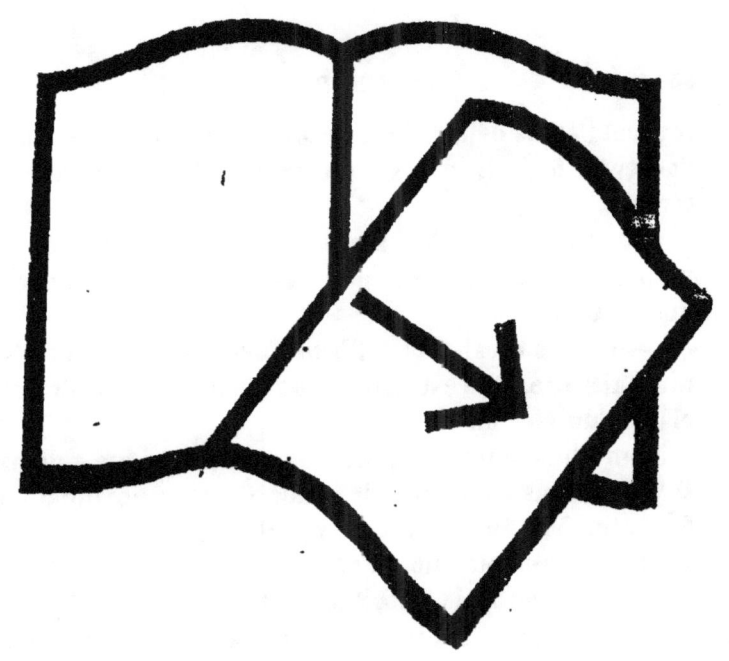

Documents manquants (pages, cahiers...)
NF Z 43-120-13

DE LA PAGE 326
A LA PAGE 348

tune, et j'avais déjà de jolies économies. Mais, pour le reste, j'accepte. Si je trouve ce que je cherche, vous serez mon témoin.

— Avec plaisir, cher ami. Vous avez été le mien. C'est mon tour. Ah çà, vous pensez donc à en découdre avec quelqu'un ?

— Je vous dirai tout à l'heure avec qui. Écoutez d'abord mon histoire. Elle est gaie, vous allez voir, dit Crozon, en riant d'un rire amer.

Je me suis marié, comme vous savez. Je me suis marié, il y a six ans, avec la fille aînée d'un commandant d'infanterie. Ma femme ne m'apportait pas un sou de dot. Le père ne possédait que sa retraite, et il est mort six mois après la noce. Mais Mathilde était charmante, et j'en étais amoureux fou. Fallait-il que je fusse bête de croire qu'un vieux marsouin comme moi pourrait jamais plaire à une fille qui avait quinze ans de moins que lui et qui avait été élevée pour épouser un prince! Que voulez-vous! j'étais pris, et c'était la première fois que ça m'arrivait. Vous m'avez connu du temps du *Jérémie,* et vous savez le cas que je faisais des femmes. Mes liaisons ne duraient jamais plus longtemps que les relâches de mon navire, et je n'y pensais plus deux heures après l'appareillage. Je me moquais des camarades qui faisaient du sentiment à bord. Eh bien, il était écrit là-haut que je serais pincé comme les autres.

Je me mariai donc, plus content qu'un roi, et tout marcha bien dans le commencement. Mathilde me faisait bonne mine, et je me mettais en quatre pour lui procurer de l'agrément. Je n'y réussissais qu'à moitié, parce qu'elle aurait voulu bien des choses que je ne pouvais pas lui donner; mais enfin elle ne se plaignait pas, et elle me rendait heureux. Son grand chagrin était de ne pas avoir d'enfants, et pour se consoler, elle jouait à la maman avec sa petite sœur qui venait de sortir de pension. Vous dire tout ce que nous avons fait pour mettre cette cadette en état de gagner sa vie honnêtement, ce serait trop long. Des maîtres de toute espèce, des leçons de chant à vingt francs le cachet. Tout le superflu de notre ménage y passait.

— Et c'est cette jeune sœur qui...

— Qui vient d'assassiner une fille, oui, mon ami; mais ce n'est pas d'elle que je veux vous parler. Elle sera condamnée, elle finira sur l'échafaud ou dans une prison avec les voleuses; tant mieux! je ne souffrirai plus par elle. Écoutez le reste.

J'aimais tant Mathilde que, moi qui me souciais de l'argent comme d'une pipe de tabac, je ne pensais plus qu'à en gagner. Nous avions de quoi vivre, et j'aurais pu flâner à terre six mois de l'année. Je me mis à rechercher les embarquements les plus productifs et les plus pénibles. Je fis deux campagnes dans les mers de Chine, presque coup sur coup, deux voyages heureux qui me donnèrent de bonnes parts de bénéfice. Ma femme se conduisit bien pendant ces deux longues absences; mais au retour de la dernière, elle me laissa entendre que nous n'étions pas encore assez riches. Je l'adorais comme le premier jour, plus que le premier jour. Pourquoi? Je n'en sais rien. Une créature qui n'avait que le souffle, pas de santé, pas de gaieté, rien qui pût plaire à un marin. Je crois qu'elle m'avait ensorcelé.

Pour lui rapporter la fortune qu'elle ambitionnait, je me décidai à partir encore une fois. Je pris le commandement d'un baleinier pour un armateur du Havre. Je savais que le métier était dur et dangereux, mais qu'avec de la chance on pouvait s'y enrichir. Et en effet, j'ai fait une campagne superbe. Il est vrai que je risquais ma peau à peu près tous les jours. J'ai été pris dans les glaces; j'ai failli me perdre deux fois sur des bancs de coraux. Mais j'en avais vu bien d'autres, et puis je pensais à Mathilde. Je me disais: Maintenant elle aura ce qu'elle souhaitait tant: la grande aisance, la vie large et facile. Enfin, après une dernière croisière dans les mers du Japon, je complète mon plein chargement d'huile et j'entre en relâche à San Francisco, en route pour la France. C'est là que le malheur m'attendait.

— Comment! à trois mille lieues de Paris!

— En débarquant, je trouvai une lettre, parfaitement adressée à mon nom, une lettre où on me disait à peu près ceci : « Votre femme vous trompe. Elle a un amant, et elle s'affiche publiquement avec lui. Hâtez-vous de revenir pour arrêter ce scandale qui menace d'avoir des suites. A votre arrivée, l'ami qui vous avertit vous fournira des preuves. »

— Et ce n'était pas signé?

— Non, mais...

— Et vous avez cru aux infamies inventées par un calomniateur anonyme?

— Je n'y ai pas cru d'abord. J'ai horriblement souffert, mais je ne désespérais pas encore. Mathilde m'avait écrit aussi, et sa lettre n'était ni plus ni moins tendre que les autres. J'eus le courage de ne pas quitter mon navire et la sottise d'annoncer à ma femme que j'arriverais en France avant la fin de février. Il y a huit jours, en prenant terre au Havre, j'ai reçu une nouvelle lettre...

— Anonyme comme l'autre.

— Oui, mais contenant des détails plus précis. On m'apprenait que ma femme avait été abandonnée par son amant, mais qu'il était résulté de cette liaison... un enfant.

— Diable! dit Nointel en hochant la tête.

— Un enfant qui est né il y a un mois et que sa mère a fait disparaître.

— Un infanticide!

— Non, malheureusement. Il vaudrait mieux que la misérable se fût débarrassée de ce bâtard. Je ne serais pas obligé de le tuer. Elle le cache... elle est accouchée clandestinement, hors de sa maison... mais je le trouverai, et je vous jure que je ferai justice de la mère et de l'enfant. Vous pensez peut-être que j'ai trop tardé à me venger.

Écoutez encore, écoutez jusqu'au bout, et vous allez comprendre pourquoi je hais cette Berthe Lestérel.

Après avoir lu la seconde lettre, je ne me possédais plus. Je me suis arrêté deux heures au Havre, juste le temps de voir mon armateur, et je suis parti par le premier train. Ma femme était sur ses gardes. Elle avait envoyé sa bonne m'attendre à la gare. Je ne laisse pas à cette fille le temps d'aller prévenir sa maitresse, et je tombe comme une bombe chez Mathilde. J'y trouve...

— L'amant?

— Si je l'avais trouvé, lui ou moi serions morts. J'y trouve ma belle-sœur, qui sans doute était venue tout exprès pour aider sa complice à me jeter de la poudre aux yeux. J'éclate en reproches, en menaces. Ma femme ne me répond pas. Elle faisait semblant d'être mourante. L'autre prend sa défense; elle crie bien haut que Mathilde est innocente, que je suis fou. Je croyais encore à l'honneur de cette Berthe, alors...

— Pardon, si je vous interromps, mon cher camarade. Au moment où a commencé cette scène, saviez-vous déjà le nom de l'amant?

— Non, et je ne le sais pas encore. Mais je le saurai ce soir.

— Ce soir! s'écria Nointel que cette nouvelle intéressait beaucoup plus que les infortunes matrimoniales de M. Crozon. Vous êtes sûr que vous saurez ce soir le nom de cet homme?

— Parfaitement sûr, répondit froidement le marin. Je vous dirai tout à l'heure pourquoi j'en suis sûr. Laissez-moi d'abord finir mon récit. J'ai mis Berthe au défi de jurer que sa sœur était innocente. Elle a juré, l'infâme. Elle a juré sur son honneur... belle garantie, en vérité! Et j'ai été assez sot pour croire à ce serment. Je me suis rétracté, j'ai pleuré... oui, j'ai pleuré... et j'ai demandé pardon à ma femme de l'avoir soupçonnée. Que pensez-vous de ma lâcheté, Nointel?

20.

— Je pense, mon ami, que si j'avais été à votre place, j'en aurais fait tout autant. Et j'ajoute qu'il ne m'est pas prouvé que vous ayez raison de croire à une faute commise par madame Crozon. A mon sens, une lettre anonyme ne mérite pas qu'on la prenne au sérieux. Pour condamner une femme, il faut d'autres preuves que les affirmations d'un gredin. Qui vous dit que ce correspondant n'est pas un ennemi qui cherche à troubler la paix de votre ménage, un drôle qui aura fait la cour à votre femme et qui se venge de ses dédains?

— C'est impossible. Il m'a promis de se faire connaître à moi.

— Bon! mais jusqu'à ce qu'il l'ait fait, vous devez douter de ce qu'il avance, et, si vous me consultiez, je vous conseillerais de ne rien précipiter avant d'avoir acquis une certitude.

— Oh! j'ai été patient. Voilà huit jours que j'endure tous les tourments de l'enfer et que je n'agis pas. Après la scène où ces deux femmes m'ont trompé si odieusement, Mathilde, qui était déjà très-souffrante...vous savez pourquoi... Mathilde est tombée, ou a feint de tomber gravement malade. A chaque instant, il lui prenait des attaques de nerfs effroyables.. je ne la quittais pas, et ma belle-sœur ne la quittait guère. Je ne me défiais plus de cette misérable Berthe. Et cependant, je surprenais parfois entre elle et Mathilde des échanges de regards, des signes qui auraient dû m'éclairer. Le lendemain de mon arrivée, entre autres, il se passa devant moi un incident assez singulier. Ma femme était au lit, et sa sœur lui lisait le journal. Lorsque vint le récit du suicide de je ne sais quel étranger chez cette d'Orcival, Mathilde eut une crise très-violente. Je ne pris pas garde alors à cette coïncidence, mais je m'en suis souvenu plus tard.

— Moi aussi, je m'en souviendrai, pensait le capitaine.

— Les choses allèrent ainsi pendant toute la semaine, reprit le marin, moi ne bougeant pas du chevet de ma femme, et Berthe venant chez nous plusieurs fois par jour. Samedi, j'ai reçu une lettre de mon anonyme. C'était la première depuis mon arrivée à Paris. Il me disait qu'il était sur la trace de l'enfant que Mathilde avait caché; qu'il m'avertirait, dès qu'il l'aurait trouvé, ce qui ne pouvait tarder, et qu'il m'apprendrait en même temps le nom de l'amant.

— En vérité, mon cher Crozon, je suis tenté de croire que cet homme se moque de vous, avec ses dénonciations en plusieurs numéros. Vous avez peut-être affaire à un fou. Les avez-vous gardées, ces lettres?

— Oui. Je vous les montrerai, mais écoutez la suite. Je retombai dans des perplexités terribles, après avoir lu ce nouvel avis; mais je croyais encore à une calomnie. Le soir, ma belle-sœur était invitée à une soirée; elle devait venir voir Mathilde à minuit. Elle ne vint pas, et je m'aperçus que ma femme était très-inquiète. Jugez de ce que j'ai dû éprouver lorsque, le lendemain, notre bonne, qui, à ma grande surprise, avait été appelée au Palais de justice, nous a appris que Berthe était arrêtée, et qu'on l'accusait d'avoir tué une femme au bal de l'Opéra... de l'avoir tuée avec un couteau-éventail que je lui avais rapporté du Japon...

— Quoi! c'est vous qui lui aviez fait présent de ce bibelot meurtrier? On ne parle que de cela partout.

— Oui, c'est une fatalité... car cette malheureuse ne peut pas nier son crime. On ne trouverait pas ici le pareil de ce poignard. J'ai compris tout de suite qu'elle était perdue. Mathilde l'a compris aussi. Elle s'est évanouie, et elle est restée douze heures entre la vie et la mort. Depuis qu'elle est en état de parler, j'ai essayé à plusieurs reprises d'obtenir qu'elle me dît ce qu'elle pensait de l'affaire de sa sœur. Je n'ai pas pu en tirer un mot. Elle pleure et elle ne répond à aucune question. Elle a de bonnes raisons pour se taire. Que s'est-il passé entre Berthe et cette fille? Pourquoi l'a-t-elle assassinée? Que m'importe! Je sais qu'elle est coupable et qu'elle m'a menti en me jurant que sa sœur ne m'a jamais trompé. Je ne crois pas au serment d'une femme qui assassine. Et maintenant, je suis sûr de mon fait. Ma femme a eu un amant, et un bâtard est né de cet adultère.

Vous pouvez vous figurer aisément, mon cher Nointel, ce que je souffre. Hier, j'ai cru que j'allais mourir de désespoir; ce matin, n'y tenant plus, je suis sorti de cette maison souillée, j'ai marché devant moi sans savoir où j'allais, et le hasard m'a amené ici, au moment où le convoi de cette d'Orcival entrait dans le cimetière. En voyant les drôlesses en falbalas qui suivaient le corbillard, je me suis douté de la chose, et je me suis informé. Dans la foule, on ne parlait que du crime de l'Opéra, et le nom de Lestérel était dans toutes les bouches. Alors la rage m'a pris, et je me suis assis devant ce cabaret pour boire. J'espérais que l'eau-de-vie me ferait oublier. Je me trompais. Il y a longtemps que je n'ai plus la consolation de trouver l'oubli au fond d'une bouteille. Au moment où vous m'avez parlé, je me demandais si je ne ferais pas bien d'en finir et d'aller me jeter dans la Seine au lieu de rentrer chez moi. Voilà où j'en suis, mon cher camarade; moi qui ai navigué sur toutes les mers du globe, je pense à me noyer dans l'eau douce, et quand je songe que c'est une femme qui m'a mené là, je voudrais que le tonnerre les écrasât toutes.

— Vous allez trop loin, cher ami, dit doucement Noinnel. Les femmes ont du bon, et je confesse que sans elles l'existence n'aurait aucun charme pour moi. Le tout est de ne pas leur demander ce qu'elles ne peuvent pas nous donner, et de ne pas prendre trop au sérieux les chagrins qu'elles nous causent. C'est pourquoi, si vous me permettiez d'émettre un avis sur votre cas, je vous dirais qu'en admettant même que votre femme ait eu un amant, ce qui ne me paraît pas démontré, c'est là un malheur qu'il faut avoir le courage de supporter. L'opinion s'est retournée, depuis le temps de Molière. Les maris trompés ne font plus rire, et un honnête homme n'est pas déshonoré parce qu'il a plu à une farceuse de jeter son bonnet conjugal par-dessus les moulins.

— Oui, répondit le marin avec ironie, je sais que la mode a changé. On ne les insulte plus sur le théâtre, et ailleurs on ne se moque plus d'eux ouvertement, surtout quand on sait qu'ils ne sont pas d'humeur à se laisser bafouer. Mais ce n'est pas le ridicule que je crains. Si j'avais fait un mariage de raison et que ce mariage eût mal tourné, j'aurais commencé par donner une leçon au premier railleur qui me serait tombé sous la main; peut-être même me serais-je cru obligé de planter un bon coup d'épée dans les côtes de l'amant; et après, j'aurais laissé ma femme à son amoureux, je serais retourné à mon métier de marin et je me serais bien vite consolé en navi-guant.

— Qui vous empêche de prendre ce sage parti?

— Vous ne comprenez donc pas que j'ai aimé passion-nément cette créature, que depuis six ans je ne vis que pour elle; vous ne comprenez donc pas que je l'aime encore? C'est honteux, c'est lâche, mais c'est ainsi. Je la méprise, je la hais, et je l'adore. Si je ne l'adorais pas, croyez-vous que je penserais à la tuer? Que m'importerait qu'elle appartînt à un autre, si elle m'était indifférente?

Mais il est enraciné là, cet indigne amour, dit Crozon, en se frappant la poitrine, et pour l'en arracher, il faudrait m'arracher le cœur. Vous êtes fort, vous, Nointel, vous ne vous êtes jamais affolé d'une de ces poupées qui nous pren-nent tout, notre énergie, notre honneur. Vous ne savez pas ce que c'est que de se dire à tout instant du jour et de la nuit: Il y a un homme qui la possède; elle ne vit que pour cet homme, elle est à lui corps et âme, elle lui a sacrifié son honneur, et sur un signe de cet homme, elle me quitterait sans pitié, elle le suivrait sans remords. Si vous aviez passé par cette horrible épreuve, je vous jure que vous ne me con-seilleriez pas la résignation. Je ne pardonnerai pas, je ne peux plus pardonner; j'ai trop souffert. Il faut que tous ceux par qui j'ai souffert soient punis. Quand ce sera fait, il ne m'en coûtera guère de mourir, car ce n'est pas vivre que de vivre comme je vis. Heureusement, le jour de la vengeance est venu.

— Mon cher camarade, dit Nointel sans s'émouvoir, j'aurai quelques objections à vous présenter quand vous en serez à dénouer tragiquement cette fatale histoire. Oh! rassurez-vous! je ne vous ferai pas de phrases; j'essayerai seulement de vous montrer les inconvénients que présente la mise en pratique des procédés violents. Mais sur quoi fondez-vous la certitude d'une vengeance immédiate? Est-ce que votre correspondant anonyme aurait encore fait des siennes?

— J'ai reçu une nouvelle lettre de lui, hier. Il m'annonce qu'il n'a pas encore pu découvrir l'endroit où est l'enfant, mais que, demain, il m'apprendra le nom de l'amant... demain, c'est aujourd'hui, et, avant ce soir, je saurai à qui m'en prendre.

— Bon! mais je suppose que votre projet n'est pas de poignarder cet amant. Il faut laisser ces façons-là aux Espagnols.

— Je lui ferai l'honneur de me battre avec lui, et je le tuerai, je vous en réponds.

— Je sais que vous êtes de première force à l'épée.

— A toutes les armes. Vous réglerez comme vous l'entendrez les conditions du duel. Je ne tiens qu'à une chose, c'est à en finir promptement. Je vais rentrer chez moi. Si j'y trouve la lettre, je vous l'apporterai immédiatement et je vous prierai d'aller aussitôt voir cet homme, afin que nous puissions nous battre demain matin.

— Très-bien. Je serai au cercle de quatre à cinq, et j'y reviendrai vraisemblablement vers minuit. Je demeure rue d'Anjou, 125. Voici ma carte. Disposez de moi à toute heure de jour et de nuit. Mon cercle est celui de votre compatriote et ami Fabrègue, boulevard des...

— Je sais; je suis allé l'y chercher une fois pendant mon dernier séjour à Paris.

— Il n'y a qu'une chose qui m'inquiète. La lettre va vous désigner un nom, c'est parfait. Mais encore faudrait-il s'assurer que la lettre ne ment pas. Vous ne pouvez pas, sur une dénonciation anonyme, obliger un monsieur à s'aligner. D'ailleurs, l'amant niera. Un galant homme, en pareil cas, n'avoue jamais.

— Je le forcerai à avouer.

— Hum! si vous vous proposez de lui arracher une confession en vous livrant sur sa personne à des voies de fait, je dois vous dire qu'alors je vous prierai de me relever de mes fonctions de témoin. Les brutalités de ce genre me semblent de mauvais goût, et, de plus, elles iraient contre votre but.

— Soit! je m'en rapporterai entièrement à vous.

— Et vous ferez bien, mon cher Crozon. Je connais mon Paris, et dès que je saurai le nom, je serai peut-être en mesure de vous dire s'il faut ajouter foi à la déclaration de votre espion, — car c'est un espion, ce correspondant qui dénonce les femmes, — ou s'il a lancé une accusation fausse. Je suppose, bien entendu, que l'accusé sera un homme du monde, ou du moins un homme qu'on peut prendre pour adversaire sans se dégrader.

— Je me battrais avec un forçat, si ce forçat avait été l'amant de ma femme, dit froidement le marin.

— J'espère que vous n'en serez pas réduit à cette extrémité, répliqua Nointel en souriant. Mais je ne soupçonne pas du tout à qui nous allons avoir affaire.

Le capitaine, en parlant ainsi, disait le contraire de la vérité, car il soupçonnait très-fort que Golymine avait été l'amant de madame Crozon, et il eût été ravi que la lettre attendue par le malheureux mari confirmât ses soupçons, d'abord parce que, Golymine n'étant plus de ce monde, le duel serait devenu impossible, ensuite et surtout parce que cela eût cadré à merveille avec le système de défense qu'il échafaudait peu à peu dans l'intérêt de mademoiselle Lestérel.

— Cela ne prouverait pas qu'elle n'a pas tué Julia, pensait-il, mais, c'est égal, Darcy serait bien content si je pouvais lui démontrer que la correspondance amoureuse était de la sœur, et que mademoiselle Berthe n'est allée à l'Opéra que pour sauver l'honneur de madame Crozon.

Pour le moment, la question était vidée. La bouteille d'eau-de-vie aussi. Le baleinier l'avait mise à sec, et il portait sans trébucher cette ration d'alcool qui aurait couché par terre un buveur ordinaire. Mais elle ne l'avait pas calmé, et quand il se leva, Nointel lut dans ses yeux une résolution implacable.

Ils se serrèrent la main, et ils se séparèrent sur ce mot de Crozon :

— A bientôt, camarade, je compte sur vous.

Nointel le suivit des yeux sur le boulevard, où il marchait d'un pas ferme, et appela un fiacre pour se faire conduire au cercle. Ce n'était pas encore l'heure de se présenter chez la marquise, et il n'avait rien de mieux à faire que d'aller aux nouvelles en causant avec les désœuvrés du club.

— Ce Sganarelle au long cours est un homme terrible, se disait-il en montant dans la voiture de place, et il faudra que je le surveille de près pour l'empêcher de se mettre un ou deux meurtres sur la conscience. Mais je voudrais bien savoir quel est le lâche gredin qui a dénoncé sa femme. Et je le saurai peut-être. Le baleinier m'a promis de me montrer ses lettres.

FIN (1).

(1) La *Loge sanglante* a pour suite la *Pelisse du pendu*.

PARIS. TYPOGRAPHIE E. PLON, NOURRIT ET Cᵢₑ, RUE GARANCIÈRE, 8.